466. Voyages et Avantures de Jacques Massé (par
Tyssot de Patot). *Cologne, chez Jaques Kainkus*,
1710, in-12, portrait et vignette sur le titre, mar.
rouge, fil. tr. dor. (*Anguerrand.*)

Voyage imaginaire. Exemplaire de Lamoignon.

Salle Silvestre
vente du 9 Février 1891
226. "

416

3
M

~~1238~~

1441

Tyssot de Patot (Simon)

Voyages et avantures de Jaques Massé [par Simon Tyssot de Patot]. — A Cologne, chez Jaques Kainkus, 1710. In-12 (17 cm 5), pièces limin:, 508 p., portrait et vignette gr. au titre.

[S. G. Rés. 8° C. 26

(Rel. anc. mar. rouge, filets dent. intér., dos orné, pièces dorées.) — Ex-libris de Robert Samuel Turner et du prince Roland Bonaparte.)

- fiche analytique à : Massé (Jacques)
  philosophe imaginaire

- fiche anonyme à : Voyages et . . . .

- fiche de bibl. (et coll) ? : Kaimkerd (Jacques)
                        Cologne
                = adresse imaginaire

fiches de provenance : Lamoignon
        Turner (Robert Samuel)

- fiche de vente ;   Turner
- fiche de reliure : Anguerrand
détails complémentaires : " Salle Silvestre, vente
du 9 février 1891   226 " " "
    — au dos du 1er plat, ex libris repoussé et doré
son cuir brun de Turner
- note collée du cat. de vente Turner indiquer
le nom du relieur : Anguerrand , précisant : " Nature
fleur de Lamoignon " , avec la note manuscrite a
le bleu : " vente Turner
        330 fr. payés "

Portrait du Philosophe
Jacques Massé. Tiré de la
Bibliothèque de Mylord Bulinbroke.

VOYAGES

ET

AVANTURES

DE

JAQUES MASSÉ.

ERUDIT   ET DITAT

A COLOGNE,

Chez JAQUES KAINKUS.

M. DCC.X.

LETTRE

DE

L'EDITEUR,

A M***.

Monsieur,

Voici le Voyage dont on vous a parlé, & que vous avez souhaité de voir. Il m'est tombé entre les mains par une espéce de hazard que je vous raconterai une autrefois ; mais dès que je l'eûs commencé, je ne pûs le quitter qu'après l'avoir lû d'un bout à l'autre. J'y ai trouvé tant de choses agréables & intéressantes, & tant de choses instructives sur plusieurs matiéres de Philosophie, que j'ai été très-satisfait de cette lecture. Plusieurs de mes Amis, Gens d'es-

prit

prit & de favoir, ne l'ont pas été moins que moi ; ainfi je m'affure, MONSIEUR, que vous le lirez avec le même plaifir.

Je vous avouë qu'à la premiére lecture , je foupçonnois que l'Auteur s'étoit fervi du privilége des Voyageurs, en mêlant à fa Relation un peu de Romanefque : mais après une feconde lecture, & un examen plus particulier, je n'y ai rien trouvé que de fort naturel & de très-vraifemblable. Et cet air de candeur & de bonté qu'on trouve par tout dans ce bon Vieillard qui en eft l'Auteur, a achevé de me convaincre.

Il y a des endroits dans certaines converfations fur des matiéres de Religion, qui m'ont paru d'abord un peu forts : mais les ayant éxaminez de plus près , & voyant que l'Auteur, qui a toûjours tenu ferme pour fa Religion, en a fait voir prefque toûjours la foibleffe ou la fauf-
feté,

DE L'EDITEUR.

feté, j'ai crû qu'il n'y auroit rien qui pût ébranler un homme bien instruit dans la Foi Chrétienne, qui est, Dieu merci, assez bien fondée pour ne rien craindre des attaques des Libertins ou des Infidéles. Ainsi nous n'avons pas besoin d'employer d'indignes artifices, pour cacher la force des raisonnemens qu'on fait contre nous, comme si nous avions une mauvaise cause à défendre.

Je suis, &c.

TA-

TABLE

DES

CHAPITRES.

TABLE.

TABLE.

VOYA-

LES
VOYAGES
ET
AVANTURES
DE
JAQUES MASSÉ.

CHAPITRE PREMIER.

Où il est traité des Etudes, de la Profes-
sion & de l'embarquement de l'Auteur ;
& du premier naufrage qu'il fit sur les
Côtes d'Espagne.

LA vie de l'homme a des bornes si
étroites, & le nombre des années qu'il peut employer à cultiver les Sciences, ou à perfectionner

A   les

les Arts, eſt ſi-tôt écoulé, qu'il ne faut pas s'étonner ſi les progrès qu'il y fait ſe terminent à ſi peu de choſe. La briéveté de la vie n'eſt pas pourtant le ſeul obſtacle qui s'opoſe au deſir que nous avons naturellement de tout ſçavoir ; la privation des biens du monde en eſt une autre, qui n'eſt guére moins conſidérable. Il s'en faloit bien que j'euſſe achevé mes études, lorſque l'expérience m'aprit cette vérité.

L'inclination que j'avois euë dès le berceau, pour les belles Lettres, pour les Antiquitez, & pour les choſes rares & étrangéres, que je voyois aporter des parties éloignées de la terre, fit réſoudre mon Pere de me mettre de bonne heure au Collége. La facilité avec laquelle j'aprenois mes leçons, étoit extraordinaire : ma diligence & ma mémoire me procuroient le prix dans toutes les Claſſes. Les louanges que mes Maîtres me donnoient, joint à l'affection que mes Parens me faiſoient paroître, redoubloient mon émulation : je ne me donnois aucun relâche, & j'avois ſi-bien employé mon tems, qu'à l'âge de dix-
huit

huit ans j'entendois très-bien le Grec
& le Latin ; j'avois fait ma Philosophie , & j'étois déja fort avancé dans
les Mathématiques , lors que mon Pére, David Massé , qui étoit Capitaine
de Navire , eut le malheur de sauter
avec son Vaisseau , par l'imprudence
d'un Matelot , qui mit innocemment
le feu aux Poudres.

Ce coup fatal arriva à nôtre Famille en 1639. , le même jour que notre Armée fut battuë par les Espa-
gnols devant Thionville , ce qui sembloit être arrivé exprès pour m'en faire mieux ressouvenir. Et comme le
bon homme alloit à la Traite au Séné-
gal , & que la plûpart de l'équipage
étoit pour son compte , ma Mére se
trouva tout d'un coup Veuve avec cinq
enfans , & presque entiérement desti-
tuée des biens du monde. Cette dis-
grace ne l'épouventa pourtant point :
aussi-tôt qu'elle en eût reçû la nouvelle, elle nous envoya quérir, & nous
dit d'un air mâle : Enfans , il vient
de vous arriver le plus grand des mal-
heurs ausquels les hommes sont sujets ; un même instant vous prive , en
la personne de mon cher Mari , & de

tous vos biens, & de votre Pere : mais
ne vous alarmez point pour cela, la
Providence a des voyes miraculeuses
pour subvenir à ses créatures. Aprenez
par cette fatalité, poursuivit-elle, à
ne vous plus apuyer sur le bras de la
chair ; le bon Dieu ne vous abandon-
nera point. Puisque les moyens qui
me restent ne suffisent pas pour vous
élever, comme nous l'avions projetté, voyez pour quelle profession vous
avez le plus de penchant. Pour vous,
Jaques, me dit-elle, je serois d'avis
que vous embrassassiez le parti de la
Chirurgie. Il semble que l'exemple
de votre Pere vous porte à aimer les
Voyages, cet Art favorisera votre dessein. Elle proposa de même aux plus
grands ce qu'ils devoient entreprendre : chacun y consentit avec larmes,
& s'y apliqua avec succès.

Ma Mere qui étoit de Hédin, où
elle avoit encore des Parens, quitta
Abbeville, & s'y alla établir. Je fus
ravi d'y voir, contre mon attente,
que bien des gens s'intéressoient dans
son malheur ; un de ses Freres la déchargea d'un enfant, un Compére en
prit un autre, & on lui promit de
vingt

vingt endroits, qu'on ne permettroit jamais qu'elle eut besoin de rien. Il y en avoit même qui vouloient que je changeasse de sentiment, & que je poursuivisse mes études, afin d'être plus à portée, & mieux en état d'aider, avec le tems, à élever des innocens, qui étoient hors d'état de rien faire : mais la résolution en étoit prise, & mon inclination n'étoit point à me fixer-là.

Je pris congé de la Famille & de nos meilleures Connoissances, qui me virent partir avec regret, & pris la route de Paris, où j'arrivai peu de jours après. La grandeur, la magnificence & la diversité, joint au concours tumultueux d'une multitude innombrable de toute sorte de personnes, que je remarquai dans ce beau lieu, m'étourdirent à mon abord. Tous les objets qui se présentoient à mes yeux, me paroissoient nouveaux ; on eut dit que je ne faisois que de naître : & Mr Rousseau, Maître Chirurgien, chez qui j'avois été recommandé, fut assez occupé, pendant douze ou quinze jours, à répondre continuellement aux interrogations que

A 3   je

je lui faifois , pour contenter ma curiofité. Il me fit auffi la grace de me
mener à Marli , à Fontaine-bleau , à
St. Denis , à Saint-Germain , au Lou-
vre , aux Tuilleries , & plufieurs autres lieux , qui font l'admiration des
étrangers.　La rareté met l'enchére ,
là où l'abondance diminuë le prix : je
m'accoûtumai enfin à regarder toutes
ces beautez avec une efpéce d'indifférence , & de l'indifférence je paffai
infenfiblement au dégoût ; de forte
qu'abandonnant toutes ces curiofitez
aux perfonnes oifives , je commençai à m'apliquer avec foin à l'Art auquel
je m'étois deftiné. Monfieur Rouffeau
avoit beaucoup de pratique , & encore plus d'expérience : les fréquentes
cures qu'il faifoit me donnoient tous les
jours de nouvelles lumiéres.

　Avec tout cela je ne laiffois pas de
m'éxercer quelques heures du jour
aux Langues & aux Sciences , qui
avoient fait toute mon occupation auparavant. Je fus d'autant plus exci-
té à cela , que la Philofophie & les
Mathématiques fembloient être deve-
nuës à la mode : tout ce qu'il y avoit
d'honnêtes gens s'y apliquoient , de
quel-

quelqu'âge & condition qu'ils fuſſent.
Il parut même un Traité des Sections
coniques, que l'on attribuoit au fils
de Mr. Paſcal, Intendant de Juſtice
à Roüen, qui donna de l'étonnement
à bien des Savans. Je fus curieux de
le parcourir, mais j'y trouvai des
choſes qui me ſembloient être au-deſſus de la portée d'un garçon de ſeize
ans, puiſqu'en des endroits il ſurpaſ-
ſoit Apolonius. Bien des gens ſe trouvérent de mon opinion, ſur tout lors
qu'ils vinrent à conſidérer, que le Pére de ce prétendu jeune Auteur, étoit
lui-même conſommé dans cette Science, de maniére que la plûpart conclut,
que celui-ci étant d'ailleurs établi, en
vouloit faire honneur à l'autre, pour
lui donner par-là entrée au monde.
Quoi qu'il en ſoit pourtant, il eſt ſûr
que Mr. Paſcal le jeune avoit l'imagination vive, beaucoup de pénétration, & pas moins de jugement, comme cela a paru dans la ſuite. Mr. Mo-
rin, auquel je pris la liberté de m'a-
dreſſer, & qui me reçut de la maniéré
re du monde la plus honnête, me
procura auſſi la connoiſſance de Mr.
Des Argues, de Mr. Midorge, & de

plusieurs autres Mathématiciens, qui
m'épargnérent bien du travail par les
beaux Manufcrits qu'ils me commu-
niquérent, & les métodes claires &
abregées dont ils voulurent bien me
faire part. Par le moyen de ces doc-
tes Perfonnages, j'eus de même entrée chez le Révérend Pere Marfen-
ne. Cet habile homme me fut d'un
grand fecours pour l'intelligence de
plufieurs queftions de Phifique & de
Métaphifique. Comme il avoit de
grandes liaifons avec Mr. Defcartes,
qui étoit alors en Hollande, je ne lui
propofois rien de difficile qu'il ne me
l'éclaircit tôt ou tard. Ce fut lui qui
me mit le premier en main les fix Mé-
ditations de ce célébre Philofophe.
Le defir d'aprendre à démontrer l'é-
xiftence d'un Dieu, l'immatérialité de
l'ame & fa réelle diftinction d'avec le
corps, me les fit lire avec toute l'attention dont j'étois capable; mais j'a-
vouë franchement que je n'en fus
point fatisfait. Sa métode pour bien
conduire la Raifon, & chercher la vérité dans les Sciences, fa Dioptrique,
fes Météores, fon Monde, & générale-
lement tout ce que j'avois vû de lui,
me

me charmoit ; mais pour fa Métaphifique , je le dis encore une fois , rien
ne m'en revenoit que la fubtilité des
raifonnemens. Ce qui me fit conclure , que nous ne devons rien entreprendre au-deffus de la portée de notre petit efprit ; ne nous entretenir que
des corps , nous borner à en expliquer la nature , la figure , le nombre ,
les propriétez , les changemens caufez
par le mouvement, & ce que l'on y peut
remarquer de plus pour notre ufage ,
pour le bien de la Société , & pour
l'intelligence & l'avancement des connoiffances humaines ; fans nous mêler
de vouloir rendre manifeftes , & pour
ainfi dire vifibles , des fujets qui de
leur nature font cachez , & qui doivent vrai-femblablement être à jamais
les objets de notre foi , & de notre
admiration. Il parut bien - tôt après
que je n'étois pas feul de ce fentiment
là. Un Auteur inconnu fit publier à
la Haye , un Livre anonime , où il
prétendoit ruïner la Philofophie de
Mr. Defcartes. En même - tems , le
Pere Bourdin l'attaqua par des Thé-
fes publiques. Enfuite parurent les
objections de Mrs. Hobbes , Gaffen.

A 5,   di-

di , Arnaud & autres , au fujet de fa
Métaphifique. Comme je m'intéref-
fois pour cet Auteur , j'étois curieux
de voir tout ce que je pouvois de fes
difputes ; cela me prenoit beaucoup
de tems. Mon Maître m'en faifoit
fouvent des reproches ; il prétendoit
que je négligeois le principal pour
m'attacher à des chofes qui ne me pouvoient pas être de grande utilité ; &
dont plufieurs n'étoient pas de l'apro-
bation de tout le monde ; Il en vint
même jufqu'à me reprocher un jour ,
que je prenois le grand chemin de l'a-
théïfme , en ce que j'avois déja em-
braffé une opinion qui venoit nouvel-
lement d'être condamnée par le Tribunal de l'Inquifition , en la perfonne de Galilée , qu'on avoit confiné
dans les prifons du Saint-Office , après
avoir fait brûler par la main du Bou-
reau fon Traité du Mouvement circulaire de la Terre , fuivant les principes de Copernic. Et afin que ces
reproches ne me rebutaffent point entiérement , on avoit foin de les affai-
fonner de loüanges fur les talens confidérables que j'avois pour la Chirurgie , & les connoiffances que j'y avois
aqui-

aquifes, nonobftant le tems que je donnois à d'autres occupations.

Enfin, voyant que cela étoit incapable de me donner de l'averfion pour ces belles Sciences, il forma le deffein de m'embarquer dans le mariage. Il avoit une niéce fort jolie, & qui, après la mort de fa mére, devoit avoir confidérablement du bien, dont il ne ceffoit de m'entretenir ; il me faifoit fouvent entendre qu'il ne feroit pas fâché que je l'euffe pour femme, & que fe faifant vieux, il feroit bien capable de me remettre entiérement fa Boutique qui étoit bien achalandée : mais ce n'étoit pas-là où je butois. S'apercevant de mon indifférence, il devint aufli beaucoup plus froid à mon égard qu'il ne l'avoit été auparavant ; jufques-là qu'il commençoit à me négliger, & à me cacher des chofes que je ne pouvois bien aprendre que de lui-même : de forte qu'après mes deux années d'aprentiffage, je paffai à Dieppe, où je reftai encore un an tout entier chez Mr. la Croix, qui étoit, fans contredit, auffi un très-habile Maître.

Je ne m'amuferai point ici à réciter

les

les petites Avantures que j'eus dans
l'une & dans l'autre de ces Villes : je
ne les trouve pas affez confidérables
pour cela ; mais je ne fçaurois paffer
fous filence , que dans ces entrefaites ,
il arriva dans ce lieu maritime , un
homme que le vulgaire apelloit le
Juif errant. Mon Maître , qui étoit
curieux & affez commode , après
lui avoir parlé plufieurs fois par occafion , l'invita à dîner un jour chez
lui , pour avoir la commodité de l'entendre caufer pendant quelques heures. La premiere chofe qu'il nous dit ,
fut , qu'il étoit contemporain de Jefus-
Chrift , lequel il avoit vû crucifier
de fes propres yeux. Je m'apelle ,
ajoûta-t-il , Michob , autrefois domeftique de Ponce Pilate. Ce Juge
Romain aïant prononcé Sentence contre Jefus , je m'aprochai de ce prétendu criminel , pourfuivit-il , & lui
dis : Que fais-tu ici plus long-tems ?
N'as-tu pas entendu ta condamnation :
fors , pourquoi tardes-tu ? Surquoi
ce faint homme me répondit : Je m'en
vai , mais tu demeureras jufques à ce
que je revienne. Il y a , difoit-il ,
plus de feize cens ans de cela , j'ef-
pere

pere que ce fera la plus grande partie
du tems que je dois errer fur la terre. La plûpart des gens cherchent à
vivre, il y en a peu qui ne vouluffent ajoûter un fiécle au terme qu'ils
ont déja paffé, fi cela étoit en leur
puiffance, mais pour moi, je fouhai-
terois de tout mon cœur que je fuffe
mort il y a mille ans. Comme le
drôle parloit toutes fortes de Langues,
qu'il avoit par conféquent la mémoire heureufe, & qu'il n'avoit fait que
voyager, c'étoit un plaifir de lui entendre debiter mille chofes, comme
des véritez claires & évidentes, que
des fiécles reculez ne nous avoient
permis d'envifager que confufément,
& d'une maniére fort incertaine. Il
n'y a point de coin au monde où il
n'affurât qu'il avoit été. Il nous nomma plufieurs Royaumes & Républi-
ques aux environs des deux Poles,
dont nous n'avions jamais oüi parler,
& qui devoient, felon lui, être bien-
tôt découverts. Toutes les Cours du
monde lui étoient connuës. Il n'ignoroit pas la moindre circonftance des
Révolutions les plus remarquables aufquelles les Empires avoient été fujets

de-

depuis qu'il étoit au monde. Enfin, les incidens les plus reculez lui paroiſſoient auſſi récens que s'ils venoient que d'arriver. Mais l'endroit où nous devinmes tout oreilles pour l'entendre, fut lorſqu'il ſe mit à nous entretenir des Saints qui reſſuſcitérent à la crucifixion de Jeſus-Chriſt. Tout Jéruſalem, diſoit-il, étoit en alarme, lors que le bruit s'épandit, que ceux qui étoient aux cimetiéres avoient vû la terre mouvoir en pluſieurs endroits, les ſépulcres s'ouvrir, ſans que perſonne y mit la main, & des corps nuds paroître, & faire mille mouvemens différens. La peur, continua-t'il, que ce ſpectacle ſi peu attendu cauſa, donna la fiévre, & même la mort à pluſieurs des aſſiſtans. Les plus hardis en voulurent pourtant voir la fin, & ils furent merveilleuſement ſurpris lors que, quelque tems après, ils virent des créatures humaines ſortir tout à fait de leurs tombeaux, & s'enfuïr avec beaucoup d'empreſſement au travers de la multitude, qui leur ouvroit le paſſage, en ſe laiſſant tomber par terre, comme ſi chacun d'eux eut dû

aller

aller occuper leur place. Perſonne ne
put voir , ajoûtoit Michob , quelque
attentif qu'il fut , de quel ſexe ces reſ-
ſuſcitez étoient : ils paroiſſoient tous
d'une même grandeur , d'un même
âge , d'un même embonpoint , & ne
portoient aucune marque qui les dif-
tinguât l'un de l'autre. Ils n'avoient
pas un poil ſur tout le corps : leur
ventre étoit plat , & ſembloit comme
attaché aux reins ; pluſieurs tenoient la
bouche ouverte , mais on n'y apercevoit point de dents : & leurs doigts
ronds & unis ſembloient être entiérement dénuez d'ongles. Ce qui lui
faiſoit conclure que toutes les parties
excrémentales , & celles qui nous ſervent à broyer , à recevoir & à diſ-
ſoudre les alimens , pendant que nous
ſommes ſujets à la mort , ne nous ac-
compagneront point dans l'autre monde , où ils ne nous feroient en effet
d'aucune utilité. Enfin , à l'entendre
dire , on n'avoit jamais ſû poſitivement
ce que ces perſonnes-là étoient de-
venuës : le bruit courut pourtant quelques jours après , qu'ils s'étoient retirez en Galilée , où ils devoient s'a-
boucher avec Jeſus-Chriſt : & de-là
être

être portez dans le féjour des Bien-
heureux. On peut croire que cette
matiére curieufe ne manqua pas de
donner lieu à une longue converfation : il étoit minuit quand notre Hôte nous quitta , & mon Maître , nonobftant les converfations qu'il avoit
euës avec lui ailleurs ; l'auroit volontiers retenu jufqu'au lendemain. Comme les Magiftrats le traitoient de Vi-
fionnaire , on fe mettoit fort peu en
peine de ce qu'il difoit : auffi n'étoit-
il point dangereux , & il ne demandoit rien à perfonne. Le menu peuple , & quantité de femmelettes crédules & fuperftitieufes , qui le regar-
doient comme un prodige , lui four-
niffoient fuffifamment tout ce dont il
avoit befoin ; outre qu'il reftoit fort
peu en un lieu , & qu'il ne faifoit
effectivement qu'errer par le monde.

Son départ , joint à toutes les belles chofes que je lui avois entendu
dire des Païs étrangers , augmenta
encore beaucoup le defir que j'avois
naturellement de voyager. Je communiquai mon deffein à Monfieur la
Croix , & comme il me faifoit déja la grace de publier avec foin dans

toutes les occasions, les progrès que j'avois faits dans ma profession, il ne me fut aucunement difficile d'entrer pour Chirurgien dans le Vaisseau du Capitaine le Sage, qui alloit faire un Voyage à la Martinique. Nous partîmes donc de Dieppe le vingt & uniéme du mois de Mai 1643. notre Bâtiment ne montoit que quatre piéces de Canon, & l'équipage consistoit en cinquante - deux hommes. Quoique le Capitaine fut Huguenot, il ne laissoit pas d'être parfaitement honnête homme, équitable, & extrèmement dévot. Il n'auroit pas permis qu'un seul jour se fut passé sans que chacun eut assisté le matin & le soir aux priéres publiques, qu'un Etudiant en Théologie, nommé Pierre du Quesne, faisoit avec beaucoup de zéle & d'édification : du moins pour ce qui me touche, je puis dire que je conçûs d'abord de l'estime pour ce jeune Homme, & que je ne l'eûs pas fréquenté quinze jours, que j'avois bien rabatu du respect que les Moines m'avoient inculqué pour les Saints & les Saintes du Paradis. Le malheur ne voulut pas que je profitasse
long-

long-tems des leçons falutaires que je recevois dans cette agréable compagnie.

Vingt-fept jours après notre départ, étant parvenus à la hauteur du Cap de Finifterre, on s'aperçût que notre Navire faifoit beaucoup plus d'eau qu'à l'ordinaire. Les Charpentiers qui étoient toûjours alertes, firent toutes les diligences poffibles pour découvrir la caufe de ce défaftre : mais nonobftant ce grand zéle, & les pompes qui marchoient jour & nuit, il fut impoffible de leur en faciliter les moyens. Au bout de trente-fix heures l'eau étoit montée à telle hauteur, qu'elle fortoit par les fabords. Le Capitaine voyant bien que le mal étoit fans reméde, fit mettre les deux Chaloupes en mer, il nous commanda de nous arranger dans la grande, fans prendre abfolument que l'argent, que nous n'avions pas en trop grande quantité, Mr. le Sage étoit encore refté à bord avec le Maître, les Pilotes, & quatre autres jeunes Meffieurs, qui n'étoient-là que pour leur plaifir, lors que le Navire enfonça comme une pierre. Quoi qu'ils fe fuffent prépa-
rez.

rez à cela, ils ne laiſſérent pourtant pas
d'être embaraſſez de leurs perſonnes.
Etant encore à portée, nous leur donnâmes tout le ſecours dont nous étions
capables, mais nous ne pûmes pourtant pas éviter le malheur de perdre
l'un de ces quatre garçons nommé du
Colombier, Gentilhomme de Picardie,
& qui n'avoit pas encore atteint l'âge
de quinze ans.

On fut obligé de ſe conſoler de
cette perte, & de voir de quel côté il
étoit à propos de tirer ; car quoi que
nous euſſions tâché de gagner terre
depuis plus de deux jours, le vent qui
étoit Sud-eſt, ne nous étoit nullement
favorable pour cela. Ce qu'il y avoit
de plus mortifiant, c'eſt que nous n'a-
vions que fort peu de vivres, tant
pour avoir mal compris le ſens des
paroles du Capitaine, qu'à cauſe que
nous n'avions pas eu le tems de nous
en fournir ; & que nous étions deſti-
tuez de Bouſſole pour nous conduire.
Le Ciel étoit aſſez tranquile, la Mer
calme, & le tems agréable ; mais chacun apréhendoit pour l'avenir. Nous
faiſions cependant tous nos efforts
pour nous aprocher du rivage, à la
vûë

vûë du Soleil le jour , & des Etoiles
pendant la nuit , fans que nous puffions remarquer que nous avançaf-
fions confidérablement : de maniére
que nous commençions à defefpérer
de notre falut ; à quoi un broüillard
épais , qui tomba le troifiéme jour ,
ne contribua pas peu. Ce fut dans ce
tems-là , qu'il étoit impoffible de voir
à la diftance de deux pieds , que la
petite Chaloupe s'écarta de la nôtre.
Le Capitaine s'en étant aperçû , par
les cris que nous faifions réciproquement pour nous avertir , preffa les rameurs débiles de faire de nouveaux
efforts pour nous rejoindre ; mais cela ne leur réüffit que trop bien : car
étant venus fondre contre notre petit
Bâtiment , ceux qui étoient dedans en
furent fi fort alarmez , qu'ils fe levé-
rent tous à la fois , & donnérent une
telle fecouffe au leur , qu'il renverfa
fans deffus deffous. Nous eûmes affez de peine à les fecourir , & encore plus à leur donner place : nous
étions tous l'un fur l'autre , & il y
avoit plus de deux fois vingt-quatre
heures que nous n'avions abfolument
rien à manger.

En-

Enfin, le bon Dieu voulut que sur le midi, l'astre du jour ayant dissipé les broüillards, nous découvrîmes plusieurs voiles venant à nous : on ne sçauroit exprimer la joye que cette agréable vûë nous donna. Nous tournâmes d'abord vers eux pour aller à leur rencontre : trois ou quatre heures après ils nous joignirent, & le Capitaine Davidson nous reçut fort favorablement dans son bord. Il étoit de Portsmouth, & servoit de Convoi à dix-sept Vaisseaux Marchands Anglois, qui s'en alloient à Lisbonne. Comme nos boyaux n'avoient pas encore eu le tems de se retrécir, & que de l'avis des Médecins, que nous n'allâmes pourtant pas consulter pour cela, il n'y avoit aucun danger de boire & de manger à son aise, on ne nous eut pas plûtôt aporté des vivres, que chacun se faisoit un plaisir de nous voir remuër le menton. Tout ce que l'on nous servoit disparoissoit, comme si on l'avoit jetté dans un puits. Nous fûmes pourtant plûtôt remplis, que nous ne nous sentîmes rassasiez. Un profond assoupissement succéda immédiatement au repos que nous accordâmes

dâmes enfin à nos machoires : je doute qu'il y en eut aucun des nôtres, qui
ne dormit au moins vingt heures avant
que d'être bien éveillé. Après le fecond repas, nous nous trouvâmes entiérement remis. Un Lieutenant du
Vaiffeau, qui parloit François, voulut que je lui fiffe le détail de nos
infortunes : en des endroits il en paroiffoit touché, en d'autres il ne pouvoit s'empêcher de rire. Enfin, nous
arrivâmes à bon port, & mîmes pié à
terre à Lisbonne le premier Juillet,
fans qu'il nous manquât perfonne que
le feul Colombier.

CHAPITRE II.

Du féjour de l'Auteur à Lisbon-
bonne, &c.

Lisbonne eft fituée près de l'embouchure du Tage, en un lieu extrémement divertiffant : c'eft affurément une des plus belles Villes de
l'Europe. Le Commerce, qu'on y fait
eft très-confidérable, ce qui la rend
fort peuplée & très - riche. Suivant

le calcul que j'en ai fait en gros, elle doit contenir plus de vingt mille maifons. Il y a trente-cinq ou quarante Portes, pour la commodité des Habitans, & je fuis fort trompé, fi elle n'a deux grandes lieuës de tour. Un certain Monfieur du Pré, Chirurgien de profeffion, fut celui auquel je fus adreffé, comme à un homme qui avoit beaucoup de pratique, & qui pouvoit me donner de l'occupation. En effet, ce bon homme me reçut à bras ouverts. Je n'avois été guére chez lui, que je remarquai qu'il étoit Réformé; il n'alloit que fort rarement à la Meffe : fouvent il faifoit lire des Sermons à fes enfans, & jamais le Dimanche ne fe paffoit qu'il ne les catéchifât en particulier. Lui de fon côté, reconnut auffi bien-tôt que je n'étois rien moins que bígot; il m'avoua qu'il tenoit la Bible chez lui, pour l'inftruction de fa famille, il me porta même à la voir.

Il ne faut pas mentir, la premiére fois que j'en fis la lecture, ce qui fut expédié en fort peu de tems, je la pris pour un Roman affez mal concerté, que je traitois pourtant de Fables

bles Sacrées. La Généfe , felon moi ,
étoit une pure fiction ; la Loi des Juifs
& leurs cérémonies , un badinage &
de vaines puérilitez : les Propheties ,
un abîme d'obfcuritez , & un galima-
tias ridicule : & l'Evangile une frau-
de pieufe , inventée pour bercer des
femmelettes & des efprits du commun. Ce qui me choqua d'abord , fut
de voir dans la Création , précéder la
lumiére aux luminaires qui la produi-
fent , & fans lefquels il n'y auroit que
ténébres & obfcurité. Enfuite , je m'ac-
crochai à la néceffité de travailler &
de mourir , qui ne fut impofée à l'homme , à ce qu'on prétend , qu'en conféquence de fon crime. Après vint la
Sentence prononcée à la femme , d'en-
fanter avec douleur , & au Serpent de
ramper fur fon ventre , comme s'il
avoit eu des jambes auparavant. L'I-
ris , qui fut mis dans la nuë après le
Déluge , pour banir du genre humain
la crainte de périr une feconde fois par
les eaux. La grace que le Ciel accorde à Lot de fortir de Sodome , pour
le laiffer aller incontinent après commettre un double incefte avec fes filles. Les Amours de Pharaon & de
Sara ,

Sara, femme d'Abraham, & le rapt de la même personne, parvenuë à une vieilleffe décrépite, par Abimelec Roi de Guérar. Les fréquens dialogues de la créature avec son Créateur, le paffage de la Mer rouge, & tant d'autres Miracles faits pour les Juifs, l'Afne qu'on fait parler pour dire fi peu de chofe, & mille autres difficultez de cette nature, embaraffoient prodigieufement ma raifon. Je ne pouvois pas comprendre que les effets puffent paffer devant leurs caufes : on m'avoit tellement apris le contraire dans les Ecoles, & l'expérience journaliére m'avoit tant de fois confirmé cette vérité dans les ouvrages de la Nature, que je ne daignois pas feulement y faire la moindre réfléxion. Il ne me paroiffoit pas moins abfurde que l'homme eut été immortel s'il n'eût pas defobéi à Dieu, puifque je ne voyois aucune aparence que l'ordre & la conftitution de fes parties euffent fouffert aucune altération depuis qu'il avoit reçû la vie. Et il ne me venoit pas dans l'efprit que la terre eût été en état de produire fes fruits continuellement dans la même abondance fans être cultivée, à moins qu'elle n'eut

B   été

été d'une toute autre nature qu'elle
n'eſt préſentement, ce qui n'eſt pas
vrai-ſemblable. Cent Voyages que j'a-
vois lûs, m'aſſuroient que les femmes
en général, qui habitent aux Indes O-
rientales, dans l'Afrique & dans l'A-
mérique, aux environs de l'Equateur, ne ſouffrent guéres de douleur,
lors qu'il s'agit de mettre une créature humaine au monde. Juſques-
là, que celles du Breſil vont ordinairement ſe délivrer proche de quelque fontaine, ou riviére, où elles ſe
lavent elles-mêmes, nettoyent le petit enfant, & le portent enſuite à leurs
maris, qui ſe mettent d'abord au lit,
en font les couches, & en reçoivent
les félicitations, pendant que la femme s'occupe à aller chercher & aprêter de quoi les bien régaler. Au lieu
que parmi les Peuples qui demeurent
aux environs des Poles, le ſéxe a beaucoup à ſouffrir dans ces conjonctures,
& y périt même fort ſouvent : de ſorte que cela varie à proportion des climats, & de la conſtitution des perſonnes. Ce qui ſe rencontre tout de
même dans les bêtes, qui ſans avoir
péché, ne ſont pas moins ſujettes à ces
differens changemens. Enfin, car il
fau-

faudroit faire de gros volumes pour
épuifer cette matiére, fachant la caufe de l'Arc-en-ciel & de fa grandeur,
auffi-bien que de fes couleurs, & en
ayant cent fois fait d'artificiels moi-
même ; comme cela eft aifé à éxécuter, en éparpillant de tous côtez une
quantité d'eau, dont on s'eft rempli
la bouche, dans un endroit opofé aux
rayons du Soleil & au delà duquel il
n'y ait point d'objets fort éclatans,
& de plufieurs autres maniéres : j'a-
vois de la peine à digérer que Moïfe nous en parlât comme d'un Météo-
re inconnu auparavant.

Tous ces obftacles néanmoins ne me
rebutérent point entiérement : j'entrepris une feconde fois de parcourir ce
faint Livre, à condition pourtant qu'à
mefure que je le feuilleterois, j'en
demanderois l'explication à mon Maître. Il y confentit, & nous étions tous les
jours enfoncez dans la difpute : le bon
homme s'emportoit fouvent contre
moi, & j'en fortois à bon marché lors
qu'il ne m'avoit traité que de liber-
tin, d'opiniâtre & d'incrédule. Il n'eft
pas étonnant, lui difois-je quelquefois, de voir une foule de nageurs
fuivre le cours rapide d'une vafte &

profonde Riviére, puifque cela n'eft pas moins agréable qu'aifé : mais auf-fi-tôt qu'il en paroît un feul , qui tournant le dos aux autres , coupe le fil de l'eau , & avance avec promptitude vers fa fource ; cette action furprend les affiftans : les uns le confidérent avec admiration , les autres le regardent avec envie : fes compagnons fur tout en font jaloux , ils en crévent de dépit , & n'omettent rien de ce qu'ils font capables d'imaginer pour le décrier & pour le perdre , parce que ce qu'il fait eft un marque évidente d'adreffe & de vigueur de fon côté ; & du leur , de pure lâcheté & de foibleffe. Il en eft de même des fentimens que nous avons au fujet des Sciences , & principalement de la Religion : ceux que nous avons pris en naiffant nous demeurent , nous ne faurions abfolument en fouffrir d'autres ; tout ce qui ne leur eft pas conforme nous déplaît , & l'on paffe infailliblement pour un écervelé , ou pour un fcélérat , dès le moment que l'on parle de s'en écarter. Cependant , je vous annonce, que comme j'ai beaucoup meilleure opinion des qualitez

d'un

d'un homme qui nage contre le courant d'un torrent, que d'un autre qui se laisse insensiblement emporter à ses flots ; je fais de même un jugement infiniment plus avantageux de la pénétration & de la solidité de l'esprit de celui qui examine tout , & qui s'opose quelquefois même à des opinions reçûës depuis long-tems , que de ceux qui les ont héritées de leurs ancêtres , & qui ne les conservent souvent qu'à cause de leur âge , ou de leur autorité : parce qu'il arrive rarement que l'on sorte de la voye commune , que l'on n'ait des raisons pour le faire ; au lieu que l'on peut fort bien n'en pas avoir pour ne s'en point écarter.

Pendant nos premiers entretiens il arriva encore une affaire qui donna lieu à une nouvelle dispute. Un Capitaine de Navire ayant amené quelques Négres d'Afrique , fit présent d'un des mieux tournez à un de ses amis, homme de considération & de grands moyens , mais capricieux & dificile. Ce Noir , aprés avoir demeuré quelques années chez un si rigide Maître , & en avoir souffert mille in-

B 3 digni-

dignitez , ceffa de fe poffeder , & réfolut , quoi qu'il en pût arriver , de
s'en venger de la maniére du monde
la plus dangéreufe. Il alla pour cet
effet chez l'Apoticaire de la maifon ,
& fous prétexte qu'ils étoient extrémement incommodez des rats , il demanda pour deux ou trois fous d'ar-
fenic. A peine étoit-il forti de la boutique , pour aller faire quelques mef-
fages , dont il étoit chargé, que l'A-
poticaire envoya dire au Monfieur ,
que depuis que fon More étoit venu
prendre de la mort-aux-rats , il lui
étoit venu dans l'efprit qu'il favoit une
compofition admirable pour exterminer cette vermine , & que s'il lui plaifoit , il lui en envoyeroit la récette
fur le champ. Ce meffage étonna le
Monfieur , qui étoit inquiet de fon
naturel , & qui fe fouvenoit très-bien
que le jour précedent il avoit encore
fort maltraité fon domeftique. Il le
fait apeller pour favoir de lui ce qu'il
vouloit faire de ce poifon, & jure par
ce qu'il y a de plus facré , qu'il va
lui ôter la vie , s'il aperçoit en lui
des marques capables de lui donner
le moindre foupçon. Il fe trouva que
le

le valet n'y étoit pas. Auffi-tôt qu'il arriva, une fervante, que la peur de le voir rouër de coups avoit faifie, l'avertit en fecret de ce qui fe paffoit. Le malheureux en prit l'épouvante, & ne fe fentant pas affez effronté pour foûtenir l'éxamen auquel il étoit deftiné, il fe gliffe doucement en haut, & fans autre forme de procès, le miférable s'étrangle. Son Maître cependant s'impatientoit terriblement de le voir : il envoya plufieurs perfonnes pour le chercher aux endroits où on l'avoit envoyé ; enfin il fut tout étonné, lors qu'environ une heure après, un laquais lui vint raporter qu'il venoit de le trouver pendu au grenier.

Le bruit d'une action fi tragique ne tarda guére à fe répandre dans tout le quatier ; mon Maître y courut, comme chez l'un de fes principaux chalans, & après s'en être entretenu avec le Monfieur, il le pria pour bien des raifons, de faire en forte qu'il pût obtenir ce cadavre. Comme il avoit du crédit il ne fit aucune difficulté de l'affurer qu'il l'auroit, & il lui tint dès le même jour fa parole. Auffi-

tôt

tôt qu'il fut entre nos mains nous en fimes la diffection dans les formes. Toutes les parties y étoient difposées comme dans le corps d'un blanc, du moins nous n'y remarquâmes aucune différence : mais ce qui nous furprit également, c'eft qu'immédiatement au deffous de l'épiderme, nous découvrîmes une membrane extrêmement déliée & délicate, que mon Maître n'avoit jamais aperçûë ailleurs, & dont je n'avois pas encore ouï parler. Il fit auffi-tôt part de cette découverte à un fameux Médecin de la Ville qui s'y rendit à fa priére : cet habile homme n'en parut pas fi étonné que je me l'étois imaginé ; la même chofe lui étoit arrivée dans une occafion femblable, qui avoit été pourtant l'unique de fa vie, n'ayant jamais eu d'autres Négres entre les mains. Ainfi nous jugeâmes que cela devoit être la véritable caufe de la noirceur de cette efpéce d'hommes, en ce que cette tunique émouffe & abforbe fans doute, les rayons de la lumiére, comme au contraire, une feuille d'argent vif, apliquée derriére une glace de Venife, les fait réfléchir

&

& les renvoye vers l'endroit d'où ils
font partis : ce qui donna matiére à
bien des raifonnemens fur l'origine
des Ethiopiens, qui femble ne devoir
pas être celle des autres hommes ,
vû cette remarquable différence. Suivant ce principe, je voulus infifter fur
les conféquences , qui n'alloient pas
moins qu'au renverfement entier du
Siftême de l'Auteur Sacré que nous
traitions. Mais on me ferma la bouche , en difant qu'il y avoit bien des
chofes que Dieu veut que nous admi-
rions , qu'il nous deffend d'aprofondir.

Je pris d'ailleurs bien du plaifir à
entendre difcourir ce Docteur fur la
conftruction & les opérations du corps
humain. Il parloit Latin comme Ci-
céron , & n'étoit pas moins bon Ora-
teur que Démofthéne. Tout ce qu'il
difoit me charmoit , parce qu'il n'ex-
primoit rien qu'en termes forts & choifis , & qu'il affectoit par tout d'être
clair & intelligible.

Je ne m'amuferai point à faire ici
le détail du long entretien que nous
eûmes fur ce beau fujet : je dirai feulement qu'il nous fit remarquer trois

B 5   cho-

chofes qui s'étendent généralement
par tout le corps ; l'une extérieurement , qui eft la peau , & les autres,
favoir les veines & les nerfs , dans les
parties intérieures & les plus cachées
de fa maffe. La peau , difoit-il , eft
néceffaire à l'animal , en ce qu'elle
couvre tous fes membres. C'eft elle,
qui , comme une coque , les renferme
& les envelope de toutes parts , de
maniére qu'elle eft capable , fi on l'y
accoûtumoit de bonne heure ; comme
on fait par raport au vifage & aux
mains , de nous garantir contre les
injures de l'air. Les veines & les artéres , ces petits ruiffeaux où coule le
fang , véritable principe & caufe im-
médiate de la vie , tirent leur origine
du cœur , & parcourent toute la machine , de forte qu'il n'eft pas poffible de la piquer en aucun lieu , pour
petit qu'il puiffe être , qu'on ne perce
quelques-uns de leurs rameaux , ce
qui fe voit à la couleur vermeille de
l'humeur qui en fort dans le moment.
Enfin il n'y a point d'endroit en nous
où il ne fe rencontre des nerfs , cela
eft clair , & on en peut aifément convaincre ceux qui prétendroient le nier,

ou

ou le révoquer en doute. Ces nerfs proviennent tous, fans exception, du cerveau, où comme autant de cordes, bâtons, ou tubes creux, ils ont une de leurs extrémitez tellement arrangées les unes auprès des autres, qu'elles forment enfemble comme une Sphére, au milieu de laquelle fe trouve une petite glandule extrêmement fenfible & délicate, attachée à fa bafe à un nombre infini d'artéres imperceptibles, lefquelles lui aportent du cœur un quantité prodigieufe d'efprits, qui la tiennent dans une agitation continuelle, & prête à céder au moindre mouvement étranger.

Supofant donc que ces nerfs, où les petites fibres, dont ils font compofez, font remplis d'efprits, comme en effet ils le font toûjours pendant la veille, au lieu qu'ils s'en trouvent en partie dénuez auffi long-tems que dure le fommeil, s'il arrive que quelqu'objet, quel qu'il foit, vienne à heurter contre le bout extérieur, ou à quelqu'autre partie de ces tubes, il eft évident qu'étant pleins, & par conféquent tendus, l'autre extrémité, qui eft au cerveau, doit fe reffentir

du choc , & communiquer ce mouvement à la glande , qu’on ne sauroit
se dispenser d’établir comme le siége
du sens commun : ni plus ni moins
qu’il est impossible , supposé que je
tienne de la main mille bouts de ficelle attachez ensemble , que personne
ne en tire un seul que je ne m’en
aperçoive incontinent ; sans que je
puisse pourtant désigner l’endroit où
s’est fait cette atraction. Et comme l’expérience m’a apris depuis le
berceau , que les coups , les playes &
les autres incommoditez , que reçoit mon corps , lui viennent ordinairement de dehors , toutes les fois que
je sens la moindre agitation en l’une
de mes parties , je ne saurois m’empêcher d’en attribuër la cause à quelque agent extérieur , & croire que
c’est proprement l’extrémité de quelque nerf, & aucune autre de ses parties qui a été touchée. Et nous sommes naturellement si fort préoccupez
de ce sentiment , que ceux qui ont eu
le malheur de perdre , par exemple
un bras , soûtiennent hautement que
la douleur qu’ils sentent est aux doigts
de la main , qu’ils n’ont plus , & en
au-

aucun autre endroit : ce qui fe confirme tous les jours par l'expérience.
Soit donc que l'impulſion fe faſſe par
des rayons de lumiére ſur les nerfs
optiques : par les petites particules des
viandes ſur les nerfs qui aboutiſſent
à la langue, ſuivant leur figure & leur
mouvement : par les parcelles imperceptibles qui ſe détachent des corps,
que l'on apelle odorans, ſur les apo-
phiſes mammilaires, ou de quelqu'autre maniére que ce ſoit, cela revient
à la même choſe : les organes ont beau
être différens, l'atouchement eſt la
ſeule & unique cauſe de toutes les
perceptions dont nous ſommes capables. De-là il paroît que ceux qui
ont fixé le nombres des ſens à cinq,
n'en ont pas bien connu la nature :
non plus que quelques autres qui ne
ſachant ſous lequel de ces cinq gen-
res ils devoient placer la faim, la ſoif
& le plaiſir de l'amour, en ont compté juſqu'à huit; puiſqu'il paroît clairement, par ce que nous venons de
dire, qu'il n'y en a abſolument qu'un.

Je dis plus, continua-t-il, il ne
me feroit pas difficile de démontrer
Mathématiquement, & à l'aide d'une
fi-

figure Géométrique, qu'il est impoffible, les chofes étant prifes à la rigueur, d'avoir auffi parfaitement que
nôtre nature le peut permettre, plus
d'une perception à la fois; & que lors
qu'il s'en fait deux ou trois enfemble,
il est néceffaire qu'elles foient confufes, comme l'expérience nous enfeigne, que de toutes les parties d'un
objet que nous envifageons, il n'y a
abfolument que le point qui corref-
pond aux axes optiques, qui fe voyent
parfaitement & diftinctement, les autres ne s'apercevant bien qu'à proportion qu'ils font proches de leur
centre. Nos idées ou les images de
nos penfées, ne différent non plus
entr'elles que nos perceptions ; car
quoi qu'on en faffe de deux efpéces,
lefquelles on diftingne par les termes
de conception & d'imagination, il
est fûr que l'atouchement est la feule
caufe de l'une & de l'autre ; c'est l'u-
nique fource de toutes les connoiffances humaines, & même de nôtre Raifon, qui au fond n'est que l'affem-
blage, ou la defunion des noms, que
nous avons, d'un commun confentement, impofez aux fubftances, telles
qu'elles

qu'elles nous paroiffent par le fens,
c'eft-à dire conformément à leurs qualitez, & nullement à leur effence. Les
autres animaux ayant leurs organes
femblables aux nôtres, ont fans doute auffi les mêmes perceptions ; il n'y
a que le plus ou le moins qui en
peut faire la différence. Donc les bêtes ont de la raifon, & fi on les en
veut priver, ce ne peut être que par
raport à la parole qui leur manque,
pour donner comme nous des noms
aux chofes que le mouvement rend
capables de les affecter ; car au demeurant elles favent fort bien diftinguer.

Un cri épouventable, que la fervante fit ici, interrompit brufquement nôtre Médecin. La pauvre fille en aportant une braffée de bois du
grenier, avoit fait un faux pas, &
étoit tombée du haut de l'efcalier jufqu'à terre. Nous courûmes tous à fon
fecours, & trouvâmes qu'elle avoit
la jambe droite caffée. Le Docteur
ayant été témoin du premier apareil
que l'on y apliqua, fe retira chez lui,
à mon grand regret, puifqu'outre
quelques objections que j'étois prêt à
lui faire, j'aurois bien voulu entendre

dre la conclufion d'un difcours auffi curieux que me paroiffoit celui dont il nous avoit entretenu jufqu'alors , & qui devoit, felon toutes les aparences , avoir des fuites qui n'auroient pas été de la portée de tout le monde : & ce regret fut d'autant plus grand dans la fuite , que je ne pus jamais trouver l'occafion de le renouër, & d'engager cet habile homme à traiter avec moi la même matiére.

Laiffant donc tout cela à part , il faut que je dife, qu'encore que Mr. du Pré ne fut rien moins que Philofophe , fes petites lumiéres ne laifférent pas de m'être d'un très - grand fecours : à quoi les Commentaires de Mr. Calvin , qu'il me mit entre les mains, ne contribuérent pas peu. Par là j'eus occafion de remarquer que la création de la lumiére ne veut rien dire , finon la formation de la matiére fubtile dont les Aftres furent compofez le quatriéme jour ; & que fi Moïfe parle avant cela de jour & de nuit, c'eft par anticipation ; comme il dit ailleurs que Dieu avoit fait l'homme , mâle & femelle, avant qu'il eût fait tomber un profond fommeil fur

fur Adam & qu'il lui eût formé une
compagne d'une de fes côtes. Je compris de même fort aifément, tant au
fujet des peines, qui avoient été im-
pofées à nos premiers Parens, que de
l'Arc-en-Ciel, &c.; que l'un & l'autre étoient premiérement des fignes
naturels, que Dieu changea alors en
des fignes d'inftitution ; à peu après
comme ce que nous voyons arriver
aux Saints Sacremens du Bâtême &
de la Céne. Et pour ce qui eft du
terme de commencement, qui eft à
la tête de la Genéfe, cela ne m'aporta
aucune difficulté, quoique bien des
gens s'y trouvent embaraffez. Je favois fort bien qu'en Philofophie, il
faut diftinguer le tems extérieur de
l'intérieur, comme l'on diftingue en
Géomértie, une dimenfion extérieure
d'une interieure, s'il eft permis de
m'exprimer de la forte : c'eft-à-dire,
qu'il faut mettre de la différence entre une grandeur mefurée & contenuë,
& une autre qui ne l'eft pas. Ma
chambre, par exemple, a fes dimen-
fions, cela eft inconteftable, mais la
fpéculation feule n'en fauroit fixer le
contenu : on doit y ajoûter la pratique,

&

& se servir de quelque commune mesure, dont les hommes sont convenus
auparavant, pour pouvoir dire à point
nommé, combien de piez, de pouces,
ou de lignes quarrées elle contient :
Par ce moyen les dimensions, qui
étoient premiérement interieures &
cachées, deviennent extérieures &
connuës, par raport aux mesures extérieures, qui ont servi à en déterminer le contenu. Tous les Estres naturels ont donc un tems intérieur &
un exterieur : leur tems intérieur est
la durée, par laquelle ils demeurent
en leur existence actuelle & véritable,
ce qui s'étend depuis leur commencement jusqu'à la fin : leur tems extérieur est la durée de la Terre en ce
que son mouvement est employé pour
le mesurer : de sorte que le tems extérieur d'une chose est à son tems intérieur, comme la mesure a la chose
mesurée. Avant la naissance du Monde, nous ne pouvons avoir l'idée que
d'un tems intérieur abstrait, parce
qu'il n'y avoit alors d'éxistant que
Dieu, l'Estre des Estres, dont la durée n'a ni commencement, ni fin,
& ne sauroit proprement être définie
ni

ni mefurée : mais du moment que le
Soleil a paru au Firmament , & qu'on
a imaginé la Terre tournant fur fon
centre, autour duquel elle eft emportée dans un certain efpace de tems ,
d'Ocident en Orient , on a donné à
chacun de ces périodes le nom de jour
naturel , & à de moindres parties , celui d'heures , de minutes , &c. , comme on apelle le compofé de fept jours
une femaine ; une révolution de la
Lune, d'Occident en Orient, un mois ;
une de la Terre autour du Soleil , un
an, &c. Ces communes mefures nous
fervent à défigner le tems , & le ren-
dant, d'intérieur qu'il étoit de fa nature , extérieur pour nôtre ufage , ce
n'eft pas merveille , fi ne remontant
point au de-là , nous nous bornons à
ce principe , & ne comptons le tems
que depuis qu'il y a eu des mefures
propres à fixer la durée.

La folution de ces difficultez me fa-
cilita la connoiffance des autres : je
commençai à apercevoir l'enchînure
du grand Ouvrage de la Rédemption ;
les combinaifons & les raports que les
parties du Vieux Teftament ont avec
celles du Nouveau ; comme les anté-
cédens

técédens & les conféquens y dépen-
dent réciproquement les uns des autres : de forte qu'à la troifiéme fois,
je conclus que, & Création du Monde, & chute de l'homme, & menaces, & promeffes, & Déluge, & Cir-
concifion, & Songes, & Vifions, &
Paffage de la Mer rouge, & Loi cé-
rémonielle, & Propheties, & tout ce
qui s'eft paffé de plus remarquable
dans la République d'Ifraël, n'étoient
que des Tipes, des allégories, des em-
blêmes, des figures & des ombres,
qui n'avoient du raport qu'avec la
nouvelle Alliance ; qui ne brilloient
qu'à la clarté de l'Evangile, & dont
le véritable corps étoit Chrift.

Mon Hôte fut charmé de cette mé-
tamorphofe : il admiroit comme j'a-
vois fi-tôt paffé d'un froid, qui me
faifoit regarder des chofes avec mépris, à un zéle qui ne me permettoit plus de les confidérer qu'avec eftime. Tout ce que je faifois attiroit
fes aplaudiffemens : à peine avoit-il vû
mon pareil. Mais comme il n'y a
rien de parfait au Monde, il me reftoit une chofe, qui lui tenoit au
cœur. J'étois blond de mon naturel,

rel , ma mére m'avoit accoûtumé à porter une grande chévelure , qui me couvroit les épaules : cela choquoit Monſieur du Pré. Eſt-il poſſible, me diſoit-il quelques-fois , qu'un garçon qui a tant de diſpoſition à réſoudre les paſſages les plus difficiles de l'E-criture , ne voye pas que Saint Paul défend poſitivement de porter de grands cheveux , & qu'il veut même que ce ſoit une honte à l'homme de les nourrir & d'en avoir ſoin ? Je tournai long-tems en raillerie les re-montrances qu'il m'en faiſoit : mais voyant qu'il m'en parloit tous les jours plus ſérieuſement. Se peut-il , Mon-ſieur , lui dis-je un jour à mon tour, que vous ignoriez que comme la di-verſité des ſaiſons de l'année nous obli-ge à nous habiller différemment , ſelon qu'il fait chaud , ou froid : les chan-gemens qui arrivent dans la ſociété , nous engagent à obſerver de differen-tes maximes ? Autrefois , pourſuivis-je , les cheveux longs étoient une mar-que de ſujétion. Lors qu'un Eſcla-ve étoit affranchi , on lui raſoit la tê-te , en ſigne de la liberté qu'on lui avoit accordée : c'eſt à quoi l'Apôtre fait faite allusion. Sous la Loi nous étions les Esclaves du péché , veut-il dire , nous en sommes affranchis sous la grace : pourquoi porterions-nous encore des marques de notre ancienne servitude , comme fait la femme , qui est sous la dépendance de son mari ? Dans ce tems-là il y avoit encore des Esclaves , présentement l'usage en est banni parmi les Chrétiens. J'aprens que le texte porte que c'est la Nature qui nous montre que nous ne devons pas faire parade de nos cheveux , mais il ne faut pas prendre ce terme à la rigueur : nature ne signifie-là autre chose que coûtume. Naturellement nous n'avons rien de superflu. Les cheveux nous ont été donnez pour la garde & la conservation de notre tête , & des parties supérieures du corps, comme les ongles sont les armes , dont nous avons été pourvûs pour notre défense. Ce n'est donc point la Nature qui nous engage à couper les uns , & à rogner les autres ; c'est plûtôt ce que nous apellons la mode , la bien-séance, & certaines loix civiles , établies parmi les Peuples, que l'on regarde à la fin comme naturelles.

les. Cette mode autorife à prefent les cheveux longs : je ne croi pas faire de mal à la fuivre, fur tout tout ici, où de l'aveu d'un nombre infini de perfonnes bien fenfées, & de la plûpart des Théologiens, la chofe eft abfolument indifférente. Tout cela ne fut pas capable de fatisfaire mon Maître, il falut pour le contenter, lui permettre de fe fervir de fes cifeaux, & de m'acourcir le poil tout au moins jufques au deffous des oreilles. Ce changement me fit quelque peine : mais enfin, que ne fait-on pas pour avoir la paix, & vivre en bonne intelligence avec fon prochain ? En effet, cette complaifance acheva de m'atirer fi bien fon amitié, qu'il m'auroit donné fon fang, fi j'en avois eu affaire : Sa perfonne, fa famille, fes biens, tout étoit à mon fervice, il ne tenoit qu'à moi d'en difpofer.

Outre ces avantages, qui étoient déja fort confidérables pour un étranger, il me procura la connoiffance de plufieurs de fes intimes Amis, & entr'autres d'un Facteur de la Compagnie Hollandoife, qui étoit bien l'un des jolis garçons que j'aye jamais connus :

nus : il parloit affez bien François , &
il entendoit parfaitement bien fa Religion : ainfi j'avois occafion de m'en
entretenir avec lui toutes les fois que
nous nous voyions , ce qui arrivoit le
plus fouvent qu'il m'étoit poffible.
J'avois de plus ce bonheur qu'il m'ac-
commodoit de tout ce que j'avois befoin , fans vouloir permettre que pour
rien du monde , j'importunaffe mon
Maître , qui étoit pourtant commode , & porté de bonne volonté. Jamais
il ne traitoit perfonne , qu'il ne m'o-
bligeât à être de la partie : & ce qu'il
y avoit de mal en cela , c'eft qu'il
traitoit fi-bien , que l'on s'en fentoit
ordinairement deux jours après. Une
fois entr'autres , il me fit tellement
faire la débauche , que le lendemain
je fus faifi d'une fiévre violente, qui
faillit véritablement à me tuër : je dé-
vins dans l'efpace de trois femaines ,
que je le gardai , auffi maigre qu'un
fquelette , je n'avois abfolument que
la peau & les os , & mon Médecin
defefperoit que j'en puffe relever. Je
me tirai pourtant enfin d'affaire , par
une diéte bien ordonnée. A mefure
que je me rétabliffois , je ne ceffois
point

point de faire de meûres réflexions
fur les Loix févéres que la Nature ob-
ferve fi ponctuellement envers les pauvres mortels ; & après avoir reconnu
qu'il y a peu d'excès qu'elle ne pu-
niffe , je conclus que la frugalité &
la tempérance font les véritables
moyens d'avoir toûjours l'efprit libre ,
& le corps à l'abri de toutes les ma-
ladies , aufquelles nous fommes autrement prefque tous fujets : ce qui me
fit prendre une ferme réfolution d'ê-
tre plus fage à l'avenir , que je ne l'a-
vois été par le paffé , & de ne jamais
rien faire que je me puffe reprocher
dans la fuite. Van Dyk , c'étoit le nom
du Hollandois , avoit été de ce fentiment avant moi , mais fa générofité ,
lorfqu'il s'agiffoit de régaler fes Amis ,
l'obligeoit quelquefois à fe relâcher ,
& à ne pas toûjours mettre en pratique les pieufes leçons qu'il ne manquoit guére de donner , lorfqu'il fe
divertiffoit aux dépens des autres. Je
le fis pourtant enfin convenir qu'il
valoit mieux paffer pour économe ,
que pour libéral & complaifant , lorfqu'il y alloit de la fanté.

Dans ces entrefaites , il arriva à cet

C   hon-

honnête Homme une fâcheufe affaire,
qui me donna plus de chagrin qu'à
lui-même. Il reçut une lettre, par
laquelle la femme d'un de fes Marchands lui ordonnoit, en l'abfence de
fon mari, de donner au fils de Monfieur Heudde fon neveu , qui étoit
parti pour Lisbonne, tout ce dont il
auroit befoin pour continuër fon Voyage ; qu'on lui en tiendroit bon compte, & qu'elle en fon particulier , lui
en auroit de l'obligation. Environ
quinze jours après , Monfieur Heudde arriva chez Van Dyk , accompagné
d'un valet de chambre , qui comme
lui , étoit fort médiocrement habillé.
La premiere chofe qu'il lui demanda,
fût , s'il n'avoit pas reçû une lettre
de fa Tante, il y avoit tant de tems :
& le Facteur lui ayant répondu qu'oüi,
il fe mit à lui raconter beaucoup de
particularitez de plufieurs perfonnes
de fa connoiffance : enfuite il l'entretint du deffein qu'il avoit formé de
voir le Portugal , de traverfer l'Efpa-
gne & l'Italie , puis de paffer par le
Royaume de France , & de s'en retourner chez lui par les Ifles Britanni-
ques. Enfin , on tomba fur les deniers
dont

dont on pouvoit avoir befoin pour parcourir tant de Païs. Van Dyk lui
en dit fon fentiment, & après l'avoir
exhorté à ne point faire de dépenfes
inutiles, il lui recommanda auffi de
n'entreprendre rien qui fût au-deffous
de lui, puifqu'il avoit ordre de lui
fournir tout ce dont il auroit affaire,
non-feulement à Lisbonne, mais dans
tous les endroits où il devoit paffer : ce
qui ne lui feroit nullement difficile,
parce qu'il avoit directement ou indirectement de très-bonnes correfpon-
dances dans la plûpart des meilleures
Villes de l'Europe. Monfieur Heudde parut fort édifié de ce compliment ;
il fe contenta d'une fomme de quinze cens francs, & de quelques bonnes adreffes, & après avoir refté-là
quelques jours, il pourfuivit fon chemin. Van Dyk, qui étoit exact dans
fes affaires, donna auffi-tôt nouvelle
à fon Principal de ce qui s'étoit paffé
entre lui & fon Neveu, & de la route qu'il avoit prife. Mais environ
huit jours après, il fut furpris de rencontrer dans la rue le prétendu valet
de chambre de Mr. Heudde ; &
lui ayant demandé fi fon Maître n'é-

toit

toit pas encore parti , il fut encore
plus étonné d'entendre qu'il ne le connoiſſoit ſeulement pas , & qu'il ne ſavoit ce qu'il étoit devenu. Il y a
quelques jours , lui dit-il , que je ſuis
arrivé ici de Bordeaux , dans le deſſein de paſſer dans l'Amérique ; ce
Monſieur , dont vous me parlez , é-
toit auſſi dans notre Bord , il me pro-
poſa de le ſervir tout le tems qu'il ſeroit en cette Ville , à condition qu'il
me donneroit vingt ſols par jour &
les dépens : il me paya & me congé-
dia la ſemaine paſſée : je n'en ai , a-
joûta-t-il , pas oüi parler du depuis.
Ce diſcours alarma un peu mon Ami ,
& quoiqu'il n'eût encore aucune certitude d'y avoir été pris pour dupe ,
il eût la précaution d'écrire d'abord à
tous ceux auſquels il avoit recommandé ſon Voyageur , & de les prier
de ne lui rien donner juſqu'à nouvel ordre. Cela le garantit peut-être
de quelqu'autre perte , mais non pas
de celle de ſes trois cens ducats. On
lui répondit de Hollande qu'on ne ſavoit ce qu'il vouloit dire , & qu'aparemment ce prétendu Mr. Heudde é-
toit un fripon , qui cherchoit ſans
dou-

doute une potence. Quoique ce dommage ne fut pas confidérable, par raport aux conquêtes qu'avoit faites Mr. Van Dyk, cela ne laiffa pas de l'afliger : il employa tous les moyens poffibles pour découvrir le voleur, mais toutes fes pourfuites furent inutiles, & je ne fçache point qu'il en entendit plus parler, à caufe que je le quittai peu de tems après.

Car quoique je fuffe parfaitement bien-là, il faut pourtant avouër que je n'y étois point avec agrément : le gaïn que je faifois étoit trop médiocre, & mon but principal étoit de voir du Païs. Les Amis que j'avois faits, & la réputation que mon Maître me donnoit, me facilitérent les moyens d'en fortir.

CHA-

CHAPITRE III.

Du second Voyage de l'Auteur, & de son naufrage sur une Côte inconnuë.

JE trouvai l'occafion d'entrer dans un Vaiffeau Portugais, qui devoit aller aux Indes Orientales, en compagnie de trois autres Navires. Celui qui le commandoit avoit nom Dom Pedro. Il ne montoit que vingt piéces de Canon, mais l'Equipage étoit de cent quarante-fept hommes, entre lefquels il y avoit beaucoup de François, qui entendoient pourtant tous la Langue Portugaife. Toutes chofes étant prêtes, nous mîmes à la voile le cinquiéme de Juin 1644. ayant le tems fort favorable. La premiere difgrace qui nous arriva, fut en la perfonne de notre Capitaine. Il paffoit à là vérité pour un homme d'une expérience confommée, mais il étoit brutal & débauché. Le dixiéme jour après notre départ, qu'il avoit à fon ordinaire pris une bonne portion d'eau-de-vie, il s'emporta tellement contre

contre un de nos Matelots, que des menaces, il voulut en venir aux coups. Le Marinier qui étoit volage, se prit à rire, & à s'enfuïr : Don Pedro irrité, le poursuivit avec un levier à la main, dont il se donna au Diable qu'il va lui rompre le cou : en courant ainsi l'un après l'autre, notre Officier broncha, & après avoir fait quelques pirouettes, s'en alla tomber avec tant de roideur contre le Cabestan, qu'il se rompit le bras gauche, à trois doigts au-dessus du coude. Là-dessus on m'apelle, j'examine la blessure, & je trouvai que l'os étoit entiérement fracassé : après une meûre délibération, j'étois absolument d'avis qu'il faloit se servir de la scie. Malgré tout ce que je fus capable de representer au Patient, il n'y eût pas moyen de le porter à souffrir cette opération, & il jura qu'il aimeroit beaucoup mieux mourir que d'en venir à une extrêmité si fâcheuse. Il falut, malgré moi, se résoudre à le traiter comme il le voulut : mais ce que j'avois prévû arriva deux jours après : la playe s'enflamma, la cangréne y vint, & mon homme fut

con-

confifqué le cinquiéme jour après fa chute.

L'Equipage fut extrêmement alarmé de cette perte , qui fembloit nous préfager quelque chofe de mauvais : il fallut pourtant s'en confoler ; on rendit les honneurs à fon corps , puis on le coula en mer au bruit du Canon. Nous ne laiffions pas cependant d'avancer chemin ; de tems à autre il furvenoit de petites bourafques , mais qui n'étoient pas dangereufes. Le plus grand mal qui nous en arriva , fut que cela nous écarta de nos autres Vaiffeaux , de forte que nous n'en entendîmes plus parler. Etant parvenus à l'Ifle de l'Afcenfion , nous nous aperçûmes que nos eaux étoient fort corrompuës , ainfi il fut réfolu que nous irions faire aiguade à Sainte Héléne , craignant que le nombre de nos malades , qui étoit confidérable , n'augmentât fenfiblement , fi nous différions de relâcher jufques à ce que nous fuffions parvenus au Cap de Bonne-efpérance.

Mais comme déja nous découvrions cette Ifle de loin , & que nous nous en félicitions réciproquement , nous

avi-

avisâmes un trombe, qui nous paroissoit de la grosseur d'un grand tonneau, à la portée du Canon de notre Navire. N'en ayant jamais vû qu'en peinture, & dans les Traitez des Voyageurs, je considérai ce phénoméne avec toute l'aplication dont je fus capable, & je conclus que ce doit être proprement l'effet d'une partie d'air agité, & poussé avec véhémence dans la vaste étenduë de notre atmosphére, qui venant à rencontrer une autre espéce de tourbillon, mû de la partie contraire, réfléchit en tournoyant vers le bas, & forme ainsi un cylindre, qui s'alonge dans un instant jusques-à ce qu'il parvienne sur la superficie de l'eau. La Mer étant alors par tout pressée, hormis en cet endroit-là, il est nécessaire que ni plus ni moins, que ce que nous voyons au sujet des pompes, des seringues & des ventouses, la matiére qui correspond au milieu de cette colomne, monte: ce qui se fait aussi avec tant de rapidité & de force, jusqu'à enlever de gros poissons, que nous fûmes tout étonnez de voir le Ciel, de serein qu'il étoit, se couvrir de nuages épais, qui

C 5   ob-

obfcurcirent l'air dans un moment.
Les vents commencérent horrible-
ment à foufler , la Mer s'émût , les
vagues s'enflérent , & l'on eût dit que
la Nature en courroux , menaçoit de
nous engloutir. Les Matelots n'eurent plus grande hâte que de ferler au
plûtôt les voiles , hormis feulement
le pacfis de borcet ; & ayant mis à
cape , nous plongeâmes pendant un
affez long-tems. Cependant le Vaiffeau étoit emporté avec une telle violence , qu'il fallut encore caller la grande voile , de peur d'être pouffez fur
quelques malheureux brifans. Je ne
fçaurois me réfoudre à décrire ici par
le menu , & fuivant le Journal que
j'en avois fait , tout ce qui nous arriva pendant cette épouventable tempête , qui dura vingt-deux jours ; cela
demanderoit plufieurs feuilles de papier , & n'aporteroit au Lecteur que
de la compaffion & de la trifteffe. Ce
n'étoient pas feulement quelques femmes & enfans , que nous avions dans
notre Bord , qui faifoient des hurlemens capables d'attendrir des cœurs de
rocher : la plûpart des hommes étoient
faifis de frayeur jufqu'à l'ame. Pas un
jour

jour ne se passa que nous n'eussions
au moins un mort. Nous perdîmes
même notre Pilote & notre Contre-
Maître ; il ne restoit que le Maître de
Navire , qui fut capable de bien gouverner le Vaisseau , & encore se por-
toit-il assez mal. Pendant ce cruel
orage , nous fûmes contraints de jetter
en mer , à diverses fois , douze piéces
de notre Canon , & tout ce que nous
crûmes nous être à charge : nous per-
dîmes aussi la plûpart de nos ancres ,
& nous voguâmes long-tems à la merci des vents & des courans , sans savoir non plus où nous allions , que
si nous avions été au fond de l'Ocean.
Enfin , Dieu voulût , par une bonté
toute particuliére , que le vingt-troi-
siéme jour , autant doux que les autres avoient été cruels , nous vinsions
échouer sur un rivage qui nous étoit
tout-à-fait inconnu , où après avoir
pris hauteur à midi , examiné les horloges , & corrigé l'estime autant qu'il
nous étoit possible , nous trouvâmes
que nous étions aux environs du soi-
xantiéme degré de longitude , & du
quarante-quatriéme de latitude austra-
le : c'est-à-dire à mille ou douze cens

C 6   lieuës

lieuës de Sainte Héléne. Comme la plus grande de nos Chaloupes avoit été emportée par les vagues, qui avoient paffé mille fois par deffus nous, on fut bien aife d'avoir confervé la petite : d'abord on la mit en mer, & après avoir rendu graces à Dieu, de ce qu'il nous avoit confervez en vie, on commença à décharger les meilleures nipes, & ce qui nous devoit être le plus néceffaire à terre. Nous nous fervîmes de quelques chétives voiles pour faire deux Tentes : les autres coupérent des branches d'arbres, dont ils conftruifirent des Baraques, où le refte de notre Equipage, qui confiftoit en quatre-vingt-cinq perfonnes, fe logérent.

Nous étions bien une quarantaine qui nous portions autant bien que la conjonature le permettoit. Une partie avoit foin du Vaiffeau, l'autre alloit à marode. Jamais les armes à feu, la poudre & le plomb, ne nous avoient été d'une plus grande utilité. Il y avoit de toute forte de gibier en abondance, & entr'autres, de groffes Poules, plus pefantes que des Coqs-d'indes, qui étoient graffes & très-fu-culentes.

eulentes. Le poiſſon ne nous manquoit point du tout non plus ; parce
que nous avions bonne proviſion de
filets , d'hameçons & d'autres inſtrumens propres à la pêche. Les Tor-
tuës y étoient rares , mais elles étoient
belles & bonnes. Nous en prîmes
quelques-unes , qui peſoient aſſurément autour de quatre à cinq cens livres , & qui nous donnérent ſuffiſamment à manger à tous. La chair nous
paroiſſoit excellente , & la graiſſe ſur-
paſſoit en délicateſſe les mets du monde les plus précieux : elle nous ſervoit à toutes choſes , aux ſauſſes , ſur
le Pain , à brûler , & généralement à
tout ce que nous en pouvions avoir
beſoin. Nous trouvâmes auſſi une
Riviére à deux bonnes heures de-là ,
du côté de l'Eſt , qui nous fourniſſoit
de fort bonne eau. Nonobſtant ces
rafraîchiſſemens , il y eut encore deux
de nos gens qui moururent : les autres ne furent pas long-tems à ſe ré-
tablir.

Cependant , nôtre Vaiſſeau ſe trouva enfin ſi déchargé , qu'on remarqua
qu'il flotoit ; de ſorte que nous le re-
morquâmes juſques la Riviére dont je
viens

viens de parler. Auſſi-tôt qu'il fut à
terre, les Charpentiers l'éxaminérent
de fort près, on trouva qu'il n'y avoit
aucune aparence de le remettre en état
de nous ſervir à continuer nôtre route :
la tempête l'avoit entiérement délabré.
Ainſi il fut réſolu d'un commun ac-
cord, qu'on achéveroit de le mettre
en pieces, & que des meilleurs morceaux on en bâtiroit un plus petit,
dont on repaſſeroit en Afrique. Le
Capitaine nous vouloit tous alternativement faire mettre la main à la be-
fongne ; mais nous lui repréſentâmes
ſi-bien que nous n'étions pas tous également propres à cela, & qu'auſſi-bien
il faloit qu'il y eut quelqu'un qui
pourvût la cuiſine des vivres néceſſaires pour l'entretien de tant de gens,
que nous fûmes conſtituez dix pour
cela. Les neuf qui me furent joints,
étoient adroits, une partie étoient,
pour ainſi dire, Chaſſeurs, & l'autre
Pêcheurs de profeſſion : ainſi l'on peut
aiſément croire que nous n'avions pas
beaucoup de peine, dans un Païs comme celui-là, à trouver de quoi donner à manger à nôtre Compagnie.
Ces agréables occupations, dont un
autre

autre fe feroit fait un très-grand plaifir , ne me charmérent que pendant
peu de jours ; je me laffai bien-tôt de
ce métier-là. Le defir que je conçûs
de pénétrer dans un Païs où il ne
me paroiffoit point qu'il y eut jamais
eu perfonne ; me fit prendre la réfolution d'abandonner mes Camarades : je
ne voulois pourtant pas feul éxécuter
ce téméraire deffein. Les deux de la
Troupe qui me paroiffoient des plus
réfolus , aufquels je le communiquai ,
furent ravis de ma propofition ; ils
m'avouérent qu'ils avoient eu chacun
en particulier la même penfée , mais
qu'ils n'avoient ofé la confier à un
tiers : ainfi l'affaire fut concluë , avec
ferment de n'en point révéler le fecret , & nous étant promis de part &
d'autre une amitié & une fidélité mu-
tuelle & fincere , nous allâmes nous
repofer, dans la vûë de déloger au plus
vîte.

CHAPITRE IV.

L'Auteur quîte le reste de la Troupe, avec deux Camarades seulement, & pénétre avec eux dans ces Païs inconnus. Les obstacles qu'il rencontre dans sa route, &c.

LE lendemain matin, vingt-quatriéme de Septembre 1644. & l'onziéme jour de nôtre arrivée, nous nous saîsimes chacun d'une bonne hache, que nous mîmes à la ceinture, d'un fufil, & de ce que nous crûmes néceſſaire pour une entreprife de cette nature, & fans faire femblant de rien, d'abord que nous fûmes entrez dans le Bois, nous nous écartâmes des autres, & avançâmes à grands pas, vers le Sud-fud-Oueft. Nous fimes au moins quatre grandes lieuës, avant que de parler de nous repofer. La Forêt, c'étoit le nom de l'un de mes Camarades, comme l'autre s'apelloit du Puis, voyant un Coq de Bruyére à cent pas de nous, le tua : pendant

dant que l'un le plumoit, nous nous occupâmes, l'autre & moi, à couper des broussailles, & à faire du feu sous un arbre, à l'une des branches duquel je nouai un bout de grosse ficelle, & y attachai notre volaille, qui fut bien-tôt rotie de cette maniére. Nous dînâmes-là de plein fond : la boisson seule nous manquoit, il falut remettre à boire à une autre fois. Nous étant remis en chemin, nous trouvâmes un creux, où il y avoit de l'eau, qui n'étoit à la vérité pas trop claire, mais qui ne laissoit pas de nous paroître excellente : nous en emplîmes nos flacons, sans que cela nous servit à rien ; car environ à une lieuë & demie de-là, nous vinmes à un ruisseau qui en contenoit bien d'aussi belle que j'en aye vû de ma vie : il avoit autour de deux pieds de profondeur, & traversoit justement en cet endroit-là, la route que nous nous étions proposé de tenir, à l'aide d'un petit Quadran au Soleil, que j'avois en poche, & qui nous fut d'un grand secours. N'y ayant ni pont, ni autre commodité, nous nous déchaussâmes, & passâmes cette petite Riviére, re , que nous quitâmes avec regret , après en avoir bû tout notre fou , & en avoir fait provifion pour l'avenir. Au refte , nous ne trouvions aucune trace d'hommes , ni de bêtes : ce n'étoit par tout que fable , bruyéres & forêts , dans l'efpace de huit ou dix lieuës que nous avions faites , avant que le Soleil fe couchât. Enfin , nous plantâmes le piquet au pied d'un monticule , où il y avoit un buiffon fi épais , qu'on y étoit à l'abri du vent , comme fous une tente. Nous achevâmes alors de manger ce que nous avions confervé du dîner , & nous couchâmes le moins mal que nous pûmes.

Le lendemain au réveil , nous fûmes furpris de voir que tout le Ciel étoit entrepris , & que nous étions menacez d'une groffe pluye. Nous trouvâmes à propos de creufer dans cette coline , qui étoit affez efcarpée du côté où nous nous étions poftez , afin de nous mettre par-là à couvert du mauvais tems. En effet , nous trouvâmes en moins de rien , que nos haches , au lieu de pêles , nous avoient préparé un petit logement. La

pluye

pluye ne commença pourtant qu'environ vers les onze heures, de maniére que nous avions eu du tems de
refte pour maffacrer plus de Cailles
& d'autres petits Oifeaux, qui pour
la plûpart ne nous étoient pas connus,
que nous n'en aurions pû confumer
dans une femaine : il y en avoit une
multitude innombrable , & ils fe laiffoient affommer la plûpart, fans bouger prefque de leur place : ce qui nous
fit d'autant plus conjecturer que le
Païs ne devoit point être habité. A-
près tout, nous fûmes contraints de
refter dans ce pofte-là l'efpace de quatre jours , qui nous parurent plus
longs que n'auroient fait ailleurs quatre femaines. Mais nous fûmes auffi-
bien récompenfez dans la fuite , puifqu'il eft vrai que nous joüimes de plus
d'un mois de continuel beau tems.

Au fortir de nôtre gîte nous com-
mançâmes à découvrir de hautes montagnes : de peur de n'y pas trouver
de quoi nous fubftenter , nous fimes
provifion de viandes pour quelques
jours. Nous ne nous trompâmes pas
dans nos conjectures ; on eut dit d'un
véritable Groenland , tout y étoit fec,

&

& aride, il n'y avoit, en bien des endroits ni herbe, ni buiſſons, ni rien de ce qui peut donner à paître au moindre animal. Auſſi y découvrions-nous peu de choſe, les oiſeaux même y étoient aſſez rares, d'où il eſt aiſé de juger que nous y paſſions aſſez mal nôtre tems : & n'eut été que de fois à autre, nous entrions dans de petits valons remplis d'arbres chargez de quelques méchans fruits, où il y avoit de l'eau pour nous déſaltérer, nous aurions été en danger de notre vie.

Le neuviéme jour de notre marche nous arrivâmes vers le ſoir, dans une baiſſiére, où l'on voyoit à droite, environ à un quart de lieuë de-là, un petit torrent, qui deſcendoit d'un rocher dans un creux, d'où il ſe déchargeoit enſuite dans un marais, qui formoit-là un demi cercle, & s'étendoit vers le bas à perte de vûë. Les bords qui renfermoient cette belle eau, étoient hauts & médiocrement eſcarpez : ce qui faiſoit croire qu'elle n'étoit pas alors auſſi enflée qu'en une autre ſaiſon de l'année. J'en aprochai dans le deſſein de deſcendre, mais

com-

comme j'en étois éloigné d'un pas feulement, je fus étonné de fentir que la
terre me manquoit tout d'un coup
fous les piés, j'enfonçai jufques fous
les aiffelles. Mes Camarades voyant
que j'en demeurois-là, fe mirent à
éclater de rire, & s'en vinrent à mon
fecours. En même tems dix ou douze oifeaux de la groffeur de nos Oyes,
avec des becs larges & longs comme
la main, fe débaraffent de deffous mes
piez, s'élancent en l'air, & fonnent
l'allarme par un *quacou*, *quacou*, *quacou*, qui étoit leur cri naturel, & que
l'on devoit entendre de fort loin. A-
vant qu'on eut pû compter cent, nous
vîmes le Ciel noir de ces animaux.
Cette multitude extraordinaire, joint
au tintamare enragé qu'ils faifoient,
nous épouventa, nous ne favions abfolument qu'en penfer, fur tout lors
qu'ils venoient quelquefois plufieurs
de compagnie, en criant comme des
perdus, fondre jufqu'à la longueur
d'une pique de notre tête, ni plus
ni moins que s'ils avoient voulu nous
démembrer : & quoi que nous tiraf-
fions quelques coups fur eux, & en
auffions plufieurs par terre, c'étoit
toû-

toûjours la même chofe. Quand nous vimes pourtant qu'ils ne vouloient point nous faire de mal , & qu'ils commençoient même à battre en retraite , nous defcendimes le talut pour aller nous rafraîchir.

Du Puis remarqua d'abord que l'endroit où j'étois enfoncé, étoit une niche , où une partie de ces oifeaux fe retiroient : à côté il y en avoit une feconde , puis une troifiéme , & ainfi de fuite , à dix ou douze piez plus ou moins , de diftance l'une de l'autre. L'ouverture de ces demeures foûterraines , avoit la forme d'un ovale , dont le moindre diamettre étoit d'un pié de longueur. Etant le plus petit de tous , je me fourrai dans le troifiéme : je trouvai l'endroit grand comme une petite chambre , ayant plus de huit piez en quarré , & trois de hauteur au moins. Il y avoit quinze nids tout à l'entour , bâtis en rond , de petites branches feuillues , & enduites d'argile , en forme de panier , de trois ou quatre piez de circonference. Chaque nid contenoit fix œufs grivelez , gros comme le poing. Dans le milieu de l'autre, il y avoit un an-
ge

ge beaucoup plus grand que ces nids,
qui étoit rempli d'une certaine matiére divifée en petits morceaux ronds ,
& plus longs les uns que les autres :
je m'imaginois au commencement que
c'étoient leurs excrémens ; mais la curiofité m'en ayant fait porter un peu
à la bouche, je trouvai que cela avoit
un goût excellent , & furpaffoit nos
meilleurs macarons , à quoi il avoit
beaucoup de raport. Mes Camarades,
qu'un même defir que le mien à découvrir des nouveautez , avoit conduits chacun dans un antre femblable ,
y trouvérent les chofes difpofées dans
le même ordre , que je viens de les
décrire : toute la différence qu'il y
avoit confiftoit dans le nombre des
nids , qui étoit plus confidérables dans
l'un que dans l'autre , parce qu'ils
n'étoient pas d'une même grandeur.
Nous comprîmes bien de-là , qu'il
n'étoit pas furprenant qu'il y eut-là
tant de ces Oifeaux , puifqu'ils mul-
tiplient fi copieufement , & qu'il n'y
a perfonne pour les détruire.

A peine nôtre première furprife
eut-elle finie , qu'un autre fujet nous
en caufa une infiniment plus confidérable :

rable : c'étoit une de ces Cavernes,
que nous trouvâmes à cent pas de-là.
Elle avoit une entrée qu'il étoit impoſſible que des oiſeaux euſſent faite :
trois groſſes pierres de chacune un
pié, miſes en terre, l'une à côté de
l'autre, en faiſoient le ſeuil, & les
deux poteaux, qui finiſſoient en pointe, à la hauteur de quatre piez,
étoient compoſez de gros cailloux de
plus de cent livres la piéce, & d'autres pierres arrangées l'une ſur l'autre
en dedans, la fermoient entiérement.
Ces productions de la main des hommes nous firent héſiter ſi nous devions
deſirer qu'il y en eût-là ou non : nous
aurions bien ſouhaité de voir des animaux de nôtre eſpéce, mais nous apréhendions de n'en être pas trop bien
traitez. Dans cette incertitude incom-
mode, nous ne laiſſâmes pas d'en aprocher, en criant pourtant, & faiſans
aſſez de bruit, afin de nous faire entendre à ceux qui pouroient être dedans. La Forêt laſſé de toutes ces
grimaces, nous dit de reſter des deux
côtez la hache à la main, pendant
qu'il forceroit les obſtacles, & fran-
chiroit cette entrée, dans le deſſein d'aller

d'aller éxaminer ce qu'il y avoit derriére. Il en vint effectivement à bout ;
mais quand il fut dedans , il trouva
qu'il faifoit trop obfcur pour y rien
voir : ce qu'il nous aprit en fortant ,
c'eft qu'un homme s'y pouvoit tenir
debout, & que l'apartement étoit lo-
geable , y ayant même fenti un banc
vers le fond. Là-deffus nous courons
décharger notre couroux fur les premiers arbres , que nous avions laiffez
en paffant , à une petite diftance de
là : nous en coupâmes autant de bois
que nous en pûmes porter , & y vinmes mettre le feu devant notre caverne : enfuite nous retournâmes trois
fois à la charge , afin d'avoir provifion pour toute la nuit. Quand le
feu fut bien allumé , nous entrâmes
dans notre chambre , qui avoit bien le
double de grandeur des autres : elle étoit
proprement pavée de petits cailloux
choifis , & il y avoit en effet un banc
de gazons tout à l'entour.

Mais , ô le formidable objet , que
nous avifâmes en même tems fur le
banc qui étoit à gauche , & le plus
à l'abri du vent ! la carcaffe d'un homme , un fquelette en forme , depuis les

D　　piez

piez jufqu'à la tête. Au deffus il y avoit une efpéce d'ardoife affez unie & enfoncée dans la terraffe, où l'on avoit gravé en langue Gréque, & en gros caractères, ΑΓΙΟΣ Ο᾽ ΘΕΟΣ, Α᾽- ΓΙΟΣ Ι᾽ΣΧΥΡΟΣ, Α᾽ΓΙΟΣ ΚΑΙ᾽ Α᾽ΘΑΝΑ- ΤΟΣ, Ε᾽ΛΕΗΣΟΝ Η᾽ΜΑΣ. *O Dieu Saint, Saint & Fort, Saint & immortel, ayez pitié de nous !* Je ne m'amufe- rai point ici à alléguer nos diverfes conjectures, & les fentimens diffé- rens que nous eumes fur ce fujet, puifque chacun s'en peut faire aifé- ment une idée. Cependant la faim, qui nous éguillonnoit, nous fit pren- dre deux des Oifeaux que nous a- vions tuez : nous les paffames fur la flamme, pour en brûler la plume, au lieu de les écorcher, comme nous faifions affez fouvent, parce que nous nous en repréfentâmes la peau comme l'un des meilleurs morceaux, en quoi nous ne nous trompâmes effective- ment point, puis les ayant vuidez & lavez, nous les mîmes fur des tifons, où ils furent rôtis dans un moment. Nous avions pris fi peu d'alimens de tout le jour, que nous n'y laiffâmes prefque que les os. Ils étoient gras,

fucculens, & de très-bon goût. Aprés
avoir bien foupé , nous nous accom-
modâmes le mieux que nous pûmes ,
laiſſant au mort la place qu'il occupoit , ſans y toucher, parce que nous
avions envie de l'éxaminer de plus près
le lendemain.

Il n'étoit pas encore bien jour que
nos impertinens Oiſeaux recommencérent leur vacarme : les uns ſortoient
de leurs trous , les autres y rentroient ,
& cela avec tant de bruit , qu'il nous
fut impoſſible de plus dormir , quoique nous en euſſions bien envie. Nous
attendîmes pourtant que le Soleil nous
vint faire lever : notre préſence n'a-
larma nullement cette volatille , chacun travailloit à ſa beſogne comme
s'il avoit dû en être payé. Nous en
voyions qui ſortoient avec le bec tout
chargé de terre, qu'ils enlevoient ſans
doute des endroits les plus irrégu-
liers de leurs creux , afin de les ren-
dré , ou plus amples , ou plus propres.
Il y en avoit qui venoient fournis de
matériaux propres à racommoder leurs
nids , & la plûpart portoient de ces
morceaux de craquelins , que j'avois
trouvez ſi bons le ſoir auparavant.

Nous montâmes fur le talut pour voir d'où ils tiroient cette mangeaille : auffitôt que nous eumes levé les yeux , nous aperçumes , à la portée du moufquet de-là , fur une petite élévation , trois corps d'une même groffeur & hauteur : nous nous avançâmes pour confidérer de près ce que c'étoit, & nousi trouvâmes en effet que c'étoient trois Cônes tronquez , de la hauteur de huit piez , de cinq de diamétre fur la bafe, & de trois environ au fommet, fort réguliérement conftruits de cailloux arrangez proprement les uns fur les autres.

La fimple vûë de trois Monumens fi rares dans une contrée deferte , ne nous contenta pas , nous nous mîmes à en démolir un ; mais dès que nous eûmes ôté environ l'épaiffeur d'un piè & demi des pierres de deffus , nous découvrîmes le crane d'une créature humaine ; après-quoi parurent les offemens des épaules , des bras , & en un mot , toute la carcaffe jufqu'aux piez. Nous en aurions bien fait autant aux autres ; mais nous nous contentâmes de découvrir la tête du cadavre , qui étoit fous le fecond , puifqu'il qu'il étoit vrai-semblable qu'il devoit y en avoir autant sous le dernier. Pendant que nous réfléchissions sur tout cela avec une espéce d'admiration, j'allai découvrir autour du troisiéme Cône, des caractéres construits aussi de petits cailloux, à peu près comme des œufs de pigeon, arrangez en terre. Je les pris pour les lettres Hébraïques, nommées, suivant l'ordre, *Koph, Vau, Lamed, He, Teth, Lamed, Koph, Pe, Gimel, Van, Beth, Thau, Hajin, Koph, Mem, Lamed, Alep, Sajin, Samech, Resch* : mais qui n'étoient accompagnées ni de points, ni d'aucune autre marque, qui en pût faciliter la lecture. Je fis tous mes efforts pour en débrouiller la signification, & j'y ai pensé mille fois depuis, mais je n'en ai jamais pû venir à bout, de quelque maniére que je m'y sois pris. Il y avoit aussi quelque chose de semblable autour des deux autres Monumens, que je ne voulus pas prendre la peine de découvir des pierres, que nous avions jettées dessus, parce que je ne trouvois

D 3 pas

pas que cela le valut. Toutes les aparences étoient qu'il y avoit fort long-
tems que quatre malheureux , comme nous étions , après avoir bien rodé ,
& ne voyant point d'aparence de trouver un endroit meilleur que celui-là ,
s'y étoient arrêtez , avoient creufé
une caverne , à la maniere des Oifeaux ,
dont j'ai parlé , ou peut-être s'étoient
aproprié une de leurs niches , & y é-
toient morts l'un après l'autre ; premiérement ceux qui étoient fous les Monumens , & enfuite le dernier , fur ce
banc , où nous l'avions trouvé , & où
le tems avoit confumé fes habits & fa
chair , de maniére qu'on n'en voyoit
pas les moindres reliques.

Ce qui nous confirma encore plus
dans cette penfée , fut que pas loin
delà , il y avoit une infinité d'arbres
droits comme un jonc , dont les branches étoient toutes par étages : au premier , qui commençoit à quatre piez
de terre , à celui que je mefurai , il y en
avoit douze , de la groffeur du bras ,
& longues de fept piez ; au fecond ,
trois piez plus haut , onze , de fix piez :
au troifiéme , à deux piez & demi de-
là , je n'en trouvai que dix , encore
plus

plus courtes que les précédentes : au
quatriéme , éloigné à proportion des
autres , neuf : plus huit , fept , fix ,
cinq , quatre & trois : après quoi venoit la cime de l'arbre , en forme de
gland , de la groffeur d'un œuf. Toutes les branches de ces arbres en piramides , étoient comme autant de pa-
naches , ou plumes d'Autruche , c'eſt
à dire garnies de feuilles menuës comme des filets des deux côtez. D'un
bout à l'autre , & tout autour à l'extrémité de ce duvet , il y avoit un our-
let de la groffeur d'une plume à écrire : & au deſſus de chaque rang de
branches , un anneau qui environnoit
l'arbre , plus gros que le doigt , au
premier , mais plus petit à meſure qu'il
aprochoit du haut. L'un & l'autre étoit
cet excellent mets , dont nos gros Oifeaux paroiſſoient fi friands , & que
nous croyions avoir fervi de pain à nos
quatre pauvres Pellerins.

Au lieu que je n'avois fait fimplement que goûter de ce pain le foir précédent , nous nous jettâmes alors deſ-
fus , mes Camarades & moi , comme la
pauvreté fur le monde ; s'étoit à qui
feroit le plus habile à grimper pour

D 4   en

en atraper aux endroits où il y en a-
voit de reste ; car plusieurs en étoient
dépouillez. Enfin , nous en mangeâmes tant , que nous nous en rempli-
mes jusqu'à la gorge ; & nous y trouvions tant de goût , que Du Puis parloit déja de bâtir-là un tabernacle , &
d'y mourir , comme ces bonnes gens
témoignoient par leurs ossemens , a-
voir fait. Mais dans le tems que nous
nous en entretenions , nous fûmes égal-
lement saisis d'un si grand assoupissement , que nous ne pouvions pas lever
les jambes pour faire un pas. Je me
laissai tomber le premier à terre , les
autres en firent autant un moment après.
Pas un ne perdit le jugement , nos
membres seuls étoient engourdis , la
langue même pouvoit à peine nous servir à proférer une parole. Nous restâ-
mes deux heures en cet état , avant que
de nous endormir : ce sommeil dura jusqu'après midi.

Du Puis , qui s'éveilla le premier ,
se trouva la main droite apuyée sur
quelque chose qui lui paroissoit nud ,
uni & de la grosseur de la cuisse. Il
crut au commencement s'être roulé en
dormant , sur l'un de nous deux ; mais

y

y faisant réflexion à mesure qu'il re-
prenoit ses esprits , & ayant ouvert
ses yeux pour s'en éclaircir, il fut saisi d'une frayeur mortelle, de voir entre
lui & La Forêt , un Serpent de plus de
vingt-cinq piez de long : il devint plus
perclus de ses membres qu'auparavant,
& ne pouvoit, ni se remuër, ni parler : cependant , le Serpent abandon-
ne la place , s'entortille autour d'un
des arbres prochains , & se met à son
tour , après les Craquelins. Là-dessus
mon Ami reprend courage , me pous-
se, & m'ayant éveillé , me montre cet
épouventable animal. Quelque débile
que je me sentisse encore , je me levai
dans le moment, & me mis à fuïr de
toute ma force : Du Puis m'imita, &
La Forêt, à nos cris , ne tarda guéres
à en faire autant. Nous étions ravis de
ce que ce monstre ne nous avoit pas
engloutis ; & cette peur ne contribua
pas peu à nous faire résoudre à décam-
per au plûtôt ; il nous falut pourtant
toute la nuit pour nous refaire.

D 5   CHA-

CHAPITRE V.

Suite des Avantures de l'Auteur & de ses Camarades , jusqu'à leur entrée dans un Pays habité.

NOus nous trouvâmes frais & gaillards à notre lever , ce qui nous fit résoudre à lever le piquet : ainsi méprisant cette manne terrestre, qui nous avoit si fort débilitez , nous fimes seulement bonne provision d'oiseaux rôtie , & ayant dit adieu aux Monumens , nous nous remîmes en campagne. Nous étions bien alors à cinquante lieuës de la Mer. Le soir nous voulûmes manger , pour la première fois de la journée , mais l'apétit n'étoit pas assez grand , quoi que nous eussions bien marché , & eussions passé une Montagne de sept ou huit lieuës. Trois jours entiers s'écoulérent avant que nous pussions rien prendre : ce qui nous fit croire, que ce pain d'arbre devoit être extrêmement nourissant , & qu'il ne pouvoit être que bon , étant pris avec sobriété. Cependant,

dant, le chemin alloit toûjours en em-
pirant : une grande confolation pour
nous, c'eft que les nuits étoient belles,
& que les jours fe faifoient longs, à mefure que nous avancions dans le Printems
de ce Pays-là, & que nous nous éloi-
gnions de la Ligne équinoxiale. Le
Ciel nous en paroiffoit plus charmant,
la campagne plus riante, & l'un & l'autre fourniffoit de matiére à la plûpart de
nos entretiens.

Du Puis, fur tout, fembloit être
charmé du Soleil, qui depuis fon lever jufqu'à fon coucher, ne ceffoit
de nous couvrir de fes agréables rayons.
Il ne faut pas mentir, nous dit-il un
jour, fi je n'étois pas né fous des climats où les Peuples font affez heureux pour avoir été inftruits dans la
connoiffance de leur Créateur, & que
je n'euffe jamais ouï parler de l'Etre
des êtres, le flambeau des Cieux feroit fans contredit la feule & unique
Divinité que je croirois digne de mes
adorations : non feulement parce que
c'eft l'objet vifible du monde le plus
agréable, mais auffi à caufe que fans
fon fecours, il n'y a ni plante, ni
animal qui puiffe fubfifter : tout lan-

D 6   guit

guit au moment qu'il s'éloigne, & sa
préfence rend de la vigueur à ce qui
paroiffoit mourant. Vous n'êtes pas
le feul, lui dis-je, qui êtes de ce
fentiment, il y a encore des Nations
entiéres qui invoquent ce bel Aftre,
comme la Caufe premiére de toutes
chofes : & ceux même qui ont re-
connû un être fouverainement parfait, n'ont pas pû s'empêcher de lui
donner des Epitétes qui marquoient
affez l'eftime qu'ils en faifoient. Or-
phée l'apelloit l'Oeil du Ciel ; Homé-
re, celui qui voit & entend toutes
chofes : Héraclite, la fontaine de la
lumiére célefte : Saint Ambroife, la
beauté du Ciel : Philon, l'idée de la
refplendeur éternelle : Platon, l'ame
du monde. Le Roi David en éxalte
merveilleufement l'excellence, fur tout
dans fon Pfeaume dix-huitiéme : & les
faints Hommes du vieux & du nouveau
Teftament, ne font nul fcrupule de
nous le repréfenter, comme le modéle
de la Divinité, qu'ils apellent en cent
endroits, l'Orient d'enhaut, & le Soleil de Juftice.

Je me mocque, continua La Forêt,
de ce que les autres ont dit des Aftres,

tres ; je prie Dieu , & si j'ai de la vénération pour les créatures , ce n'est
que par raport au Créateur , qui est
digne d'être admiré dans ses Ouvrages : mais ce qui me surprend dans
le Soleil, ce sont les deux mouvemens
oposez que l'on dit qu'il a , un mouvement journalier d'Orient en Occident , & un annuel d'Occident en
Orient. Il est vrai, repris-je , que ces
deux mouvemens sont directement
contraires l'un à l'autre , si on les attribuë au Soleil comme ont fait presque tous les Anciens : mais rien n'est
plus naturel si on attribuë ces deux
mouvemens à la Terre , qui fait un
grand cercle autour du Soleil dans
l'espace d'un an , & tourne une fois
sur son Centre , ou sur son Axe , en
vingt-quatre heures : tout comme une
boule , ou si vous voulez un navet
que vous auriez poussé d'un bout d'u-
ne allée à l'autre ; car en même-tems
que ce navet avanceroit vers le bout
de l'allée , il feroit en même-tems
plusieurs tours sur son Axe. La Terre en fait de même , & ses deux différens mouvemens ont toûjours servi
aux hommes pour mesurer le tems de
leur

leur durée. Le tour qu'elle fait sur
son Axe fait notre jour naturel de
vingt-quatre heures ; & le tems qu'elle met à faire son grand Cercle autour du Soleil, fait notre année de
trois cens soixante & cinq jours & six
heures, à quelques minutes près. Il est
vrai que cette mesure pour l'année n'a
pas été toûjours également bien connuë
chez toutes les Nations. Les Egyp-
tiens, les Caldéens, les Juifs & d'autres Peuples anciens, ont compté leurs
années différemment, & les ont fait
plus longues ou plus courtes les uns que
les autres. Plusieurs entr'eux ont ré-
glé leurs années plûtôt par le cours de
la Lune, que par celui de la Terre, &
plusieurs Nations en font encore de même aujourd'hui.

Le Calendrier qu'on suit presente-
ment parmi les Nations de l'Europe,
& qui est venu des anciens Romains,
n'a pas été toûjours si exactement ré-
glé comme à present : car du tems de
Romulus, Fondateur de Rome, l'année qui doit être le tems que la Terre employe à parcourir son grand Cercle autour du Soleil, n'étoit que de
trois cens quatre jours, compris en
dix-

dix mois : Mars , Mai , Juillet, Octobre, étoient chacun de trente & un jour,
les autres n'en avoient que trente. Nu-
ma Pompilius son Successeur , en a-
joûta cinquante & un à ce nombre ,
de sorte que l'année avoit alors trois
cens cinquante-cinq jours. Il retrancha outre cela un jour de chaque petit mois , qu'il ajoûta à ces cinquante & un , & de leur somme il institua
les mois de Janvier de vingt-neuf , &
de Février de vingt-huit jours. Enfin, Jules César , premier des Empe-
reurs Romains , ayant consulté les
plus habiles Astronomes de son tems ,
changea de leur consentement , l'année qui étoit à peu près lunaire , en
une année solaire, en y ajoûtant encore dix jours , lesquels il distribua de
maniére , que Janvier , Août & Décembre , en eurent chacun deux , &
Avril , Juin , Septembre & Novem-
bre un. Cependant , comme cela ne
suffisoit pas encore , parce que l'année est de trois cens soixante & cinq
jours , six heures , moins environ onze minutes , ce Monarque voulut que
toutes les quatre années on auroit un
an de trois cens soixante & six jours ,

&

& ce jour devoit être placé entre la six & feptiéme Calande de Mars : fi bien que l'on avoit deux fixiémes Calendes de Mars, dans une telle année, qu'on apelloit biffexte, parce qu'on comptoit deux fois le fixiéme jour avant que de compter le fuivant.

Cette correction pour jufte qu'elle parut, ne laiffa pas de caufer de l'erreur au Calendrier dans la fuite du tems ; car encore que l'année ne fût alors trop longue que d'environ onze minutes, au lieu que le Soleil, comme on parloit, entroit de fon tems, ou quarante-cinq ans avant la naiffance de Jefus-Chrift, dans l'équinoxe du Printems, le vingt-quatriéme de Mars, il y entra le vingt & uniéme au Concile de Nicée, en l'an trois cens vingt-fept, & l'onziéme du tems de Grégoire Treiziéme en 1582 : ce que ce Pape ayant remarqué, il retrancha dix jours de cette année-là, entre le quatre & le quinziéme d'Octobre, à caufe qu'il ne fe trouvoit point-là de Fêtes & de Saints intereffez. Et de peur qu'on ne retomba dans le même abus, ce qui étoit de conféquence pour les équinoxes, qui

auroient

auroient fait avec le tems une révolution entiére par tous les mois de l'année en rétrogradant : il ordonna qu'à
l'avenir , trois Siécles l'un après l'autre, on ne compteroit point d'année
biffexte à leur fin , mais feulement au
bout du quatriéme : de-là vient qu'il
faut quatre cens années Grégoriennes
& trois jours , pour égaler quatre
cens années Juliennes.

Je fçai bon gré à Mr. du Puis, dit
la Forêt , d'avoir donné occafion à ce
difcours ; car il y a long-tems que j'a-
vois defiré d'aprendre ce que l'on entend , par année biffexte , par vieux
& nouveau ftile , & de fçavoir la véritable caufe de tous ces changemens.
Il falut, pour les contenter , leur expliquer de même à plufieurs reprifes,
ce que veulent dire les termes d'E-
pacte, de nombre d'Or , de Sicle fo-
laire, d'Indiction Romaine, d'Ides,
de Calendes , & prefque de tout ce
qu'il faut fçavoir pour compofer un
Almanac. Ce qui leur donna le plus
d'admiration , fut lorfque je les af-
furai que le Soleil qui nous paroît
fi petit, eft infailliblement plus grand
que toute la Terre. Affurément , difoit

soit la Forêt, cela surpasse l'imagination, & je crois que tout ce que l'on
nous en dit font de pures rêveries.
Du Puis qui enchériffoit fur tout ce
que fon Camarade pouvoit alléguer à
cet égard, ofa même me traiter d'ex-
travagant, parce que je foûtenois que
cela étoit véritable; de forte qu'il falut, malgré moi, en venir à des éclair-
ciffemens pour leur donner quelque
fatisfaction là-deffus.

J'avoue, leur dis-je, qu'il eft, impoffible de déterminer au jufte la grandeur des flambeaux céleftes; tous ceux
qui l'ont fait ont été des préfomptueux,
qui ont tâché de nous en impofer.
Les inftrumens dont nous nous fer-
vons pour mefurer la Paralaxe du Soleil, font trop petits & trop mal divifez, par raport au prodigieux éloignement de cet Aftre. Je n'ai jamais
vû d'Aftrolabe divifé en minutes, &
il feroit néceffaire qu'il le fut en fe-
condes, & peut-être en de moindres
parties : cela ne fe peut, ou il feroit
fi grand que l'on ne fçauroit s'en fervir. Et une preuve qu'on s'y peut
aifément tromper fans cela, c'eft que
quelques exacts qu'ayent été les Aftronomes,

nomes, qui non contens de la fpéculation, ont voulu réduire cette
queftion en pratique, ils fe font abufez
fi lourdement, que la différence de
l'opinion de l'un à celle de l'autre,
eft capable de faire douter s'ils avoient
feulement le fens commun de vouloir
donner leurs fentimens pour des véritez. Ticho Brahé, qui fembloit a-
voir parcouru les Cieux, comme Chri-
ftophle Colombe la Terre, affure que
le Soleil eft cent trente-neuf fois plus
grand que le globe que nous habitons.
Copernic foûtient que ce nombre va
jufqu'à cent foixante-deux. Ptolomée
le fait de cent foixante-fix. Le Pere Scheiner de quatre cens trente-quatre. Wendelinus de quatre mille no-
nante-fix. Et un de mes Régens le
pouffe jufqu'à trois millions de fois
plus grand que la même Terre. On
ne fait donc rien pofitivement de fa
grandeur : mais ce qu'il y a de certain, c'eft qu'il eft beaucoup plus é-
tendu que ce grand Corps, quelque
vafte qu'il nous paroiffe. Car premiérement, fi on le pofe égal à la Terre, il eft évident que fes rayons ra-
fant les parties extérieures de cette
Sphére

Sphére terreſtre , laiſſeroient en continuant , un cilindre d'obſcurité
au-delà , dont les côtez feroient paralleles ; de forte que les Planettes qui
paſſeroient par cette ombre , ne re-
cevant aucune lumiére , & n'en ayant
point d'elles-mêmes , feroient éclip-
fées. Si le Soleil étoit plus petit , ſes
rayons , après avoir raſé la Terre ,
iroient en s'élargiſſant , & formeroient
un Cône tronqué d'ombre , dont la
bafe feroit au Firmament , & le ſommet fur la partie de la Terre opofée
au Soleil : d'où il fuit qu'il y auroit
encore une plus grande partie du Ciel
obfcurcie , & que toutes les Planettes qui s'y rencontreroient , dévroient ,
comme il vient d'être dit , ne rendre
aucune clarté. Or il n'y a jamais que
la Lune qui nous paroiſſe éclipſée :
ainfi il paroît que le Soleil doit être
incomparablement plus grand que la
Terre ; puifque fes rayons ayant raſé
cette grande maſſe , fe réüniſſent un
peu au-deſſus de la Lune , où le Cône formé par l'ombre de la Terre ,
finit en pointe. A cette explication
j'ajoûtai une figure fur le fable , pour
leur en faciliter l'intelligence.

Je

Je confeffe, dit alors Du Puis, que
cela eft démonftratif, pour ce qui
touche la caufe ; mais pour les effets
dont vous parlez, ou les défaillances
des Planettes, je n'y entends goute, &
je n'ai pas même fçû que les Eclipfes euffent rien d'ordinaire & de naturel. Au contraire, repris-je, il n'y
a rien-là de mifterieux. Les Planettes font des corps opaques & durs,
qui reffemblent affez à la Terre, &
que bien des gens croyent habitées ;
elles ne donnent aucune clarté que
par réflexion, & après l'avoir reçuë
du Soleil. De-là vient que nous n'a-
vons d'Eclipfe de Lune que lorfque
fe levant d'un côté, pendant que le
Soleil fe couche de l'autre, & que ces
deux Aftres font par conféquent en
opofition, la Terre fe trouve directement entre-deux, & empêche qu'ils
ne fe puiffent voir en face. Mais fi
le Soleil, interrompit La Forêt, eft
la fource de la lumiére, comment la
perd-il à fon tour en de certains tems ?
D'où lui viennent ces défaillances,
qui alarment fi fort le monde, & qui
eft-ce qui lui rend fon ancien éclat ?
Comme l'interpofition de la Terre,

re-

repliquai-je, cause les Eclipses de Lune, l'interposition de la Lune obscur-
cit aussi le Soleil : c'est-à-dire , que
toutes les fois que la Lune est en
conjonction avec le Soleil , & qu'elle passe entre lui & la Terre en droite ligne , elle fait l'office d'un rideau ,
qui nous dérobe la vûë de ce bel Astre ; mais cette privation ne sçauroit
durer long-tems, à cause du mouvement
différent de ces Corps. Le cercle que
la Terre décrit autour du Soleil est incomparablement plus grand que n'est
celui que la Lune fait autour de la Terre , & au lieu que celle-là avance environ
treize degrez en un jour , celle-ci
n'en franchit qu'un peu plus d'un en
Hyver , & un peu moins en Eté ,
de sorte qu'ils se dégagent bien-tôt
de l'autre. Comment, dit La Forêt,
la Terre va plus vîte en une saison
qu'en l'autre ? Oüi en aparence , repris-je , cela différe environ quatre
minutes , parce que la Terre étant
beaucoup plus éloignée du Soleil en
Eté qu'en Hiver , il faut qu'il semble aussi aller plus lentement pendant
les longs jours , que durant les courts :
comme une voiture qui n'est qu'à cinquante

quante pas de notre œil, paroît aller
bien plus rapidement que lorſqu'elle en
eſt à cinq cens pas de diſtance.

Mais, dit du Puis, puiſqu'il s'agit
de pas, un même feu ne ſe fait-il pas
mieux ſentir à deux pas de diſtance
qu'à dix ? Sans doute, lui répondis-je.
Et ſi le Soleil qui eſt chaud, reprit-il, eſt plus près de la Terre en
Hiver qu'en Eté, pourquoi la chaleur ne ſe régle-t-elle pas ſuivant ſon
éloignement ? & d'où vient que nous
tremblons de froid dans le même tems
que nous dévrions ſuër à groſſes goutes ? C'eſt fort bien dit, repartis-je,
cette objection fait voir, que l'ignorance & la raiſon ne ſont pas incom-
patibles ; cependant en penſant m'a-
voir pris, vous vous êtes trompé vous-
même. Je ne veux pas vous prouver
qu'il n'y a au monde ni chaud, ni
froid, ni clarté, ni odeur, ni ſon, ni
couleurs, ni aucune des qualitez que
nous apercevons dans les corps : cela
me donneroit trop de peine, & vous
ne m'entendriez peut-être pas, parce
que cela dépend de certaines connoiſ-
ſances, dont vous n'avez ſeulement
pas les principes : je me contenterai
de

de vous dire, qu'il n'y a à proprement parler, qu'une même forte de matiére, mais qui, à proportion qu'elle eft figurée, ou en mouvement, produit en nous, par le moyen de nos organes, de certains effets, que nous attribuons aux corps, & qui nous les fait apeller chauds, froids, lumineux, colorez, & ainfi des autres ; quoi qu'effectivement le fon, la couleur, le goût, &c. foient proprement en nous, & non dans ces corps ; comme la douleur, qui provient d'une piqueure, eft en nous, & nullement dans l'épingle qui l'a caufée. Et marque que votre comparaifon n'eft pas jufte dans le fens même où vous la voulez employer, c'eft que le coupeau des Alpes qui eft plus près du Soleil de toute leur hauteur, que le pied, demeure couvert de neige en Eté, pendant que tout périt de chaud dans leurs Valées, qui en font d'autant plus éloignées : dont la véritable raifon eft, pour ne rien paffer fans quelque legére explication, que l'air eft fi fubtil à une lieuë de la Terre, que dans quelque agitation qu'il foit, il n'a pas la force de diffiper les moindres

dres

dres corps ; au lieu qu'il est si grossier sur sa superficie, qu'il est capable d'ébranler nos parties les plus solides, & de causer ce que nous apellons une excessive chaleur.

Tout cela est beau assurément, reprit La Forêt, mais je vous demande pardon si je vous dis, que je ne vois pas que vous ayez encore rien conclu par raport à l'Hyver & à l'Eté. Cela est vrai, lui répondis - je, c'est une question d'une autre nature. Lorsque le Soleil est élevé vers nôtre zenith, comme en Eté, quoiqu'il soit fort éloigné de nous, il ne laisse pas de nous envoyer beaucoup de rayons presque perpendiculairement ; au lieu qu'en Hyver, restant plus bas vers l'horison, la plûpart de ses rayons, qui ne peuvent venir que de côté, rejaillissent sur la surperficie de nôtre Atmosphére ; bien peu passent & pénétrent jusqu'à nous : cependant, c'est dans le grand ou petit nombre de ces rayons, que consiste le chaud & le froid ; comme cela se prouve aisément par les miroirs & les verres ardents, dont les effets sont tôûjours proportionnez à la quantité des rayons de lumiére qu'ils rassemblent.   E   Pen-

Pendant ces doux entretiens, qui se faisoient plûtôt en vûë de passer le tems, que d'augmenter le nombre des Philosophes, puisqu'il auroit falu s'y prendre d'un autre biais pour y réüssir, nous ne laissions pas d'avancer considérablement : mais enfin, il falut changer de langage. Il y avoit trente-cinq jours que nous avions quité nôtre Troupe, & nous comptions que nous devions avoir fait environ cent trente lieuës de chemin, lors que tout d'un coup, nous nous trouvâmes au bord d'un Lac, qui nous paroissoit d'une fort vaste étenduë. Cet obstacle nous étonna, nous demeurâmes assez long-tems irrésolus sur ce que nous devions faire ; l'un parloit de s'en retourner, l'autre de rester-là, & de se loger le mieux que nous pourrions, pour y passer quelques jours : mais enfin, il fut résolu de nous avancer à droite, & de côtoyer cette grande eau, pour voir si nous en trouverions la fin. Aprés sept ou huit lieuës de marche, nous commençâmes à voir terre de l'autre côté, & nous étions ravis de ce qu'à mesure que nous avançions, nous en

disdifcernions toûjours mieux les objets ; mais en récompenfe, nous aperçûmes que nous entrions infenfiblement dans un lieu marécageux, où la terre étoit molle, tremblante & de très-mauvaife odeur. Tout le Païs étoit aux environs de-là, plat & uni ; nous ne voyons aucune iffue, & nous ne faifions plus un pas, de quelque côté que nous tournaffions, que nous n'enfonçaffions jufqu'à moitié jambe. J'avois beau encourager mes gens, il n'y eut pas moyen de paffer outre, il fallut même malgré nous retourner fur nos pas ; & quoi-que nous fuffions extrémement haraffez, nous fûmes obligez de faire plus de deux grandes lieuës avant que d'ofer nous arrêter, parce que nous étions mouillez, & que jufques-là, nous n'avions point trouvé de bois pour faire du feu capable de nous fécher.

Aprés nous être repofez fuffifamment, nous prîmes le parti de gagner toujours à gauche, & de voir s'il n'y auroit point d'empêchement de ce côté-là. Nous marchâmes ainfi quatre jours de fuite, jufques à ce que nous arrivâmes à une Forêt remplie

de

de chênes d'une hauteur & d'une
groſſeur extraordinaire. Nous héſi-
tâmes ſi nous devions nous y engager,
& nous ne le fimes qu'à condition que
nous ne nous écarterions du Lac, que
le moins qu'il ſeroit poſſible : mais cela ne dura pas long-tems, à peine eû-
mes-nous fait trois petites lieuës, que
nous nous trouvâmes au pié d'une
Montagne ſi eſcarpée, qu'il n'y a point
d'animal qui fût capable d'y monter.
Le Roc avançoit même ſur le Lac,
dont les eaux quelquefois agitées, en
avoient vrai-ſemblablement rongé le
pié. Nous côtoyâmes cette hauteur
de l'autre côté, pendant tout un jour,
ſans trouver aucun endroit, qui nous
la rendît acceſſible : ce n'étoit par tout
que précipices & hauteurs épouventables. A l'aſpect affreux de tant d'obſtacles invincibles la patience nous
abandonna : mes deux Camarades me
firent de fort ſenſibles reproches, de
ce que je les avois engagez dans ce
mauvais pas.

J'avouë, leur dis-je, que nous avons
raiſon de nous plaindre de nôtre malheureux ſort ; mais vous devez conſidérer que rien n'arrive à l'aventure ; il y a
ſans

fans doute une Providence , qui dirige
tout à fa volonté. Comme c'eſt cette Sa-
geſſe qui nous a conduits , elle nous ſug-
gérera bien auſſi les moyens de nous
en tirer d'une maniére ou d'autre.
C'eſt une choſe aſſurée que Dieu n'a-
bandonne jamais les ſiens , en quelque part du monde qu'ils aillent : ſi
nous mettons en lui nôtre confiance ,
il nous aſſiſtera de ſon ſecours. Vous
ſavez que ce n'eſt ni le lucre , ni la
gloire , qui nous a attirez ici ; nous
n'avions même rien à perdre , &
moyennant que nous conſervions la
vie , nous avons tout ce que nous aurions eu chez nous. Ne nous rebu-
tons point de ce qui nous eſt arrivé
juſqu'ici , nôtre but principal eſt de
courir , & de découvrir des nouveautez , qui nous faſſent plaiſir : je ne
deſeſpere pas d'aller plus loin , & de
trouver un jour de quoi nous mettre
en état de vivre heureux. Allons ,
ne perdons point de tems , pourſuivis-je , retournons-nous-en au Lac ,
& voyons ſi nous ne pourrons pas
trouver le moyen de le paſſer ſans
trop de danger. Nous avons par bonheur des haches , & il y a ici du bois
en

en abondance , nous ne ferons pas les premiers qui auront franchi un trajet avec un Radeau. Si nous en venons à bout , je me flâte après cela d'une plus heureuse découverte. Jufques ici le Païs eft inhabitable , il eft humainement parlant , impoffible qu'il foit de même par tout ; & qui fait enfin fi nous ne trouverons pas quelque Peuple civilifé , qui récompenfera , par fes honnêtetez les fatigues & les dangers que nous avons effuyez pour les aller déterrer , & pour leur aprendre , s'ils ne le favent pas , qu'il y a d'autres gens qu'eux au monde.

J'avois beau en conter à mes Camarades , tout cela ne les fatisfaifoit point ; & je fuis perfuadé que s'ils avoient vû la moindre aparence de retrouver notre Equipage où nous l'avions laiffé , ils auroient fans doute tout hafardé pour tâcher de la rejoindre. Il falut pourtant fe réfoudre à quelque chofe. Nous retournâmes au Lac , & le confidérâmes de bien des endroits avant que nous convinfions de celui où nous hafarderions de le paffer. Ces allées & venuës nous confumérent pourtant huit jours , le

neu-

neuviéme nous commençâmes à mettre la main à la befogne. Nous coupâmes premiérement dix arbres de fept
à huit pouces de diamettre, dont nous
ôtâmes les branches, & les accourcî-
mes jufques à la longueur de vingt
femelles ; puis les ayant mis dans l'eau,
nous les attachâmes enfemble du mieux
que nous pûmes, partie avec des
joncs entrelacez, & principalement
avec de l'écorce de branches de fau-
les, qui étoient en grande quantité
au bord de l'eau & dont nous tref-
fâmes des cordes de telle longueur que
nous les voulûmes. Enfuite nous aprê-
tâmes une vingtaine d'autres arbres
plus courts que nous arrangeâmes &
liâmes de travers fur les premiers.
Enfin nous en mîmes fur ces feconds
un troifiéme étage, du même fens
& de la même longueur que ceux de
la première couche. Nous fimes auffi
cinq avirons, ou pêles, qui nous tin-
rent plus de tems que tout le refte.

Comme nous étions encore occupez à nôtre charpenterie, La Forêt
nous avertit qu'il voyoit à foixante
pas de-là remuër quelque chofe dans
des joncs, qui n'étoient pas fort éloignez

E 4

gnez du Lac : en effet , nous reconnûmes d'abord avec lui qu'il faloit même que ce fût un animal d'une grosseur considérable. Du Puis & moi prîmes chacun nôtre fusil , & l'ayant chargé de quatre balles , nous tirâmes ensemble dessus , conservant un troisiéme coup pour le nécessaire ; comme l'expérience nous l'avoit enseigné dans nôtre route , où nous manquâmes deux ou trois fois d'être déchirez pas des Oûrs , pour nous être défaits de tout nôtre feu. Nos Armes étoient à peine lâchées que nous fûmes extrémement surpris & épouventez d'entendre des hurlemens effroyables , & de voir un trémoussement si prodigieux dans ces roseaux. Nous fûmes assez long-tems en suspens , si nous devions aller voir ce que c'étoit ou non ; mais après avoir consideré que tout ce que nous entendions & voyons ne pouvóit être vrai-semblablement que l'effet d'une playe mortelle , qui mettoit cette bête hors de deffense , nous rechargeâmes nos fusils , & nous aprochâmes toûjours, en tremblant pourtant , de l'endroit où elle se debattoit. D'abord qu'elle nous aper-

aperçût elle redoubla ses cris, & faisoit de grands efforts pour échaper à
nôtre poursuite; sa peur nous enfla le
cœur, & La Forêt lui voyant lever
la tête lui lâcha son coup si à propos,
qu'il la lui ouvrit de part en part, &
la coucha roide morte. Nous restâ-
mes néanmoins encore quelques momens sans oser en aprocher; mais
voyant qu'elle ne se remuoit plus,
nous commençâmes par la toucher du
bout de nos armes, & l'ayant tirée
hors de-là, nous reconnûmes que c'é-
toit une espéce de Loutre; mais qui
n'avoit que deux jambes fort courtes
sur le devant, lesquelles l'un de nous
deux avoit cassées à la premiére décharge; ce qui l'avoit mise hors d'é-
tat de fuir. Cet animal devoit peser
au moins cent cinquante livres. Nous
nous mîmes après à l'écorcher, ensuite de quoi nous en rôtîmes la meilleure partie. La chair en étoit bonne, & avoit un goût aprochant de nos
Canards.

Le lendemain, qui étoit le treiziéme jour que nous étions arrivez-là
pour la premiére fois, nous résolû-
mes de démarer, & de passer outre.

E 5 La

La pesanteur de nôtre Radeau faisoit que nous allions fort lentement : il y en avoit toûjours deux qui travail-loient de la pêle , tandis que l'autre prenoit du repos. L'air étoit par bon-heur fort tranquille , le tems le plus agréable du monde ; & je puis dire que nous prîmes bien du plaisir à ce passage , que nous avions entrepris pourtant sans savoir ce que nous de-viendrions. C'étoit une chose surpre-nante de voir la multitude infinie de Poissons qu'il y avoit dans ce beau Lac : les uns sautoient d'un côté , les autres venoient heurter contre nôtre Voiture de l'autre : il y en avoit mê-me qui nous suivoient avec la tête hors de l'eau , & donnoient des branle-mens de queuë , par lesquels on eut presque dit qu'ils vouloient témoigner la joye qu'ils ressentoient de nous voir. Ce petit jeu muet nous rendoit quel-quefois si attentifs , que nous restions de longs intervales dans l'inaction. Nous en prîmes plusieurs de la main que nous rejetâmes aussi-tôt dans leur élément ; & il ne tenoit qu'à nous d'en prendre autant que nous en aurions voulu. Ce qui augmenta sensiblement

nôtre

nôtre joye, fut que vers le foir, lors
que nous perdions de vûë le rivage
que nous avions quité, nous découvrîmes en même tems celui du côté
où nous tendions. Cette agréable vûë
nous donna de nouvelles forces : nous
travaillâmes prefque toute la nuit, &
je doute qu'il fut le lendemain, plus
de quatre heures après-midi, lors
qu'heureufement nous vinmes donner
de nôtre Radeau contre le bord. Auffi-tôt que nous fûmes à terre, nous
trouvâmes à propos de nous fervir de
tout ce que nous avions d'attaches pour
amarer nôtre Machine, tant à de
groffes pierres qu'il y avoit fur le rivage, qu'à un pieu, ou tronc d'arbres que nous enfonçâmes en terre,
& que nous avions aporté à ce deffein, dans l'incertitude où nous étions
fi nous nous trouverions mieux ailleurs, & fi nous ne ferions peut-être
pas forcez de repaffer quelque jour
par ce même endroit. Au refte, nous
nous fentions fi fatiguez de nôtre Navigation, que nous campâmes à cent
pas de-là, & y reftâmes jufques au
lendemain au matin, que nous con-
tinuâmes nôtre route.

E 6   Nous

Nous n'eûmes pas fait une demi-
lieuë que nous rentrâmes dans un Bois
auſſi épais que les précédents, mais que
nous eûmes percé en moins de deux
heures. Ce fût-là où nous nous vîmes
arrêtez tout d'un coup, par des Rochers qui n'avoient non plus de talut
qu'une muraille. Cette nouvelle ba-
riére cauſa auſſi de nouvelles diſpu-
tes entre nous : mes Camarades mur-
muroient extrémement, & moi je les
encourageois à mon ordinaire. Il falut même que j'en vinſſe juſqu'à leur
aſſurer, qu'au lieu que mes idées
étoient ordinairement ſi embrouillées
& ſi mal ſuivies pendant le ſommeil,
que je voyois rarement le dénoûment
de mes ſonges ; j'en avois eu un la
nuit précédente, dont l'enchaînure
& les circonſtances étoient ſi parti-
culiéres, qu'il devoit infailliblement
nous augurer quelque choſe de fort
avantageux : & là-deſſus j'inventai ſur
le champ quelques fictions, qui,
quoi que peut-être aſſez mal concertées, ne laiſſérent pas de faire tout
l'effet que j'en attendois. Sur le matin, leur dis-je, & environ une heure avant le lever du Soleil, il m'a
ſem-

femblé entendre une voix bruyante comme un tonnerre , qui m'a dit : Que fais-tu-là , mon enfant ? Léve-toi ; marche , ta délivrance eft pro-chaine. En même-tems s'eft prefen-té devant moi une jeune fille , en vé-temens blancs , ayant les cheveux pen-dans & éparpillez fur les épaules , la face riante , les jambes découvertes jufques au - deffous du genou , & te-nant en fes mains un Corbillon d'o-fier fin , artiftement entrelaffé de tou-tes fortes de fleurs odorantes , & rem-pli de fruits rares & délicieux , dont elle nous a invitez de manger. A ma gauche , il y avoit un champ tout cou-vert de gerbes du plus beau froment que la terre porte ; & à ma droite , un arbre , au tronc duquel il y avoit une ouverture , dont fortoit avec im-pétuofité , une liqueur claire & ver-meille , qui embaumoit par fon odeur. Je me fuis retourné pour voir ce qu'il y avoit derriére moi , mais apercevant un monftre épouventable , tout hérif-fé d'épines & de chardons , j'en ai été tellement faifi d'horreur , qu'encore qu'il me tournât le dos , je n'ai pas laiffé de m'éveiller en furfaut. A ce

fonge j'ajoûtai une favorable explication, qui ne contribua pas peu à nous
donner de bonnes jambes.

En côtoyant toûjours ces Montagnes du côté de l'Orient, nous découvrîmes enfin une fente par où
nous nous mîmes à grimper. Je ne
fçaurois exprimer la peine que nous eûmes à nous porter jufqu'au haut. Quand
nous y fûmes parvenus, nous nous
affîmes pour reprendre haleine, &
mangeâmes un morceau. Nous étant
relevez, nous aperçûmes bien-tôt a-
près un Etang d'environ un quart de
lieuë de circonférence, borné d'un
côté par des pointes de Rocher ef-
carpées, & même penchantes, jufques
fur l'eau, & de l'autre, par une efpéce de Digue fort étroite & rabo-
teufe, qui avoit à droit un précipice,
dont on ne pouvoit découvrir le fond.
Ces objets affreux me rendirent muet
comme un Poiffon : je ne me fentois
plus de force ni de courage pour rien
dire, & j'avouë franchement que j'aurois alors defiré de tout mon cœur
d'être encore à entreprendre le Voyage. Il n'y avoit aucune aparence de
defcendre par-là où nous étions montez,

tez, & je voyois trop de rifque à paffer outre.

Dans l'embarras où j'étois, je fis un effort confidérable pour monter juf-ques fur la cime d'un roc, que nous avions laiffé fur le derriére : auffi-tôt que j'y fus parvenu, ma douleur fe changea tout-d'un-coup en une excef-five joye, lorfque je vis qu'immé-diatement après ces hauteurs, il pa-roiffoit un Païs plat, uni & entre-coupé de canaux, fur les bords def-quels il y avoit des arbres plantez en ordre : il me fembloit même entre-voir des bêtes dans des prez herbeux, & plus loin de grands corps, qui pa-roiffoient être des demeures d'hom-mes. Je fis figne à mes Camarades de me fuivre, & leur marquai par mes geftes & diverfes contorfions de corps que notre délivrance aprochoit. L'en-vie qu'ils avoient d'aprendre de bon-nes nouvelles, les porta à m'imiter. Ils penférent comme moi, s'eftropier avant que de me pouvoir joindre, mais de même auffi, ils furent incontinent confolez de leur travail, & convinrent fans héfiter, que cette terre devoit in-conteftablement être habitée. La difficulté

ficulté seulement étoit d'y parvenir, & cette difficulté nous paroiffoit infurmontable. Nous confidérâmes attentivement de cette hauteur où nous étions, tout ce qu'il y avoit à l'entour ; mais rien d'acceffible ne fe découvrant à nos yeux, nous nous aidâmes à defcendre, & vinmes examiner de nouveau, le Précipice, & l'Etang.

Pour moi, je fus incontinent d'avis, quelque rifque qu'il y eût, que nous devions retourner fur nos pas, aller couper du bois dans la Forêt, où nous avions paffé la nuit, le traîner en haut du mieux que nous pourrions, & nous en fervir à franchir ce petit trajet. Du Puis, au contraire, trouvant ma propofition d'une éxécution prefque impoffible, dit que le paffage qui étoit entre le Lac & le Précipice, paroiffoit avoir autour de deux pieds de largeur aux endroits les plus étroits, qu'ainfi on pouvoit aifément hazarder de le paffer, & qu'il vouloit bien être notre Guide. Je fus ravi de fa réfolution, & je ne manquai pas de l'apuyer par des exemples des Pirenées & des Alpes, dont j'avois lû

quel-

quelque chofe dans plufieurs Mémoires de Voyageurs : mais La Forèt qui étoit, difoit-il, fujet aux vertiges, protefta qu'il ne nous imiteroit point, quoi qu'il en pût arriver, mais que fi l'on étoit réfolu de paffer, il aimoit mieux le faire à la nage. L'autre lui donna auffi-tôt raifon, & s'engagea de porter fes hardes, & même les miennes, fi je me voulois mettre à l'eau avec lui. Ce qui fut dit fut fait : La Forèt & moi nous deshabillâmes, nous fimes un paquet de nos habits, & Du Puis s'en étant chargé, fe mit en devoir de paffer, laiffant-là nos haches & nos fufils, qui auffi-bien ne nous étoient plus utiles à rien, puifque nous n'avions pas trois charges de poudre de refte ; à condition pourtant, que s'il trouvoit le paffage moins dangereux que nous ne nous l'étions imaginé, il les reviendroit querir. Comme nous nagions parfaitement bien l'un & l'autre, nous fûmes bien-tôt à l'autre rive, parce que nous avions choifi l'endroit le plus étroit : ainfi Du Puis qui avoit pris nos habits, s'étoit vû obligé de faire un affez grand détour avant que de venir à fon paffage. Auffi-

Aussi-tôt que nous fûmes à terre, nous courûmes à sa rencontre, & fûmes bien-aise de le voir venir gaillardement. Mais par une fatalité inconcevable, & dont je ne cesserai d'avoir du regret toute ma vie, comme le malheureux n'avoit pas dix pas à faire pour être sauvé, un éclat de la Roche qui le portoit, se détacha tout-d'un-coup, de sorte que la terre lui manquant sous les pieds, nous le vîmes avec horreur disparoître en criant : O bon Dieu, ayez pitié de moi ! Nous nous avançâmes avec précipitation, pour voir ce qu'il étoit devenu, mais helas ! nous ne vîmes ni n'entendîmes plus la moindre chose.

Je prie le Lecteur charitable de s'arrêter ici un moment, & de faire une sérieuse réflexion sur notre desastre. Le desespoir où nous étions d'avoir perdu notre Ami, joint à l'état pitoyable où nous nous voyions, n'ayant ni hardes pour couvrir notre nudité, ni aucuns moyens humains pour substenter nôtre corps, donna si fort la gêne à notre esprit, que nous pensâmes cent fois nous jetter tête baissée après lui, & finir ainsi en un instant le cours fâcheux d'une si malheureuse vie.　　　　　CHA-

CHAPITRE VI.

De la découverte d'un très-beau Païs, de ses Habitans, de leur Langage, Mœurs & Coûtumes, &c. & de l'estime où notre Auteur & son Camarade y étoient.

CEpendant le froid nous saisissoit, parce que le Soleil étoit à l'extrêmité de sa course, deux motifs pressans pour nous faire songer à notre retraite. Nous descendîmes la montagne avec assez de facilité, à cause qu'elle avoit-là beaucoup de talut. Au pied il y avoit un fossé large & profond, qu'il falut encore passer à la nage : c'étoit une des barriéres du Païs, où l'on n'avoit point fait bâtir de Ponts pour en faciliter ou l'entrée ou la sortie. Plus nous avançions dans la Campagne, plus nous en découvrions les beautez : mille indices différens nous assuroient que le Païs étoit habité. Les Animaux que nous avions crû voir de dessus la Montagne, étoient en effet des Chévres,

qui

qui paiſſoient dans des Prez, où l'herbe verte les déroboit en partie à la vûë.
Nous n'étions enfin pas fort éloignez
de ces Troupeaux, lorſque le Ché-
vrier, qui gardoit le plus prochain, &
qui étoit couché à terre, remarqua que
ſes bêtes allongeoient le coû, & ſembloient avoir en vûë quelqu'objet qui
leur donnoit de l'étonnement. Il ſe
léve, & auſſi tôt qu'il nous eût aperçûs, ſe met à fuïr de toute ſa force,
s'imaginant en voyant deux hommes
nûs ſur le ſoir, venir du côté des Montagnes, que nous fuſſions enragez, comme nous l'avons ſçû dans la ſuite : ſes
Chévres ſe mirent de même à la débandade. D'autres Bergers qui n'étoient
pas loin de-là avec des Moutons, ne
ſçavoient que penſer de ce deſordre ;
ils eurent pourtant aſſez de courage
pour s'atrouper, & venir ſept ou huit
qu'ils étoient, reconnoître qui nous
étions. Auſſi-tôt que nous nous crûmes à portée, nous joignîmes les mains
enſemble, & tâchions par toutes les
marques poſſibles à leur donner de la
compaſſion. Ils s'avancérent, & voyant
que nous étions nûs & dénuez de toutes
armes, ils vinrent juſqu'à quatre pas
de

de nous, avec chacun un gros bâton à la main, & se mirent à nous parler. Je leur dis en Latin, en François & en Portugais, langage que j'avois assez bien apris par raport au tems que j'avois séjourné en Portugal, que nous étions deux Européens honnêtes gens, qui croyions en Dieu, en levant le doigt au Ciel, & frapant ensuite sur la poitrine. Mais quelques efforts & grimaces que je fisse, je connus bien à leur mine, que nous ne nous entendions ni l'un ni l'autre : desorte que je me jettai à leurs pieds, puis me mettant à trembler & à étendre les mains, je tâchai de leur insinuër que j'avois froid, & que j'aurois fort désiré de me chauffer. Là-dessus ils s'entretinrent quelques momens, sans donner pourtant aucune marque qu'ils voulussent nous faire du mal. Enfin, après s'être bien consultez, ils nous firent signe de les suivre, & nous menérent chez un vénérable Personnage, qui après avoir jetté les yeux sur nous, commença par nous faire donner à chacun une grande Robbe qui nous couvroit depuis la tête jusqu'aux pieds, parce qu'il y avoit au haut un bonnet attaché

ché , en forme de capuchon.

Il se mit ensuite à nous interroger par signes , d'où nous venions , si c'étoit de l'Orient , de l'Occident , ou de quelqu'autre partie de l'Univers. Nous lui répondîmes en notre Langue , & par les meilleures gesticulations dont nous étions capables , que nous n'étions ni Anges , ni Démons , pour être venus du Ciel ou des Abîmes , que nous étions des Animaux raisonnables comme lui , qui passant la Mer dans une Machine de bois d'une grandeur extraordinaire , avions néanmoins fait naufrage à cent cinquante lieuës de-là : que de tout l'Equipage , nous avions cherché , trois que nous étions , un Asile , dans le dessein d'y passer le reste de nos jours ; que l'un avoit péri en chemin de la maniére du monde la plus tragique , & ainsi du reste. Nous le priâmes ensuite d'avoir pitié de nous, de nous faire travailler , & de nous donner la vie. Je ne savois pas s'il comprenoit quelque chose de ce que nous lui disions , mais il parût du moins touché jusqu'à répandre des larmes. On nous donna à souper , & une heure après on nous montra un lit , où nous
pou-

pouvions prendre du repos : tout cela se faifoit d'une maniére fi honnête, que nous en étions charmez. Le lende-main ce fut une Comédie de voir le monde en foule venir de toutes parts pour nous voir : chacun nous regar-doit avec étonnement, & perfonne ne pouvoit comprendre, d'où, ni par où nous étions venus à eux. Ces Vifites durérent au moins quinze jours ou trois femaines. A force de les oüir parler, nous commençâmes à entendre quel-ques mots de leur Langage : le pre-mier que nous retinmes fut celui de *Mula*, qu'ils avoient ordinairement coûtume de prononcer, lorfque le-vant les yeux ou le doigt au Ciel, nous proférions le Nom de Dieu. Nous aprîmes les termes de *At*, manger, *Buskin*, boire : *Kapan*, dormir : *Pryn*, marcher : *Tian*, travailler : *Tuto*, oüi ; *Tuton*, non : & une quantité d'au-tres, que nous trouvâmes enfuite avoir la fignification que nous avions conjec-turé qu'ils devoient avoir au commen-cement. Ce qui nous donna une gran-de facilité à nous rendre cette Langue familiére, c'eft qu'il n'y a que trois tems dans l'Indicatif de chaque Verbe;

le

le Préfent, le Parfait indéfini ou Compofé, & le Futur : qu'ils n'ont point
d'Impératif : que dans leur Subjonctif
il ne fe trouve que l'Imparfait & le plus
que parfait premier, avec l'Infinitif &
le Participe. Ils n'ont auffi que trois
Perfonnes pour le Pluriel & Singulier
tout enfemble. C'eft ainfi, par exemple, qu'ils conjuguent le Verbe manger, *At.*

Indicatif préfent.

Ata. Je mange, ou nous mangeons.
Até. Tu manges, vous mangez.
Atn. Il mange, ils ou elles mangent.

Parfait indéfini.

Atài. J'ai mangé, nous avons mangé.
Atéi. Tu as mangé, vous avez mangé.
Atni. Il a mangé, ils ou elles ont mangé.

Futur.

Atàio. Je mangerai, nous mangerons.
Atéio. Tu mangeras, vous mangerez.
Atnio. Il mangera, ils ou elles mangeront.

Imperatif & Infinitif.

At. Mange, Mangez, Manger.

Imparfait premier du Subjonctif.

Atàin. Je mangerois, nous mangerions.
Atéin. Tu mangerois, vous mangeriez.
Atnin. Il mangeroit, ils ou elles mange-
roient.

/ Plus

Plus que parfait premier.

*Ataif.*J'aurois mangé, nous aurions mangé.
*Ateif.*Tu aurois mangé, vous auriez mangé.
Atrif. Il & elle auroit, ils & elles auroient
    mangé.

Le participe preſent.

Ataiŭ. Mangeant.
    De-là dérivent les mots.
Ataŭs. Mangerie ou Cuiſine.
Ataiᴂs. Manger ou Mangeaille.
Atiᴂ. Mangieur ou Cuiſinier, &c.
Atiaŭs. Mangeur ou qui mange, &c.

Leur Alphabet eſt compoſé de vingt
Caractéres, ſçavoir de ſept Voyelles,
a, e, i, o, u, ᴂ, ᴂ, (dont la ſixiéme eſt proprement l'*Aita* des Grecs, & la ſeptié-
me vaut autant que la diſtongue *ou*) &
de treize conſones, *b, d, f, g, h, k, l, m,*
n, p, r, ſ, t. Ces mêmes conſones leur
ſervent auſſi pour les nombres, *b,* vaut
1. *d,* 2. *f,* 3. *g,* 4. *h,* 5. *k,* 6. *l,*
7. *m,* 8. *n,* 9. *p,* 10. *pb,* 11. *pd,* 12.
&c. *dp.* vaut autant que deux fois dix,
ou vingt, *ſp.* trois fois dix ou trente.
fb, 31. &c. *pp.* dix fois dix ou 100.
r, 1000. *pr,* 10000. *ppr,* 100000.
s, un million, *ps,* dix millions,
pps, cent millions, *ppps,* mille millions,
            F   &c.

&c. en ajoûtant toûjours un *p* de plus.

Il faut encore remarquer que leurs Noms & leurs Verbes décrivent auffi les uns des autres, de la même maniere que nous avons en François, *chat, chate, chatons, chatonner*, &c. Leurs déclinaifons font de même fort aifées. En voici un éxemple.

Nominatif, *Brol*, le Mouton, *Brolu*, la Moutonne, ou Brebis, &c. *Brola*, les Moutons, ou Brebis, &c.

Génitif, *Brul*, du Mouton, *Brula*, de la Moutonne, ou Brebis, &c. *Brula*, des Moutons, ou Brebis, &c.

Datif. Brel, au Mouton, *Brela*, à la Moutonne, ou Brebis, &c. *Brela*, aux Moutons, ou Brebis, &c.

Ce qui eft admirable, c'eft qu'il n'y a aucune exception dans les conjugaifons & déclinaifons de cette Langue, & que d'abord qu'on fait les variations d'un Verbe, ou d'un Nom, on les fait auffi de tous les autres : & cette variation ne confifte qu'à ajoûter un *A*, à l'infinitif, pour en faire le préfent de l'indicatif : comme de, *At*, on fait *Ata* : de *Buskin*, *Bukina*, &c. Et aux Noms, on ajoûte un *A*, au nominatif mafculin, pour en faire un féminin, ou un *n*, lors qu'on veut le changer en pluriel commun. Comme l'éxemple précédent le montre. D'où il eſt aiſé de conclure qu'il n'eſt pas ſurprenant qu'au bout de ſix mois nous comprenions tout ce que l'on nous diſoit, & que nous nous faiſions de même entendre : mais revenons à notre premier ſujet.

Quelques jours aprés notre arrivée, nous fûmes éveillez un matin par le tintamare extraordinaire que l'on faiſoit dans la maiſon : nous nous levâmes pour voir ce que c'étoit, mais quoi que nous obſervaſſions juſqu'à la moindre de leurs démarches, nous ne comprenions rien à l'empreſſement qu'ils témoignoient, depuis le plus petit juſques au plus grand. Tout ce que nous pûmes faire fut de conjecturer, qu'il devoit y avoir du monde à dîner, parce que l'on maſſacroit beaucoup de Volaille, & que les viandes abondoient de toutes parts dans la cuiſine. Sur les dix heures toute la Famille ſortit : nôtre Patron, qui marchoit devant, portoit un grand Coq entre ſes bras : nous le ſuivîmes avec les autres. En paſſant le Pont

du

du Canal, nous vîmes que tous nos
Voisins en faisoient autant que nous:
en même tems ceux de l'autre côté de
l'eau sortirent aussi , avec un Coq de
chaque maison. Celui qui demeuroit
vis à vis de nous, exposa le sien contre le nôtre : les autres firent de même , chacun ayant à faire à celui qui
demeuroit de l'autre côté devant lui.
Il n'est pas croyable avec quel courage & animosité ces Animaux se bat-
toient. Tantôt l'un se jettoit en l'air,
& venoit fondre sur le dos de son
ennemi , dont il emportoit souvent
toute une touffe de plumes. Un moment après l'autre se couchoit à terre
& venoit surprendre sa partie sous le
ventre, où il enfonçoit son bec le
plus profondement qu'il pouvoit : ils
biaisoient , ils caracoloient , & ne se
le cédoient , ni en vigueur , ni en fi-
nesse , jusques à ce que le plus foible
étant contraint de le céder au plus fort,
tomboit, & que le victorieux l'ayant
mis en piéces , se retiroit en chantant
son triomphe. Le Combat du nôtre
dura jusqu'à midi, celui de quelques
autres avoit fini plûtôt ; il y en avoit
au contraire , qui n'achevérent qu'une
heure

heure aprés. Mon Hôte, dont l'Oi-
feau avoit été tué, alla prendre le Maître du victorieux par la main, le feli-
cita de fa Victoire, & l'amena chez lui:
tous leurs enfans & domeftiques ne
tardérent guéres à les fuivre. Ce qu'on
avoit aprêté chez l'autre fut aporté à
nôtre maifon : on fe mit à table, & je
puis dire, que je ne métois trouvé de
long-tems à une telle défaite. Nous
eûmes affurément un repas de Roi, &
on n'oublia pas d'y boire d'importance :
le malheur étoit que nous ne les entendions pas.

Le lendemain nos gens ne furent pas
moins alertes : auffi-tôt que le Soleil
fut levé, ils fortirent tout autant qu'ils
étoient ; & tous les jeunes hommes du
Canton, c'eft à dire, l'aîné de chaque
Famille, prirent un arbre haut, droit
& poli, comme un mât de Navire,
qu'ils allérent planter au milieu du Canal, dans un trou ou tuyau bâti de pierres au fond exprés pour cela ; au bout
duquel on avoit attaché autant de groffes cordes, qu'il y avoit-là de Ména-
ges. Toutes ces cordes furent enfuite tenduës, & entortillées autour des
différens arbres, qui étoient plantez au

bord

bord de cette eau : & afin qu'il n'y eût point de jaloufie , ou aucun fujet de plainte , il y avoit à chaque corde un nœud à la même diftance du mât. Au haut cet arbre , qui n'étoit pas à tren-te piez de diftance de la fuperficie de l'eau , on avoit cloué un ais rond , fur lequel il y avoit un Aigle , dont les deux piez étoient attachez féparement avec de bonne ficelle , à deux crampons de fer , enfoncez bien avant dans le bois.

Quand tout fut prêt , on attendit qu'il fût deux heures après midi : alors les mêmes jeunes gens revinrent, fe fai-firent chacun d'une des cordes tenduës à l'endroit où il y avoit un nœud , & au premier fignal que nôtre Hôte don-na ils fe mirent à grimper à qui mieux mieux. Les premiers qui arrivérent auprès de l'Aigle , tâchérent auffi-tôt de s'en rendre Maîtres , mais ils en fu-rent parfaitement bien reçûs. Comme ils avoient les mains nuës & qu'il ne leur étoit pas même permis de les cou-vrir , ils furent obligez d'effuyer des coups de bec , qui les leur mirent tout en fang. Chacun n'avoit qu'une main, dont il fe pouvoit fervir pour attaquer, il falloit qu'il fe tint ferme de l'autre.

D'autre

D'autre part , l'Aigle n'étoit pas lié si
court , qu'il ne pût s'élever de la hauteur de deux piez au moins de son ais ;
ainsi , au lieu que le combat ne dût durer qu'un moment , comme je me l'é-
tois figuré au commencement , je ne
voyois point d'aparence au bout de
deux heures , d'en voir la fin de tout le
jour. Quelques vigoureux que fussent
les attaquans, la situation où ils étoient
étoit trop violente ; il étoit impossible
qu'ils pussent tenir long-tems. Les
uns se reposoient le mieux qu'ils pouvoient , les autres se laissoient tomber
dans l'eau , où ils étoient pourtant d'a-
bord secourus par des gens qui se tenoient exprès à portée , dans de petites
Barques , pour les joindre. Enfin ,
c'étoit un remu-ménage enragé , & je
croi qu'il étoit autour de six heures ,
lors qu'un de la troupe s'étant saisi a-
droitement de l'Aigle , lui cassa une
jambe de ses dents. Un autre qui là-
dessus le poussa lui fit lâcher prise , sous
peine de faire la culbute , empoigne
l'Animal des deux mains , & se jette à
corps perdu , à bas de la corde. Sa pesanteur étant jointe à ce grand effort ,
l'Aigle fut démembré , la cuisse qui

étoit attachée demeura pendue à l'arbre, & le jeune homme tomba dans l'eau avec la Proye entre ses bras. Les assistans jettérent à cette chute des cris redoublez de réjoïssance, ni plus ni moins, que s'il se fut agi du Salut de tout le Public. Ceux qui avoient été mouillez allérent changer d'habits, & se rendirent bien-tôt après chez le Victorieux où chacun lui fit son compliment. Ils soupérent-là ensemble, & passérent une partie de la nuit à se divertir, pendant que les Péres de Famille se traitoient aussi réciproquement, & faisoient ce que l'on peut apeller chére entiére. Le troisiéme jour se passa encore en jeux, en danses, courses & agreables divertissemens.

Nous ne savions ce que tout cela signifioit, mais nous vimes ensuite qu'ils observoient dans tout le Royaume, les mêmes Cérémonies tous les Ans, à la pleine Lune, qui précéde le Solstice du Capricorne : & que le jeune homme qui emporte l'Aigle, a cette Année-là le choix de toutes les filles du Canton, en cas qu'il se veuille mettre en Ménage; de sorte que pas une ne se peut marier à un autre sans sa permission,

qu'il

qu'il ne refuse pourtant guéres ; & ainſi
l'on peut dire que tout cela ne ſe termi-
ne qu'à une ſimple formalité , & un
honneur ſingulier pour le triomphant.
Aux autres pleines Lunes de toute
l'Année , ſans exception, ils font auſſi
battre des Coqs , ſe promenent en Gondole l'Eté , en Traîneau ſur la neige
l'Hiver , & prennent pendant deux
jours , tous les innocens Plaiſirs dont
ils ſont capables ; hormis celui de l'Aigle planté ſur le mât. Le reſte du mois
chacun eſt à ſa beſongne ; & il n'y a abſolument point d'autres Fêtes.

Tout ce tems-là s'étant écoulé ſans
rien faire, nous fimes connoître à nôtre Patron que nous ſerions ravis d'a-
voir de l'occupation : on ne fit au commencement pas ſemblant de nous écouter , mais voyant que nous inſiſtions à
vouloir être employez ; on nous donna de la Laine à nétoyer , à laver , à
battre & à carder , ne ſachant point que
nous fuſſions propres à autre choſe.
Nous fûmes bien-tôt las de ce métier-
là : La Forêt , qui étoit Horloger de
ſa Profeſſion , auroit mieux aimé tenir
une lime à la main , & travailler au
mouvement d'une Montre ; mais il n'y

avoit

avoit point de telles machines dans ces quartiers-là , & on auroit eu de la peine à leur en donner si-tôt une idée. S'étant aperçûs de nôtre mécontentement , on voulut se servir de nous pour la manœuvre d'une petite Flote.

Comme il y avoit vingt-deux maisons dans nôtre canton ou Village , ainsi que j'en ferai la description dans la suite , cet Equipage devoit consister en vingt-deux Bâteaux. Chaque Pére de Famille fit équiper le sien , & y mettre les provisions nécessaires à quatre personnes , pour un Voyage de trois semaines. On arrangea dans ces Barqües de toutes les sortes de Denrées ou Marchandises que l'on savoit être propres pour aller à la Traite : comme , par exemple , des cordages , des poulies , des brouettes, des haches , des pêles , des hoyaux , des bêches & autres instrumens propres à remuër la terre : mais principalement des robes , & des habillemens faits de laine ou de toile. Nous étions alors dans le mois de Décembre , & parconséquent au cœur de l'Eté , & dans la plus belle Saison de l'Année. Comme les Boucs sont extrêmement grands dans ce Païs-là &

que

que leur force égale affez celle de nos
Chevaux, on s'en fert pour la plûpart
des Voitures : chaque Bâteau en avoit
quatre, dont la moitié tiroit pendant
deux heures ou environ, les autres
mangeoient cependant, & fe repofoient
dans la Barque. Lors que leur tems
étoit revenu on abordoit & on les mettoit de nouveau à terre, & ainfi alternativement durant quinze ou feize heures de tems tous les jours, ce qui étoit
à peu près, depuis le lever jufqu'au coucher du Soleil. La nuit fe paffoit dans
le repos ou dans l'inaction, car alors on
faifoit alte.

Il étoit impoffible que nous puffions
nous fouler, mon Camarade & moi, de
voir la beauté de ce Païs enchanté, &
les richeffes dont la Terre étoit couverte. Les Vergers étoient ornez de beaux
arbres chargez, les uns de Fleurs, les
autres des plus excéllens Fruits du
monde : les Campagnes couvertes de
Froment, d'Orge & d'autres Grains :
les Prairies herbeufes remplies de Chévres & de Moutons d'une taille extraordinaire (car pour des Chevaux & des
Vaches je n'y en ai jamais vû) & tout
cela d'une propreté, d'un ordre & d'u-

ne régularité qui nous enchantoit.

Tout le Païs, aussi loin qu'il s'étend, ce qui va, comme nous l'aprîmes dans la suite, à cent trente lieuës Françoises, d'Orient en Occident, & de quatre-vingt au moins, du Nord au Sud, est divisé par Cantons ou villages. Ces Cantons ont la figure d'un quarré parfait, dont les Faces sont environ longues de mille cinq cens Pas, ou d'une mille & demie d'Italie, environnez tout à l'entour, ce qui les sépare les uns des autres, d'un Canal tiré à la ligne, large de vingt Pas & d'un Chemin Royal de chaque côté de vingt-cinq, où il a y deux rangs d'arbres au milieu, qui font une Allée de vingt-cinq Piez ou cinq Pas géométrique, afin d'avoir les bords libres, pour la commodité des Animaux que l'on employe à tirer les Bâteaux.

Chaque Canton est encore divisé par le milieu d'un fossé de vingt pas, & d'un chemin de part & d'autre, de vingt-cinq, avec des arbres plantez aussi de la même maniére. La longueur de ces chemins ou demi Villages, contient onze Habitations, de chacune plus de cent trente pas géométriques

ques de front , fur fept cens ou environ de profondeur , qui font auffi
féparées par de petits foffez de cinq
Piez, paralleles au moindre côté de chaque demi Canton. A la tête de chacune
de ces Habitations , ou du côté du foffé
qui divife le Village en deux portions
égales , il y a une maifon d'un étage
de haut , mais large de foixante Piez ,
avec une allée au milieu , de laquelle
on peut aller dans toutes les chambres , étables , granges & autres apartemens. La raifon pour laquelle ils
n'ont point de chambres hautes, vient
de ce qu'ils font fujets , quoi qu'affez
rarement , à des vents violens , qui
jetteroient leurs maifons par terre , car
ils ne les bâtiffent pas fort folide-
ment.

Tout cela étant difpofé de la maniére que je le viens de dire , il eft aifé à comprendre qu'il y a dans un
Canton vingt-deux habitations ou maf-
fons , lefquelles font fituées vis-à-vis
l'une de l'autre , toutes d'une même
largeur & hauteur , onze d'un côté
du canal , & onze de l'autre. A chaque extrémité de cette eau , de côté
& d'autre , il y a des Ponts , tant
pour

pour la communication des deux de-
mi-Villages, que pour paffer de l'un
Village à l'autre ; il y en a encore
un au milieu de chaque Canton : ils
font faits de pierres de taille les uns
& les autres, d'une très - belle Ar-
chitecture, & parfaitement bien en-
tretenus. De ces vingt - deux Familles, il y en a de deux diftin-
guées : l'une eft celle du *Papu* ou *Prê-*
tre, & l'autre celle du *Kini* ou *Juge*
du Canton, qui font au milieu devant
le Pont, & à l'opofite l'une de l'autre : & ces maifons feules ont fur le
derriére un Apartement de la largeur
de toute la maifon, qui fervent, l'un
d'Eglife, l'autre de Palais ou Sénat.
Mais nous aurons peut-être occafion
de parler encore de ceci autre part : revenons à nôtre Voyage.

Nous reftâmes neuf jours en chemin, & quand nous fûmes à fept ou
huit lieuës de l'endroit où nous devions aller, nous commençâmes à découvrir le Païs haut : On ne voyoit de-
là que des Montagnes, qui fembloient
monter jufques dans les Cieux, &
dont le fommet nous éblouïffoit par
la blancheur éclatante de la neige,

dont

dont ces grandes maſſes ſont couvertes toute l'année. Le Canal où nous
étions finiſſoit à deux petites lieuës
de ces Hauteurs ; il falut s'arrêter-là.
Une partié de nôtre monde reſta dans
les Bâteaux , l'autre ſe mit en chemin
pour aller juſqu'aux Montagnes. Avant
que d'y arriver il nous falut traverſer
une très-belle Forêt.

Le charivari & tintamare continuel
que nous entendions , à meſure que
nous avançions , me fit plus d'une fois
penſer à Vulcain & à ſes Cyclopes.
Tout l'air retentiſſoit de grands coups
de marteau , & l'on eut juré en effet
que nous n'étions qu'à trois pas de
là boutique du Mont-Gibel , ou de
l'Enclume de Brontes , de Pyracmon ,
& de Steropes.   Nous ne fûmes pas
tout à fait trompez dans nos conjectures : les hommes que nous découvrîmes bien-tôt après, n'avoient pas mal
la mine de Géans & de Démons : il
y en avoit parmi d'une taille monſ-
treuſe , d'autre velus comme des
Ours ; & pas un qui ne fut plus noir
qu'un Charbonnier des Mines d'Ecoſ-
ſe.

Ceux de nôtre Troupe s'adreſſérent
auſſi-

auffi-tôt à un Directeur, pour lui dire le Canton d'où nous venions, qui étoit le troifiéme de la première Ligne, nommé *Rivs* ; car c'est au nombre, & par un femblable nom qu'on les diftingue les uns des autres. Ils lui déclarérent auffi quelles fortes de Marchandifes nous avions aportées, & ce que nous defirions de remporter. Enfuite ils nous prefentérent à lui, mon Camarade & moi, aparemment pour le prier de nous faire conduire par tous les endroits qu'il croyoit dignes d'être vûs par des gens qui n'avoient jamais été-là. Auffi-tôt il donna ordre à un de fes Eftafiers de nous accompagner par tout. Cinq de nôtre Compagnie fe joignirent à nous.

La première chofe qu'il nous fit voir fut un gouffre large & d'une profondeur immenfe. C'étoit une Mine de Fer, où l'on avoit travaillé depuis des milliers d'Années, & dont on avoit tiré tant de matiére, que cela avoit formé d'autres Montagnes proche de-là. En décendant dans ce creux à gauche, il y avoit un Efcalier que les Ouvriers avoient pratiqué dans le Roc, à mefure qu'ils
creu-

creufoient : mais quoi que les marches
en fuffent larges & aifées, j'aurois fait
beaucoup de difficulté d'y décendre.
Sur le devant ils avoient fait une Machine de bois où ils avoient fait un gros
Sommier qui avançoit, & auquel ils
avoient attaché une Poulie de trois
Piez de diamétre, qui fervoit à tirer
la Mine d'environ la moitié du creux,
où l'on avoit fait une Plate-forme, d'où
d'autres Ouvriers la tiroient du fond,
par le moyen de quelques Paniers, que
ceux qui étoient en bas rempliffoient à
mefure qu'il en décendoit. A droite,
au contraire, perfonne ne travailloit ;
tout paroiffoit y être en defordre, & nôtre Guide voyant que je me penchois
pour en confidérer les irregularités, me
fit entendre par fignes, & du mieux
qu'il pût, qu'il n'y avoit que cinq mois
qu'un gros quartier de la Montagne,
que l'on avoit peut-être trop creufée au
deffous, de ce côté-là, s'étoit détaché, &
avoit en tombant, écrafé trois cens foixante perfonnes qui y travailloient.

Aprés que nous eûmes éxaminé cet
endroit-là, il nous mena vers un autre,
d'où l'on tiroit de la même maniére, du
Charbon de terre, mais qui eft beaucoup

coup plus gras que celui que l'on trou-ve en Angleterre , & même que la Hoüille du Païs de Liége , puifqu'il dure un jour entier , & que ceux qui en brûlent n'en mettent au Foyer qu'u-ne fois toutes les vingt-quatre heures.

Entre ces deux Mines il y avoit un Etang d'Eau minerale , qui bouilloit continuellemment : ils s'en fervent à né-toyer toutes les ordures de leurs corps, de leurs habits & de leurs uftencilles ; mais on ne fauroit l'employer à cuire les Viandes , parce qu'elle leur donne un trop mauvais goût. Le Fer qu'ils trem-pent dans cette Eau chaude , devient d'une dureté impénétrable , & eft beau-coup plus propre que nôtre meilleur Acier à faire des Refforts. Je n'avois ja-mais trouvé de difficulté à comprendre comment les Eaux minérales d'Aix-la-Chapelle peuvent avoir le degré de chaleur qu'on leur attribuë , parce qu'on les fait paffer par de longs Con-duits foûterrains, où il abonde fans dou-te , des entrailles de la terre , des parties bitumineufes & fulfureufes , qui étant elles-mêmes dans une grande agitation, leur communiquent en paffant , une partie de leur mouvement ; mais ici , je
ne

ne voyois abſolument rien de ſemblable. Un petit Lac, où l'eau croupit,
& où pour ſupléer aparemment à ce qui
s'en diſſipe, tant par les exhalaiſons,
que pour l'uſage de ceux qui en tirent,
il diſtille d'un Tuyau de pierre, que la
Nature ſemble avoir fait exprès pour
cela, un filet de la groſſeur du petit
doigt, d'une Eau claire comme criſtal,
& qui bien loin d'être chaude, eſt plus
froide que le Marbre : ce qui me faiſoit croire qu'il devoit y avoir un terrible Foyer d'eſprits là-deſſous.

Nous allâmes auſſi voir ceux qui ſé-
paroient les parties de Fer de la Mine:
les Fourneaux où ils le fondent, & les
Forges où ils le travaillent ou mettent
en barre, pour être travaillé ailleurs :
mais tout cela étoit ſi ſemblable à ce qui
ſe pratique en Europe, que je n'ai pas
crû en devoir faire ici la deſcription.
Je compris fort bien, par ce qu'ils me
dirent en ſuite, que toute cette chaîne
de Montagnes, qui ſert de Barriére à
ce beau Païs, eſt proprement le Maga-
ſin d'où ces Peuples tirent une partie
de leurs Richeſſes, & des choſes qui
ſont pour la plupart utiles dans la Société ; comme des Pierres pour bâtir,

d'autres

d'autres pour faire de la Chaux, du Sel, qui quoi que different du nôtre, ne laiffe pas d'être fort bon ; de l'Etain très-fin, du Cuivre rouge, mais en fort petite quantité, & encore coûte-t-il beaucoup de peine, & la vie de bien des hommes.

Pendant que je m'occupois à confi, dérer toutes ces Curiofitez, nos gens travailloient à faire débarquer leurs Marchandifes, à les troquer, & à fe charger de celles qu'ils avoient or- dre de prendre en la place : ce qui fe fait par des Traîneaux, ou de petites Charettes plates & longues, tirées par deux, trois, quatre & jufques à dix Boucs à la fois, ou par des Porte-faix, & à quoi l'on employe tant de gens, que cela eft expédié en fort peu de tems, quoi qu'il y ait tant de chemin a faire ; de forte que nous ne fûmes pas- là deux jours entiers. Nous amenâ- mes nôtre Guide à nos Barques, où nous le traitâmes de nôtre mieux, & le fimes tant boire, qu'au premier pas qu'il fit pour s'en retourner, il fe laiffa tomber de fon long, & fe bleffa même à l'épaule, de maniére que la douleur qu'il en reffentit, lui arracha de la bou- che

che le Nom de Chrift. Je demeurai furpris à cette expreffion, & j'aurois bien voulu favoir d'où il avoit apris à connoître le Sauveur du monde : mais faute de favoir la Langue, il falut borner ma curiofité à courir le relever, & à voir que le mal qu'il s'étoit fait n'étoit pas fort dangereux, jufques à ce que je fuffe en état de m'en informer.

Comme nous étions fur le point de démarer, pour nous en revenir chez nous, il me vint dans l'efprit, que fi au lieu de prendre notre route par le même Canal où nous étions venus, nous allions paffer dans un autre, éloigné de deux ou trois Cantons de celui-là, peut-être verrions - nous des nouveautez qui nous feroient du plaifir, & récompenferoient le tems perdu, & la peine que nous aurions prife. Je communiquai ma penfée à La Forêt, & nous fimes tant lui & moi, que nous nous fimes comprendre aux autres. Les bonnes gens étoient fi honnêtes, qu'ils confentirent fans héfiter à nôtre propofition. Là-deffus nous paffâmes du côté d'Occident : mais lorsqu'il fut queftion d'atacher les boucs, qui devoient tirer notre

Bâteau,

Bâteau , le plus vieux , qui avoit ,
au dire de celui qui les menoit , qua-
rante-deux ans , & qui avoit fait je
ne fai combien de fois ce chemin-là ,
voyant qu'on s'écartoit en quelque
façon de la route ordinaire , fe mit à
faire le diable à quatre : il fut impoffible au Guide de le retenir , il fit
tant de fauts & de cabrioles , qu'il
rompit la corde dont on le tenoit ,
& fe mit à fuir de toute fa force.
Vingt perfonnes s'empreffèrent de courir après , qui crioient à gorge dé-
ployée qu'on l'arrêtât. Les voix ayant
paffé de l'un à l'autre , & quelqu'un
s'étant mis en devoir de lui vouloir
faire rebrouffer chemin , ce fougueux
animal fe jetta au beau milieu de l'eau.
Les bords font-là extrémement hauts
& efcarpez , il n'y avoit aucun moyen
pour lui d'y grimper- Notre Guide
ayant apris cette chute, y courut avec
trois ou quatre autres , pour voir s'il
n'y auroit pas moyen de ravoir fon
Bouc , & apercevant de loin qu'il na-
geoit le long du talut , il le devance
de quelques pas , fe baiffe tout doucement , & juftement comme il paffoit , lui jette un nœud coulant fur
                                                    la

la tête , & l'atrape par les cornes. En
même tems le Bouc prend l'épouvente, il s'élance de l'autre côté, & tire nôtre homme après lui , tant parce
que la corde s'étoit, je ne sai comment,
entortillé autour de son corps , qu'à
cause qu'il aima mieux se laisser en-
trainer que de lâcher prise : aussi - tôt
l'alarme redouble, on y court de toutes parts , & pendant que l'on s'ocupoit avec empressement à secourir notre Camarade , la Bête cependant avança jusqu'à l'une des montées du
Pont prochain , par où elle regagna
terre & prit soin de s'éclipser , de
maniére que personne ne la voyoit
plus , & que nous ne savions absolument ce qu'elle étoit devenuë. J'en-
rageois en mon particulier de cette
perte , j'aurois voulu pour un doigt
de ma main m'être tû , parce que
j'apréhendois que mon Patron ne nous
en regardât de mauvais œil , & ne
s'en vengeât sur ceux qui avoient eu
la complaisance de nous écouter. Nous
ne laissâmes pourtant pas pour cela
de poursuivre notre pointe , malgré
la résistance que quelques autres Boucs
faisoient, ce qui ne dura pourtant qu'un
moment,

moment , car dès que les premiers furent bien en train d'aller , les autres les fuivirent comme des Agneaux. Mais cela ne nous profita de rien dans notre Voyage : le Païs eft tellement unifor- me , qu'il vaut autant n'en avoir vû qu'une partie , que de s'àmufer à par- courir le tout. Il n'y avoit proprement de diverfité à remarquer que dans les vifages des hommes , comme par tout ailleurs ; & quand même il y auroit eu quelque plaifir à prendre , l'inquiétude où nous étions , nous auroit empêché d'y participer. Mais nous fûmes bien étonnez à notre arrivée , lors que nous aprîmes que le Bouc étoit à l'Ecurie depuis huit jours : cet habile Courier avoit franchi le chemin en trente-cinq heures. Une fi agréable nouvelle dif- fipa entiérement notre chagrin , & nous rîmes tout notre fou à force d'en voir rire les autres.

Le lendemain on déchargea les Bâ- teaux : tous les Habitans du Canton fe trouvérent- là. Le Juge fit aporter la Facture des Denrées que l'on avoit aportées , ayant tout bien éxaminé , il fit porter à chacun des Intéreffez ce qui lui apartenoit ; ce qui fe fait avec tant
d'ordre

d'ordres, qu'il eſt impoſſible qu'il ſe
perde la moindre choſe. Pour récompenſe de cette peine, chaque Ménage
lui envoye le jour d'après, un plat du
meilleur Poiſſon qui ſe pêche dans leurs
Eaux, dont la moitié ſe conſomme chez
lui, & l'autre dans le Logis du Prêtre,
où les Péres de Famille vont leur aider
à le dépêcher. C'eſt un honneur pour
ces Meſſieurs ; mais ils le payent che-
rement, puiſque tout ce qu'ils peuvent
conſerver de ce Poiſſon, ne vaut pas
la moitié de la ſauſſe que la généroſi-
té veut qu'ils y ajoûtent.

Enfin, tout cela prit fin, & il fut
queſtion de retoûrner à nôtre beſogne ; non pas que perſonne nous en fît
le moindre ſemblant, qu'au contraire,
nous voyions fort bien que l'on ne ſe
ſoucioit guéres, que nous nous mêlaſ-
ſions de rien, mais parce que nous ne
voulions pas être-là comme des fai-
néans, quoi que nous euſſions bien voulu que l'on nous eût employez à autre
choſe. La Forêt, qui étoit encore plus
las que moi de travailler à la Laine, tâcha de faire comprendre à nôtre Hôte,
qu'étant Horloger de ſa Profeſſion
s'il vouloit lui fournir les Métaux & les

Inſtru-

Inſtrumens néceſſaires, il lui feroit une Machine, qui indiqueroit & ſonneroit les heures, en telles parties du tems qu'il lui plairoit, & que tous les Habitans du Village entendroient. Pour moi, qui ne pouvois leur être d'aucun ſecours par ma Chirurgie, à cauſe que les Herbes de ce Païs-là différent pour la plûpart, des nôtres, qu'il y a peu de Minéraux, & qu'ils haïſſent mortellement la Saignée; tout ce que je pouvois faire, fut d'aplaudir à ce que mon Camarade diſoit, dans l'eſpérance de travailler avec lui au même Ouvrage.

Cette Propoſition parût merveilleuſe au Juge, qui envoya querir le Prêtre pour la lui communiquer ſur le champ. Ils avoient en effet ouï parler de nos Horloges, mais ils ne s'en étoient formé qu'une idée aſſez confuſe, & perſonne n'en avoit vû juſqu'alors : ainſi ils nous priérent inſtamment d'y mettre la main auſſi-tôt que nous voudrions, & de n'y rien épargner; d'autant plus que leur maniére de diviſer le tems, eſt méchanique, & extrêmement pénible. Ils prennent un bout de ficelle, à l'extrêmité de laquelle ils paſſent une Balle d'Etain, ils attachent
l'autre

l'autre bout de cette corde au plancher,
de forte que cela leur fert de Pendule,
qui eft longue de trois Piez un fixiéme
ou de trente - huit pouces , & l'ayant
mife en mouvement , ils comptent jufques à fept mille deux cens Vibrations,
qui à caufe de la longueur de la corde,
font juftement autant de Secondes, &
par conféquent la douziéme partie d'un
jour naturel , ou deux de nos heures.
Je dirai ailleurs de quelles gens ils fe
fervent pour compter ces Vibrations ,
& pour aller crier l'heure par tout le
Village , de même que cela fe pratique
en bien des endroits de l'Europe, pendant la nuit , & particuliérement en
Hollande , où ils payent pour cette fin ,
des Hommes qu'ils apellent *Clapper-
mans.* On nous donna donc les matériaux néceffaires pour nôtre travail. La
Forêt commanda une partie des Outils
dont nous avions befoin , & lui-même
fit les autres. Enfin , nous mîmes la
main à l'œuvre , mais non pas d'une
maniére à nous fatiguer , puifque nous
n'achevâmes notre Horloge qu'au bout
environ de dix-fept mois.

Perfonne ne fauroit croire avec quelle admiration tout le monde nous re-

gardoit.

gardoit. On ne pouvoit comprendre
comment il étoit possible que cette Machine allât seule , & sonnât toutes les
heures du jour. Comme dans ce tems-
là nous nous étions tellement perfec-
tionnez dans la Langue du Païs , que
nous nous expliquions avec autant de
facilité qu'en François , nous leur dîmes qu'il faloit faire bâtir un petit Clo-
cher sur la maison du Prêtre ou du Juge à la maniére des Européens , afin
d'y mettre cette Horloge , d'où chacun l'entendroit sonner. Ce qui fut
dit , fut exécuté : les plus lents s'em-
pressoient à suivre nos Ordres, & bien
des gens ne cessérent de travailler avec
nous , jusques à ce que nôtre Ouvrage
fût au lieu où nous l'avions destiné.

Mais pour en revenir aux Personnes
dont on se sert pour avoir soin des Pendules , & avertir les autres de la partie
du jour où ils sont , il faut savoir que
jusqu'alors on n'avoit encore jamais
condamné personne à perdre la vie.
Les Crimes y sont défendus , & les
Criminels punis , mais point à mourir.
Ils s'imaginent que la vie de l'homme
dépendant uniquement de Dieu qui la
lui a donné , il n'est pas en nôtre puissance

fance de lui ôter, pour quelque caufe que ce puiffe être, non pas même
pour avoir tué fon pére & fa mere. J'a-
vois beau leur dire que c'étoit une maxime, que prefque tout le Genre humain obfervoit, & que nôtre Loi, que
nous croyons avoir été dictée de Dieu
lui-même, le commandoit expreffé-
ment : tout cela ne faifoit que les aigrir
& leur donner de l'horreur pour des gens
qu'ils ne connoiffoient pas, mais qu'ils
croyoient indignes de la lumiére. Il
n'eft pas vrai-femblable, difoient-ils,
qu'un homme qui en tuë un autre, foit
dans fon bon fens ; ce feroit faire outra-
ge à tous ceux de fon efpéce que de le
pênfer. Mais quand il fe rencontreroit
des gens affez extravagans & cruels,
pour priver leur prochain d'une vie
qu'ils ne leur ont point donné, il en
faudroit laiffer la vengeance à l'Efprit
univerfel, (c'eft ainfi qu'ils apellent
Dieu) & ne pas anticiper fur fes Droits,
en imitant leur barbarie, fous le prétexte fpécieux d'obferver des Loix Di-
vines, qui ne font au fond que des Or-
donnances d'un Tiran dénaturé. Chaque homme, lors qu'il s'agit de former
une Société, peut transférer à un autre,

comme à un Prince ou Souverain , le
droit & l'autorité , que la Nature lui
a donnée fur lui - même : mais il ne
peut pas lui donner aucune puiffance
fur fa vie. C'eft Dieu qui , par le moyen
de nos peres & meres , nous a faits fans
nôtre participation : & puifque nous
n'avons en aucune maniére du monde
contribué à nôtre être , il eft jufte &
légitime de laiffer à ce même Dieu , le
droit qu'il a de nous défaire ; & nous
borner à mettre la main fur les autres
Animaux , qu'il femble avoir laiffez à
nôtre difpofition.

Suivant ces Principes , ils fe contentent d'impofer à un chacun la peine
qu'ils croyent la plus proportionnée à
fon délit. Le blafphême contre Dieu,
eft le péché le plus énorme parmi eux:
ceux qui le commettent font fans miféricorde , condamnez pour leur vie à
travailler au fond d'une Mine obfcure,
où la lumiére du Soleil ne fauroit atteindre. Les Meurtriers , les Adul-
téres , les Paillards & les grands Lar-
rons , font à peu près traitez de la même façon : Les uns travaillent en bas,
les autres en haut : il y en qui y font
pour dix Ans , d'autres pour plus ou
moins,

moins, fuivant que le Crime eft agra-
vant, & que la perfonne eft âgée & intelligente. Les pécadilles fe puniffent
avec moins de févérité : & ceux qui les
commettent fortent rarement du Village. On employe les uns à la Pêche, à
faire & racommoder des Filets, ce qui
les occupe beaucoup, parce que leurs
Eaux font poiffonneufes & qu'ils mangent quantité de Poiffon : les autres
ont foin des Allées & des Arbres, quelques-uns nétoyent les Canaux. Les
Filles & les Femmes prennent garde
aux Pendules, d'où elles font relevées
tous les demi jour ; & les jeunes Garçons vont crier les heures : ce qui fe
fait depuis que le Soleil eft parvenu à
leur Méridien jufques à ce qu'il y revienne. Et tout cela pour un certain
tems, après lequel ils font remis en liberté.

J'ai dit tantôt que le Blafphême eft
le plus févérement puni ; cela me donne occafion à prefent de dire deux mots
au fujet de ce miférable, qui après nous
avoir fervi de Guide aux Mines, avoit
proféré le Nom de Chrift en tombant,
comme pour l'apeller à fon fecours.
Lors que je me vis en état de caufer

G 4   avec

avec tout le monde je ne laiſſois guéres
paſſer d'occaſions ſans me faire inſtruire des choſes que je deſirois de ſavoir.
Un jour je racontai à nôtre Patron les
circonſtances du Voyage que nous a-
vions fait aux Montagnes ; & ayant
fait mention du perſonnage, & de ce
qu'il avoit dit, je lui demandai s'ils
connoiſſoient un Chriſt parmi eux ? Il
me répondit, qu'il y avoit trois ou quatre cens Ans qu'il étoit venu pluſieurs
perſonnes dans leur Païs, à peu près
pour les mêmes raiſons qui nous y a-
voient menez : que le dernier qui s'y
étoit rendu avoit été un Homme gra-
ve, habillé d'une longue robbe, & en
un mot, de telle maniére, qu'il me fut
aiſé de remarquer que ç'avoit été un
Moine de quelque Ordre Mandiant.
Cet Homme, pourſuivit-il, avoit de
l'eſprit & étoit même Savant : il a-
borda en un Canton un peu éloigné de
celui-ci, mais il n'y reſta pas long-tems.
D'abord qu'il entendit un peu nôtre
Langue, il ſe mit ſur le pié de changer ſouvent de Village : mon Biſayeul,
à ce que m'a raconté mon Pere, l'avoit
logé ici pluſieurs fois, & avoit pris
beaucoup de plaiſir à l'entendre diſ-
courir.

courir. Il ne faifoit que prêcher la
Morale à tout le monde : fouvent il
les entretenoit d'une Réfurrection &
Immortalité bien-heureufe après cette
vie. De plus, il foûtenoit que Dieu
avoit un Fils, engendré de fa propre
Subftance long-tems avant le monde,
qui s'étoit manifefté aux hommes depuis quelques Siécles, étant né d'une
Fille Vierge, ou qui n'avoit, fi vous
voulez, jamais connu aucun homme.
Que cet Homme-Dieu avoit converfé
parmi le Genre-humain, qu'il avoit
fouffert la mort comme un Brigand,
pour mériter par-là la Vie éternelle au
refte des hommes, qui vouloient bien
embraffer fa Foi : & qu'enfin, ce Perfonnage, qui s'apelloit Chrift, s'étoit
lui-même relevé d'entre les morts, &
s'étoit affis aux Cieux à la main droite
de fon Pére, pour gouverner avec lui
le Ciel & la Terre jufques à la fin du
Monde. Comme cette Doctrine flâte
beaucoup, il trouvoit auffi bien des
gens qui prenoient un plaifir fingulier
à l'entendre ; d'autres s'en fcandali-
foient. Cela vint jufqu'au oreilles du
Roi. On le fit venir à la Cour, &
après l'avoir bien examiné, il fut con-

G 5   damné

damné comme le dernier des Blafphê-
mateurs, à aller finir fes jours au fond
d'une Mine, où il mourut quelque
tems après. Et autant qu'il avoit à
tout bout de champ le mot de Chrift à
la bouche, quelques-uns de ceux qui
travailloient avec lui l'imitoient ; & ce
que vous m'avez raconté de vôtre Guide, continua-t'il, eft une marque certaine que cela a paffé jufqu'à nous.

Quoique ce difcours m'allarmât, je
ne pûs m'empêcher de lui dire, que
j'avois la même croyance que cet homme, que les Préceptes de la Religion
que je profeffois me portoient à cela,
& que j'étois furpris que des Perfonnes auffi fages & autant charitables
qu'ils l'étoient, avoient pû fe réfoudre
à traiter fi inhumainement un pauvre
Religieux, que le Ciel leur avoit envoyé fans doute pour leur Salut. La
Politique, me répondit mon Hôte, y
a eu peut-être la meilleure part. Les
Princes n'aiment point les grands changemens dans le Culte, de peur que
leur Perfonne n'en fouffre, ou que
cela ne foit préjudiciable au Gouvernement. Mais il eft fûr auffi que vos
Sentimens répugnent en bien des endroits ;

droits, & que ce Chrift fur tout excite à la Révolte, & embaraffe prodigieufement la Raifon. J'avouë, lui dis-je, que c'eft un Myftére incompréhenfible; nous le croyons pourtant, & nous le croyons avec d'autant plus de confiance & de fermeté, que nous voyons qu'il nous eft avantageux de le croire; parce que cela influë dans l'économie du Salut : outre que c'eft une vérité, dont mille témoins oculaires ont rendu témoignage, & que Dieu lui-même nous a révélée.

Il faut de bonne foi, reprit le Juge, que vous habitiez des Climats bien fortunez, puis que la Divinité s'y communique ainfi aux hommes : ou il faut, pour mieux dire, que les Gens de vôtre Monde foient bien vains & préfomptueux d'avoir l'impudence de publier hautement, que l'Efprit univerfel s'abaiffe jufqu'au particulier, & fe familiarife avec un Ver de terre. Cela me paroît infuportable, & fi ce même Dieu prenoit le moindre intérêt à fa gloire, il ne manqueroit pas de punir rigoureufement vôtre orgueil. Mais avant que je m'engage plus avant avec vous dans ce Difcours, dites-moi, pourſuivit-il, je vous prie, comment cette Révélation ſe fait ? Dieu vous parle-t-il directement lui-même, employe-t-il le Ciel, la Terre, ou quel-qu'autre Créature pour cela ? de quel-le manière s'y prend-il ?

Je ne ſai, lui dis-je, s'il vaut la pei-ne de vous entretenir de cette matière: je vous voi ſi éloigné de nos Senti-mens, & ſi peu diſposé à donner la moindre croyance à nos Dogmes, que j'ai peur que votre incrédulité n'exci-te votre couroux, & que cela ne m'at-tire des affaires. Vous n'avez rien à craindre, repartit-il, je ſuis votre A-mi, & honnête Homme ; je vous laiſ-ſerai dire tout ce que vous voudrez, & je me conſerverai ſimplement le Droit d'en juger à ma fantaiſie. A cette con-dition, lui répondis-je, je veux bien vous en dire le peu que mon âge, mon éducation & mon art, m'ont permis d'en aprendre. Mais de peur de pren-dre les choſes de trop haut, ou que je vous entretienne de ce que vous ſavez peut-être mieux que moi : dites-moi, s'il vous plaît, auparavant, quels Sen-timens vous avez de Dieu, du Monde, de l'homme & de ſon origine, auſſi-bien que

que de ſa dépendance , & de ce qu'il doit attendre après cette vie.

Vous avez raiſon , reprit le Vieillard , je m'en vai vous ſatisfaire , pour ce qui me touche en particulier : il eſt impoſſible que ma confeſſion ſoit générale , puiſqu'il n'y a peut-être pas moins d'hommes que d'opinions. Je croi une Subſtance incréée, un Eſprit univerſel , ſouverainement Sage , & parfaitement bon & juſte , un Etre indépendant & immuable , qui a fait le Ciel & la Terre , & toutes les choſes qui y ſont , qui les entretient , qui les gouverne , qui les anime ; mais d'une maniére ſi cachée & ſi peu proportionnée à mon néant , que je n'en ai qu'une idée trés-imparfaite. Cependant , voyant la néceſſité de ſon Exiſtence , & la dépendance où nous ſommes à ſon égard , nous croyons être dans une obligation indiſpenſable de lui rendre nos hommages & nos adorations , de ne parler de lui qu'avec reſpect , & n'y penſer même qu'en tremblant ; ce qui fait la principale partie de nôtre Culte. L'autre eſt de lui rendre continuellement nos Actions de graces pour tous les biens qu'il nous

a

a faits, fans aucune prétention pour l'avenir, & bien moins aprés la mort, puifqu'alors, n'éxiftant plus, nous n'aurons abfolument plus befoin de rien. Et c'eft pour cette fin que nous nous affemblons tous les matins chez notre Prêtre, comme vous en avez été plufieurs fois témoin depuis que vous êtes parmi nous.

Il eft vrai, lui repartis-je, que vous êtes fort ponctuels à donner à Dieu une heure de votre Dévotion tous les jours de l'Année fans interruption, en quoi certes vous êtes beaucoup à louër : mais je trouve étrange que vous rejettiez entiérement la Priére, & que vous ne faffiez aucune diftiction entre les jours : car pour nous, nous en employons fix à nos Affaires domefti-ques, & donnons le feptiéme à Dieu, & aux Exercices de notre Religion.

Nous ne penfons pas, reprit-il, qu'un jour foit en rien plus excellent que l'autre ; ils font fans doute tous égaux : & quoi que nous ne foyons qu'une heure le matin dans nos Egli-fes, nous ne laiffons pas de confacrer à Dieu le refte de la journée, de méditer à chaque moment fur fa Gran-deur,

deur , & d'admirer fa Bonté envers toutes fes Créatures. Et pour ce qui eft de le prier , cela eft abfolument inutile ; outre que ce feroit comme lui vouloir faire violence ; car étant immuable de fa nature , il eft évident qu'il ne fauroit fouffrir aucune ombre de changement.

Ici l'on vint avertir le Juge, que le *Timnu*, c'eft à dire, *Satrape*, Intendant ou Gouverneur , étoit-là pour recevoir le Tribut du Canton. Nous avons déja remarqué que chaque Village confifte en vingt-deux Familles, qui font gouvernées par un Baillif: dix Cantons font un Gouvernement , dont le plus ancien des Baillifs eft *Timnu* & Préfident des neuf autres , dans les Affemblées qu'ils tiennent pour éxercer la Juftice , & régler la Police dans ces dix Villages-là. Outre cela , il y a la Cour Souveraine , où de dix Gouverneurs on en députe un tous les Ans une fois , qui s'affemblent pendant vingt jours ou plus , & jamais moins. Le Roi préfide à cette illuftre & nombreufe Affemblée, où il fe conferve les Droits de Régale, & où l'on peut apeller de tous les autres Tribunaux ,

lors

lors qu'il s'agit principalement de la punition de quelque Crime capital.

L'Intendant qui étoit venu pour recevoir le Don du Peuple, fut parfaitement bien reçû de notre Hôte : on lui fit un Repas magnifique, où le Prêtre & les deux Affeffeurs du Village furent auffi invitez. Dans la converfation on n'oublia pas de s'entretenir de Meffieurs les Horlogeurs. Le Gouverneur fut curieux de voir notre Machine, il en admira l'invention, & nous donna mille louanges : mais il auroit mieux valu pour nous qu'il n'eut rien fû de tout cela, puis qu'au fond il n'en réfulta rien de bon dans la fuite, comme on verra dans fon lieu.

CHAPITRE VII.

Converfation curieufe de l'Auteur avec le Juge & le Prétre de fon Village, au fujet de la Religion, &c.

APrès le départ du Satrape, Monfieur le Juge qui fe fouvenoit encore trés-bien de notre Entretien, s'impatientoit

patientoit de m'entendre raisonner sur la Religion que je professois. Pour en avoir l'occasion d'autant plus favorable, il invita le Prêtre exprès le lendemain à dîner, & nous fit venir mon Camarade & moi pour être de la partie. La première chose qui donna lieu au *Papu* de parler, fut de nous voir prier Dieu avant le Repas. Comme son Sentiment ne m'étoit point inconnu, & que j'en avois déja causé avec mon Hôte, je me contentai de lui dire que l'idée que j'avois de Dieu, comme d'un Etre souverainement Puissant & parfaitement Bon, me portoit à implorer sa Bénédiction sur les Viandes qu'il me donnoit pour alimenter mon corps, étant persuadé par la Raison & par l'Expérience, que sa Parole rassasioit infiniment plus que le Pain. Il me tint là-dessus à peu près le même Langage du Juge, & prétendoit éluder la force de mon Argument, par l'exemple de ceux de sa Nation, & même de la plûpart des Animaux, qui ne sont pas moins nourris de ce qu'ils mangent, que nous qui faisons cette Cérémonie : de sorte que le tout se réduisoit à anéantir absolument l'Oraison.

fon. Ne nous amufons point à difpu-
ter là-deffus, lui dis-je, c'eft une queftion qui fe réfoudra tantôt d'elle-même
& qui ne dépend que de quelques autres véritez, que je m'en vai vous faire toucher au doigt.

Dans la Converfation que j'eus l'autre jour avec notre Juge, il m'a avoué
lui - même que vous confeffez unanimement l'Exiftence d'un Dieu tout
parfait : Supofant cette vérité, qu'il
feroit autrement fort aifé de vous prouver par plufieurs Argumens inconteffa-
bles, & fur tout par celui que l'on attribuë à un certain Saint Thomas, qu'il
apelle, la voye de la *caufalité de la*
Caufe éficiente. Puifque par là on remonte immanquablement des effets à
une caufe premiére, intelligente, &
néceffaire de la production de toutes
chofes.

Je fai cela, dit le Prêtre ; & il faudroit être dépourvû de raifon pour en
douter. Et bien ! repris - je, il eft clair
que c'eft ce même Dieu, & point
d'autre, qui a créé de rien l'Univers,
c'eft à dire, le Ciel, la Terre, & en
général tout ce qui éxifte. Pour cela,
interrompit le Juge, je ne le comprends

pas

pas bien ; de rien il ne se peut rien faire. Vous avez raison, repartis-je, par
raport à nous, mais à l'égard de Dieu
c'est une autre affaire : on ne peut pas
sans contradiction, poser la Matiére
coéxistante avec Dieu ; car il y auroit
alors deux Infinis, deux Etres indé-
pendans, & on prétend que cela ne
s'accorde point. Mais laissons - là les
choses infinies, elles sont hors de notre portée. Je croi qu'il suffit au fond
de savoir que Dieu a tout fait, sans se
mettre en peine de quoi, comment &
en quel tems.

Nous avons un Livre, continuai-je,
qui nous aprend tout cela : Moïse nous
y assure, que Dieu a tout fait par sa
Parole, il y a en viron six mille Ans
& qu'il y employa six jours, aprés lesquels il se reposa de son œuvre. Que
fit-il donc le premier jour, repartit le
Juge ? Aprés avoir créé le Ciel & la
Terre, il dit que la Lumiére soit, &
la Lumiére fut, &c. Le sixiéme, il
créa l'Homme de boüe, & soufla dans
ses narines respiration de vie, &c.
L'ayant fait capable de discernement,
il étoit bien juste qu'il vécût sous sa
dépendance, & qu'il le reconnût pour
le

le feul Maître de l'Univers. Il lui donna puiffance fur tout ce qu'il y a fur la Terre, & lui défendit feulement de ne point toucher à un feul Arbre, qui fe trouvoit planté au milieu du Jardin des délices, où la Providence l'avoit établi. La foûmiffion qu'il avoit pour fon Créateur, l'auroit fans doute empêché de contrevenir à fes Ordres, mais la Femme qu'il lui avoit donnée pour Compagne, étant plus infirme & plus curieufe que lui, fe laiffa emporter à fa paffion : elle mit la main fur le Fruit admirable de cet Arbre, le goûta, & le trouva fi excellent, qu'elle en donna à fon Mari. Ce miférable fut affez malheureux pour en manger, & pour encourir par conféquent, la peine qui lui avoit été impofée, de mourir d'une mort éternelle, c'eft-à-dire, de fouffrir des peines éternelles après fa mort. Peine dure & infuportable affurément par raport au péché & à celui qui l'avoit commis, mais qui ne laiffoit pas d'être fort proportionnée à la Majefté de la Perfonne lézée.

Je parcourus ainfi l'Hiftoire de la Création, du Deluge, des Patriarches, de Moïfe & d'Aaron fon Frére :

des

des Miracles qui avoient confirmé la vérité de cette Hiftoire. Je les entretins des Prophétes, de leurs Prédictions, principalement par raport au Meffie, de la venuë de ce Sauveur, comment c'étoit le Fils de Dieu, & de quelle maniére il nous avoit rachetez de la punition que nous avions méritée en la perfonne du premier Homme nôtre Pére. Enfin, je leur fis voir la nécef-fité de la Priére, tant par ce que nous en indique la Nature, que par ce que nous en difent les Saints Hommes, & en particulier Jefus-Chrift. Et enfin, je leur parlai d'une Réfurrection des corps, dont les ames reprendront pof-feffion, & d'une Vie éternelle & bien-heureufe, que le Fils de Dieu nous avoit méritée en fouffrant la mort igno-minieufe de la Croix.

Il faut avouër qu'ils m'écoutérent avec beaucoup de patience; il fembloit même qu'ils y priffent du plaifir, & qu'ils aquiéçaffent à la plus grande partie. Mais je fus fort furpris lors que le Prêtre me regardant fort férieu-fement, demanda fi je croyois tout ce-la? Oüi affurément, lui répondis-je, que je le croi. Ceux qui doutoient de la Loi de Moïfe, mouroient fans aucu-ne

ne mifericorde ; & les Apôtres nous
affurent que l'on ne peut douter de la
vérité des paroles de Chrift, & de toute l'œconomie du Salut , fans danger
de punition éternelle. Mais ce n'eft
point la force qui me méne-là , c'eft
proprement l'évidence. Que diriez-
vous de moi , continuai-je , fi je vous
difois à point nommé, non-feulement
ce que vous avez fait de plus caché ,
mais tout ce que vous devez faire , &
ce qui doit arriver à vôtre Païs ? Si je
guériffois les malades , reffufcitois les
morts , paffois les mers à fec, fendois
les rochers d'une fimple Verge pour en
faire faillir autant d'eau qu'il en faudroit pour defaltérer tout un Peuple,
& fi je faifois mille autres femblables
Prodiges ; ne diriez-vous pas , ou
que je ferois Dieu, ou du moins un Inftrument dont Dieu fe feroit fervi pour
faire tant de Miracles différens , puis
qu'il n'y a rien d'humain en tout cela?
Eh bien ! continuai-je , c'eft ce que les
Prophêtes, les Apôtres, & Jefus Chrift
principalement, ont fait , ainfi que je
vous l'ai infinué tout à l'heure : de
forte que nous n'avons aucun lieu de
douter de la vérité de ce qu'ils nous ont
laiffé par écrit.   Vôtre

Vôtre conséquence n'eſt pas juſte, interrompit le *Pape* : Mais avez-vous vû toutes ces belles choſes ? J'avouë que non, répondis-je, mais il n'eſt pas toûjours néceſſaire de voir une choſe pour la croire. Vous n'avez jamais vû l'Europe, les Royaumes qu'elle comprend, leurs Guerres, leurs Religions & leurs Coûtumes : cependant vous croyez ce que nous vous en racontons, parce que vous nous prenez pour d'honnêtes gens, & que deux ou trois autres Voyageurs avant nous, ont informé vos Ancêtres à peu près des mêmes choſes. Lors qu'un Fait eſt apuyé ſur le témoignage de pluſieurs Perſonnes de probité, on n'a plus ſujet de le révoquer en doute. Or les Faits dont je vous parle, ne ſont pas ſimplement confirmez par un nombre ſuffiſant de perſonnes pieuſes & ſages, mais par des nuées de témoins, par des Nations toutes entiéres, qui ne peuvent nous être ſuſpectes, puiſqu'il y en a qui ont un Culte tout différent du nôtre, & qui ſont nos Ennemis à bruler. Ces gens, eux-mêmes, qui ſont les Juifs, ſavent comment Dieu s'eſt aparu à nos Péres, tantôt en Songes, tantôt dans un Buiſſon ardent, long-
tems

tems comme une Nuée de jour, & la nuit comme une Colomne de feu, qui les conduifoit, & s'arrêtoit où ils de-voient camper dans les Deferts*, lors qu'il les conduifoit lui-même pour al-ler prendre poffeffion d'un grand Païs, qu'il leur avoit deftiné; certes après des té-moignages fi forts il me femble que nous aurions grand tort d'être incrédules.

A vous parler ingénûment, dit le Juge, il y a quelque chofe en tout cela qui furprend, & qui, quoique furnaturel, paroit néanmoins affez vrai-femblable. Pas tant que vous penfez,
reprit

* On a ouï parler d'un favant Anglois qui a fait une Differtation depuis peu, où il entreprend de prouver qu'il n'y a eu rien de miraculeux ni mê-me d'extraordinaire dans cette Colonne de feu qui conduifoit les Ifraëlites dans le Defert; & de faire voir par les meilleurs Auteurs anciens & moder-nes que ç'a été toûjours la coûtume dans ces for-tes de Deferts, de fe fervir de feu pour diriger la marche des Armées, ou des Multitudes, en le faifant porter devant elles par les Guides, de ma-niére que toute la troupe en pût voir la fumée pendant le jour, & la flamme pendant la nuit. Il prétend que celui qui a eu la direction de ce feu, & qui a fervi de Guide aux Ifraëlites, n'étoit autre chofe que Hobab, le Beau-pere de Moïfe; ce qu'il tâche de prouver par les verfets 29. & 30. du chapitre X. des *Nombres*, & par plu-fieurs autres Paffages de l'Ecriture Sainte.

reprit le Prêtre : vous favez comment
nos Ayeux y ont été pris pour dupes,
à peu près de la même maniere, par
la fubtilité & la violence de nos premiers Rois. Le Parchemin fe laiffe
écrire en tout tems, & les châtimens
que l'on exerce fur ceux qui ne donnent pas les mains aux prétendus Faits,
que l'on débite comme des véritez, force des gens à fe taire, qui feroient autrement gloire d'en bien conter. Cette Création dont vous venez de nous
entretenir, pourfuivit-il, en me regardant fixement, eft une pure Allé-
gorie, que je trouve affez groffiére dans
fon genre, & fabriquée par un Auteur
fort ignorant de la nature des chofes;
jufques-là qu'il y fait précéder les effets à la caufe, puifque fuivant ce que
vous avez dit, le premier jour la Lumiere fut créée, & le quatriéme parurent les Luminiares dont cette Lumiere nous vient. Il eft certain, au
refte, que l'idée d'un Dieu qui travaille, & qui fe repofe, ne peut être di-
gérée que par des Peuples fort grof-
fiers & ignorans, que l'on vouloit
maîtrifer, & dont ce Moïfe duquel
vous parlez, prétendoit être le Seigneur temporel, tandis que fon Frére
H   Aaron

Aaron avoit une Domination fans borne fur leurs Confciences.

Je n'oferois dire de quelle maniere
fl traitoit Jefus-Chrift & fa Mere : mais
au fujet de l'Ame, cette Subftance fpi-
rituelle en nous, dont ils n'avóient, difoient-ils, aucune idée, je ne faurois
m'empêcher de marquer ici une des
difficultez qui vient dans la penfée du
Prêtre, lorfqu'il s'eft agi de la Réfurrection des morts. Il eft fûr, difoit-il que la Terre eft compofée d'un
nombre innombrable de petites parties,
dont les figures font extrémement différentes : cela fe voit par la diverfité des
Objets que cette même terre produit,
certaines parcelles, qui font propres à
former une efpece de Fruits, ne feroient nullement convenables pour la
production de quelques autres. Ce qui
eft bon pour faire du Cuivre, ne vaut
rien pour conftruire du Fer. De -là
vient, que fi l'on féme plufieurs Années de fuite du Froment dans un même Champ, on trouve enfin que toutes les parties de matiere, qui étoient
propres à nous raporter du Froment,
ayant été employées, & n'y en étant
plus refté, que cette Terre ne produit
abfolument plus de Froment ; jufques

à ce que par le moyen du Fumier, on
y en raporte d'autres. Apliquons cet
exemple à l'homme : les particules
qui font propres à compofer de la chair
humaine, ne font non plus infinies
que celles des Grains, & il n'y en a
fans doute, dans notre Royaume, que
pour former une certaine quantité déterminée de perfonnes. Faites ce nombre auffi grand qu'il vous plaira, je ne
penfe pas qu'il égale celui de tous les
hommes, qui ont vécu depuis le commencement du monde. Je dis plus,
ajoûta-t-il, je ne fai pas fi on ne pouroit pas douter avec juftice, s'il y a ici
affez de ces parties pour foûtenir les
hommes qui y naiffent pendant dix
Siécles feulement. Ceux qui ont tant
foit peu étudié la nature des Etres, favent que comme le poil & les ongles
croiffent, s'ufent & tombent, les parties exterieures des Fibres de notre
corps s'ufent auffi, tandis, que le fang
pouffe & augmente les interieures. Il
n'eft pas croyable quelle diffipation il
fe fait tous les jours par la tranfpira-
tion toute feule : mais il y a cet avantage, que les parties dont l'un fe dé-
pouille d'un côté, fervent à la répara-
tion d'un autre. De forte que fi tout

ce que nous perdons pouvoit être tranf-
porté dans un autre Païs, fans qu'il en
revint d'autre dans le nôtre, il eft vrai-
femblable qu'il faudroit qu'il nous arrivât de tems à autre, une famine &
une mortalité, afin que les parties de
ceux qui tomberoient puffent fervir à
l'accroiffement des autres, jufques à
ce qu'il ne s'en trouvât abfolument
plus. D'où je conclus, dit-il, que fi
l'on reffufcitoit, il feroit impoffible
qu'il y eut affez de parties propres à la
conftruction d'un homme, pour en
donner à tous ceux qui ont vécu, autant qu'il en faut pour former un
corps d'une ftature médiocre : & Dieu
fait s'il s'en trouveroit fuffifamment
des autres, puifqu'il y a apparence que
fi tous ceux qui font expirez depuis
plufieurs millions d'Années que le
monde fubfifte, étoient raffemblez en
un monceau, il furpafferoit, pour
ainfi dire, en groffeur, celui de la
Terre, d'où ils ont tiré leur origine.

Eclairciffons ce Paradoxe, par un
calcul fait en gros. Nous avons dans
ce Païs 41600. Villages, dans chaque
Village il y a 22. Familles, à neuf
perfonnes l'une portant l'autre, chaque Village contiendra à peu près 200.
habitans,

habitans donc dans tout le Royaume
8323oooo. Donnons à chaque corps
humain, confideré fous la forme d'un
parallele pipede, cinq pieds de hauteur,
& un demi pié de largeur & d'épaiffeur, l'un parmi l'autre ; je prends tout
au moins , comme vous voyez, au
jour de la Refurrection il fe trouvera
que 8323ooo. corps contiendront en
viron 10400000. pieds cubiques de
chair. Supofons enfin , que ce nombre d'hommes fe renouvelle tous les
50. ans, alors il faudra 208000000. de
pieds cubiques de chair pour les hommes qui auront vécu pendant mille
ans , & 2080000000. pour le monde de 10000. années. Continuez cette multiplication , & voyez où cela ira.
Mais que ne feroit-ce pas , pourfuivit-
il, en faifant une grande exclamation,
fi l'opinion de quelques habiles Gens
eft véritable, qui, à ce que vous avez
dit à votre Hôte, paffe pour conftant,
que la femence de la plûpart, & peut-
être même de tous les Animaux, n'eft
qu'un compofé d'un nombre innombrable de petites créatures, qui ont la
vie & le mouvement ; de forte que dans
un volume de la groffeur d'un grain
H 3   de

de millet, il y en a des milliers, qui nonobſtant leur petiteſſe, ne laiſſent pas d'être des individus de la même eſpéce, que ſont ceux qui les ont engendrez, & qui doivent par conſéquent participer aux mêmes avantages que les autres, bien qui les ſurpaſſent autant en grandeur, que la plus haute Montagne differe d'un grain de Sable: car alors il eſt manifeſte que votre ſentiment eſt ridicule, & même d'une contradiction qui ſaute aux yeux.

Vous parlez de milliers d'années, lui dis-je, comme d'autant de minutes : à vous entendre, le monde doit être bien ancien. Je me ſers, répondit-il, d'un terme défini, pour déſigner un nombre indéfini : il n'y faut pas prendre garde de ſi près. Que l'Univers ſoit ancien ou non, cela ne change point la nature des choſes : il eſt conſtant que nous le croyons d'un tems immémorial, & que nous ne ſaurions exprimer, ni par nos nombres, ni par des paroles. Vous n'êtes pas les ſeuls qui vous abuſez à cet égard, repris-je ; les Chinois parmi nous, font aller leurs Chronologies juſques à plus de quarante mille ans, ſans compter
ce

ce qui n'a point été enregiftré avant ce
tems-là. Les Egiptiens entr'autres,
vont pour le moins encore auffi loin
qu'eux. Un ancien Philofophe nommé Platon, introduit un Prêtre Egip-
tien, qui s'entretenant avec Solon, lui
raconte comment il s'eft écoulé neuf
mille ans depuis que Minerve avoit fait
bâtir Saïs. Diodore compte vingt-trois
mille ans depuis Ofiris & Ifis, jufques
à Alexandre le Grand. Laërce parle
d'un terme de quarante-neuf mille ans,
pendant lequel ils avoient calculé toutes les Eclipfes. Ils prétendoient avoir
obfervé les Aftres depuis cent mille
ans, fuivant la remarque de Saint Au-
guftin : Et au dire de Ciceron, ils faifoient monter ce nombre jufqu'à cinq
cens foixante-dix mille années. Mais
tout cela a été avancé fans fondement,
& fuivant un principe de vanité, par
où ils prétendoient fe mettre au deffus
des autres Nations de la terre. Pour
nous, nous nous en raportons à Moïfe, qui affure que le monde n'a pris
naiffance qu'environ depuis fix mille
ans. Et certes, quand on prend la
peine d'y refléchir tant foit peu, il eft
impoffible qu'on puiffe révoquer cette

H 4   verité

verité en doute. Une preuve incontestable que le monde n'eſt pas fort ancien, & que nous n'avons point d'Hiſtoire qui remonte au deſſus de quatre mille ans. Les Arts ſont pour la plûpart auſſi fort nouveaux. Nous ne ſavons point qu'avant cinq cens ans, on ait eu aucune connoiſſance de la Bouſſole pour la Navigation, de l'Impreſſion des Livres, de la Poudre à Canon, des Armes à Feu, des Lunettes d'Aproche, des Microſcopes, & autres belles Inventions. On ſait de même que l'uſage de la Monnoye a été ignoré des premiers Ecrivains. Les Horloges ſonnantes, les Montres, le Verre, le Papier, la Trempe de l'Acier, & une infinité d'autres choſes ſont de fort nouvelle date. Ainſi je conclus que-là, auſſi-bien qu'ailleurs, il s'en faut tenir à la parole de Dieu.

Je vous ai déja dit, répondit le Prêtre, que perſonne de nous ne s'émancipe de déterminer l'âge du monde : nous ſommes perſuadez qu'il a eu un commencement, mais nous en ignorons le tems : tout ce que je puis dire, c'eſt que ce tems-là eſt extrémement reculé. Le premier homme ne l'a point
marqué

marqué, & aucun de nous n'annote
la moindre chose : tout ce que nous
savons, c'est par tradition. La plûpart des Arts que vous venez de nom-
mer nous sont inconnus, & ce quartier n'en est pas moins ancien que le votre pour cela : nous pourions être encore ici un million d'années sans le connoître, parce que nous n'en avons pas
besoin : il n'est pas impossible que les
autres s'en soient passez bien long-tems
aussi-bien que nous. La nécessité ou autres choses semblables, ont pû inventer des choses dans cent ans, ausquelles
on avoit point eu occasion de penser auparavant, en autant des Siécles : tout
cela ne tire à aucune conséquence. Ce
que je sai, c'est que de pere en fils,
nous nous disons toûjours que les années de notre durée sont innombrables.
En effet, il est sûr que nonobstant la
quantité prodigieuse de Bois que nous
brûlons, les Montagnes de Charbon
que l'on a déja aplanies, sont si con-
sidérables, que si l'on vouloit faire
la suputation, cela seul seroit capable
de nous confirmer dans nos sentimens.
Mais ce qu'il y a de plus remarquable,
c'est qu'il y a autour de sept mille ans,
que l'on trouva au haut de l'une de ces
Monta-

Montagne, en creufant à trente pieds
du fommet, un double crochet de
fer, de plus de mille cinq cens livres pefant, que nous confervons encore, & que les Etrangers que nous
avons eus ici de tems à autre, ont af-
furé être une de ces Machines dont on
fe fert en Mer pour arrêter les grands
Vaiffeaux. D'où il s'enfuivroit que l'O-
céan a été avant nous en poffeffion de
ce beau Païs, & que nos plus hautes
Montagnes n'étoient peut-être alors
que des brifans.

Outre cela, qui fait fi ces Arts que
vous prétendez avoir trouvez, n'ont
point été connus par ceux qui vous
précedé. Je remarque fort bien ici que
les Sciences s'avilliffent ; mon Bifa-
yeul étoit beaucoup plus habile que
mon Pere dans l'Aftronomie; j'en fai
encore bien moins qu'eux, & à leur dire, les lumieres qu'ils en avoient n'é-
toient que tenebres au prix de ce
qu'en favoient leurs Ancêtres. Il en eft
ainfi dans toutes les autres Familles. Il
y a des Sciences qui fe cultivent dans
de certains tems, comme fi elles étoient
à la mode, & qui fe negligent entierement dans l'autre : & on les peut
même tellement oublier, que ceux qui
naiffent

naiſſent après, n'en trouvant aucune trace, & venant à s'y exercer, jugent qu'ils en ſont les premiers Auteurs.

Cela eſt bon dans votre Royaume, repris-je, où vous n'avez aucune communication avec les autres Peuples de l'Univers; mais parmi nous, ſi les Sciences périſſent d'un côté par des Guerres & des Incendies, ou par la moleſſe & l'indifference des uns, comme nous en avons des exemples, elles ſont portées autre part à un plus haut degré de perfection, par la diligence des autres: & je ne ſache point qu'il ſe ſoit rien perdu de fort conſiderable de ce qui a été trouvé auparavant; bien au contraire, on découvre tous les jours quelque choſe de curieux & d'utile à la Société.

Je voulus lui expliquer la contradiction aparente qu'il trouvoit dans la Genéſe, par raport aux Aſtres & à la Lumiere, & lui montrer qu'il ſe trompoit à l'égard de la Reſurrection; mais il ſe moqua de moi, & de toutes mes raiſons, il ne voulut admettre que la Puiſſance de Dieu, qu'il ne croyoit pas-la neceſſaire. Car pourquoi, diſoit-il, reſſuſciter après cette vie? Quelle neceſſité y avoit-il d'extermi-

H 6   ner

ner le Genre-humain, pour le faire revire dans la fuite ? fi Chrift étoit Dieu, ne pouvoit-il pas exempter l'homme de cette mort-là, auffi-bien que de l'autre ? Et puis de quoi fubfifter fi nous étions tous vivans ? Il n'y en auroit pas pour un dejûner dans tout le Païs. Les corps feront d'une autre nature, interrompis-je, nous ne mangerons, ne boirons, ni ne feront fujets à aucune infirmité naturelle; & outre cela, Dieu nous tranfportera dans le Ciel des Cieux, où nous ferons raffafiez de fa gloire.

Comment ! vous ferez enlevez au Ciel ? Et quelle idée vous faites-vous donc du Ciel, mon Ami ? pourfuivit-il ; pour nous, nous croyons que l'air que nous expirons eft infiniment plus groffier que celui qui eft au deffus : & que plus on s'éloigne de la Terre, plus la matiere eft fubtile. Cela étant, le Ciel des Bieheureux doit être comme un vuide, au prix des Cieux inferieurs, par raport à la matiere qui le remplit. Donc, adieu les Poûmons, puifque l'on ne refpirera plus ; adieu l'ufage du Larinx pour la Parole : adieu les Inteftins : adieu, en un mot, tout le Corps, que le Sang qui

qui ne fera plus rafraichi, va jetter
dans une Fiévre chaude, qui le con-
fumera dans peu de tems. Mais fupo-
fé que l'on conferve tout cela, comme un fardeau fort inutile, fur
quoi fe repofera-t-on ? Qui eft-ce
qui foûtiendra-là des Corps maté-
riels & pefans ? Ils y feront foûtenus
par la toute-Puiffance de Dieu, lui
répondis-je. Vous me fatiguez avec
vôtre Puiffance de Dieu, reprit-il : je
voi bien que vous pratiquez dans vôtre Religion, ce que nous obfervons
dans les Miftéres de la Nature ; lorfque nous ne pouvons pas donner raifon
d'une chofe, nous difons que cela fe
fait par quelque reffort caché. Je ne
doute nullement de la Puiffance de
Dieu, encore une fois ; mais je ne
penfe pas qu'il faille inventer des chiméres, pour être obligé d'y avoir re-
cours. Encore fi vous faifiez un Paradis de voluptez, paffe : mais un endroit dénué de toutes chofes, où le
corps ne joüira abfolument d'aucun
plaifir, où il n'y aura aucun objet capable d'affecter les fens, point d'O-
deurs qui chatoüillent l'Odorat, point
de Viandes qui piquent le Palais ; aucun Inftrument de Mufique qui diver-
tiffe

tiſſe l'Oreille ; rien à la conſidération de quoi les yeux ſe puiſſent divertir : aſſurément cela eſt merveilleux. Il faut de bonne foi que vous ſoyez extrémement ſenſuels ; puiſque nonobſtant l'éternité que vous attribuez à vôtre Ame, & que vous croyez pouvoir ſubſiſter indépendamment du corps, vous aimez mieux l'embaraſſer de nouveau, & la charger d'un épouventable poids, que vous voulez pourtant faire tenir ſur rien, que de lui laiſſer ſes coudées franches, & abandonner cette maſſe de chair à la corruption, dont elle ne ſauroit abſolument être exempte.

Ce n'eſt pas l'ame ſeule, repliquai-je, qui fait le bien ou le mal, le corps & l'eſprit y contribuent l'un & l'autre : il faut auſſi qu'ils participent également aux récompenſes ou aux peines, dont le Souverain Juge les trouvera dignes. Tout cela, répondit-il, n'eſt pas capable de me perſuader. Nos corps ne reſtent pas un moment les mêmes : jamais homme n'eſt parvenu à l'âge de vingt-cinq ans, qu'il ne ſoit dépoüillé de tout ce qu'il avoit aporté au monde. Le ſang, la chair, la peau, les nerfs, & même les

os,

os, ne font que diminuër d'un côté, pendant qu'ils augmentent de l'autre : toute la Machine se renouvelle de tems en tems. Nos inclinations varient aussi, suivant l'âge & la constitution. On est souvent fort débauché à trente ans, & extrémement dévot & retiré à soixante. Avec lequel de ces deux corps ressuscitera-t-on ? Avec le vieux, le sec, le courbé, & le débile ; qui a parfaitement bien vécu, & dont toutes les démarches ont servi d'exemples aux adolescens, & ont été en édification aux personnes âgées ? Ou sera-ce avec le jeune, le droit, le vigoureux, l'agréable, qui a mérité vingt fois d'aller aux Mines ? Vous voyez bien que de quelque côté que l'on se tourne, on est extrêmement embarassé, & qu'il paroît assez que celui qui a été l'Auteur de cette Opinion, n'a pas prévû tous ces inconveniens. Si j'étois pour la Résurrection, je voudrois qu'il fût indifferent de quelles parties le corps seroit composé en se relevant ; car c'est la même chose à l'ame : Et j'établirois pour constant que ce seroit un certain état, & non pas un certain lieu, qui nous dévroit rendre heureux : mais tout cela ne sont que des bagatelles,

&

& indignes d'un homme de bon sens.

Cependant, il faut que je vous avoüe, ajoûta-t-il, qu'encore que je ne comprenne pas ce que vous voulez dire par une Ame, une substance spirituelle, dépoüillée de toute matiere, ou par un esprit constitué proprement par la pensée, & renfermé néanmoins dans un corps, où ses facultez sont bornées à le pousser seul, ou le faire agir selon sa volonté, & hors duquel il peut exister comme auparavant ; comme l'idée que vous vous en formez, est agréable en ce qu'elle vous flâte d'une autre vie après la mort. Je ne suis point surpris de ce qu'il se trouve des gens qui y acquiesçent. Ce sont, sans doute, des esprits d'un ordre commun, mais ils ne laissent pas d'être heureux. Le bien ne consiste le plus souvent que dans une pure imagination. Ceux qui sont remplis de cette pensée, que la mort n'est qu'un passage à une vie glorieuse, doivent quitter le monde avec moins de regret que les autres (surtout lors que l'on y a autant d'attachement que je remarque qu'on y en a en vos quartiers) & sentir déja les avantgoûts d'une prétenduë felicité éternelle. De sorte que c'est la même chose
pour

pour eux que cela foit véritable ou non : ni plus ni moins que fuppofé que j'aye dix mille *Kal*, dans mon Coffre, dont je n'aurai jamais befoin, & que je croi fortement du meilleur Métal que l'on tire de nos Mines, quand elles ne feroient que de Fer, mon contentement n'en feroit pas moins parfait pour cela.

Mon Camarade, qui étoit de la Religion, enrageoit d'entendre ce Payen révoquer en doute les Miftéres d'un Culte fondé fur la pure Parole de Dieu. Il me fit plufieurs fois comprendre qu'il avoit de la peine à fe poffeder, & qu'il vouloit du moins le *redarguer* par des Paffages formels de l'Ecriture Sainte. Mais je l'en détournai toûjours, parce que l'autre en nioit la Divinité, & que prétendant même que ce ne fut qu'un compofé de Fictions fort mal concertées, on l'auroit choqué de lui en parler davantage.

Je leur dis pourtant, dans le deffein de les allarmer, que non-feulement j'étois perfuadé d'une Béatitude éternelle, pour ceux qui feroient de bonnes œuvres, & qui auroient la foi ; mais qu'il y avoit auffi une Gêne & un Enfer préparé pour les méchans &

les

les incrédules ; & que chacun feroit infailliblement traité felon qu'il auroit fait ou bien ou mal.

Ce que vous m'avez déja dit , reprit le Prêtre, méne à cela ; mais c'eſt une Erreur qui n'eſt pas moins groſſiere que les précedentes : car, outre que c'eſt rendre Dieu le plus cruel de tous les Etres , d'avoir créé l'homme pour le damner éternellement , ſous prétexte qu'il a enfreint un de ſes Commandemens ; & encore un Commandement qui conſiſtoit ſimplement à ne pas manger d'une Pomme , ce qui me fait aſſûrément frémir. Je nie que perſonne ſoit capable de faire du bien ou du mal , par raport à Dieu ; & je vous demande ſérieuſement ſi vous-même le croyez ? Indubitablement que je le croi , lui dis-je ; & il me ſemble que cela eſt ſi clair , que l'on ne peut pas en donner, ſans choquer le bon ſens.

Comment , pourſuivis-je , paillarder , tuer , voler , blaſphémer , ne ſont pas des Crimes par leſquels on offenſe la Majeſté du Trés-Puiſſant ? Nullement , repartit le Prêtre ; car premierement , ſi la Paillardiſe étoit un péché , Dieu en ſeroit lui-même l'Auteur ,

teur, & qui pis est, de l'Incefte même ; puifque, felon vous - même &
vôtre grand Moïfe, n'y ayant eu au
commencement qu'un homme & qu'u-
ne femme, il a falu que leurs Defcen-
dans ayent fait plufieurs Inceftes, a-
vant que le nombre des vivans leur
ait permis de les éviter. Et que l'on
ne me dife pas que c'étoit alors une
néceffité, puifqu'il n'auroit non plus
coûté à Dieu de faire cent perfonnes,
que d'en créer feulement une. Nous
fommes tous enfans du premier homme; parmi nous il y a des degrez de
confanguinité ; devant Dieu ce n'eft
plus la même chofe. Les femmes &
les biens étoient communs au commencement, comme l'air & l'eau le
font encore à l'heure qu'il eft. Les
hommes, qui femblent avoir été faits
pour la Societé, ont crû, afin d'é-
viter le defordre qu'ils remarquoient
que cette communauté apportoit, qu'il
feroit bon que chaque Pere de Famille
eût feul la difpofition d'une ou de plufieurs femmes, d'une certaine étenduë
de terre, & d'un nombre déterminé
de bétail : on a été même obligé dans
la fuite, d'un confentement unanime,

de

de faire des Loix, qui impofaffent des
peines à ceux qui ne les obfervoient
pas. De forte que s'il y a quelqu'un
de léfé dans la tranfgreffion de ces
Loix, c'eft proprement la Societé, ou
les Chefs qui la reprefentent, & nullement l'Efprit univerfel, qui ne peut
en aucune maniere du monde être of-
fenfé de perfonne. On peut dire la
même chofe du Vol & du Meurtre,
où je ne fais tort, à proprement parler, qu'à celui auquel j'ôte la vie ou
le bien. Et pour ce qui eft du Blafphême, quoique nous le puniffions
plus rigoureufement que les autres pé-
chez, ce n'eft pas à caufe que nous
nous imaginions que Dieu en eft formalifé ; nullement, ce feroit une infirmité en lui, s'il en étoit capable ;
mais c'eft que nous ne faurions fouffrir l'ingratitude, & que la plus noire ingratitude que l'homme puiffe
commettre, c'eft d'outrager ou de ne
pas affez refpecter celui qui eft Auteur de fon Etre, & de tous les biens
qu'il eft capaple d'en recevoir ; & que
cela eft même d'un mauvais exemple
pour les enfans & les inférieurs, par
raport à leurs Peres & à leurs Maîtres.

Je

Je conclus de tout cela, qu'il en est des actions humaines, comme des qualitez des corps, qui en effet ne sont considérées que suivant les combinaisons, les raports & les comparaisons que nous faisons des unes avec les autres.

C'est ainsi, par exemple, qu'une même substance pourra tantôt être immense, & tantôt abîmée dans le néant. Une Montagne n'est ni grande ni petite, tant que mon entendement faisant abstraction de toute autre matiere, la considere seule & indivisible, ou que je supose n'avoir aucune connoissance des autres corps, non pas même du mien : mais si ensuite je la conçois comme un tout, composé d'une infinité de petits grains de Sable, il est évident qu'elle me paroîtra alors d'une grandeur démesurée, en comparaison de l'une de ces petites parties. Ce ne sera plus cela, si je la regarde auprès d'une autre Montagne de cette même hauteur, avec laquelle je la pourrai poser égale : & elle sera extrêmement petite, lorsque je la comparerai à toute la masse de la Terre. Enfin, le Globe terrestre ne deviendra lui-même qu'un point Mathématique pas raport à tout l'Univers.

l'Univers. C'eſt la même choſe de
nos actions : en elles-mêmes elles ne
font rien ; ou ſi vous voulez, elles ſeront au plus indifférentes ; & ſi elles
peuvent devenir bonnes ou mauvaiſes,
ce ne peut être que par raport à de
certaines inſtitutions, comme ſont celles dont nous venons de parler, & auſ-
quelles elles doivent être meſurées,
pour ainſi dire, pour en ſavoir la juſte
valeur.

Vous ne croyez donc point, repris-
je, que Dieu, qui eſt un Dieu d'ordre, & qui haït la confuſion, ait preſ-
crit lui-même à l'homme des régles, &
donné des Loix, felon leſquelles il
eſt dans l'obligation de ſe conduire, &
de ſe régler. De la maniere que vous le
penſez, me dit-il, non, je ne le croi
pas, cela n'étoit pas néceſſaire, puis
qu'il lui a donné une volonté & un entendement pour ſe conduire, comme
vous voyez que nous faiſons. Comme
il n'y a point d'orgueil, de vanité, de
jalouſie, ou de deſir de reguer parmi
les Bêtes, Dieu ne les a aſſujetties à aucunes Loix Civiles : il n'y en auroit pas
eu plus de beſoin pour les Animaux
raiſonnables, que pour les brutes : mais
dès

dés le moment que les uns ont voulu abuſer de la foibleſſe ou de la bonté des autres, on a été forcé d'inventer des peines pour ceux qui tranſgreſſe-roient de certains Reglemens; & ces Reglemens ſe ſont multipliez à meſu-re que la licence effrenée de quelques eſprits turbulens y a donné lieu.

Tout ce que vous dites-là, repartis-je, eſt véritable : mais vous me par-donnerez, ſi j'oſe dire que je nie que Dieu n'y ait point eu de part. Il n'eſt pas raiſonnable que la Providence ait produit une créature raiſonnable, pour l'abandonner entierement dans la ſuite : Il en eſt le Pere, il en veut être auſſi le Directeur & le Conſervateur ; le bon ſens nous le dicte, & ſa Parole (car j'en reviens toûjours-là) nous en aſſû-re ſi poſitivement, qu'il ne nous eſt pas poſſible d'en douter. Plût à Dieu, m'écriai-je alors, que vous la puſſiez voir, cette Parole ; elle porte tant de marques de celui qui l'a dictée, que vous ſeriez le premier à la lire avec vénération, ſi elle vous tomboit entre les mains ; & je ne deſeſpére pas qu'un jour elle vous ſoit aportée, ou par quelque malheureux, ou par une Nation

tion entiere, qui par un Ordre du Ciel, viendra s'établir parmi vous pour faciliter la converfion à un Peuple fi honnête & fi humain.

Je ferois ravi, répondit-il, de voir le Livre dont vous parlez tant ; mais je ferois fort fâché qu'il nous fût aporté par une multitude de gens, que vos Loix mêmes, toutes faintes que vous les croyez, n'empêcheroient pas de nous tirannifer : nous aimons mieux que les chofes reftent comme elles font: Soyez feulement contens de vôtre fort, comme vous voyez que nous nous contentons du nôtre, & vous ferez plus heureux que vous ne l'êtes en effet. Mais parlons d'autre chofe ; il me femble, pourfuivit-il, que le tems de fe quitter eft venu ; je me retire, adieu.

Après le départ de notre Prêtre, nous nous entretinmes encore quelques momens de l'Immortalité de l'ame, de la Réfurrection des morts, & de la Vie éternelle ; parce que le Juge y prenoit gout : & je remarquai bien, fi je ne me trompe, qu'il feroit aifé de porter ces gens-là à avoir de bons fentimens de notre Religion.

Avant

Avant que de nous quitter , mon
Hôte me demanda fi je n'avois pas vû
la Montagne ardente , lorfque je fus
aux Mines. Je n'en ai , lui répondis-
je, pas feulement entendu parler. Aparemment , reprît-il , qu'elle ne brû-
loit pas alors ; car autrement on n'auroit pas manqué de vous la faire remarquer. Je l'aurois vûë volontiers , lui
repartis-je ; mais ce n'eft rien de rare
en nos quartiers : il y a Hecla en Iflan-
de, Ætna dans la Sicile, la Véfuve
dans le Royaume de Naples, & plufieurs autres telles Montagnes ailleurs ,
qui brûlent auffi par intervalles : mais
on ne peut pas en aprocher de fort
près , quand même elles ne brûlent
point, à caufe des exhalaifons fulphu-
reufes qui en fortent , de la prodigieufe quantité de cendres qui les environ-
nent , & du danger qu'il y a d'enfoncer en plufieurs endroits dans la terre,
qui eft molle , tremblante ou peu fo-
lide.

Peut-être bien , interrompit-il , que
les Européens qui ont été ici avant
vous, ont raconté la même chofe à nos
Ancêtres, & que c'eft-là la raifon pour
laquelle le Peuple s'eft defabufé de

I   l'erreur

l'erreur où il étoit, touchant la caufe de ce Prodige. Ce qu'il y a d'aſſûré, c'eſt que les ſimples ont été de tout tems d'opinion, que Dieu ayant créé le monde, & s'étant enſuite aviſé de faire auſſi des Etres qui euſſent le mouvement & la vie, avoit dreſſé ſous le Mont ardent un Laboratoire, où il avoit un Fourneau qui contenoit un Creuſet d'une grandeur prodigieuſe, avec une Barre en haut au milieu, qui en diviſoit l'Orifice en deux, & à cette Barre correſpondoit une Lampe. Ce grand Ouvrier, diſoient-ils, rempliſſoit de fois à autre ce Vaiſſeau de la terre qu'il prenoit derriere lui, & au lieu de laquelle il y a un grand Lac à l'heure qu'il eſt; & lors que cette terre étoit devenuë liquide à force de feu, il en tiroit une petite portion, par le moyen d'un Tuyau creux, dont il ſe ſervoit pour cela, à l'une des extrémitez duquel il ne faiſoit que ſoufler, & il paroiſſoit d'abord à l'autre un Animal, auquel il donnoit la clef des champs. Il n'en avoit fait qu'une petite quantité, lorſqu'il remarqua que ſa Lampe avoit mis le feu à la Montagne ſous laquelle elle pendoit. Cet in-
convenient

convenient inopiné lui fit auffi-tôt changer de Pofte, de peur d'embra-fer toute la Terre. Il n'avoit pas cher-ché long-tems qu'il trouva entre deux Montagnes un creux profond, qu'il jugea à propos de remplir d'eau, afin que travaillant là-deffous, le feu n'y eût aucune prife. Cependant, com-me cette eau eût bien-tôt atteint un degré de chaleur fort confidérable, ce qui l'auroit d'abord changée en va-peur, il perça la Montagne voifine, afin qu'il en diftillât un filet d'eau fraî-che, capable de tempérer l'ardeur de celle de l'Etang boüillant, qui eft fans doute le même que vous dites avoir vû, & qui conferve encore les mêmes qualitez.

On ajoûtoit à ce Conte, que Dieu avoit achevé fous cet endroit-là à for-mer de la même maniere toutes les au-tres créatures vivantes, hormis l'hom-me qui a tiré fon origine d'ailleurs, comme je pourrai vous en entretenir une autrefois à loifir. Enfin, on pré-tendoit que la Matiere qui étoit dans le Creufet, étant dans une agitation violente, le Soulphre, le Mercure, & les autres parties graffes & métaliques,

qui

qui en fortoient en fumée, avoient été portées avec rapidité fous la Voute de toutes les Montagnes prochaines, où elles avoient pénétré, & formé dans les unes le Charbon, & dans les autres le Fer ou les Minéraux, & Métaux que nous y trouvons.

Cette Fable, toute groffiere qu'elle eft, & inventée fans doute à l'honneur de Meffieurs les Chimiftes, me donna occafion de croire que le Verre ne leur a pas toûjours été inconnu, & qu'il y avoit eû autrefois des Soufleurs parmi eux. Quoiqu'il en foit, la converfation finit là; parce qu'il fe faifoit tard, & que chacun témoignoit avoir envie d'aller prendre du repos.

Quelques jours après cet entretien, le Prêtre voulut auffi donner un repas à notre Hôte, où nous fûmes encore de la partie. Il nous fit alors des excufes de ce qu'il s'étoit un peu trop emporté contre nos Opinions; pour y remédier il pria La-Forêt, qui avoit plus lû le Vieux & le Nouveau Teftament que moi, de lui faire un recit le plus circonftancié qu'il pourroit, du contenu de la Bible. Mon Camarade le fit; & il l'en remercia, témoignant d'en d'en être fort fatisfait : cependant je connus bien qu'il ne s'en faifoit que rire ; au lieu que le Juge m'en parut extrêmement édifié. De forte que les affaires auroient été loin, fi nous a-vions toûjours refté enfemble ; mais à mon grand regret, le Ciel ne le vou-lut pas.

CHAPITRE VIII.

L'Auteur eft mené à la Cour du Roi. Il décrit ici l'Origine de ces Monarques, fait la def-cription du Palais Royal, du Temple, &c.

LE Satrape dont j'ai parlé tantôt, qui étoit venu lever le Tribut, l'alla porter enfuite au Roi. En caufant enfemble, il lui raconta com-ment il avoit vû deux Etrangers dans un tel Village, qui favoient faire des Ma-chines ; qui mefuroient parfaitement bien le tems, & divifoient un jour naturel en deux fois douze parties, qu'ils apelloient heures ; & que ce qui étoit le plus admirable, & d'une gran-

de commodité pour les Habitans, c'eſt
qu'à chaque heure il y avoit une Jat-
te de métal, ſur laquelle un Marteau
ſe déchargeant, marquoit par un certain nombre de coups, à quelle partie du jour on étoit parvenu. Le Roi
parut ſurpris à ce recit, & témoigna
du deſir de nous parler. En effet, nous
fûmes tous étonnez de voir un jour
que deux Domeſtiques de ce Prince
nous vinrent demander à notre Hôte,
qui ne ſachant de quel prétexte ſe ſervir pour nous retenir, nous remit avec
chagrin entre leurs mains.

Quoique nous fuſſions au deſeſpoir
de quitter le Juge, chez lequel nous
étions infiniment mieux que je n'aurois pû ſouhaiter de l'être en Europe,
nous ne laiſſâmes pourtant pas de témoigner bien de la joye de l'honneur
que le Roi nous faiſoit de nous envoyer querir. Nous demandâmes cependant pluſieurs fois à nos Guides ce
qui en pouvoit être la cauſe ; mais ils
nous proteſtérent qu'ils n'en ſavoient
rien. Tout ce qu'ils nous pouvoient
dire d'aſſûré, c'eſt que l'on parloit de
nous à la Cour, comme de grands Per-
ſonnages, & que nous y ſerions infailliblement

liblement bien traitez. Les difputes
que nous avions euës, ne laiffoient pas
de me donner quelques inquiétudes.
J'aprehendois que le Roi en étant informé, ne s'en fût formalifé, & ne
nous voulût traiter comme des Sédu-
cteurs, & Gens qui travaillent à bou-
leverfer le Gouvernement : ce n'étoit
rien moins que cela.

Nous ne fûmes pas plûtôt arrivez,
que le Roi nous fit venir auprès de lui.
Après avoir fait nos révérences, nous
voulûmes mettre un genou à terre, a-
vant que de lui parler, fuivant l'avertiffement que l'on nous en avoit donné ; mais il ne le voulut pas permet-
rre. Il nous fit apporter à chacun un
petit Efcabeau, & nous commanda
de nous affeoir devant lui. Tous ceux
qui étoient-là, fe tenoient debout ou à
genoux. Le Roi étoit affis fur un
magnifique Fauteüil, élevé de trois
marches, & couvert d'un Dais d'une
Sculpture admirable. Il nous demanda d'où nous étions venus, & comment nous étions entrez dans fon Païs.
Il falut, pour le contenter, lui faire un
recit jufte de toutes nos petites Avantures. Il fit femblant d'être bien aife

I 4   de

de ce que nos difgraces lui avoient procuré le plaifir de nous voir. Enfin il tomba fur le chapitre de notre Science, qu'il releva extrêmement; & après nous avoir dit qu'il avoit apris que nous avions fait une Horloge dans notre Village, il nous fit comprendre qu'il nous avoit principalement fait venir pour nous prier de lui en fabriquer aufli une, avec promeffe de récompenfer notre travail de fa plus tendre amitié, & par tout ce que nous defirerions de fa Perfonne. Nous répondîmes avec une profonde inclination, que nous n'étions point accoûtumez à être traitez de cette maniere de nos Souverains; que c'étoit bien de l'honneur que Sa Majefté nous faifoit de nous trouver dignes d'être employez pour fon Service, & que nous nous en acquiterions le moins mal que nous pourrions.

Là-deffus on nous conduifit dans un très-bel Apartement, qui devoit être le nôtre, où l'on eût foin de nous fervir & de nous accommoder comme fi nous avions été de grands Seigneurs. Dés le lendemain nous donnâmes Ordre d'aller querir nos Outils là où nous

les

les avions laiſſez : nous en fimes faire
pluſieurs autres, tels que mon Camarade les ordonna, & nous nous mîmes
à l'Ouvrage le plûtôt qu'il fut poſſible, parce que le Roi s'impatientoit
de nous y voir.

Le Monarque qui gouvernoit alors,
s'apelloit Buſtrol, homme ſage, mo-
deſte, ſociable, & qui, s'il vit encore, comme je l'eſpere, ſe fait bien
moins diſtinguer par le faſte & par la
grandeur, que par ſes éclatantes Vertus. Sa Robe eſt du plus fin poil de
Chévre teint en rouge, qui ſe trouve
dans le Païs : elle eſt grande & am-
ple, avec une Guimpe d'un pied de
large en bas, & au haut des manches.
Son Bonnet eſt à cinq cornes, avec un
Globe de cuivre au-deſſus, d'un pouce
& demi de diamêtre, qui eſt la principale marque de ſa Royauté, ſi on en
excepte ſa gravité, ſa taille & ſa bonne mine.

Les Satrapes ſont auſſi habillez de
Robes rouges, mais elles ſont de Laine, & plus petites à tous égards. Les
autres hommes, ſans exception, ont
leurs Robes à Laine de couleurs mê-
lées. Les Juges ſe diſtinguent ſeule-

I 5   ment

ment par leurs Bonnets. Pour les Femmes, elles portent toutes des Habits ou Voiles de Toile fine par-deſſus ceux qu'elles mettent deſſous, ſuivant que la Saiſon les oblige de ſe couvrir, peu ou beaucoup.

Les Enfans du Roi n'ont aucune Prérogative au-deſſus des autres : on a pourtant un peu plus de déférence pour eux, mais on n'y eſt pas obligé : il n'y a que l'Aîné qui eſt preſque conſidéré & habillé comme ſon Pere, hormis qu'il ne porte point de Globe.

Le Roi peut avoir juſqu'à douze Femmes, qu'il fait choiſir, ou choiſit lui-même de tout ſon Peuple, lorſqu'il fait la Ronde pour ſe faire voir : & on n'oſeroit lui en refuſer une, quand elle ſeroit même promiſe à un autre. Les Gouverneurs en peuvent avoir trois, les Juges deux, & le Peuple une. On permet auſſi aux Prêtres d'avoir deux Femmes enſemble ; mais enſemble ou non, ils n'en peuvent avoir que deux en tout pendant leur vie : ſi elles viennent à mourir avant eux, il leur eſt défendu de ſe remarier.

Ce que le Roi a de plus magnifique,

que, c'eſt ſa Maiſon : elle eſt ſituée au milieu du Canton Royal, qui a auſſi la même étenduë que les autres. Le Frontiſpice en eſt tourné du côté du Nord-Nord-Eſt ; ſa largeur eſt de trente-ſix Pas géométriques, & ſa profondeur de vingt. Le premier E-tage de ce Palais eſt à dix pieds au-deſ-ſous du Niveau de la Campagne, di-viſé en pluſieurs Apartemens bien vou-tez, & où l'on n'a pas épargné les Pi-laſtres : il ne ſe voit rien-là que du Marbre de diverſes ſortes & couleurs : le Pavé eſt de rouge, les Piliers de noir, & la Voute de blanc. Le ſe-cond Etage étant à vingt pieds du pre-mier, il y a dehors, devant le Por-tail, un Eſcalier en forme d'un demi Ovale, de vingt Marches d'un demi pied chacun de hauteur, pour y monter. On entre premierement dans une vaſte Antichambre, derriere laquelle eſt l'Audience du Roi. De l'Anticham-bre on paſſe dans deux Allées, l'une à droite & l'autre à gauche, qui diviſent le Corps de l'Edifice en deux ; de ma-niere qu'il y a de part & d'autre deux magnifiques Salles, par conſéquent quatre de chaque côté, & en tout dix

I 6   Apar-

Apartemens, avec les plus beaux Plat-
fonds du monde, & des Lambris qui
furpaffent en leur Sculpture, tout ce
que j'ai vû de plus curieux. Au deffus de ce fecond Etage il y en a
un troifiéme, divifé à peu près de la
même maniere que le précédent, finon
qu'au lieu de l'Audience, on a ici la
Chambre où Sa Majefté couche. Après
cela on parvient à une Plate-forme
couverte d'Etain, & une Baluftrade
tout autour de Cuivre maffif, ouvragé & percé à jour d'une maniere fort
artifte. Au milieu de cette Plate-forme, il y a un Pavillon rond, couvert
de Cuivre, & fi bien poli, comme
tout le refte, qu'on ne peut y jetter
les yeux fans les bleffer, lorfque le
Soleil y luit. Au-deffus il y a un Globe de vingt pieds de circonférence, fur
lequel on a pofé une Piramide quarrée,
d'un pied de bafe, & de cinq de hauteur. Cette Cape eft portée par douze
Piliers d'Agate. Il n'y a dans tout le
Bâtiment que du Marbre, de l'Agate,
du Jafpe, & femblables Pierres ex-
quifes, & merveilleufement bien polies
& ouvragées: le tout bâti, fuivant un
Ordre qui aproche affez du Corinthien,
hormis

hormis les Colomnes des Caves, qui font proprement à la Toscane.

Ce qui leur manque en ce Païs-là, c'est le Verre : ils se servent en la place de Peaux de *Poln*, qu'ils savent grater & préparer d'une certaine maniere, que cela dure éternellement, & donne un si libre passage à la lumiere, qu'il fait aussi clair dans les Chambres, que dehors. C'est de ce Parchemin qu'ils remplissent leurs Fenêtres au lieu de losanges. Mais, quoique cela soit bel & bon, il faut avoüer que nos Vitres le surpassent de beaucoup.

Derriere le Palais, il y a un Dôme de l'Ordre Romaine, de cent cinquante pieds de diamêtre, aussi couvert de Cuivre, des mêmes matériaux, & d'une magnificence égale. Ce lieu sert à deux usages, de Temple & du Sénat. Le Trône du Roi est du côté du Sud, à l'oposite de la Porte, élevé de six pieds, sur un Marchepié de quatre, qui est couvert d'une Estrade magnifique : car il est certain que ces gens-ci surpassent infiniment les Turcs dans la tissure de leurs Tapis. Au milieu du Platfond, se voit un Soleil de Cuivre d'une excessive grandeur : le corps

n'en

n'en a peut-être que dix ou douze pieds
de diamettre , mais fes rayons s'étendent extrémement loin. Le cône qui eft
au-deffus du Dôme , eft large & haut.
Tout cela eft de cuivre , & porté par
fix groffes Colomnes ou Tours , dans
chacune defquelles il y a un Efcalier qui
conduit jufques aux Galeries de ce fuperbe Edifice.

Tout à l'entour du Canton on a auffi
bâti des demeures continuës , avec des
Pavillons fur les Angles , & deux fur
chaque face ou côté , à une égale diftance l'un de l'autre ; deforte qu'il
y en a douze en tout. On a auffi con-
ftruit douze Arcades entre ces Pavillons , qui font comme autant de Portes ouvertes pour fortir du Canton ,
par douze Ponts à Baluftrades de cuivre ouvragé , qui y font opofez. Enfin , au-dedans de ces Logemens , qui
font pour les douze Femmes du Roi ,
& pour une partie des Domeftiques de
la Cour , regne une Galerie tout autour , foûtenuë de Colomnes de Jafpe ,
couvertes d'Etain , comme le refte des
Logemens , hormis les Pavillons , qui
le font de cuivre , & d'une beauté extraordinaire. Les vuides , qui font
entre

entre tous ces Bâtimens, font remplis
d'Obélifques, de Piramides, de Statuës fur de magnifiques Piédeftaux, de
Pots remplis de toutes fortes de fleurs,
felon la faifon où l'on eft, de Cages
pleines d'oifeaux de tout plumage, qui
font un ramage fort divertiffant, & en
un mot de tout ce qui peut aporter
quelque divertiffement aux fens : ce
qui fait que ce lieu eft proprement un
Paradis enchanté.

Le Canton qui eft au Sud de la
Maifon, eft un Parc rempli de Boucs,
de Chévres, de Cerfs, qui font fort
petits en ce Païs-là, de Daims & autres :
fur tout il y a une forte d'Animaux
nommez *Poli*, qui ont le poil long,
une corne fur la tête, deux oreilles
plates & larges comme la main, la
queuë courte, mais fort large, avec
de grands pieds plats : ce qui fait qu'ils
fe tiennent le plus fouvent debout. La
groffeur de cet Animal aproche de celle de nos petits Anes : la chair en eft
fort délicate, mais on n'en voit guéres que dans les Parcs du Roi ; & ce
n'eft pas grand dommage, parce qu'il
y a peu de perfonnes qui ne faffent
fcrupule d'en manger, à caufe qu'ils
reffem-

reſſemble fort à l'homme , & qu'il paroît à la verité être doüé de quelque raiſon.

Le Canton du Midi , qui eſt notre Nord , n'eſt qu'un tiſſu de Parterres couverts de Fleurs , & arroſez de mille petites Fontaines artificielles. Les deux autres , à droit & à gauche , ſont deſtinez pour les Arbres fruitiers, les Légumes & les Herbes potageres. Outre ces cinq Cantons, il y en a encore vingt , dõnt douze ſont pour les Reines & pour leurs enfans , & domeſtiques ; & huit autres pour le Labourage , Pâturage , &c.

Les Revenus du Roi conſiſtent tous les ans , pour chaque Pere de Famille , en une piéce de cuivre de la grandeur d'une Guinée , qu'ils nomment *Kala* , & dont j'ai fait mention ailleurs , où d'un côté l'on voit gravé, Nos Cœurs a Dieu , & de l'autre , Nos Biens au Roi. Je ne ſaurois dire ce que ces Piéces valent; mais j'ai bien remarqué que l'on en fait autant en ce Païs-là , que nous faiſons d'un Loüis d'or en France. L'Argent courant eſt d'Etain , & il y a des Piéces de toutes grandeurs , comme en Europe ,

Europe , avec chacune leur marque
différente. Avec cette feule Piéce on
fatisfait à toutes les charges de l'Etat :
c'eft peu de chofe pour les particuliers :
cependant y ayant quarante & un mille fix cens Villages , ou quarante &
un mille cinq cens feptante.cinq , en
rabatant les vingt-cinq de la Maifon
Royale , cela ne laiffe pas de raporter
huit cens trente & un mille cinq cens
Kaln , fans compter les Juges & les
Prêtres , qui en font exempts : ce qui
eft auffi , l'honneur à part , tout ce
qu'ils retirent de leurs Charges.

J'apris pourtant qu'il n'y avoit alors
que trois cens quarante-cinq ans que les
chofes avoient été réglées fur ce pied-là.
Avant ce tems-là , la Royauté avoit été
de tems immémorial , ou pour parler
leur langage , éternellement dans une
même Famille. Ces Rois fe difoient Fils
du Soleil & de la Terre. Cette Naiffance leur donnoit beaucoup d'ambition , & les Enfans devenoient tous les
jours pires que n'avoient été leurs Peres. Ils en étoient venus jufqu'à prétendre de leurs Sujets des hommages
& des adorations. Ils abufoient de
leurs Femmes & de leurs Filles , de
même

même que de leurs biens, & ne parloient rien moins que de les faire égorger, lorfqu'ils donnoient les moindres marques de n'être pas contens de leur tyrannie.

Enfin, le bonheur voulut pour ces miférables, que par une certaine fatalité, dont je n'ai jamais fû les particularitez, il arriva-là un Portugais, qui ayant apris leur langage, leur conta qu'après avoir échoüé fur les Côtes de leur Continent, comme nous avions fait, il s'étoit établi-là avec fes Camarades, qui étoient tous morts dans l'efpace de quatre ans, à la réferve d'un feul, avec lequel il avoit réfolu de monter une Riviere, laquelle fe déchargeoit par-là autour dans la Mer, à l'aide d'un fort petit Efquif qui leur étoit refté. Il ajoûtoit à cela, qu'ils avoient été huit mois à leur Voyage, & qu'après avoir furmonté des difficultez inconcevables, ils étoient parvenus à un gouffre de Montagnes, d'où cette Riviere fortoit comme de fa Source. Ils hazardérent d'y entrer plufieurs fois & en divers tems : mais il y faifoit fi obfcur ; il y avoit tant de brifans, de détours & d'obftacles de

toutes

toutes les especes, qu'ils defesperoient
d'y paffer. Ils vinrent pourtant enfin
à bout de leur deffein, car après avoir
fa t plus de deux lieuës de chemin fous
terre, ils arriverent dans le Païs fi
las & fi exténuez, qu'ils n'avoient pas
la force de fe remuer, de forte qu'é-
tant abordez, & celui-ci ayant mis pied
à terre, l'autre qui en voulut faire
autant, tomba à la renverfe dans le
Bâteau, qui en même tems s'écarta du
bord, tellement que celui qui étoit à
terre, n'y pouvant atteindre, il eut
le déplaifir de le voir retourner dans
ce Gouffre, d'où il n'étoit jamais revenu du depuis. Le Prêtre auquel il
raconta cela, n'en fut pas moins étonné qu'il avoit été de fa venuë : il lui
fit répéter plufieurs fois l'hiftoire dont
il lui avoit fait le recit, pour voir s'il
ne fe couperoit pas, mais ne pouvant enfin plus douter d'une Rélation fi bien circonftanciée, il fut en
faire part au Juge : celui-ci la com-
muniqua aux Principaux des autres
Cantons voifins ; de forte qu'en fort
peu de tems, tout le Royaume fût
que leurs Rois avoient été des Four-
bes, & des Scelerats, en ce que, fous
prétexte

prétexte d'une Naiſſance toute particuliére & miraculeuſe, qui les relevoit
infiniment au deſſus de leurs Sujets,
ils les traitoient en Eſclaves, & prenoient le train de ne les conſiderer avec
le tems, que comme des Chiens. A-
vant que ſix ſemaines ſe paſſaſſent ils
ſecouërent le joug : le Roi fut démis,
& envoyé aux Mines pour ſa vie. Ils
élurent en ſa place le plus ancien Satrape du Pays, avec promeſſe de laiſſer regner après lui ſes Enfans, tant
qu'ils ſeroient humains, vertueux &
équitables.

Quoi que ce Prince éxilé fut méchant, il étoit pourtant en quelque
façon à plaindre, parce qu'il proteſta
juſqu'à la mort, qu'il avoit crû lui-
méme ce que l'on publioit de l'Origine de ſes Ancêtres, dont il ne ſavoit
rien que par tradiction : ce qui ne laiſſoit pas pourtant de donner beaucoup
d'ambition à cette Race, qui prétendoit par-la devoir être infiniment au-
deſſus des autres mortels : comme en
effet, cela devoit les enfler, & impri-
mer dans leurs Peuples un fort profond reſpect pour leurs perſonnes tant
qu'ils étoient l'un & l'autre, perſuadez

dez de la verité du fait, dont voïci la Rélation, telle qu'elle m'a été recitée par des gens dignes que l'on ajoûtât foi à leurs paroles.

Dieu, difoient-ils, a été de toute éternité : le Ciel & la Terre ne font pas fi anciens. Auffi-tôt que l'Univers fut créé, la Terre qui eft un Corps animé, étant charmé de la beauté éclatante du Soleil, en devint eperdûment amoureufe. Elle fit diverfes tentatives pour s'élever jufqu'à lui, mais fes élans furent inutiles : la pefanteur de fa maffe faifoit obftacle à fes élancémens, elle ne pouvoit s'élever que jufqu'à une fort petite diftance. Le Soleil s'aperçût de fes fecouffes & de fes prodigieux tremouffemens, il eut pitié d'elle; & s'étant couvert de nuages extrémement épais, de peur de la mettre plus en feu, & de la confumer tout à fait, il s'aprocha d'elle, la pénétra de fes rayons jufqu'au fond de fes entrailles, & fe retira fur le champ. La Terre en conçut d'abord : trois cens foixante-cinq jours & un quart après, fon ventre s'ouvrit, elle accoucha d'un Homme & d'une Femme, l'un & l'autre d'une beauté & d'une majefté surprê-

furprenante. Ces deux charmantes Perfonnes s'étant avancées du côté de la
Campagne où ils avoient trouvé une
multitude innombrable de toutes fortes
d'Arbres chargez d'excellens Fruits,
ils eurent la curiofité de parcourir tout
le terroir qu'ils trouverent accefible.
Enfin étant parvenus jufqu'aux ex-
tremitez Auftrales de ce vafte Païs, ils
le trouverent borné par des Montagnes impratiquables. Ce fut-là que *Mol*
& *Mola* fa Femme, car c'eft ainfi que
l'on dit qu'ils fe nommoient, eurent
quelque contention, elle voulant tirer
à droite, ou retourner fur fes pas, &
lui, au contraire, étant d'opinion qu'il
faloit faire un effort pour paffer outre;
de forte que s'étant mis en colere, parce qu'il fe voyoit obligé de rompre
fon deffein, à caufe de l'opiniâtreté de
fa femme, il frapa de dépit fi rudement du pied contre le Rocher, qu'il
s'y fit une ouverture, par laquelle
l'eau fortit en abondance, & forma
une Riviere, qui s'alla précipiter dans
le creux, dont les deux Jumeaux é-
toient fortis : ce qui refroidit tellement la matrice de la Terre, que depuis ce tems-là elle n'a plus eu aucune
envie

envie de se joindre à son Amant le Soleil, & ainsi n'a jamais eu d'autres Enfans.

Ils ajoûtoient à ce beau Conte, que c'étoit de ces deux Personnes qu'étoient décendus les Habitans de leur Païs, qu'ils croyoient être le seul endroit du Monde qui fut habité. Aussitôt que le Portugais fut arrivé, & qu'il eut fait le récit de ces avantures, on connût bien qu'on n'étoit pas-là le seul Peuple de l'Univers, & que le prétendu Enfantement de la Terre, n'étoit qu'une Fable, d'où s'ensuivirent les révolutions dont je viens de faire mention. Depuis ce tems-là, les Rois & leurs sujets avoient vécu avec beaucoup de tranquilité & d'harmonie: ils se loüoient extrémement les uns des autres. En effet, j'ai toûjours vû que le peuple avoit infiniment du respect pour leur Souverain, & que réciproquement le Roi d'à présent témoignoit de l'empressement à donner des marques de sa tendresse à tous ceux qui aprochoient de sa Personne. Il étoit civil en general à tout le monde, & pour nous en particulier, il est sûr que cela passoit les bornes.

CHA:

CHAPITRE IX.

Qui contient plufieurs Converfa-
tions très-curieufes entre le Roi
& notre Auteur.

IL n'eft pas concevable comment ce
Monarque étoit affidu à obferver au
commencement les heures de nos occupations : il étoit tout yeux pour
nous regarder , & fouvent nous le ren-
dions tout oreilles pour nous entendre , lors que nous lui racontions comment le monde vit parmi nous. Sur
tout il prenoit un plaifir indicible à
s'entretenir des Sciences, & particuliérement de la Philofophie , en quoi il
s'étoit beaucoup exercé. Rarement
nous étions enfemble , qu'il ne me fit
quelque queftion de Phifique , & de
Méchanique , ou d'Aftronomie.

Ce qui lui plaifoit beaucoup, étoit
le Siftème de Copernic : & je puis
dire à fa loüange, que je n'eus pas
beaucoup de peine à lui faire comprendre tous les differens mouvemens
dont il faut que la Terre fe charge pour
fatisfaire

fatisfaire aux mouvemens aparens felon l'Opinion vulgaire, & que l'on diftingue par le Journalier, d'Occident en Orient ; l'Annuel, autour du Soleil ; par celui des Etoiles fixes, & par les deux de Vibration, attribuez autrefois aux Cieux Criftalins. Car ayant pris une Boule, & y ayant marqué les principaux Points & Cercles d'un Globle terreftre, je lui montrai comment la Terre tournoit d'Occident en Orient autour de fon Centre, en un jour naturel, & en même tems dans l'efpace de trois cens foixante-cinq jours fix heures, moins environ onze minutes, autour du Soleil, que je plaçois au Centre du Monde. Je lui fis enfuite remarquer comment ce Mouvement annuel ne fe faifoit pas fur l'Equateur, mais fuivant l'Ecliptique, parce que l'Axe de la Terre, au lieu d'être perpendiculaire au plan du Cercle annuel, incline fur lui de part & d'autre, de vingt-trois degrez & trente minutes, ce que nous apellons le Mouvement de parallélifme. Après cela, nous nous entretinmes du quatriéme Mouvement, caufé par le plus ou moins d'impulfion ou preffement

K que

que fouffre la Terre , fuivant les endroits où elle paffe dans fa Route :
car par-là il arrive que fon Axe s'élé-
ve ou s'abaiffe quelquefois de quelques
minutes , & que par conféquent l'E-
cliptique paroît dans de certains tems,
plus près de l'Equateur qu'en d'autres.
Ce qui s'explique auffi parfaitement
bien par la matiére fubtile , qui entre
& paffe par les Tourbillons ; mais je
ne voulus pas alors entamer à ce fujet,
une maniére qui l'auroit peut-être embaraffé , ou du moins qui demandoit
un peu plus de tems. Enfin , nous
parlâmes du cinquiéme Mouvement ,
qui vient de ce que la Terre dans cette
partie de fon cours qui eft la plus éloignée du Soleil , ayant un plus grand
Cercle à parcourir que dans celle qui
y eft diamétralement opofée , elle n'a
pas fi-tôt achevé fa Période : & cette
différence eft proprement la partie du
Firmament que nous jugeons être paffée d'Occident en Orient , dans une
certaine efpace de tems. Et d'autant
que cette Portion paroît plus grande
ou plus petite, à proportion que la Terre fe trouve plus ou moins éloignée
du Centre de fon Cercle, qui eft à peu
près

près le Soleil, cela caufe une irrégularité, que Ptolomée attribuoit au premier Criftalin : ce qui fait le fixiéme Mouvement. Pour le calcul des Eclypfes, ce Prince l'entendoit comme Copernic lui-même : il raifonnoit fort bien des Comettes, des Planettes, des Météores, & de ce qu'il y a de plus agréable dans la Phifique. Mais il ignoroit abfolument la caufe du Flux & du Reflux de la Mer, dont il avoit en effet à peine ouï parler : & il n'entendoit jamais raifonner qu'avec admiration de la Proportion des efpaces que les Corps qui tombent parcourent en de certains tems déterminez : des Vibrations des Pendules : de la force du Levier ; & en général de tout ce qui regarde la Statique.

Les Armes à feu lui étoient auffi tout à fait inconnuës, & il les auroit eftimées, n'eût été le mauvais ufage qu'on en fait. Rien ne le faifoit plus frémir que les Relations que je lui faifois par fois de nos Guerres, & des fanglantes Batailles qu'elles caufent. Il ne pouvoit pas comprendre, comment le Peuple eft affez fou pour courir ainfi au Maffacre, & à la deftruction de

fon

fon Efpéce, pour des fujets fi legers, &
où il ne s'agit fouvent que des inté-
rêts de l'ambition, ou des caprices d'un
feul homme. Il y a près de quatre Siè-
cles, me dit-il un jour, que l'on dé-
clara inhabile le Roi alors régnant, à
caufe que fous prétexte de fon Origine, & d'une Naiffance miraculeufe,
qui devoit le diftinguer des autres
hommes, il traitoit fes Sujets de haut
en bas. On eût dit, ajoûta-t'il, que
fa vanité lui eut dû faire entreprendre
de grandes chofes, pour fe maintenir
dans fon Pofte; bien loin de-là, il ne
voulut prefque pas employer de paroles pour fe difculper, & apaifer la colére de ceux qui l'envoyerent aux
Mines : il obéït fur le champ, lorfqu'il aprit que c'étoit la volonté de fon
Peuple. Et je vous jure, qu'au lieu
d'expofer des Armées à la fureur
de mes Ennemis, j'aimerois mieux
mille fois devenir le moindre de mon
Royaume, que d'en conferver la Sou-
veraineté, aux dépens de la vie d'un
feul homme.

J'avouë, repartis-je, que la Guerre
a quelque chofe de cruel & d'inhu-
main; cependant, il s'en fait fouvent
de

de juftes , & alors Dieu même les autorife : & marque qu'il y prend plaifir , c'eft qu'il s'apelle le Dieu des Armées. O Ciel , interrompit le Roi ,
que dites-vous-là ? Vous me choquez
en parlant de cette maniére. Affurément vous êtes heureux de n'avoir pas
proféré ces paroles-là devant quelqu'un
de nos Juges ; tout étranger que vous
êtes , vous courriez rifque de fort mal
paffer vôtre tems ; puifque felon nos
Principes , vous ne fçauriez avoir ex-
primé un plus énorme Blafphême. Je
vous demande pardon , Sire , repartis-
je incontinent , les plus Saints Hommes , qui ont écrit notre Loi , affe-
ctent en bien des endroits , de cara-
ctérifer ainfi la Divinité : ils attri-
buent à lui feul le Gain de toutes les
Batailles , que les Juifs ont remportées
fur ceux dont ils ont conquis les Païs ,
& le font paroître à la Tête de leurs
Troupes , comme un Général formidable , qui terraffe tout ce qui lui vient
à la rencontre. Je ne croi pas être
coupable d'imiter de fi grands Hommes , & d'avoir de la vénération pour
leurs Vies , leurs Préceptes & leurs
Sentimens : cependant , j'ai tant de

refpect

refpeÆ pour vôtre Perfonne, que j'aime mieux obferver un éternel filence,
que de vous donner aucun fujet de
mécontentement. Comment, reprit
le Roi, vos Légiflateurs tiennent ce
langage ! Affurément je trouve cela
extraordinaire, qu'un Dieu, qui felon vous défende de répandre le fang
d'un feul Particulier, authorife une
Boucherie générale entre des Nations
entiéres. Il y a fans doute bian de
l'homme, bien de la paffion, bien de
la cruauté dans vos Loix : la feule
penfée m'en fait frémir : n'en parlons pas davantage, de peur que je
n'en dife plus que vous n'en entendriez volontiers. Je trouve bien des
charmes dans vos Sciences, mais votre Religion & vos Maximes ne m'a-
gréent pas. C'eft que vous ne les en-
tendez pas, Sire, lui répondis-je, les
Livres me manquent, & je ne fuis pas
affez bon Théologien pour vous con-
vertir ; mais nous avons mille Docteurs
parmi nous capables de montrer tant
de marques de Sainteté dans notre Bible, & de vous en démontrer le contenu fi clairement, que vous feriez forcé d'y donner vôtre confentement, ni
plus

plus ni moins qu'à une Démonſtration Mathématique.

Hé bien, en attendant que nous en voyions quelqu'un, aprenez-moi, répliqua le Roi, comment ces Armées, dont vous me parliez tantôt, ſe compoſent, de quelle maniere on les fait ſubſiſter, comment elles ſe battent, quelle récompenſe en ont les Vainqueurs, & quel profit en remportent les Orfelins & les Veuves : Si ces Guerres n'ont point de fin, & s'il n'y a jamais de Paix parmi vous. Rarement, Sire, lui dis-je. La Terre eſt extrémement grande, par raport à vôtre Empire ; il y a une infinité de tels Royaumes aux endroits d'où nous venons. Tant de grands Seigneurs ne ſçauroient vivre long-tems dans une parfaite intelligence : l'intérêt des Familles Royales, plus que des Particuliers, cauſe ſouvent des brouilleries. La jalouſie, le deſir de s'agrandir, le Rang, la Religion qui eſt differente preſque dans chaque Royaume, tout cela ſont des ſujets de ruptures, qui ne ceſſent ſouvent qu'après une grande effuſion de Sang. Nous avons un Empire nommé Eſpagne, où il s'allu-

ma,

ma , il y a quelque tems , une Guerre
inteftine , qui a duré cinquante ou foixante ans , & qui a coûté la Vie à un
million d'hommes.

La Religion dominante de ce Païs-
là , & dans laquelle je fuis né , eft la
Chrétienne , qui differe extrêmement
de toutes les autres : ceux qui la pro-
feffent n'ont pas tous non plus les mêmes Sentimens à tous égards. La plus
grande partie prétendent qu'il ne fuffit
pas d'adorer un Dieu , Créateur du
Ciel & de la Terre , ils veulent auffi
que l'on invoque les Saints trépaffez ,
afin qu'ils intercédent pour nous dans
le Paradis. Les Prélats de l'Eglife im-
pofent la néceffité de croire un Purgatoire , qui eft un endroit rempli de Feu
& de Soulfre , où après la mort , les
ames doivent brûler & fouffrir pendant
un certain nombre d'Années , l'une
plus , l'autre moins , fuivant les Crimes
qu'elles ont commis , afin d'être en
état de comparoître pures & fans taches
devant le Trône de Dieu. Cette même Eglife engage à confeffer que Jefus-
Chrift eft vivant , en chair & en os ,
& auffi grand qu'il étoit quand il a été
crucifié , dans une Hoftie ou morceau
de

de pâte de la grandeur de la paume de
la main , que le Prêtre donne à chaque Laïque , en de certains jours de
l'Année , deſtinez à cette Cérémonie,
&c. Pluſieurs perſonnes ne pouvant
accommoder ces Maximes avec le Sens
commun , non plus qu'avec les Préceptes que contient le Livre Sacré de
nos Loix , crurent en conſcience qu'ils
auroient tort de les obſerver. Le Clergé , qui s'aperçût de ce deſordre dans
l'Egliſe , érigea un Tribunal ſévére ,
qui impoſoit de grandes peines à ceux
qui s'émanciperoient de réformer le
Culte Divin. Il faut ajoûter à cela ,
qu'outre les Eccléſiaſtiques , qui épui-
ſoient les Peuples d'argent , qu'ils ſe
faiſoient donner pour reciter des Priéres efficaces , par leſquelles ils prétendoient tirer du Purgatoire les Ames de
leurs Ancêtres : les Officiers du Roi
les chargeoient tous les jours de nouveaux Impôts : de ſorte que les plus
réſolus des Habitans voulant ſecouër
le joug , firent ſecrettement des Ca-
bales , & réſolurent de s'aſſurer de quelques Cantons murez , ou Villes , dont
ils fuſſent les Maîtres. Là-deſſus le
Commerce s'affoiblit, les Ouvriers pâ-
K 5, tiſſent

tiſſent faute d'Ouvrage ; un Prince E-
tranger ſe met à la tête des Mécontens.
D'autres Monarques , jaloux de la
Grandeur du Roi d'Eſpagne , & qui
ne cherchent que ſon abaiſſement pour
s'élever au deſſus de lui , ſe joignent à
eux. On forme des Compagnies d'Ar-
tiſans , qui ſont ravis de ſervir pour
la ſubſiſtance : de ces Compagnies de
cent hommes , plus ou moins , qui
ont chacune leurs Officiers, on fait des
Régimens , & de ces Régimens des
Armées, qui ſont commandées par des
Généraux expérimentez au Métier de
la Guerre , & qui ont ſoin de les fournir d'Armes , d'Habits , & de toutes
ſortes de Munitions , aux dépens du
Public , que les Magiſtrats chargent de
Subſides pour cela. Lorſqu'on eſt
prêt, on ſe cherche , on uſe de fineſ-
ſes, & de milles ſtratagémes pour ſe ſur-
prendre ; enfin on en vient aux mains ,
& après s'être ſouvent battus tout un
jour , il ſe trouve quelquefois , que le
plus grand avantage du Vainqueur , eſt
d'avoir conſervé le Champ de Bataille,
ce qui lui coûte dans des Rencontres,
quinze ou vingt mille Combattans : là
où ſon Ennemi, qui a reculé de cinq
cens

cens Pas , n'en a pas perdu la moitié
tant. Si l'un défait entiérement l'autre , il fe prévaut de fa Victoire , en
gagnant du Païs & des Villes , où il
met quelquefois tout à Feu & à Sang.
Cependant fa Partie tâche de nouveau
à fe fortifier , ou en faifant de nouvelles Troupes , ou en contractant des
Alliances avec d'autres Princes , qu'elle
attire dans fon Parti. On revient aux
coups , où la Fortune fe déclare , tantôt pour l'un , tantôt pour l'autre , jufqu'à ce que les Trefors & les Hommes foient évanouïs , car alors on eft
forcé d'en venir à un Accommodement,
qui ne dure pas plus long-tems que
quelque Efprit turbulent le defire , puis
que les prétextes pour remuër ne leur
manquent jamais.

Mais que fait-on de ces Troupes ?
dit le Roi. On les remercie , repliquai-je. Cela eft bien , continua-t'il ,
pour la décharge du Peuple ; mais des
gens qui fe font accoûtumez pendant
la Guerre , au libertinage , & fans doute , à toutes fortes de voluptez , font-
ils propres à être employez à autre
chofe ? De quoi fubfiftent-ils , lorfqu'ils ne tirent plus de Solde ? J'ai
K 6   déja

déja dit à Vôtre Majesté, repris-je, que
le Monde contient une infinité de Païs
gouvernez par des Princes différens :
lorsque les Troubles finissent en un
endroit, ils recommencent ordinairement en un autre ; les Soldats vont
chercher-là de l'Emploi ; sinon, chacun retourne à sa Profession. J'avouë
pourtant, qu'il y en a beaucoup, qui
ayant perdu l'habitude de travailler,
ou qui ne sachant point de Métier,
vont mandier de Porte en Porte, avec
les Femmes & les Enfans, dont les
Maris & les Peres ont été tuez, ou
s'abandonnent au Brigandage pour vivre plus commodément. Les uns se
font Voleurs de grands Chemins, les
autres Faux-monnoyeurs : Il y en a
qui s'associent avec les Femmes débau-
chées, & leur aident à ruiner, &
quelquefois même à massacrer ceux qui
fréquentent les vilains lieux. Enfin,
il n'y a sorte d'Intrigues qu'ils ne pratiquent pour se donner du bon tems :
ce qui oblige les honnêtes gens à user
de beaucoup de précaution pour n'en
être point attrapez, & encore souvent
n'en sont-ils pas exempts. Je pourois
vous confirmer cette vérité par cent
exemples,

exemples, qui font dreſſer les cheveux ; mais un ſeul ſuffira preſentement pour vous en donner une idée.

Environ huit mois avant que j'aye quitté Paris, Ville fameuſe, & qui eſt la Capitale du plus beau Royaume de l'Europe, un Conſeiller du Parlement paſſant en Caroſſe dans une Ruë écartée, où il y avoit peu de Commerce, aviſa de loin une jeune Perſonne fort bien miſe, qui étendant les bras, joignant les mains, & portant la vûë, tantôt vers le Ciel, & enſuite ſur la Terre, donnoit des marques d'un véritable deſeſpoir. Le bruit des Rouës & des Chevaux l'ayant fait retourner, elle ſe retient tout d'un coup, s'eſſuye promptement le Viſage, & pourſuit ſon chemin à pas lents. Le Conſeiller ne tarde guéres à la joindre ; il s'arrête à côté d'elle. Qu'avez-vous, Mademoiſelle ? lui dit-il, d'une maniére fort honnête : Je vous voi toute épleurée ; eſt-il arrivé quelque deſaſtre dans vôtre Famille ? Parlez hardiment, vous êtes par bonheur tombée en de bonnes mains ; il y a bien des gens qui tâcheroient de profiter de votre deſordre, avec moi il n'y a rien à craindre. Je
ſuis

fuis honnête homme , j'ai du crédit &
de la bonne volonté , fi je puis vous être
utile en quelque chofe , je m'y em-
ployerai avec tout le zéle dont je fuis
capable. Quoi qu'elle n'eût que feize
à dix-fept ans , elle prit d'abord fon
férieux , foûtint long-tems qu'elle n'a-
voit rien , qu'il étoit inutile de lui of-
frir fa Protection ; qu'elle ne laiffoit
pourtant pas d'en avoir de la reconnoiffance , & que tout ce qu'elle prétendoit de lui , étoit de lui laiffer faire fon
chemin. Mais enfin , après plufieurs
inftances , qui n'étoient proprement
que l'effet de la charité de ce galant
Homme , s'abandonnant de nouveau à
des larmes , qu'elle ne pouvoit plus retenir. Oüi , Monfieur , vous avez raifon , lui dit-elle , je ne me poffede pas,
j'ai l'efprit en écharpe ; je cours les
Ruës , & peu s'en faut que je ne me
porte à de fâcheufes extrêmitez. Je
fuis Fille unique d'un Pere qui m'a-
doroit ; mes volontez lui étoient une
Loi , qu'il fe faifoit un plaifir d'obferver
à tous égards ; de forte que je ne lui ai
jamais rien demandé , qu'il ne me l'ait
incontinent accordé. Il y a un an que
Dieu l'a retiré , à la fleur de fon âge ;

nôtre

nôtre féparation lui faifoit mille fois plus de peine que la perte de fa propre Vie. Le déplaifir qu'il avoit de me quitter, le porta à me recommander à mains jointes à fa Femme. Cette Marâtre lui promit tout ce qu'il voulut ; elle m'embraffa en fa préfence, & s'engagea par un Serment accompagné d'un torrent de larmes, à me faire éternellement part de fa plus tendre amitié. Mais, helas ! le pauvre homme eut à peine fillé les yeux, que je devins l'objet de fa tirannie. Il n'y a moment qu'elle ne me défole d'injures & de menaces ; des menaces elle en vient fouvent aux coups, & aujourd'hui, après m'avoir bien maltraitée, elle m'a jettée hors de la maifon. Voilà qui eft violent, dit le Confeiller, vous êtes fans contredit à plaindre : entrez, s'il vous plaît, dans mon Caroffe, il faut que je vous remette bien enfemble, ou du moins que je fache la caufe d'une fi dangereufe diffenfion. Ce ne fut pas encore ici fans peine qu'elle fe détermina à le conduire chez elle : elle apréhendoit trop de fe faire voir, la colére de fa Belle-mere la faifoit trembler : il falut pourtant s'y réfoudre.

La

La Maifon de cette Veuve étoit de belle aparence ; une forte muraille à Porte cochere , & une grande Baffe-court , la féparoit de la Ruë. Monfieur le Confeiller ayant fait demander fi Madame étoit de loifir , fut mené dans une belle Sale tapiffée, où elle le vint trouver un moment après. Il fut furpris de voir entrer une Femme d'une cinquante d'Années , haute , belle , bienfaite , d'une phifionomie douce & engageante , & ayant plûtôt le port d'une Reine , que de la Femme d'un Particulier. Après quelques Complimens réciproques , il lui fit un recit jufte de ce qui lui venoit d'arriver avec fa Fille , lui en repréfenta les conféquences , & lui ayant demandé excufe de la liberté qu'il prenoit de fe mêler d'une Affaire qui étoit proprement domeftique , il la pria fort civilement de lui dire en quoi confiftoit leur Differend. La Dame le remercia de la bonté qu'il avoit de s'intéreffer fi charitablement pour fa Famille , mit fa Belle-fille dans le tort autant qu'elle pût ; & enfin à la confidération de l'Arbitre, on fit venir la Demoifelle. Madame la reprit en grace , & elles fe

firent

firent des promeſſes réciproques, l'une
d'être deſormais bien obéïſſante, l'autre d'uſer de plus d'Indulgence, & d'a-
voir toute la tendreſſe & les égards
dont une Mere eſt capable pour ſon
propre enfant, au grand contentement
du Conſeiller, qui s'aplaudiſſoit inté-
rieurement d'être l'Auteur d'une ſi
bonne œuvre. Là-deſſus, on fit retirer la Fille ; & ce fut alors que Madame ſe mit à éxalter l'obligation qu'elle
avoit à Monſieur le Conſeiller. Elle le
pria inſtamment de lui permettre de
faire connoiſſance avec Madame ſon
Epouſe, afin d'avoir occaſion de profiter
quelquefois de ſes ſalutaires Conſeils ;
elle le pria de pouſſer la complaiſance
juſqu'à vouloir bien l'honorer de ſa
Compagnie à dîner, d'autant plus que la
Table étoit déja couverte, & qu'ayant
invité du monde, elle ſe trouvoit juſtement en état de le régaler de trois ou
quatre bons Plats. Ce Compliment
fut proféré de ſi bonne grace, que le
Conſeiller ſe laiſſa perſuader. Il fit
dire à ſon Cocher de ſe retirer, d'aller dire chez lui qu'on ne l'attendit pas,
& qu'il vint le prendre au bout de deux
heures. Cependant, la Dame s'abſen-
ta,

ta , avec fa permiffion , pour aller donner fes Ordres. Lui fe promenoit feul
en attendant fon retour : après avoir
fait trois ou quatre allées & venuës, il
alla en fe retournant donner cafuellement du coude contre la Tenture : le
vuide qu'il fentit excita fa curiofité, il
fe trouva qu'il y avoit - là juftement
deux pans libres de ce Tapis , qui an-
ticipoient d'un demi-pied l'un fur l'autre ; il leva celui de deffus , & fremit
lorfqu'il aperçût le corps nud & fan-
glant d'un homme , qui felon les aparences venoit d'être affaffiné , couché
de fon long fur la paille d'un Lit pratiqué dans la muraille. Cet horrible
Spectacle , qui le menaçoit d'un pareil fort, le fit fortir avec précipitation
de la Chambre : quelqu'un le remarqua lorfqu'il étoit déja au milieu de la
Cour. On l'apelle , on le prie de ne
fe point impatienter , Madame le re-
joindra dans un inftant , tout eft prêt
à être fervi , & le refte ; mais toutes
ces belles paroles n'étoient pas capables
de le faire revenir. Il leur dit en fuïant,
qu'il lui étoit venu quelque chofe dans
l'efprit , qui ne fouffroit aucun délai ,
qu'il ne feroit qu'aller & venir , & qu'en

tout

tout cas on n'avoit qu'à commencer à manger, il en trouveroit affez de refte. On le pourfuivit ainfi jufqu'à la Porte. Comme il fortoit, quatre grands Coquins de Coupe-jarets entroient, gens apointez, fans doute, pour le récompenfer de fes bons Offices; mais il étoit un peu trop tard, le bon homme avoit échapé à leurs embuches. La vieille Maquerelle & la jeune Putain avoient en vain joué leur rôle.

Affurément, dit le Roi, voilà un Stratagême capable de furprendre le plus habile homme du monde : mais qu'arriva-t'il de cela, n'en fit-on point de recherche, afin que leur Punition fervit d'exemple à de femblables Canailles ? Nullement, lui repartis-je, ceux qui l'ont fait en de pareilles occafions, s'en font mal trouvez. Les Bandes de ces fortes de gens-là font fi nombreufes, que le moindre déplaifir que l'on fait à l'un d'eux, eft vengé tôt ou tard, au double par les autres, de jour, de nuit, fur vous, fur les vôtres, ou de quelque maniére que ce foit. Et tout cela font des beaux fruits des Guerres aufquelles on vous expofe ? Je plains votre Sort, dit le Roi : à ce

compte

compte vous n'êtes proprement que la Proye des méchans , des esclaves , & de miserables Victimes de l'Ambition & de l'Intérêt de vos Souverains : les Chiens sont plus heureux chez moi , que les Hommes ne le sont en vos Quartiers. Vous raisonnez selon vos Principes , repris-je : & nous agissons suivant les nôtres ; chacun aprouve ses Sentimens , tous ceux qui leur sont contraires le choquent. Il est vrai , reprit-il , que l'éducation a un grand ascendant sur notre esprit. Nos Ancêtres se seroient fait sacrifier , plûtôt que de douter de l'excellence de leur Origine. Le Soleil les avoit engendrez , ils avoient été enfantez de la Terre. Aujourd'hui on envoyeroit aux Mines celui qui voudroit sérieusement soûtenir cette Opinion. Ce que nous suçons avec le Lait , nous le retenons ; les premieres Leçons de nos Précepteurs sont les plus fortes , elles jettent des racines profondes , que les vents d'un Sentiment contraire ont de la peine à ébranler.

Mais à propos de vos Ancêtres, Sire , interrompis-je , est-ce qu'il ne s'est jamais trouvé personne , qui ayant bien examiné

examiné la nature des chofes, a trouvé de la difficulté dans cette prétenduë Naiſſance miraculeufe? Car enfin, cela faute aux yeux, que l'union du Soleil avec la Terre étoit impoſſible, & que ces deux Créatures fans vie, étant deſtituées d'intelligence & de fentiment, font incapables des effets qu'on leur attribuoit ſi mal à propos. Aſſurément, répondit le Roi, qu'il y en avoit, mais perſonne n'en ofoit ouvrir la bouche; le Peuple, qui étoit prévenu en faveur de cette Fable, auroit été capable de le mettre en piéces. Outre que les Rois ufoient de tems à autre, d'un Stratagême aſſez extraordinaire pour s'en défaire, & qui ne contribuoit pas peu à fortifier les autres dans leur Opinion. Ils avoient pratiqué un Chemin fous terre, du Palais jufqu'au Temple, qui aboutiſſoit fous mon Marchepié, où il y avoit un grand Puits extrêmement profond. Lorſque quelqu'un étoit accufé d'avoir proféré quelque parole choquante contre le Miſtére de la Naiſſance du premier Homme, ce qui étoit traité de Blaſphême, il étoit obligé de comparoître à la Cour, où les Satrapes ne manquoient jamais

d

de le condamner aux Mines : le Roi qui vouloit paſſer pour clément, annulloit auſſi-tôt la Sentence, qu'il prétendoit n'avoir pas été prononcée dans les formes, & ſuivant les régles de l'équité, puiſque lui étant Partie & Chef du Conſeil tout enſemble, les Juges devoient vrai-ſemblablement plûtôt incliner de ſon côté que de celui de l'Accuſé : d'où il concluoit, qu'il en faloit apeller au Tribunal de l'Eſprit Univerſel, afin que lui-même en fit une Juſtice exemplaire ſur celui d'eux deux, qui auroit tort. Là-deſſus, il apointoit toute l'aſſemblée pour le Minuit, à comparoître au Sénat, avec tous ceux qui voudroient aſſiſter à ce Spectacle. Il n'oublioit pas de ſe rendre ſur ſon Trône à point nommé. L'un de ſes fils, Fréres, ou proches Parens, amenoit devant lui le Criminel, ayant les mains liées derriere le dos, & le faiſoit aſſeoir ſur le Marchepié, à l'endroit qui avoit été marqué. Alors le Roi tenant la vûë baiſſée, prononçoit à haute voix quatre Vers, que j'ai rendus ainſi en notre Langue.

Ma

Ma Mére, je le fai, vous êtes équitable,
D'en douter, il eft hafardeux :
De grace, engloutiffez à l'inftant, de nous deux,
Celui que le Ciel voit Coupable.

En même tems celui qui étoit caché deffous le Théatre, tiroit adroitement le Verrou, qui foutenoit une Trape, faite exprès pour cela dans le Marchepié, & la faifoit baiffer avec tant de rapidité, que la pauvre Victime, qui étoit deffus, tomboit comme un foudre, & fans avoir le tems de fe reconnoître, dans cet abîme de Puits, qui étoit deffous, d'où il n'avoit garde de revenir. Et tout cela fe faifoit fi promptement, & avec tant de dextérité, qu'un même moment, pour ainfi dire, voyoit ouvrir & refermer cette maudite Trape : de forte que quand tout le monde auroit été auprès, il auroit eu de la peine à s'apercevoir de la tromperie. Cependant, afin de jouër leur rôle avec toute la fûreté poffible, on avoit foin de ne pas beaucoup illuminer cet endroit-là ; outre que le Marchepié étant haut, empêchoit aux Satrapes, & aux autres Affiftans, qui étoient affis ou à genoux, de voir ce qui fe paffoit deffus

deſſus ; & que celui des Intéreſſez qui
étoit-là , feignant de voir la Terre s'ouvrir faiſoit beaucoup de bruit , en ſe
reculant , & criant auſſi fort que s'il
avoit eu véritablement peur d'être en-
glouti tout vif avec le Coupable.

Mais comment a-t-on découvert ces
Impoſtures , repartis-je ? Les Prêtres
du Roi , reprit Buſtrol , voyant leur
Maître banni , & la face des Affaires
entiérement changée , propoſérent , à
condition qu'on ne leur feroit point de
mal , de déclarer tout ce qu'ils en ſavoient de pernicieux : car quoi qu'il
ne ſe fût rien fait de ſemblable de leur
tems , ils ne laiſſoient pas d'avoir part
au Secret , & d'être engagez par un
Serment, auquel on les avoit contraints,
d'aider à ces cruelles Exécutions. Le
Chemin ſoûterrain eſt encore à être, je
vous le ferai voir quand vous voudrez.
Pour le Puits il a été comblé , & la
Trape fut d'abord changée avec le reſte
en une Plancher continu , tel qu'il eſt
encore à cette heure.

Voici une ſeconde Impoſture , dont
ils s'étoient aviſez , & qui a été prati-
quée en divers Siécles. Lorſqu'il y a-
voit de grands débats entre le Souverain

& fes Sujets, & qu'il apréhendoit quelque révolution fatale à fa Famille, on faifoit monter fecrettement quelqu'un des Intéreffez, par l'un des efcaliers des colonnes qui foûtiennent le Dôme, lequel fe gliffoit doucement entre la Cappe & le Plat-fonds ; & quand le Confeil étoit affemblé, il fe mettoit à crier de toute fa force, & par un trou fait pour cela, qui répondoit au centre du Soleil de Cuivre, qui eft au milieu de l'édifice : Mon Fils eft jufte, & vôus êtes méchans ! Cette voix qui reten-tiffoit par tout comme un Tonnerre, furprenoit extrêmement les Affiftans, & ne manquoit jamais de faire fon effet. Peut-être y en avoit-il parmi eux qui n'étoient pas exempts de doute ; mais la plûpart auroient juré que c'étoit le Soleil qui avoit proféré ces mots : & peut-être n'auroient-ils pas fouffert qu'on eût exempté de châtiment féve-re celui qui auroit parû avoir le moin-dre foupçon.

I. CHA

CHAPITRE X.

Où l'on voit les Cérémonies qui se pratiquent aux Naissances & aux Enterremens en ces Païs; la maniere d'administrer la Justice, & plusieurs autres choses remarquables.

UN Domestique qui entra en ce tems-là tout échauffé, interrompit notre Discours : il venoit annoncer au Roi que la *Méla* étoit accouchée d'un Enfant mâle. Il n'y avoit que deux ans qu'il avoit pris sa premiere Femme, ainsi il étoit âgé de vingt - sept ans : ce que je dis pour faire remarquer que le Roi ne peut prendre Femme qu'à vingt-cinq ans, & les autres en doivent avoir trente, au lieu que les Filles sont nubiles à vingt. Depuis ce tems-là il en avoit encore épousé deux. Il avoit eu deux Filles de la premiere, & une de la seconde. Celle qui venoit de lui donner un Garçon, & dont le Pere étoit Maréchal d'un des Cantons voisins, étoit

étoit la troisiéme , & comme elle est la légitime Reine , nous la distinguerons des autres par le nom d'Impératrice ; suivant la Loi du Païs , qui ne donne proprement ce Titre qu'à celle des Femmes du Souverain qui lui fait un Successeur à la Couronne. Nous félicitâmes le Roi de la Naissance de ce jeune Prince , & lui fimes comprendre que nous desirions ardemment qu'il pût regner heureusement après lui. Il témoigna que notre Compliment lui faisoit du plaisir , & pour nous en convaincre davantage , il nous ordonna de le suivre , afin d'être témoins de la Cérémonie , que la Coûtume l'obligeoit d'observer pour imposer un nom à l'Enfant.

Il sortit accompagné de deux de ses Freres , & de son Cuisinier , dont l'Emploi est-là fort considérable , & de son Maître d'Hôtel. L'Impératrice l'attendoit dans un lit magnifique, tant par sa Sculpture , qu'à cause des autres Ornemens dont il étoit enrichi. D'abord qu'elle le vit , elle se fit mettre sur son séant ; & l'on prit soin de lui couvrir les épaules d'un Manteau de Poil de Chévre rouge , tout couvert

L 2   de

de Guimpes & de Guirlandes en Bro-
dèrie, doublé d'Hermines blanches
comme la Neige ; & ayant prié le Roi
de lui permettre de baiser sa main, elle
lui témoigna la joye qu'elle avoit de ce
que Dieu lui avoit donné un Fils, puis
que par-là elle avoit l'honneur d'être
devenuë Impératrice d'un si grand
Royaume. Là-dessus un Chapelain
s'avança, qui suivant les Ordres qu'il
en avoit, remercia Dieu, au nom du
Roi, de la Reine, & de tout le Peuple, des graces qu'il venoit de leur accorder : & je puis dire que son éloquence, jointe à la soûmission & au zéle avec lequel il s'en aquitta, me pénétra jusqu'à l'ame. Il s'étendit fort
au long sur le néant de l'homme, sur
l'infinie grandeur du Monarque de l'U-
nivers, sur les soins que cette Providence prend continuëllement de sa
Créature, nonobstant leur disproporm-
tion, & la distance immense qui sépare des Etres si différens. Il marqua en
quoi ces soins consistoient ; & ce fut
alors qu'il parla des Vertus nécessairement requises à un bon Roi : comment
il leur en avoit donné un, digne à tous
égards de l'amour sincére de ses Peuples.

ples. Il nous entretint du jeune Prince, qu'il venoit de leur accorder, des obligations qu'on lui avoit de tant de bienfaits, & conclut par un million d'actions de graces. De sorte que cette action pieuse dura pour le moins une heure. Ensuite, on presenta l'Enfant au Roi, qui le nomma *Baïol*, c'est-à-dire, benin. Aussi-tôt après, on nous servit des fruits secs & confits avec du miel, qui surpasse assurément le meilleur sucre de l'Amérique. Nous bûmes outre cela de très-excellent Hidromel, & d'autres Liqueurs, qui ne le cédent en rien aux nôtres, horsmis au Vin, dont ils sont absolument destituez : il n'y a pas seulement de Vignes dans tout le Païs. La Cérémonie du Sacre de l'Impératrice fut différée jusqu'après ses Couches, qui finirent au bout de dix-huit jours : mais d'autant qu'elle ne consiste, comme la précédente, que dans des actions de graces, il n'est pas nécessaire que je m'amuse à en faire le recit. Au reste, ce n'est pas seulement dans le Palais du Roi que cela s'observe, c'est aussi dans tous les Cantons du Royaume, dès le moment qu'on leur en donne la nouvelle.

L 3   A

A propos de nouvelles, voici l'endroit, si je ne me trompe, où je dois
faire remarquer que tous les jours chaque Village envoye, de midi jusqu'à
une heure, deux hommes sur chaque
chemin des Cantons voisins, & ainsi
huit en tout, parce qu'il n'y a point de
Canton qui ne se trouve au milieu de
quatre autres en ligne directe, excepté
ceux qui sont aux extrêmitez du Païs.
Sur ces chemins il y a des Pilliers
marquez, à une même distance l'un
de l'autre ; jusqu'où ils savent qu'ils
doivent aller : & ces distances sont telles, que ceux que l'on envoye-là avec
des Trompettes parlantes, s'y peuvent
aisément entendre. Si donc il est arrivé quelque chose d'extraordinaire à
la Cour, & qui se puisse exprimer en
peu de mots : comme, par exemple,
que le Roi soit mort, marié ou malade,
qu'il lui soit né un Enfant, &c. ceux
qui sont envoyez de la Cour le crient
à leurs Voisins, ceux-ci à de plus éloignez, & ceux-là aux autres, jusques
à ce que cela soit parvenu aux derniers:
ce qui se fait avec tant de vîtesse, qu'en
moins d'une heure on le fait dans tout
le Royaume. Quand il n'y a point de
nou-

nouvelles, ils se contentent de dire
que tout va bien. De même, lorsque
les Cantons ont quelque chose à faire
savoir à la Cour, leurs vedetes se servent
réciproquement des mêmes moyens.
S'il y a des Paquets ou des Lettres, il
y a des Messagers pour cela, qui partent
de la Cour à cinq heures du matin, vers
les Villages voisins: ceux-ci en ont qui
à six se mettent en chemin pour d'autres, ou ils remettent ce qu'ils ont à
des troisiémes, qui vont plus loin à
sept, & ainsi des autres. Pour les
grands fardeaux on se sert de Bâteaux,
qui vont aussi avec beaucoup d'ordre,
sans que cela coûte un denier à qui que
ce soit, parce que chaque Pere de Famille y employe ses Enfans, ou ses Domestiques chacun à son tour.

Peu de tems après l'Accouchement
de l'Impératrice, les Etats ou Députez
des Satrapes se rendirent à la Cour
pour éxercer la Justice, & mettre Ordre à toutes choses. Cette Assemblée
dura vingt-deux jours, & l'on y vui-
da bien des affaires; à la plûpart des-
quelles je puis dire, sans vanité, que
j'y eus indirectement quelque part.
Comme ces Messieurs ne s'assembloient

que

que tous les matins , & que l'on donnoit
les après-dînées , partie au plaifir , &
partie à l'examen des Faits , qui fe devoient traiter à la Séance prochaine , le
Roi ne pouvoit s'empêcher de venir à
fon ordinaire , paffer fur le tard quelques momens avec nous ; mais ce n'é-
toit pas alors tant pour voir nos Ouvrages , que pour nous communiquer fami-
liérement ce qui fe devoit propofer le
lendemain ; fur quoi il ne manquoit jamais de nous demander ce que l'on feroit en tel cas en Europe ?

Un jour entr'autres , il nous raconta comment un jeune homme d'un
Canton fort reculé , étant fouvent maltraité de fon Pere , qui fembloit le haïr
mortellement , prit occafion , qu'ils
étoient fortis enfemble en Gondole ,
dans le deffein d'aller pêcher du Poiffon , de le jetter dans le Canal ; & le
voyant entre deux Eaux , il le tenoit-
là du bout de fa Rame , de crainte qu'il
n'en revint , & le punit de fa témérité.
Le Pere qui avoit perdu d'abord la tra-
montane , reprit peu à peu fes efprits :
il fçavoit parfaitement bien nager , de
forte que fe fentant preffer par en haut ,
il fe laiffa droit couler à fond , & don-
nant

nant alors des piez en terre, il revint
en haut à deux pas de-là, où il se mit
à nager de toute sa force vers l'autre
bord, pour échaper à la fureur de son
Fils. Comme l'un s'efforçoit de fuïr,
& que l'autre hésitoit s'il devoit le
poursuivre, & tâcher de lui casser la
tète, un vieux Pin, planté au bord de
ce Canal, suivant la description que
j'en ai faite ailleurs, tombe tout d'un
coup comme une masse de terre, & envelope le Garçon de ses branches dans
la Gondole, de maniere qu'il lui étoit
impossible de se remuër, sans pourtant qu'il en fut blessé en aucun endroit. Le Vieillard qui gagna cependant le Rivage, voyant que cet Arbre
couvroit tellement le Bachot, qu'il
n'apercevoit point son Enfant, fut émû
de compassion, & ne douta point que
cette chûte ne l'eût privé de la Vie.
Pour s'en assurer il alla promptement
heurter à la Porte de la premiere Maison
qu'il trouva, & aïant fait lever le monde
qui reposoit encore, parce qu'il étoit
grand matin, il leur dit qu'en passant en
un tel endroit avec son Bâteau, un grand
Arbre pourri s'étoit rompu tout d'un
coup, & étoit tombé dessus avec tant

d'impétuofité, que lui en avoit été précipité dans l'eau, & fon Fils brifé en
mille piéces. À ce bruit, tout ce qu'il
y avoit-là de gens accoururent pour
voir ce defaftre : trois fe mirent dans
leur Bachot, afin d'aller fecourir le
Garçon, fi peut-être il étoit encore en
vie. Le drôle, qui fe fentoit pris,
fans prefque fçavoir comment, & qui
n'avoit pas jufqu'alors ofé feulement
ouvrir la bouche, apercevant des gens
qui travailloient avec beaucoup de zéle
à écarter les branches de l'Arbre, qui
les empêchoit de voir ce qu'il étoit
devenu, fe mit à crier en pleurant :
Mon Pere ne me tuez point, je vous
en prie, j'ai tort, je l'avouë, je mérite au double votre haine, il n'a pas
tenu à moi que vous ne foyez mort à
l'heure qu'il eft, mais je vous demande mille fois pardon. Plus il fe defef-
péroit de crier, plus les autres s'effor-
çoient à le débaraffer d'où il étoit, &
plus le miférable croyoit qu'on lui alloit couper la gorge : Grace, mon
très-cher Pere, grace, s'écria-t-il de
nouveau, ce n'eft pas moi proprement,
c'eft un maudit couroux, une colere
que je détefte, qui m'a pouffé à met-

tre

tre ma main sacrilége sur vôtre Personne ; au nom de Dieu apaisez-vous.
Le Pere qui entendoit tout cela , ne
sçavoit quelle contenance tenir ; il auroit bien voulu châtier son Enfant ,
mais il ne se soucioit pas que d'autres
en fussent la cause , cela fût pourtant
impossible. Quoi que la Gondole se
tirât enfin de dessous les branches de
l'Arbre , & que le jeune homme vit
une multitude de gens , qui étoient
accourus-là au bruit qui s'étoit par tout
répandu , pour le secourir , & qui n'auroient sans doute pas souffert que le
Pere l'eût sacrifié sur le champ à sa
vengeance , il fit tant de mouvemens
& de contorsions , & usa de tant de
paroles , qu'il s'accusa lui-même en présence de cent témoins. Ainsi il ne
fut pas en la puissance du Pere de le
disculper , comme il l'avoit bien desi-
ré. Quelques Peres de Famille , qui
se trouvoient-là , apréhendant les conséquences , s'en saisirent, & le mene-
rent chez le Juge, qui ayant fait venir
le Pere , & les ayant confrontez , &
éxaminez séparément, condamna l'Enfant à aller travailler vingt ans aux
Mines. Le Pere ne fut pas content de

L 6   ce

ce Jugement, il fçavoit en confcience
qu'il avoit provoqué fon Fils à ire, par
le trop rude traitement qu'il lui avoit
fait : s'atribuant la caufe de fon defef-
poir, il lui fit confeiller fous main,
d'en apeller au Satrape de leur Gouvernement, & enfuite à la Cour, fi la
premiere Sentence y étoit confirmée.
Le Satrape, continua le Roi, devant
lequel la Caufe a été portée, n'en a pas
voulu décider ; & de-là vient qu'elle
doit être demain débattuë en ma préfence : mais de bonne foi, je ne fai
prefque ce que j'en dirai. Quel âge
a le jeune homme ; interrompis-je ? Il
a vingt-deux ans, repliqua le Roi.
Hé bien, Sire, lui dis-je, on le feroit mourir en nos Quartiers, rien ne
feroit capable de l'en garantir ; mais,
puifque vous n'êtes pas fi févéres ici,
que le Fils détefte fon Action, en demande pardon de toute fon ame, &
que le Pere confeffe avoir donné lieu à
cet emportement, je croi, avec tout le
refpect que je dois à vôtre Majefté,
qu'il fuffiroit de le faire fouetter de
Verges, & le condamner à porter fur
fon front un écriteau, qui contienne
en gros caractéres, REBELLE A SON
PERE,

PERE, à condition, que s'il se comporte bien, il sera absou de cette honte au bout d'un An. Votre Avis est excellent, dit le Roi, si l'on m'en veut coire, on imposera cette peine au Délinquant. Aussi-tôt que le Conseil fut assemblé, on proposa le Délit, chacun en opina à sa maniére ; les uns vouloient confirmer la Sentence qui en avoit été renduë ; d'autres prétendoient que le jeune Homme devoit faire A-mende-honorable, & avoir le Poing droit coupé, avant qu'il fut rélégué. Il y en avoit qui vouloient qu'on l'en-voyât au fond de la plus basse Mine pour sa Vie ; quelques-uns avoient encore d'autres Sentimens. Mais le Roi ayant entendu tous leurs Avis, proposa aussi le sien, qui fut aprouvé de la Compagnie, & éxécuté le même jour. Les deux Parties allérent témoi-gner à toute la Cour les obligations qu'ils lui avoient du Jugement favorable qu'elle avoit prononcé en leur fa-veur. Le Roi qui vouloit m'en faire honneur, leur dit, que s'ils en devoient savoir gré à quelqu'un, c'étoit à moi proprement, à l'exclusion de tout au-tre. En effet, les bonnes gens me

vin-

vinrent remercier de la maniére du
monde la plus honnête & la plus soû-
mise. Ils se retirérent ensuite chez
eux, où, à ce que l'on m'a dit aprés,
ils ont vécu ensemble dans une parfaite
intelligence.

Il n'est pas concevable combien cette bagatelle nous fit considérer parmi
ces Messieurs les Députez. Le Jugement de Salomon n'étoit qu'une bagatelle au prix du nôtre, & si on en a-
voit voulu croire une Partie, nous aurions été créez Membres extraordinaires de leur Corps. Lors qu'ils revinrent à la Diéte suivante, notre Ouvrage étoit presque achevé ; chacun se faisoit un plaisir de le venir voir, & ne
pouvoit se lasser d'en admirer la beauté. La Forêt gravoit parfaitement bien,
& outre qu'il savoit déja dorer, il avoit
si bien apris la maniére du Païs, de
dorer avec du Cuivre, qui est beaucoup plus beau-là, qu'il n'est en nos
Quartiers, que la moindre Piéce avoit
un éclat admirable, & surpassoit infiniment ce que nous avions fait pour
notre Canton. Mais ce fut bien autre
chose, lors que l'Année d'aprés, ils virent l'Horloge montée sur le Dôme de
la

la Maison du Roi, avec six Quadrans
à l'entour, qui indiquoient les heures,
ce que nous avions obmises à la précédente : outre que le Bassin ou la Clo-
che qui étoit d'Etaim & de Cuivre mêlez ensemble, étoit au moins trois fois
plus grande, & d'une bien meilleure
résonnance. En récompense de ce bel
Ouvrage, le Roi nous honora chacun
d'une Robe de Satrape, & donna Ordre que l'on eût pour nous les mêmes
diférences que pour eux. Nous étions
avec cela traitez, ni plus ni moins que
des Princes. Les Cuisiniers & le Som-
melier avoient soin qu'il ne manquât
rien sur notre Table ; la Biere, le Cidre, l'Hidromel & le *Pxxs*, qui est u-
ne Boisson délicieuse, & dont on boit
tant que l'on veut sans en être incommodé, faite d'un certain fruit admirable en toute maniére, de la forme
d'un Melon d'Espagne, ne nous manquoient non plus que l'eau à la Riviè-
re. Il n'y avoit sorte de Ragoût, de
Tartes & de Pâtez, qu'on ne nous fît
tous les jours : & comme les Perdrix,
qui y pésent au moins quatre livres, &
les *Txlx*, qui sont ces grosses Poules,
dont j'ai parlé en quelqu'endroit, y
                                    sont

font fort communes, il fe faifoit peu de Repas que nous n'euffions du Gibier ; fans compter l'excellent Poiffon qu'on y fert fans faute tous les midis. Nous fûmes promenez trois jours de fuite par le Roi lui-même, avec nos Habits de Cérémonie, qui eft le plus grand Honneur que ce Monarque faffe à fes Sujets.

Un matin, que nous paffions à l'Occident du Temple, un jeune Garçon, qui étoit allé voir travailler fon Pere fur le Dôme, s'étant jetté fur la Baluftrade de la Galerie, pour voir au bruit que nous faifions en paffant, ce qui fe faifoit en bas, tomba droit fur l'Eftomach, & fe creva. Cette chute inopinée donna lieu au Roi, qui ne me laiffoit jamais en repos, de me faire une Objection fur le Mouvement circulaire de la Terre. Il me vient-là quelque chofe dans l'efprit, me dit-il, à quoi je n'avois point penfé auparavant ; qui eft que fi la Terre tournoit, comme vous me le voulez toûjours perfuader, il femble que pour peu que cet Enfant foit refté à tomber, il auroit dû fe trouver à une diftance confidérable de la Muraille de cet Edifice, au lieu
qu'il

qu'il y touchoit, si je ne me troupe, de
l'un de ses bras. Car enfin, le Globe
terrestre est grand, & suposé qu'il aché-
ve de faire un tour en vingt-quatre
heures, il est nécessaire que ses parties
passe extrémement vîte. Cela est aisé
à déterminer, Sire, interrompis-je.
Un degré terrestre contient soixante
milles, vous savez cela, il n'y a qu'à
multiplier par ce nombre-là trois cens
soixante degrez, & on aura pour la circonférence de la Terre sous l'Equateur, vingt & un mille six cens milles d'Italie, ou vingt & un million six
cens mille Pas géométriques : divisez
maintenant cette quantité par vingt-
quatre heures, & neuf cens mille, qui
proviendront de cette opération, par
soixante minutes, vous verrez que
dans une minute d'heure il doit passer
un Arc terrestre de quinze mille Pas,
par conséquent de deux cens cinquante
Pas dans une Seconde, & plus de quatre dans une Tierce, qui est bien le
moindre tems qu'un Corps puisse mettre à parcourir la hauteur de ce grand
Bâtiment. Mais, Sire, poursuivis-je,
vous ne devez pas considérer l'Air comme indépendant de la Terre ; il tour-

ne

ne également avec elle, ni plus ni moins
que l'Eau de la Mer, qui eſt renfermée dans ſes propres limites : c'eſt un
duvet qui l'envelope, l'un & l'autre
font partie de ce grand Tout ; de ſorte
que tomber dans l'un ou dans l'autre,
eſt à cet égard la même choſe. Cependant il y a une autre raiſon, confirmée
par l'expérience, qui nous aprend que
tout Corps qui décend par un mouvement ſimple, ou que l'on peut conſidérer comme tel, doit tomber ſur le
Point auquel il correſpond au premier
moment de ſa chûte. Ainſi ſupoſé que je
ſois au haut d'un des plus hauts mâts que
portent nos Vaiſſeaux de Guerre en
Europe, & que je laiſſe de-là tomber
une Balle de Métal, de telle groſſeur
que l'on voudra, il eſt conſtant qu'elle reſtera toûjours à la même diſtance
de ce Mât, juſques à ce qu'elle ſoit
parvenuë ſur le Tillac, quelque grande que ſoit la rapidité avec laquelle le
Vent & le Flux l'emportent : d'où il
s'enſuit que ce Corps ne tombe point
perpendiculairement, comme il le ſemble, mais parcourt néceſſairement une
Ligne parabolique ; dont la raiſon eſt,
qu'encore qu'il décende par un Mouvement

vement fimple en aparence, il participe néanmoins à deux Mouvemens à la
fois, favoir à l'artificiel du Navire qui
fe fait fur le plan de l'Horifon, & au
naturel de haut en bas. Et cela eft tellement vrai, que fi au moment qu'on
auroit lâché cette Balle, le Vaiffeau
venoit à s'arêter tout court, on verroit qu'elle ne tomberoit pas alors le
long du Mât, mais devant, à une diftance confidérable. Comme il arrive
fouvent parmi nous, aux Cavaliers, qui
étant au milieu d'une grande courfe,
font portez par un Cheval capricieux,
qui à la vûë de quelque Objet dont il
a peur, s'arrête tout à coup, car alors
continuant dans ce mouvement, ils fortent des Etriers, & vont culbuter à quelques pas de la tête de leur Monture.
Et c'eft encore pour cette même raifon
que les bons Chaffeurs, qui ne laiffent
peut-être pas de l'ignorer pour cela, tirent rarement en volant, qu'ils ne con-
duifent pendant quelques momens l'Oi-
feau, & de la vûë, & de leur Arme,
afin que la Balle ou la Fléche, aquié-
re par-là un mouvement de côté, qui
avec le direct, lui fait de même parcourir une Ligne courbe, par le moyen

de.

de laquelle elle atteint véritablement
au but. Je comprens fort bien tout-
cela, dit le Roi, il n'y a rien d'extraordinaire, puis qu'il arrive la même
chofe aux Corps qui font pouffez avec
violence de quelque hauteur, par une
Ligne parallèle à l'Horifon, car il eft
évident que dés le moment qu'ils font
fortis de la main de celui qui les jette,
ils tombent, & doivent, comme vous
le dites, pour parvenir à terre, décrire une Ligne femblable à celles qui
fe font par la Section d'un cône, qui
eft parallèle à fon côté opofé.

Vous avez raifon, Sire, repartis-je,
mais il y a quelque chofe d'admirable
en cela, qui paffe pour un Paradoxe
parmi bien des gens, & qui confifte
en ce que fi l'on fe fert d'une de ces
Machines qui font fi communes chez
nous, je veux dire un Canon, pointé
de niveau fur l'une des Tours les plus
élevées, & que dans le même inftant
qu'on le décharge, on laiffe tomber
une Balle de même forme & grandeur
qu'eft celle qu'il porte; nonobftant que
l'une foit tirée à un mille de-là, & que
l'autre tombe fimplement par une Ligne perpendiculaire, elles parviendront
dans

dans un même inftant à terre. En effet, dit le Roi, voila qui eft furprenant ; & j'avoüe que cela ne me feroit
jamais venu dans l'efprit : cependant,
je voi fort bien à préfent qu'il faut que
cela arrive ainfi, parce qu'encore que
ce Boulet foit porté fort loin, le mouvement qu'il a de haut en bas, doit
néanmoins avoir fon cours, & n'en
être pas moins rapide pour cela.

Mais ces beaux exemples ne m'éclair-
ciffent pas encore affez fur le Mouvement de la Terre, & d'où vient qu'u-
ne agitation fi violente ne la fecoüe
point en un million de piéces ? Hé
bien, Sire, repliquai-je, prenez
un Vafe à confitures, fait de terre
blanche, de forme ronde, & dont les
bords foient bas & perpendiculaires fur
le fond, mettez-y un Pouce ou deux
d'Eau claire, & dans cette Eau une
petite quantité de limure de Cuivre, du
Sable fin, & de la grature de Cire rouge, & faute de Verre, que vous n'a-
vez point ici, couvrez ce Vafe d'un
couvercle bien attaché, puis affermif-
fez-le avec un peu d'argile, fur le pi-
vot d'un tour de Potier, que vous
mettrez en mouvement : d'abord que
ce

ce Vafe aura fait quelques tours , fi
vous levez le couvercle , qui n'avoit
été mis deffus que pour empêcher que
l'eau n'en fortit point pendant fon agitation , vous verrez que toutes les parties de la matiére qu'on avoit jettée dedans , fe font allez ranger contre les
bords du Vaiffeau. Preuve évidente
que fi les Cieux , qui font ici reprefen-
tez par ces bords , tournoient , ils faudroit néceffairement que la Terre quit-
tât le lieu qu'elle occupe , pour s'aller
de même ranger contre leur fuperficie
concave , ou leurs dernieres extrêmitez. Et une autre preuve inconteftable qui confirme la premiére , eft que
fi on arrête le tour , de forte que le
Ciel, ou le bord du vaiffeau ne tourne plus , l'eau qui continuë fon mouvement , & qui tend par conféquent
à proportion à s'éloigner du centre du
Vafe où elle eft renfermée , force les
parties de Cuivre , de Sable & de Cire,
qui en ont moins , à quitter les bords
où elles étoient, pour ainfi dire collées,
& à s'aprocher du Centre , là où elles
forment une Maffe ronde , dont la plus
baffe Région eft le Cuivre , la feconde
le Sable , & la derniére la Cire. D'où
il

il paroît qu'il fuffit que la matiére fubtile qui environne la Terre, foit agi-
tée, pour obliger toutes les parties ter-
reftres à fe raffembler en un Globe,
aux environs de leur Centre. Ce qui
nous fait voir encore, afin que je le dife en paffant, qu'il eft impoffible qu'u-
ne Pierre jettée dans cette matiére fubtile, puiffe y refter un moment, mais
qu'elle doit pour les mêmes raifons,
abandonner la Région aërienne, & fe
rendre vers les autres Corps de fon efpéce, en quoi confifte proprement la
pefanteur.

Certes, dit le Roi, vous m'avez
fouvent entretenu de Tourbillons, des
changemens que les Aftronomes re-
marquent dans les différens afpects des
Planettes, du mouvement du Soleil
autour de fon propre Centre, des taches qui couvre fafurface, & qui con-
firment ce mouvement, à caufe qu'elles changent de lieu à proportion qu'il
avance, auffi bien que des Périodes
que décrivent les autres, ou autour
d'eux-mêmes, ou autour de lui; mais
je n'ai encore rien ouï d'auffi fort que
ce que vous venez de me dire. Vous
me ferez plaifir de m'accommoder la
Machine

Machine dont vous parlez, afin qu'en l'examinant de près, nous puiſſions nous en entretenir encore plus particuliérement : mais il ſeroit à ſouhaiter que le couvert que vous mettrez ſur le Vaſe fut tranſparent, parce que ſans l'ôter, on pouroit voir à ſon aiſe ce qui ſe paſſeroit dans le Vaiſſeau. J'éxécuterai vos ordres, Sire, lui répondis-je, & ſi nôtre Parchemin ne nous peut ſervir à cela, j'y ſuplérai par un trou rond, d'un Pouce ou deux de diamétre, que je ferai au milieu du couvercle : je croi que le reſte ſuffira pour empêcher que l'eau n'en rejalliſſe dans ſa plus grande agitation.

Dans ces entrefaites, un des Fréres du Roi tomba malade, & mourut : je croyois voir quelque choſe de particulier à ſes Funerailles, mais je fus fort étonné de n'y remarquer pas la moindre circonſtance de plus qu'aux Enterremens du commun. Toute la Cérémonie conſiſte à mettre une Robe dé fin Lin au Défunt, que l'on attache au cou, & qu'on lie au milieu du corps, aux jarets & au deſſus des piez. Enſuite on le met ſur la Civiére, que deux hommes emportent, étant précédez par

les

ſes quatre plus proches Parens du Mort, & ſuivis de deux hommes & de deux Femmes, ſi ce ſont des gens mariez, ou autrement, de quatre jeunes Perſonnes de deux Sexes, qui le pleurent le long du chemin, & s'entretiennent de ſes bonnes qualitez. Quand ils ſont parvenus au bout ou à l'extrêmité de l'Habitation où le Défunt demeuroit, on le décend dans une Foſſe faite exprès, que l'on referme d'abord, & ſur laquelle on dreſſe une petite Piramide de Bois où l'âge & le Nom de la Perſonne qui eſt deſſous, ſont marquez; après-quoi chacun ſe retire chez ſoi, & on n'en parle non plus que s'il n'avoit jamais été au monde. Le Frére du Roi fut traité de la même maniere : deux de ſes Fréres, car le Prince eſt exempt de cela, avec ſa Mére & une de ſes Sœurs, furent du Convoi, & les Pleureux qui ſont des gens qui ne vont-là que pour avoir une Lipée. Ce fut alors que j'apris qu'il eſt défendu aux Fréres & aux Sœurs des Rois de ce Païs-là, de ce marier; cela n'eſt permis qu'au fils aîné de la Famille Royale, & encore ne peut-il avoir qu'une Femme avant qu'il ſoit Roi.

M   A

A propos de Femme, il faut que je dife ici comment notre Monarque en recouvra une en ma préfence, digne de porter le Diadême. Il y avoit long-tems qu'il projettoit d'aller vifiter l'Oueft du Royaume, mais il vouloit que nous fuffions de la partie, l'Ouvrage que nous avions en main étoit trop exquis à fon gré pour être interrompu : il faloit attendre qu'il fut achevé, cela en valoit bien la peine. Là-deffus le mauvais tems furvint, puis la Diéte : enfin cela paffa, & nous étions dans la belle Saifon : le Roi voulut en profiter. Il fit un petit Equipage, & prit feulement avec nous dix Perfonnes, pour être de fa fuite. Il étoit monté fur un petit Char magnifique, à deux rouës, tiré par quatre boucs blancs, qui avoient chacun une grande barbe noire, & des Cornes d'une prodigieufe grandeur. Son Train & fon Bagage étoit dans deux Gondoles, où dans chacune il y avoit quatre Rameurs, & quatre autres pour les relever.

Je fus ravi de faire ce Voyage, parce que je n'avois pas encore été de ce côté. La plûpart des Habitans de cette Lifiére, s'occupent à former des Briques, &
de

de la Poterie , & de toutes fortes de
Porcelaines , fuivant que la terre eft
propre pour ces differens Ouvrages.
Nous ne paffions par aucun Village ,
que tout ce qui avoit de la raifon ne
fortit pour voir le Roi : il décendoit
quelquefois exprès , & marchoit affez
lentement pour leur donner le loifir de
le confidérer à leur aife. Un jour que
nous étions dans un endroit où le monde l'avoit fi fort environné , qu'il ne
pouvoit prefque pas s'en débaraffer , il
avifa une jeune Fille , dont les charmes
lui donnérent dans la vûë. Il lui fit
commander de l'aprocher , & après
l'avoir confidérée , & trouvée encore
plus charmante de près que de loin , il
en fit venir le Pére , auquel il demanda quel âge fa Fille avoit. Le bon
homme l'ayant déja promife à un autre , & fe doutant bien du deffein du
Roi , ne favoit que lui répondre : après
avoir pourtant héfité un moment , il
lui dit : Sire , elle n'eft pas encore nubile , & par conféquent , ni à vendre ,
ni à donner. La Fille aimant mieux
être Reine , que la Femme d'un Char-
pentier , qui étoit le Drôle à qui elle
devoit apartenir , prit la parole & dit ;

il

il eſt vrai, Sire, que je ne ſuis pas nubile, mais j'aurai vingt ans dans deux jours. Hé bien, repartit le Roi, nous attendrons, bon homme, que le terme ſoit échû, pour ne point enfraindre nos Loix : menez après-demain votre Fille à la Cour, afin que j'en faſſe ma Femme, & gardez vous bien que perſonne n'en aproche. Quoique le Vieillard ſe ſentit bien honoré d'avoir le Roi pour ſon Gendre, il ne laiſſoit pas d'être fâché de ne pouvoir tenir ſa parole à l'autre : ce que j'ai bien voulu remarquer ici, pour montrer la ſimplicité & la droiture qui regne parmi ces gens-là. *Pro*, c'étoit le nom du Perſonnage, ne manqua pas de ſe trouver au lieu aſſigné dans le tems qui lui avoit été marqué. Trois jours après que nous y arrivâmes, il demanda Audience, & préſenta lui-même ſa Fille au Roi, en préſence de ſon Chapelain, qui en rendit graces à Dieu ſur le champ. La Nóce dura trois jours, après-quoi *Pro* s'en retourna chez lui, chargé de cent *Kaln* ou Piéces de Cuivre, pour le payement de ſa Fille : mais la pauvre jeune Femme, qui n'avoit point encore eu la petite Vérole,

en

en fut attaquée trois mois après, &
en mourut.

C'eſt une choſe prodigieuſe que la
quantité de perſonnes que cette peſte
de maladie entraîne, il n'y en a pas
un de dix qui en échape. La plûpart
de ceux qui vivent ne l'ont jamais
euë, & pour vieux qu'ils ſoient, ils
en ſont ſi peu exempts, qu'ils meurent
rarement d'un autre mal. Si ce n'étoit
cela le Païs ſeroit aparement fort
peuplé, au lieu qu'il ne l'eſt point
du tout à cette heure, à proportion
de la bonté du terroir, & de la pu-
reté de l'air.

Peu de tems ſe paſſa que le Roi
ne fit deux ou trois autres conquêtes, de ſorte que quatre ans après
ſon premier Mariage, il étoit déja
riche de ſept Femmes. Nous fûmes
mon Camarade & moi, de toutes
ces ſolemnitez, où nous eûmes notre
bonne part des plaiſirs que l'on y
prit. Par tout où nous nous trouvions, on ne manquoit guére de
nous loüer au ſujet de nos Horloges, à quoi j'avois pourtant la moindre part, comme cela étoit connu à
bien des gens.

Pour

Pour me récompenfer d'ailleurs, je dis au Roi que nous nous étions contentez d'orner fon Palais d'une Machine dont il avoit la bonté de paroître content, mais que s'il le défiroit, je lui en ferois un autre pour mettre au Frontifpice du Temple, qui ne feroit fujette à aucun changement, & que le Soleil régleroit par fon propre cours. Je conçois bien, reprit ce Monarque, par le peu de connoiffance que j'ai de l'Aftronomie, qu'il ne feroit pas impoffible de divifer un jour artificiel en de telles parties égales que l'on voudroit, par l'ombre que pourroit donner quelque corps, en la prefence de cet Aftre : mais nous n'avons eu perfonne jufques à préfent, que je fache, qui fe foit appliqué à cela. Avant que j'y travaille, repliquai-je, il faudra que j'examine vers quelle partie du Monde la Façade de cet Édifice eft tournée. Cela n'eft pas néceffaire, interrompit le Roi ; je fai qu'elle décline de l'Eft au Nord de vingt-deux degrez trente minutes, & je le fai, qui plus eft, par expérience. Pardonnez-moi, Sire, répondispondis-je, si je prends la liberté de vous demander de quelle métode vous vous êtes servi pour vous assurer de cette vérité. J'ai, repartit ce Prince, fait faire exprès pour cela, un ais parfaitement uni, sur lequel il y a plusieurs cercles de tirez à différentes ouvertures de Compas ; & au centre, qui leur est commun, j'ai planté perpendiculairement un Stile ou Verge de fil d'archal bien uni, au bout duquel il y a un bouton gros comme une noisette. Je mets cet Instrument quarré contre la muraille du Temple, à terre & de niveau, ce que je fais assez aisément par le moyen d'un peu d'eau versée dessus. Tout cela étant ainsi préparé, j'attens, le Soleil étant levé de quelques degrez sur l'Horison, jusques à ce que l'ombre du bouton de mon Stile tombe sur la circonférence d'un des cercles de la planche : je remarque cet endroit-là par un point : ensuite je marque d'un autre point où cette ombre tombe l'après-dinée sur le côté oposé de la circonférence du même cercle. Je divise l'arc qui se trouve entre ces deux

M 4   points

points , en deux parties égales , par
une ligne droite qui paſſe par le centre du Stile : cette ligne eſt la Mé-
ridienne du lieu où je fais l'opération. Et d'autant qu'il s'en faut
vingt-deux degrez & demi qu'elle ne
ſoit perpendiculaire à la façade de ce
Bâtiment , & qu'elle penche de cette
quantité vers le Levant , il s'enſuit
que le Frontiſpice de notre Temple
décline comme je vous l'ai dit. Il y
a pluſieurs moyens , repris-je , par
leſquels on peut aiſement parvenir
aux mêmes fins , mais celui-là eſt un
des meilleurs que je connoiſſe. Hé
bien ! pourſuivis-je , je vous ferai un
Quadran vertical ſuivant cette décli-
naiſon. Non , dit le Roi , puiſqu'il
ne s'agit que de tirer des lignes , il
faut que vous me faſſiez le plaiſir de
m'en enſeigner la conſtruction. Je
conſentis volontiers à ſa demande ,
ainſi nous fimes un Quadran de huit
pieds de largeur ſur ſix de hauteur :
& un autre horifontal de cuivre , qui
fut poſé ſur un piédeſtal d'Agate à
huit pans , devant le Palais du Roi :
l'un & l'autre avec les Signes du
Zodiaque. Ces deux Machines donnérent

nérent de nouveau bien de l'admiration à ceux qui les virent ; & je né
doute pas qu'elles ne leur ayent rendu plus de fervice que les autres,
après notre départ , puis qu'il n'y
avoit perfonne dans le Royaume,
qui , bien loin d'en faire de femblables , fut feulement en état de les
entretenir.

La Forêt pénétré de toutes les civilitez qu'il recevoit journellement
auffi-bien que moi, de toute la Cour,
& voulant auffi de fon côté témoigner qu'il n'étoit pas infenfible , fe
mit après une Montre de poche,
fans m'en dire pourtant un feul mot,
& avant que je m'en aperçuffe il étoit à
la fin de fon Ouvrage. Quoi qu'il
travaillât bien mieux en grand qu'en
petit , une Montre dans un Païs où
il ne s'en étoit jamais vû , étoit un
bijou d'une valeur ineftimable. Auffi-
tôt qu'il eut achevé celle-là : il alla
trouver le Roi, & après l'avoir com-
plimenté fur les obligations que nous
lui avions , il tira cette montre de fa
poche , & le fuplia de l'acepter de
fa main , comme une marque fincére
de fa jufte reconnoiffance. Le Roi
M 5   s'étant

s'étant fait montrer ce que c'étoit, en demeura interdit, il admira la beauté & l'utilité de cette petite Machine, & lui protesta qu'il ne lui demanderoit jamais rien , dont il put disposer , qu'il ne le lui accordât.

CHAPITRE XI.

Suite des Avantures de l'Auteur & de son Camarade , jusqu'à leur départ de la Cour.

COmme le Roi alloit voir souvent ses Femmes , il ne faut pas demander s'il demeura long-tems à faire parade de sa Montre devant elles : il n'y en eut aucune qui n'admirât en cela le genie de l'Ouvrier. Car quoi-qu'elles eussent vû l'Horloge mille fois & qu'à la derniere même elles eussent encore paru transportées d'étonnement, ce n'étoit rien à leur avis , en comparaison de ce joli Instrument , qui nonobstant sa petitesse ne laissoit pas d'avoir ses mouvemens justes , & d'indiquer toutes les parties du jour aussi nettement que le grand

grand. *Lidola* entr'autres , feconde
Femme du Roi , fit de grandes tentatives pour en devenir la propriétaire ; mais le Roi , qui ne s'en vouloit
pas défaire , & qui ne l'auroit pas
même pû faire, fans exciter de la jaloufie entre toutes ces Dâmes , &
donner même du chagrin à l'Impera-
trice , fit femblant de ne la pas entendre. La Reine , pour fe venger de
ce peu de complaifance , lorfqu'il fut
queftion de recevoir le Roi après
fouper , qui lui avoit fait comprendre qu'il viendroit paffer la nuit avec
elle , comme il le faifoit fort fouvent,
ayant beaucoup plus de tendreffe
pour celle-là , que pour aucune des
autres , elle feignit d'être indifpofée ,
& fit prier le Roi de ne la point
venir voir ce foir-là. Lui qui ne fe
doutoit encore de rien , envoya le
matin pour favoir de fes nouvelles :
il en fit autant plufieurs autres jours
de fuite. Enfin voyant que cela continuoit, & que non-feulement on recevoit fes Meffagers fort cavaliére-
ment , mais qu'elle-même le regardoit
avec un froid capable de le glacer,
lors qu'il la voyoit en paffant , il fe

M 6   douta

douta bien quelle mouche l'avoit pi-
quée. Il n'en fit pourtant point de
femblant, & voulant voir jufqu'où
cette indifference pouroit aller, il
négligea petit à petit fes vifites, &
s'attacha fi fort à la derniere Reine,
qu'il n'alloit prefque plus que chez
elle.

La Forêt, qui non plus que moi,
ne favoit rien de tout cela, fut furpris, qu'un foir, comme il fe promenoit fous les Galeries, il s'entendit
appeller par fon nom. Il fe tourne à
cette voix, avec précipitation, & fe
fentant tout d'un coup, frapé par l'é-
clat de la plus belle perfonne qu'il
eut encore vuë de fa vie (car elle
étoit découverte, contre la maxime
de ce Païs-là, qui ne permet pas
aux Femmes mariées d'être fans voile, qui leur couvre prefque tout le
vifage, par tout où il fe trouve des
hommes) il demeure les yeux fixez
fur elle, fans avoir la force de lui
demander ce qu'elle veut. Vous êtes
étonné, beau Genie, lui dit-elle, allez ne vous allarmez pas, je ne vous
ai appellé que pour vous témoigner le
plaifir que j'ai de vous voir, toutes
les

les fois que vous paſſez devant mon
Apartement, & pour vous donner ce
Miadu, (que j'apellerai deformais Melon :) tenez, prenez-le, adieu. Ayant
proféré ces paroles, elle laiſſe aller le
fruit, ſe retire, & ferme ſa Jalouſie.

La Forêt n'étoit ni inſenſible, ni
ignorant ; cependant il ne ſavoit que
penſer de cette ſaillie : & comme il
n'avoit pas été aſſez habile pour prendre le Mélon, qui étoit tombé à terre, il le ramaſſa ſans rien dire, l'a-
porta dans notre Chambre, & me fit
confidence de ce qui venoit de lui
arriver. Auſſi-tôt je me ſaiſis du
Mélon, & voulant mettre le couteau
dedans, j'aperçus qu'il avoit été ouvert fort ſubtilement vers la queuë :
cela me donna occaſion de le fendre
avec précaution, de peur de rien gâ-
ter, au cas qu'il eût quelque choſe
dans les entrailles. Ce n'étoit certes
pas de petits grains, dont cet excellent fruit étoit rempli, comme il l'eſt
autrement de ſa nature ; un rouleau
du plus fin Parchemin en ocupoit la
capacité : voici ce qu'il contenoit en
langage du Païs.

Je

Je vous ai vû paffer mille fois devant mes fenêtres, fans vous avoir que rarement oüi parler; le Jugement que je fais de votre efprit, par votre air dégagé, & vos rares productions, me donne le curiofité de vous entendre caufer à mon aife: il me femble que vous ne devez rien dire que de beau; préparez-vous à me fatisfaire. Demain je vous attens fans faute à ma Porte; ne manquez pas de vous y rendre au premier coup que votre curieufe Machine frapera après minuit, & vous obligerez, LIDOLA.

La lecture de ce Billet m'allarma, je m'en expliquai fort férieufement à la Forêt; mais tout ce que je pûs lui dire fut inutile. Il étoit grand, bien-fait de fa perfonne, autant vigoureux que le peut être un homme de trente ans, & il n'étoit pas ennemi du Séxe. L'amitié que le Roi nous portoit, lui faifoit croire qu'il auroit trop de confiance en lui pour s'imaginer qu'il en voulut à aucune de fes Femmes; & fans regarder aux conféquences, il réfolut de profiter de l'occafion, à

quelque

quelque prix que ce fût. Ce qui
l'embarraffoit le plus, étoit fon peu
d'éloquence, & les petits talens qu'il
avoit à s'exprimer poliment. Sa naiffance étoit affez obfcure, il avoit peu
fréquenté le grand monde. Ignorant
les belles manieres, & ayant meilleure opinion de moi que de lui-même,
il voulut m'engager à faire les premieres démarches, à porter les
chofes au point où il les defiroit.
Mais, outre qu'il étoit d'une taille fort
différente de la mienne, puifqu'il
me furpaffoit de toute la tête, &
qu'ainfi l'apas auroit été trop groffier
pour y être pris, je n'avois garde de
m'embarquer dans une affaire de cette nature : tout cela fût incapable de
le rebuter.

Le lendemain il fe mit le plus proprement qu'il put, il fe pourvut de
ce que doit avoir un galant homme,
qui va vifiter fa Maîtreffe, & cher-
cha dans fon efprit tout ce qui pouvoit contribuer à lui plaire. Il fortit
dans cet apareil, après m'avoir dit
adieu, & fe trouva à point nommé
au rendez-vous. La Belle, qui étoit
aparemment aux écoutes, l'ayant découvert.

couvert de loin, lui vint ouvrir doucement la porte, & après lui avoir
fait figne d'obferver un profond filence, elle le conduifit dans fon Cabinet. Elle étoit dans un deshabillé
négligé, qui avoit pourtant beaucoup
de pompe, & cette négligence fembloit tirer fon origine d'un pur arti-
fice. Un voile de fin Lin, où l'Art
avoit infiniment plus de part que la
matiere, lui couvroit la tête & les
épaules : mais foit que le hazard s'en
mêlât, ou qu'il y eût du deffein &
de l'adreffe, fous prétexte de fe fervir de ce même voile, & de l'aprocher & reculer, pour couvrir ce que
la modeftie fembloit lui commander
de cacher ; elle faifoit fouvent entre-
voir des beautez, qui auroient pû em-
brafer un cœur bien moins fufcepti-
ble d'amour, que n'étoit celui de la
Forêt, qui n'avoit rien à l'épreuve
de ces charmes. Ses yeux s'éblouïf-
foient à la vûë de tant de merveilles,
& comme s'il eût été enchanté, il
n'avoit pas la force d'ouvrir la bouche, nonobftant la ferme réfolution
qu'il avoit prife d'en bien conter.

Lidola voyant que fon Amant ne
difoit

difoit rien , fit un grand foûpir , &
jettant fur lui un regard mourant :
Je vous aime , lui dit-elle , bel Etranger : je m'étois propofée de m'épargner la peine de vous le déclarer de
bouche, croyant qu'il vous feroit aifé
de le deviner : votre filence fait violence à ma pudeur ; j'ai honte d'avoir
lâché la parole : ménagez cette déclaration , & fouvenez-vous qu'il faut
être difcret , lorfque l'on veut être
heureux avec les Dames. Ne ne re-
prochez rien , Madame , je vous en
fuplie , repartit fort refpectueufement
la Forêt , mon filence a une éloquence , qui vous doit fuffifamment per-
fuâder des fentimens de mon cœur.
Si votre prefence , pourfuivit-il , m'a
ôté l'ufage de la parole , ce n'a été
que pour confidérer avec plus de loifir la délicateffe de vos charmes. Les
paroles ne font pas toûjours de faifon , il eft des momens où les yeux
s'expriment infiniment mieux que la
langue : on peut ignorer l'art de deviner , & connoître à leurs mouvemens
ce que l'ame penfe. J'ai eu tort de
me taire , je l'avouë ; mais je fuis heureux de n'avoir pas parlé , puifque

les

les plus belles expreffions, dont j'aurois été capable de me fervir dans un
langage, que je n'entens que d'une
maniere fort imparfaite, auroient à
peine tiré dans un fiécle de votre belle bouche, ce que le filence m'a procuré dans un inftant. Comment !
Vous m'aimez, Madame ? O Ciel ! à
quel excès de joye un aveu fi tendre
n'eft-il pas capable de me porter ?
Qui l'eût jamais crû, qu'une Reine
eût pû s'abaiffer jufqu'à témoigner
tant de bonté au moindre de fes Ef-
claves. Continuez, je vous en fup-
plie, je bornerai-là le plus grand de
tous mes fouhaits, puifqu'il ne me
doit fans doute pas être permis de
penfer à autre chofe.

Comme elle fe difpofoit à lui répondre, une Fille de Chambre, qui
entra affez brufquement, donna l'é-
pouvente à notre Amant ; il ne pouvoit fur le champ s'imaginer ce que
cela devoit être ; & fa furprife fut fi
grande, que les efforts qu'il fit pour
la cacher, n'empêcherent pas que l'on
ne s'en aperçût. Lidola n'en fit pourtant aucun femblant, de peur de lui
donner de la confufion. J'avois commandé,

mandé , lui dit-elle , que l'on nous aportât quelques Confitures féches , & une Taffe d'Hidromel ; vous voyez comment on éxécute mes ordres ; j'efpére que vous trouverez dans ce Baffin quelque chofe de votre goût. La Forêt qui étoit plus avide de tendreffes amoureufes , que de douceurs emmiellées , enrageoit de ce qu'un témoin importun venoit interrompre leur entretien. Il auroit mieux aimé confumer le tems en mignardifes , que de paffer des moyens fi précieux à manger. Il falut pourtant , par complaifance , admirer jufqu'où alloit fa civilité ; il lui en témoigna même fa reconnoiffance. La Belle , qui ne vouloit rien négliger pour lui marquer fa tendreffe , prit la moitié d'un pavis , qu'elle lui porta amoureufement à la bouche. Tantôt elle lui arrachoit de fes lévres , ce qu'il avoit à demi mâché , & le mangeoit avec une avidité inconcevable : une autre fois elle le faifoit mordre à un morceau qu'elle-même tenoit entre fes belles dents. Enfin il n'eft badinerie qu'elle n'inventât pour augmenter la paffion du nouvel Amant.

Les

Les jours avoient alors autour de feize heures de longueur, parce que le Soleil n'étoit pas fort éloigné du Signe du Capricorne, & que cet endroit-là eft fitué au cinquante & uniéme degré vingt minutes de latitude auftrale ; de forte qu'ils folâtroient encore lorfque les ténébres, ou plûtôt le crépufcule difparoiffoit, & que le Flambeau célefte étoit fur le point de dorer de fes rayons éclatans l'émail des Campagnes fleuries. La Demoifelle fut la premiere à le remarquer, elle en avertit la Reine. La Forêt s'en formalifa, il s'émancipa même de lui faire des reproches de ce qu'elle ne l'avoit pas apointé plûtôt ; puifque, felon lui, il ne valoit pas la peine qu'il fût venu-là, pour n'y refter qu'un moment. Quoique je fois un peu broüillée avec le Roi, repartit la charmante Lidola, je ne fuis pas fûre qu'il me néglige longtems : l'envie le pourroit prendre de me venir voir fur le matin ; & quand cela ne feroit pas, il y a d'autres gens qui veillent fur nos actions ; je ferois mal dans mes affaires, fi quelqu'un vous voyoit fortir de mon

Apar-

Apartemens : joüons au fûr , retirez-
vous pour ce coup : Si vous avez
encore une Montre de poche , comme eſt celle que vous avez donnée
au Roi ; ayez foin de vous en charger
une autre fois , afin qu'elle nous indique ce que nous aurons à faire :
nous pourrions bien n'avoir pas toûjours des gens auprès de nous , qui
fongeaffent à nous en avertir. En
achevant ces douces paroles , elle lui
fauta au cou , le baifa fort tendre-
ment , & fe retira tout d'un coup.
Le tems paffe vîte dans ces agréables
occafions : cependant la Forêt n'avoit
pas tellement perdu l'ufage des Sens,
qu'il ne connût bien que l'heure de
fe retirer preffoit. Il tira un *Kala* ,
qu'il donna à la Fille ; & s'étant recommandé à fes foins , il s'en retourna tout doucement chez lui.

La premiere chofe , à laquelle il
penfa à fon retour , fut de me faire
confidence de ce qui s'étoit paffé chez
fa Maîtreffe. Jamais homme , à l'entendre , n'avoit parcouru une fi grande étenduë de Païs fur les Terres de
l'Amour en dix ans , qu'il venoit de
faire dans une heure : enfin il étoit
en

en poffeffion de tout, il ne lui manquoit plus que la joüiffance. O Ciel!
m'écriai-je alors, que les Amans font
crédules, & qu'il eft aifé à l'Amour
de leur en impofer : la Forêt, la Forêt, lui dis-je, vous joüez infailliblement à vous perdre. Le jeu, les
Femmes & le Vin, ont une belle
aparence, je l'avoüe; mais le trop de
fréquentation n'en vaut rien ; ils caufent des plaifirs courts, dont les re-
pentirs font longs, & leurs plus grandes douceurs fe changent fouvent en
amertume : ils ne payent que d'un
faux brillant; ceux qui fe plaifent à
en être éblouïs, y font trompez ordinairement. Souvenez-vous que je
vous le dis aujourd'hui, vous vous
êtes-là engagé dans une affaire, dont
vous vous repentirez plus d'une fois.
J'avois beau moralifer ; tout ce que
je pouvois dire, étoit inutile. Mon
Ami n'envifageoit que le plaifir dont
on le flâtoit, & tournoit le dos aux
conféquences : il fe perdoit déja dans
les plus agréables idées que fon efprit fût capable de former. Le pauvre homme étoit d'un aveuglement
fi grand, qu'il ne voyoit pas le précipice

cipice où il étoit fur le point de s'a-
bîmer, il n'avoit proprement en vûë
que fa paffion dominante. Son imagination bleffée lui mettoit fa Belle à
chaque moment entre les bras ; & il
lui parloit fouvent, comme s'il avoit
été couché avec elle. Enfin, il paffa
affez doucement le tems qu'il reft
au lit ; car, quoiqu'il ne dormit guéres, il eut de ces fortes de rêveries,
qui font plus de plaifir que le fommeil, & qui ont cet avantage, qu'en
réjoüiffant l'efprit elles n'abatent point
les forces du corps.

Trois jours fe pafférent fans que la
Forêt entendît parler de fa Maîtreffe:
cet intervale le jetta dans des inquiétudes qui penférent lui renverfer le
cerveau. Il repaffoit fouvent toute fa
conduite ; & s'il trouvoit qu'il eût
quelque chofe à fe reprocher, ce ne
pouvoit être que d'avoir été trop ref-
pectueux. Je n'avois point encore
remarqué jufqu'alors, que les Femmes
de ce Païs-là euffent aucun penchant
à la galanterie ; elles me paroiffoient
naturellement trop fimples pour cela :
mais je commençai à voir par cet
échantillon, qu'il n'en eft guére nulle
part,

part, qui n'en fache bien long, quand il s'agit de donner de l'amour aux hommes ; & que fi elles ne s'échapent pas , cela ne vient que de ce que leurs Loix font extrêmement févéres pour ceux qui outrepaffent les régles, aufquelles l'Himen femble les engager. Et encore dit - on que les Rois & les Satrapes font fujets aux mêmes inconvéniens que les hommes de nos Quartiers ; parce que ces Meffieurs ayant plus d'une Femme , chacune d'elles s'étudie à gagner les bonnes graces de fon Mari ; & lorfqu'elle n'y peut pas réüffir , cela lui donne occafion de s'attacher au premier Sujet qui fe prefente : mais revenons à notre amourette.

Le quatriéme jour avant midi, que le Roi venoit paffer un moment à nous voir travailler ; je crus dès l'abord qu'il avoit affûrément eu le vent de quelque chofe : car regardant fixement la Forêt , il lui dit : vous avez quelque chagrin , mon Ami , votre vifage n'eft pas comme il m'a toûjours paru autrefois ; & fi j'en dois juger par vos yeux , l'intérieur de la Machine n'eft pas dans un état fort

tran-

tranquille : Seriez-vous devenu amou-
reux de quelque Belle de ce Canton?
L'Amour fait de grands ravages en
peu d'heures. Vous rougiffez, pourfuivit le Roi, ditez-le moi hardiment, quoi que vous foyez étranger,
& d'une Religion bien differente de
la mienne, je vous affure que je ferai
pour vous tout ce qui eft en ma puiffance. Vous ne fauriez prétendre de
perfonne libre, que je ne voye le
moyen de vous la faire époufer. Car
pour vous amufer à la bagatelle, je
ne vous le confeille pas ; tout mon
crédit ne feroit pas capable de vous
fauver fi vous étiez pris fur le fait.
Peut-être la Galanterie régne-t-elle
parmi nous, mais du moins cela eft
caché, & vous n'ignorez pas que c'eft
un des articles de notre Loi fur lequel le Juge fe relâche le moins : Sur
tout l'Adultaire ne fe pardonneroit
pas à moi-même.

On a raifon, Sire, reprit la Forêt,
qui avoit eu le tems de ce remettre,
d'être févére fur ce chapitre-là, &
principalement par raport aux Grands ;
fi j'avois de la puiffance, un Roi galant feroit moins exemt de châtiment

N   que

que les autres ; puis qu'au lieu que
les fujets font obligez pour la plûpart,
de s'en tenir à un feul objet, il a la
liberté d'en prendre toute une dou-
zaine, & le plaifir par conféquent,
d'avoir chez lui toute la diverfité
qu'il pourroit trouver ailleurs. C'eft
pourtant un bonheur, pourfuivit-il,
que je n'envie point à Votre Majefté:
quoique je n'aye ni Femme, ni Maîtreffe, je n'en vis pas moins content
pour cela ; & fi je parois un peu plus
languiffant qu'à l'ordinaire, cela ne
vient fans doute, que de ce que je
n'ai pas trop bien dormi les deux ou
trois nuits précédentes, car d'ailleurs
je me porte parfaitement bien. Je
fuis au refte, ajoûta-t'il, infiniment
obligé à Votre Majefté du defir qu'elle a de me rendre heureux, & de
fonger même à me former un établiffement. Si jamais j'en viens jufqu'à me vouloir marier, je vous jure,
Sire, que je m'en raporterai uniquement à votre choix. Parlons d'autres
chofes, La Forêt, interrompis-je,
il n'eft pas encore tems de fonger à
cela. Ce fera quand vous voudrez,
reprit le Roi, de fort bonne grace,
vous

vous favez les Priviléges que donnent
la Robe que vous avez , ainfi vous
n'aurez pas grand chofe à me reprocher.

Le Roi s'étant retiré là-deffus,
nous dînâmes , & fimes diverfes ré-
fléxions fur le petit entretien que
nous venions d'avoir avec lui. Cependant La Forêt ne laiffoit point paffer d'après-dîner qu'il ne fit le tour
des Galeries. Lidola prenoit fouvent
plaifir à le voir paffer devant fes Fenêtres : elle le conduifoit des yeux
jufques à ce qu'elle le perdit de vûë.
La Fille de Chambre de fon côté,
ne ceffoit de battre la campagne pour
aprendre quelque nouvelle qui leur
fut avantageufe , elle vint enfin lui
annoncer qu'elle venoit de rencontrer
le Roi à la promenade avec l'Impératrice. La Reine conclut de-là qu'il
pafferoit infailliblement la nuit avec
elle , ce qui lui paroiffoit d'autant
plus vrai-femblable que cela ne lui
avoit jamais manqué , & fans héfiter
fur ce qu'elle devoit faire , elle chargea fa Suivante de tâcher de rencontrer La Forêt , & de lui fignifier en
paffant qu'elle l'attendoit à onze heures.

La

La jeune Fille ne fut pas long-tems
à exécuter fa Commiffion, elle le rencontra près de là qu'il revenoit fur
fes pas, elle s'aprocha de lui le plus
qu'elle pût, & lui dit en paffant :
Venez nous voir à une heure avant
minuit. Je n'ofe pas dire la joye qu'il
eut à l'ouïe de ces agréables paroles,
j'aurois peur, ou d'en dire trop pour
être crû, ou de n'en pas dire affez
pour donner une jufte idée de fes
tranfports. Il acheva fa tournée en fi
peu de tems, & avec fi peu d'attention à ce qu'il faifoit, qu'il fut chez
lui avant que de s'en apercevoir. Il
feroit inutile de dire qu'il ne fongea
point, il ne voulut pas feulement
que je lui en parlaffe. Le peu de
momens qui lui reftoient, furent employez à la Toilette, il confulta cent
fois fon Miroir, qui n'étant que d'a-
cier poli, lui donna de l'aprehenfion
qu'il n'eut pas bien vû toutes fes taches. Il fe lava prefque tout le corps
d'Eau de Senteur, fe coupa & releva
fes Mouftaches, il peigna & repeigna
fon poil noir, & fe trouvant enfin
auffi beau qu'Adonis, il me fouhaita
le bon foir & s'en alla. La Suivante
faifoit

faifoit Sentinelle ; auffi-tôt qu'elle le
vît paroître , elle le tira dans l'Antichambre , où il n'y avoit point de
clarté , & lui dit de fe gliffer dans
l'Apartement de fa Maîtreffe.

Lidola étoit couchée dans un Lit
parfumé, qui embaumoit toute la Maifon : elle avoit une coeffure négligée ,
la gorge nuë , le fein gauche découvert , les bras libres , & étoit dans la
pofture d'une perfonne affoupie, mais
qui n'avoit rien moins que fommeil.
La Forêt fit fi peu de bruit à fon
arrivée , qu'elle ne s'en aperçût pas:
l'afpect imprévû de tant de Graces
le rendirent prefque immobile ; fes
yeux même fixez fur le corps de
cette charmante Vénus , étoient reftez
fans mouvement. Un defir caché ,
& fur lequel il étoit incapable de faire
la moindre réfléxion , le fit pourtant
avancer de quelque pas pour l'envifager de plus près : c'étoit comme un
Aiman , qui l'attiroit d'une maniére
imperceptible , & dont la vertu étoit
fi efficace , qu'il s'y feroit enfin collé
malgré fes efforts. Cette adorable
Beauté ouvrant cependant cafuellement les yeux , parut extrémement

N 3   étonnée

étonnée de voir son Amant si près de
son lit. Elle en rougit , & s'étant
mise sur son séant , & couverte d'un
Voile , qui étoit aportée sur une
Chaise : Vous m'avez surprise , lui
dit-elle , & vous avez aparemment vû
des choses que vous ne deviez pas
voir. Oui , Madame , reprit-il , le
Destin a voulu , & non pas vous , que
j'aye eu occasion de contempler des
beautez qui ont pensé m'extasier. Cela
ne rabattra pourtant rien du respect
que je vous dois , quoiqu'il ait aug-
menté infiniment une passion , que je
ne croyois pas pouvoir aller plus avant.
Vous mériteriez pourtant d'être puni ,
reprit la Belle , de ne m'avoir pas
donné d'abord des signes de votre présence. Mais pourquoi venez-vous si-
tôt , il doit faire encore grand jour ,
& je ne vous avois apointé que pour
onze heures. Vous prenez le change ,
répondit La Forêt , & vous me repro-
chez ma lenteur ; je suis pourtant
venu à mon tems , mais vous ne
comptez pas ce que j'ai déja été ici.
Vous vous trompez , reprit la Reine ,
consultez votre Montre , elle vous
aprendra que vous avez tort de me
résister

réſiſter. Je n'ai point de Montre , dit La Forêt , & je n'en ai même que faire : dans ces ſortes d'occaſions , ma tête eſt une Horloge à minutes , je n'y manquerois pas d'un moment. Vous n'avez point de Montre ! repartit Lidola , cela eſt ſurprenant que vous ſoyez privé des Bijoux , dont vous-même faites part aux autres. Si j'avois le talent de faire de ſi jolies Machines , je ne voudrois pas qu'il fut dit , que je n'en aurois pas une à mon uſage , & un autre au ſervice de ma Maîtreſſe. Ce compliment mortifia un peu notre François ; il connut fort bien à quoi aboutiſſoit ce reproche , & enrageoit de ne l'avoir pas prévenu. La Reine , qui le vit embarraſſé , ne trouva pas bon de le laiſſer davantage en peine. Je raille , dit-elle , La Forêt , & il ſemble que vous cherchiez à me répondre ſérieuſement : aſſeïez-vous ſur mon lit , continua-t-elle , le tems eſt précieux , ne le paſſons point inutilement. En même tems elle voulut lui empoigner les mains , mais l'Amour la rendit ſi foible , qu'un ſoûpir , qui échapa à notre paſſionné Amant , lui jetta la tête

N 4 ſur

fur fon chevet. Les chofes prenoient un beau train, ces deux jeunes Cœurs ne doutoient pas que le moment de leur félicité ne fut fur le point d'é-clorre, mais la fortune envieufe de leur bonheur, changea en un inftant toutes leurs efpérances en de mortelles inquiétudes.

Le Roi aimoit Lidola, la violence qu'il s'étoit faite de ne la pas voir depuis fi long-tems, lui étoit à charge, il ne pouvoit plus la fuporter, & le bruit qu'elle avoit fait courir de nouveau de fon indifpofition, augmentant fon inquiétude, il réfolut de lui tenir compagnie cette nuit-là. La Suivante, qui fe tenoit toûjours à la Jaloufie, entendant de loin un bruit confus comme d'une troupe de monde, entra d'abord dans le doute, parce qu'il n'étoit encore minuit, & que le Roi ne fe couchoit jamais avant ce tems-là : enfin voyant aprocher ce train, elle vint avec précipitation donner l'allarme au quartier. Tout eft perdu, Madame, s'écria-t-elle, voici le Roi à dix pas d'ici. Quelque échaufez que fuffent nos deux Amans, le fang leur glaça incontinent dans

les

les vaines. La Forêt ne favoit que devenir : il faloit prendre confeil fur le champ ; on réfolut promptement de le faire paffer dans un Cabinet, qui répondoit à cette Chambre. A peine y étoit-il entré qu'un Domefti-que, qui avoit pris les devans, heurta : la Femme de Chambre fe contenta de le faire attendre autant de tems qu'elle jugeoit qu'il lui en auroit fallu pour fe lever, & ces fortes de Vifites étant arrivées plus d'une fois, elle ne fit aucun femblant d'en être furprife. Comme le Roi fuivoit de près il entra dans le même inftant que la porte venoit d'être ouverte. La Reine qui l'entendoit venir, n'eut pas beaucoup de peine à faire la figu-re d'une perfonne incommodée : la crainte où elle étoit, & pour elle & pour le Galant, n'y contribuoit pas peu : & le Roi de fon côté, fe per-fuadant qu'elle n'étoit pas des mieux, n'eut pas le moindre foupçon de la voir plus défaite qu'à l'ordinaire. Il lui fit plus de careffes que jamais, & lui dit que nonobftant le mauvais état où il la voyoit, il prétendoit de paf-fer la nuit avec elle. Sire, repartit

N 5 Lidóla,

Lidola, vous me faites bien de l'honneur, mais je ne fuis guére en état de donner ni de prendre du plaifir, j'aprehende que la moindre agitation ne me faffe du mal, & je crois que j'ai befoin de repos. Je ne veux point vous incommoder, repliqua le Roi, fi vous ne pouvez pas fouffrir ma compagnie, je pafferai dans ce Cabinet; il y a un Pavillon, je pourrai me mettre deffus, ayant refolu de refter, cette nuit ici. Cette réponfe, que la Belle n'attendoit pas, l'allarme, elle lui fit d'abord des excufes de la froideur qu'elle lui avoit témoignée, dont elle attribuoit la caufe à fon mal, & fe mit à fon tour à lui faire des amitiez, le priant bien fort de fe faire deshabiller.

Auffi-tôt qu'il fut couché, & les Domeftiques partis, la Femme de Chambre trouva le moyen d'entrer dans le Cabinet, pour confulter avec le prifonnier, de quel biais on devoit s'y prendre pour le mettre en liberté : mais elle fut fort furprife de ne l'y pas trouver. Il n'y avoit point de porte que celle par où elle étoit paffée, & les Fenêtres qui étoient fermées
mées

mées , ne paroiſſoient point avoir été
ouvertes. Pendant qu'elle s'occupoit
à renverſer le Lit & les autres Meu-
bles de cet Apartement , l'embarras
où étoit la Dame , par raport à ſon
Amant , lui fit appeller ſa Fille de
Chambre , pour lui en demander des
nouvelles , ſous prétexte de lui faire
relever ſon oreille , & lui demander
un peu à boire ; mais elle fut hors
de peine , dès qu'elle entendit qu'il
avoit diſparu , ſans ſavoir pourtant de
quelle maniére ; de ſorte qu'elle dormit aſſez tranquillement le reſte de
la nuit. La Forêt de ſon côté , s'é-
tant flâté que le Roi n'étoit venu-là
que pour un moment , s'étoit par proviſion enfermé dans les Lieux. Il fut
extrémement trompé lors que peu de
tems aprés il entendit qu'il vouloit
paſſer la nuit avec ſa Femme , ou du
moins dans le Cabinet , où il étoit ;
au cas qu'elle ne le pût pas ſouffrir
auprès d'elle. Ce fut alors , à ce qu'il
m'a avoué depuis, plus d'une fois, qu'il
fut ſaiſi d'une frayeur à laquelle il
n'avoit jamais ſenti de pareille. Il ne
pouvoit pas repaſſer par la Chambre
où étoit le Roi , ſans riſquer d'en être

N 6   vû ,

vû , il croyoit garnies de barres de
fer toutes les Fenêtres de cet Apartement , outre qu'il étoit à craindre
qu'il ne fit du bruit en les ouvrant ,
& encore davantage en se jettant dans
le Canal , sur lequel ce Cabinet répondoit. Ayant repassé toutes ces raisons au plus vîte , il ne trouva point
de meilleur expédient que de se laisser
couler dans l'eau par le trou de la
Garderobe où il étoit , & de se sauver
ainsi à la nage.

Par bonheur pour lui , la Chambre
où je couchois étoit basse , & regar-
doit d'un côté sur le dehors , il vint
fraper du doigt à l'une de mes Fenêtres. Je me doutai d'abord que les
affaires n'alloient pas bien ; je me levai sur le champ , & lui ayant ouvert
il sauta promptement par dessus , se
desabilla de même , & se mît au lit ,
où il me fit au plus juste le détail de
ses Avantures nocturnes. Vous voyez ,
lui dis-je , mon cher Enfant , comment l'Amour & la Fortune vous
joüent : ils sont rarement d'intelligence ; & s'ils s'accordent , c'est pour nous
tromper après doublement. Croyez-
moi , abandonnez un parti si dangereux ,

reux, je vous l'ai déja dit, vous joüez
affûrément à vous perdre. Ne m'en
parlez point, me répondit-il, elle en
vaut la peine ; & moyennant que je
la puiffe feulement baifer une fois, je
ne me foucie plus de mourir. Ce qui
m'embarraffe le plus, c'eft que je ne
fai comment la fatisfaire : elle me demande une Montre, & je n'en ai point
de prête à lui donner ; il me faut au
moins huit jours, pour achever celle
que nous avons entre les mains. Elle
vous demande une Montre, repris-je ;
voilà qui fent bien fon Amour inté-
reffé ; & quand cela ne feroit pas,
comment voulez-vous qu'elle s'en ferve ? Le Roi, qui le faura d'abord,
voudra auffi favoir où elle l'a prife ;
le miftére fe découvrira, & adieu les
deux Amans. Vous avez ma foi raifon, me dit mon ami, je ne penfois.
pas fi loin : mais enfin il faut l'achever ; entre-ci & là nous trouverons
quelque expédient, qui nous tirera
d'affaire : l'Amour eft trop ingénieux,
pour nous laiffer en fi beau chemin.

En même tems cinq ou fix grands
coups du Baffin de notre Horloge,
que l'on donna avec beaucoup de précipitation,

cipitation, nous firent bien fort tref-
faillir : nous ne pouvions nous imaginer ce que cela vouloit dire, & nous
ne fongions pas que nous - mêmes
avions confeillé au Roi de donner ordre que l'on fe fervît de ce moyen, à
l'imitation des Européens, pour donner l'allarme, & avertir les Habitans
du Canton, qu'il fe paffoit quelque
chofe au defavantage du Quartier ; afin
qu'ils y couruffent unanimement, &
tâchaffent à y apporter du remede. Un
homme qui paffa immédiatement après,
criant au feu de toute fa force, nous
tira de cette peine, & nous jetta dans
une nouvelle. Ne fachant où cet in-
convénient étoit arrivé, nous fautâ-
mes à bas du lit, & paffâmes chacun
une méchante Robe, que nous cei-
gnîmes étroitement autour du Corps,
dans le deffein d'agir vigoureufement
avec les autres ; & étant fortis nous
remarquâmes incontinent que c'étoit
la Maifon de la Reine Lidola qui brû-
loit. On aporta des échelles de toutes parts, & à force d'eau, qui étoit-
là à difcrétion, on empêcha que la
flâme n'anticipât fur les Apartemens
voifins : de forte que le dommage ne
fut

fut pas fort confidérable. Comme le feu avoit commencé dans le Cabinet où la Forêt s'étoit caché, nous ne doutâmes point que la Femme de Chambre, en le cherchant, n'eût fait tomber quelque étincelle dans le Pavillon, ou fur quelqu'autre Meuble de matiere combuftible, qui avoit été caufe de cet embrafement. Cependant le Roi s'étoit retiré, auffi-tôt qu'un Domeftique lui en eût annoncé la nouvelle. Nous fûmes fur le champ lui en témoigner notre chagrin; mais il ne s'en fit que rire, & nous dît que la peur, ni la perte ne méritoient point notre compliment, fur tout à l'égard d'un homme de fon naturel, à qui rien n'étoit capable d'aporter le moindre trouble. La Reine ne fut pas bien revenuë de la peur que ce fâcheux embrafement lui avoit caufée, qu'elle mît la main à la plume, & traça un fecond Billet, dont voici à peu près la teneur.

Billet à la Forêt.

Ma Femme de Chambre a déja été en campagne; je fai votre retraite, & je

me

me doute bien des moyens dont vous vous êtes servis pour la favoriser. La conjonctture étoit dangereuse, elle m'a pour le moins autant allarmée que vous : le feu qui a pris ensuite à mon Cabinet, par l'imprudence de mes gens, n'étoit rien en comparaison. Que cela ne vous rebute pourtant pas, nous serons plus heureux une autre fois : Soyez constant & tranquille. Je vous ferai avertir lorsqu'il en sera tems ; & je prendrai si-bien mes précautions, qu'à notre premiere vûë, je me flâte d'avoir l'occasion de vous témoigner dans les formes que je suis véritablement votre Amie, LIDOLA.

Il ne fut pas difficile à la Messagere d'Amour de faire glisser ce Billet dans la main de notre Amant ; il manquoit rarement de passer au déjeûner, à midi & le soir, devant la Maison de sa Maîtresse ; elle pouvoit le rencontrer, & lui parler quand elle vouloit ; parce qu'on n'y regarde pas-là de si près. Cependant la Forêt s'étoit mis fort sérieusement après sa Montre, & il y travailla avec tant de zéle, qu'elle étoit prête au cinquiéme jour. Elle étoit extrémement mignonne, ne, la gravure de la Boëte étoit belle en perfection, & l'Etui ne cédoit en rien à l'Ouvrage de dedans. Le soir ne fut pas bien venu, qu'il sortit avec sa Machine en poche ; & ayant rencontré celle qu'il cherchoit, il la lui mît dans la main, avec priere de la donner de sa part à la Reine, dans les bonnes graces de laquelle il se recommandoit toûjours. Si jamais personne a témoigné de la joye, ce fut Lidola, à la vûë de cette jolie Montre : nous avons sçû qu'elle la baisa mille fois, & se félicita elle-même d'avoir si-bien réüssi dans son Intrigue.

Au lieu que ce beau gage de l'Amour de la Forêt dût hâter le bonheur qu'il en attendoit pour récompense, il n'entendoit absolument plus parler de rien : la Femme de Chambre, qui le cherchoit autrefois avec empressement, affectoit d'éviter sa rencontre, elle le fuyoit d'aussi loin qu'elle le voyoit venir. Ce procédé lui donna de l'inquiétude ; & comme il n'avoit aucun lieu de soupçonner la Dame, il s'imagina que cette Fille s'étoit choquée, de voir sa Maîtresse

ſi

fi bien récompenfée, là où elle n'a-
voit, pour ainfi dire, encore eu rien,
en comparaifon des peines qu'elle avoit
prifes. Enfin quelque téms après, &
lorfqu'il ne penfoit prefque plus à
rien, il fut tout étonné que cette même Fille l'aborda en un endroit où il
n'y avoit point de Témoins, & aprés
avoir lâché un foûpir : On vous trompe miférablement , lui dit-elle, j'ai
affûrément pitié de vous, & je détefte
hautement l'injufte procédé de ma
Maîtreffe. Tout ce qu'elle a fait jufqu'à prefent, n'a été que pour vous
arracher une Montre des mains ; préfentement qu'elle l'a, elle m'a ordonné de vous dire qu'elle voit trop de
difficulté & de danger à vous recevoir chez elle, qu'elle en eft au de-
fefpoir, que la douleur qu'elle en
fent eft inexprimable, qu'il faut qu'elle en meure de chagrin, & quantité
d'autres Chanfons, qui ne font proprement que des défaites.

Le Roi, pourfuivit-elle, fut hier
chez nous : en caufant il entendit le
mouvement de la Montre, auffi-tôt
il demanda ce que c'étoit, on ne put
pas s'empêcher de le lui dire, il en
parut

parut furpris , & voulut favoir comment Madame étoit parvenuë à ce Bijou. Il s'en fallut peu que l'Ingra-
te , comme elle me l'a avoüé elle-
même, ne vous accufât de la lui avoir
envoyée , dans le deffein de vous fervir de ce moyen - là dans la fuite, pour
tâcher de la corrompre , & que vous
avez même déja effayé de le faire :
mais de peur de s'embarquer dans une
affaire , où elle auroit peut-être couru autant de rifque que vous , ou
du moins être en hazard de rendre la
Montre , elle lui dit que je l'avois
trouvée , & que c'étoit de moi qu'elle la tenoit. Là-deffus on m'appelle ,
& l'on me demanda fi cela n'étoit
pas véritable : les fignes d'œil que
l'on me faifoit à chaque parole , me
firent bien voir que l'on étoit dans
l'embarras , & qu'il falloit par tout
répondre *Amen*. Hé bien , fi cela
eft , reprit le Roi , je fai à qui elle
eft , il eft jufte de la lui reftituër. Je
l'ai déja voulu faire , interrompit la
Reine : d'abord que ma Fille l'eut
trouvée , je me doutai bien qu'elle
devoit apartenir à ecs Etrangers , qui
vous ont fait la vôtre , je la leur ren-
voyai

voyai dans le moment : mais , quand
ma Servante eut dit de qui elle venoit , ils proteſtérent qu'ils ne la re-
prendroient jamais , & que leur deſſein
étoit même d'en faire pour l'Impératrice , & pour toutes les autres Reines.
Voilà , ajoûta la Fille de Chambre, comme les choſes ſe ſont paſſées : Vous pouvez eſpérer quelque récompenſe de votre Preſent ; mais je ne penſe pas que
vous en receviez aucun de votre vie. Il
ſuffit , dit la Forêt , je vous remercie, ma
chere Enfant , je m'en ſouviendrai ſans
doute , & je prendrai mes meſures là-
deſſus.

C'étoit alors après ſoupé , ainſi La
Forêt ne tarda guére à ſe rendre dans
ſa Chambre : il alla ſe coucher ſans rien
dire. Vous êtes rêveur , mon Ami ,
lui dis-je , qu'avez-vous ? les affaires
ne vont-elles pas à ſouhait ? Non , certes qu'elles n'y vont pas , me répondit-il , je viens d'apprendre ce qui ne
me ſeroit jamais venu dans l'eſprit :
& là-deſſus il ſe mît à me raconter
tout ce que cette Fille lui avoit dit.
Hé bien , interrompis-je , ne vous l'a-
vois-je pas bien dit ? Vous en ſortez
pourtant encore à meilleur marché que
je

je ne penfois. Mais après-tout, voyez-
vous bien les conféquences de cette
affaire, c'eſt que vous voilà embarqué dans la néceffité de faire au plus
vîte des Montres pour toutes les Femmes du Roi, fous peine d'encourir
leur difgrace, & peut-être même la
haine de ce Monarque, qui pourroit
bien vous foupçonner, fi vous y man-
quiez, d'avoir voulu en donner dans
la vûe de la plus belle de fes Epou-
fes : à quoi le moindre bruit de vous
avoir vû à heure induë dehors, ou
dans l'eau, ou entrer par notre Fenè-
tre, fi tant eſt qu'il y ait quelqu'un
qui en ait le moindre vent, pourroit
beaucoup contribuer. Le Diable foit
des Femmes, dit-il alors en colére ; jamais je ne me fierai à aucune, de quelque qualité qu'elle foit. Tout beau, lui
repartis-je, vos emportemens ne remé-
dieront à rien : je vois bien ce qu'il eſt
queſtion de faire, poura voir du moins
un peu de relâche, il faut prier le Roi
de nous permettre d'aller paſſer l'Eté
à notre premier Village ; & nous verrons enfuite ce que nous aurons à
faire.

Le lendemain le Roi vint à fon
ordinaire,

ordinaire , voir à quoi nous nous oc-
cupions : il nous railla de l'avanture
de la Montre. La Forêt confirma tout
ce que la Femme de Chambre en
avoit dit : mais il ajoûta qu'à caufe
qu'il faifoit chaud , & qu'il travailloit
plus volontiers en Hiver que dans la
belle Saifon , il defireroit bien que Sa
Majefté agréât que nous allaffions paffer quelques mois dans notre ancien
Canton. De tout mon cœur , dit le
Roi , & après avoir ordonné que l'on
nous donnât cent Piéces , il nous fouhaita un heureux Voyage. Nous allâmes auffi-tôt faire nos adieux. Le
Cuifinier entr'autres , avec lequel nous
étions parfaitement bien , fut un de
ceux aufquels nous crûmes devoir aco-
ler la botte. Cet homme parut interdit à l'ouverture que nous lui fimes
de notre réfolution. Nous prîmes
cela , l'un & l'autre , comme un effet
de fon amitié , & de la crainte qu'il
avoit de nous perdre pour long-tems;
mais nous fumes fort furpris , lorfqu'ouvrant enfin la bouche il nous dit,
avec des marques de fon grand étonnement : Vous vous en allez , Meffieurs ; penfez-vous bien à ce que vous
faites ?

faites ? Savez-vous ce que l'on dit de vous, ou ne le fçavez-vous pas ? A Dieu ne plaife, que je vous foupçonne de la moindre mauvaife action ; vous ne m'en avez jamais donné l'occafion, & vous n'en avez aucun fujet que je fache ; mais tout le monde ne vous connoît pas comme moi. Si vous m'en croyez, vous vous juftifierez avant que de changer de Canton ; autrement vous courez rifque de paffer véritablement pour des Incendiaires : ceux qui ont répandu ce bruit, triompheront en votre abfence ; & qui fait fi ceux qui en doutent à l'heure qu'il eft n'y ajoûteront pas alors foi. Comment Incendiaires, repris-je ? Eft-ce que l'on nous accufe de vouloir tout brûler avant que de nous en aller ? Non, répondit-il ; mais on prétend que La Forêt eft celui qui a mis le feu à la Maifon de la Reine Lidola. Nous vous fommes fort obligez, lui dis-je, de votre bon avertiffement, & nous allons de ce pas nous informer de la caufe d'une injure fi mal fondée : je ne penfe pas qu'il nous foit mal aifé de nous en purger. Auffi tôt que nous fûmes fortis : Je parie

dis*

dis-je à mon Camarade , que quelqu'un vous a vû revenir au Logis à
heure induë , la nuit de l'embrase-
ment que nous avons eu ici , & que
c'est de-là que quelque mal-intention-
né aura tiré cette conclusion à votre
desavantage. Allons chez le Roi, pour-
suivis - je , faisons - lui - en ouverture ,
nous verrons un peu ce qu'il en dira.

Aussi - tôt que ce Monarque nous
vit : Qu'y a - t - il , nous dit - il , mes
chers Amis , ne vous a-t-on pas compté les Deniers que je vous ai assi-
gnez , ou en avez-vous besoin de davantage ? Que vous manque-t-il ? dites - le moi hardiment , je vous en con-
jure. Nous n'avons besoin de rien ,
Sire , interrompis-je , que de la con-
tinuation de vos bonnes graces ; mais
ce que nous venons d'aprendre , nous
désole , & nous resterons inconsola-
bles à vos pieds jusques à ce que Votre Majesté nous ait fait donner sa-
tisfaction. On nous accuse d'avoir voulu réduire le Canton Royal en cendre : si nous sommes coupables , nous
méritons d'être châtiez ; sinon la ca-
-lomnie est atroce , & nous espérons
de votre clémence que celui qui l'a
inventée

inventée en sera puni exemplairement.
Bagatelles, dit le Roi, j'ai sçû cela
il y a plusieurs jours, mais j'en ai
fait si peu de cas, que je n'ai pas dai-
gné vous en parler. Cependant pour
vous contenter, je m'en vais en faire
lever des Informations au plus vîte.
En effet, ceux qui eurent cette Com-
mission, s'en aquitérent avec tant de
diligence, que de l'un à l'autre, on
parvint dans une heure de tems à la
connoissance de celui qui avoit le premier inventé ce mensonge, & qui
étoit un des Ecuyers du Roi, homme de probité, sage & d'une modestie
exemplaire.

Le Roi voulut bien à notre sollici-
tation, le faire venir devant lui en
notre presence, & lui ayant demandé
ce qui l'avoit poussé à proférer des paroles si préjudiciables à nôtre honneur. J'avois, Sire, dit-il, été quelques jours un peu indisposé ; le Médecin de la Cour, que je consultai,
m'ordonna de prendre Médecine, ce
brûvage m'avoit éprouvé, & il ope-
roit encore trente-six heures après :
étant donc obligé de me relever la
nuit pour satisfaire aux nécessitez de

O   la

la Nature, j'entendis un grand bruit dans le Canal, fur lequel ma Chambre regarde, à l'entrée du Canton voifin. La curiofité de favoir ce que c'étoit me fit mettre la tête à la fenêtre, & comme il ne faifoit pas fort obfcur, j'avifai un homme, qui ayant gagné terre, remonta fur le bord, vis-à-vis du Pavillon de la Reine, fecoua fes habits, & fe mit à courir vers le Pont du Temple : là-deffus j'ouvre doucement ma porte, je me mets après à toutes jambes, & l'ayant obfervé de loin, jufques à côté du Sénat, je vis qu'il heurta de la main à une fenêtre, & que quelqu'un la lui ayant peu après ouverte, il entra par-là dans la Maifon. Je favois que c'étoit l'Apartement de ces Meffieurs, leur taille, & un certain air qui leur eft affez particulier, ne m'étoit pas inconnu : un peu après la Demeure de Lidola étoit en feu. Je demande, Sire, continua-t'il, fi après tant de circonftances, mes conjectures étoient fi mal fondées, & fi de plus habiles que moi n'y auroient pas été trompez ? Il y avoit-là de l'aparence, dit le Roi, je l'avouë, cependant il en faut

faut plus pour former une accufation :
mais avant que de rien décider là-
deffus , que dites-vous de cela, dit le
Roi à La Forêt ? Rien , Sire , répondit mon Camarade , tout ce qu'il a
raconté eft véritable , la conclufion
feule qu'il en tire eft fauffe , ainfi je
n'ai à lui reprocher que de n'avoir
pas eu affez de charité. Mon Camarade , Sire , continua-t'il , eft Aftro-
nome , c'eft ce que vous n'ignorez
pas , il m'a apris depuis quelque tems
à connoître les principales Etoiles : le
defir que j'ai de me perfectionner dans
cette Science , me fait fouvent lever
la nuit , pour voir fi le Ciel eft fe-
räin , & alors je vai faire un tour dans
l'un des quatre Cantons , parce que
les Bâtimens y étant plus bas que dans
celui-ci , ils me dérobent moins la vûë
des Aftres. J'étois forti ce foir - là
pour les mêmes fins , de forte qu'ayant
jetté les yeux fur Sirius & Procion ,
& voulant en marchant en obferver
& la fituation & la diftance , je m'allai malheureufement précipiter dans
le Canal fans y penfer. Etourdi comme j'étois de cette chûte inopinée , je
reftai quelque tems à me reconnoître,

& ne laiſſois pas de nager , ſans ſavoir où je butois , enfin j'atrapai le
bord, où cet honnête homme m'a vû,
& où je pris à grands pas , le chemin
le plus direct de ma Chambre , dans
laquelle j'entrai par la Fenêtre , tant
pour ne point éveiller nos gens , que
pour ne me point montrer dans un
équipage , qui les auroit ſans doute
fait rire. Vous voyez , Sire, que nous
convenons parfaitement bien dans nos
dépoſitions , mais que la cauſe de mon
immerſion eſt bien autre que celle
que Monſieur l'Ecuyer lui avoit attri-
buée ; j'eſpére qu'après cela il ſera
ſuffiſamment convaincu de mon innocence. Je ſuis fâché que ce malheur
ait donné lieu à un ſi mauvais jugement contre moi. Mon ſort , à proprement parler , en eſt la cauſe , c'eſt
pourquoi je ne lui en veux point de
mal. Je vous ſuis obligé , reprit l'E-
cuyer , & je vous demande pardon
de l'offenſe que je vous ai faite ; j'en
ai du regret aſſurément : je vois bien
que j'ai été trop précipité dans cette
rencontre : cela m'aprend à être plus
retenu une autre fois. Etes-vous donc
tous deux contens ? dit le Roi. Oüi,
Sire ,

Sire, répondirent-ils. Hé bien, poursuivit-il, donnez-vous la main, &
qu'il n'en soit plus jamais parlé. Là-
dessus nous prîmes de nouveau congé, & nous retirâmes contens comme des Rois, La Forêt de sa présence
d'esprit, & moi des honnêtetez de notre Prince, & de ce que nous nous
étions tirez d'affaires à si bon marché.

Le lendemain nous partîmes, sans
prendre autre chose que chacun une
Robe, & quelques bagatelles, dont
nous crûmes avoir absolument besoin.
Nous avions de l'argent, nous étions
connus, & le monde est-là fort hos-
pitalier : ainsi nous n'avions que faire
d'aprehender de passer mal notre tems.
Le Roi cependant se souvint qu'il ne
nous avoit pas demandé de quelle Voiture nous avions dessein de nous servir : il envoya un Domestique après
nous, pour nous conjurer de disposer
de ce qu'il avoit de meilleur pour
son usage, avec menaces que si nous
ne le faisions pas, il ne seroit point
content de nous. Nous étions à une
demi-lieuë de-là, lors que ce Messa-
ger nous atteignît : il vouloit de toute

O 3　　　force

force nous obliger à retourner fur no-
pas, ou à lui dire comment nous voulions être menez, en Char, ou en Gondole, afin qu'il nous fit accommoder
fur le champ ; ajoûtant à chaque parole, que c'étoit la volonté de Sa Majefté. Nous le remerciâmes de fes honnêtetez, & le priâmes de raporter au
Roi, que nous avions de la confufion
de la maniere obligeante dont il en
ufoit avec nous, que nous profiterions
volontiers des offres qu'il avoit la
bonté de nous faire, mais que nous a-
vions envie de nous promener, & de
ne point paffer de Village fans y refter
affez de tems pour faire connoiffance
avec le Juge, ou le Prêtre. Cette
réponfe ne contentoit point notre
homme, qui ne nous quitta qu'avec
regret, de peur, peut-être, que le Roi
ne crût qu'il s'étoit mal aquité de fa
Commiffion.

On peut juger par cet échantillon,
afin que je le dife en paffant, fi nous
avions fujet de nous plaindre de notre fort, & fi, excepté la fàcheufe affaire de mon Camarade, nous n'étions
pas en effet heureux. Ce n'étoit pas
feulement à la Cour, où l'on avoit
des

des égards particuliers pour nous ,
nous ne paſſâmes nulle part dans notre route , que tout le monde ne s'em-
preſſât à nous faire civilité ; on eût
dit , qu'il y avoit un Ordre exprès de
nous recevoir comme les premiers du
Royaume.

Enfin , le dix-ſeptiéme jour après
notre départ , nous fûmes émerveillez
de rencontrer deux Domeſtiques de
notre Juge & de notre Prêtre , avec
une Canoüe chargée de Poiles , de
Hoyaux , de Pics , de Haches , d'Arcs
& d'Habits , avec les Vivres néceſſaires pour faire le Voyage de la traite au Cuivre. Ils nous racontérent ,
comment ces Meſſieurs s'étoient mis
dans la tête de nous prier de leur faire une autre Horloge , beaucoup plus
groſſe que la premiere , avec une Clo-
che à proportion , dont ils vouloient
faire Préſent au Satrape de leur Gouvernement , afin de le porter par là
plus aiſément à leur accorder à chacun pour leurs Fils une de ſes Filles ,
qui , ſuivant ce qu'ils en diſoient ,
devoient être des Beautez achevées.
Et comme il falloit beaucoup de Cuivre pour cela , ils les envoyoient aux

O 4   Mines

Mines pour en troquer contre ce qu'ils leur avoient donné à y porter. Ils étoient fournis de très-bonnes provisions, & on leur avoit permis de rester autant de tems qu'ils voudroient à leur Voyage. Cette nouvelle n'augmenta pas peu le chagrin de mon Camarade, il me le témoigna sur le champ. Comment, dit-il, je me sauve d'un endroit pour éviter le travail continuel, où l'on me veut engager, & l'on m'en prépare d'autre dans celui où je venois chercher du repos, j'aimerois mieux que le Diable eût emporté la Nation, que de donner un coup de Lime davantage pour eux. Encore, si on y amassoit quelque chose, que nous pûssions transporter chez nous, au cas que nous en trouvassions un jour la commodité, mais toute notre récompense se borne à un morceau de Métal, qui ne vaut que quinze sols la livre en Europe. Retournons-nous-en plûtôt, j'aime mieux hazarder cent vies, si je les avois, poursuivit-il, pour repasser par-là où nous sommes venus, & tâcher de retourner en notre Païs, que de rester ici davantage.

Vous

Vous n'y penfez pas, La Forêt, lui répondis-je, & vous n'éxaminez pas bien les obftacles que nous aurions à furmonter. Nous avions de grands avantages, lorfque nous fommes venus, que nous n'avons pas à cette heure. Nous étions trois, tous pourvûs d'Armes à feu, & la néceffité nous preffoit : c'eft toute autre chofe à l'heure qu'il eft. Croyez-moi, mon Ami, demeurons-là où nous fommes, c'eft à faire à nous occuper une partie du jour, nous en ferons d'autant plus aimez, & auffi-bien on ne peut pas être toûjours fans rien faire. En quelque endroit que nous foyons, nöus ne pouvons avoir que la vie & le vétement, nous l'avons ici au double. N'imitons point ceux de nôtre Nation, qui par leur humeur changeante ne fauroient refter-là où ils font. Nous ne ferons pas loin d'ici que nous ne nous repentions d'avoir fait la folie. Enfin, je m'étendis au long & au large, fur les difficultez qui s'opofoient à nôtre retour : mais tout cela fut inutile. Il me dit tout net qu'il s'en iroit feul, fi je m'opiniâtrois à ne le point vouloir fuivre.

Hé !

Hé bien donc , lui dis-je , puifque vous êtes inéxorable , & que d'autre part j'ai réfolu de ne vous point aban‑ donner, il faut prendre l'occafion de ce Bâteau par les cheveux , & tenter de nous en fervir , pour échaper par la Caverne affreufe , car c'eft ainfi qu'ils apellent encore l'endroit par où leur premier Roi prétendoit, que la Terre l'avoit enfanté , comme je l'ai dit plus haut.

Pendant que nous formions ce def‑ fein , nos deux Manans s'impatien‑ toient de voir la fin de notre Dialo‑ gue. Je leur dis , que nous avions eu quelque différent fur ce que nous devions faire , retourner au Village , ou aller avec eux aux Mines de Cui‑ vre , où nous n'avions point encore été , & que le réfultat en étoit que nous leur tiendrions compagnie. Ils en témoignérent bien de la joye , & pour leur en donner davantage, nous réfolûmes d'aller au premier Canton acheter quelques flâcons des meilleu‑ res Liqueurs qu'il y auroit ; nous prî‑ mes même encore quelques Vivres , mais nous les perfuadâmes en même tems de tirer vers la Riviére , fous

prétexte,

prétexte que ne l'ayant vûë qu'en
un endroit, nous deſirions d'en éxaminer les Rivages depuis le bas juſqu'au haut : les aſſurant au reſte que
nous leur aiderions alternativement à
tirer & à ramer, & leur fournirions
toutes les choſes dont ils auroient beſoin, ſi le courant de l'Eau, qui n'é-
toit pourtant pas-là fort rapide, parce que tout le Païs eſt preſque de
niveau, retardoit notre Voyage de
quelques jours. Les pauvres Garçons
conſentirent à tout ce que nous leur
propoſâmes ; il n'y avoit qu'une difficulté qui les embarraſſoit un peu,
c'eſt qu'étant l'un & l'autre, d'un
Canton à quelques milles de-là, ils
avoient fait état d'y paſſer pour em-
braſſer leurs Parens. Je leur fis d'a-
bord comprendre, que bien loin d'interrompre leur deſſein, nous le leur
faciliterions. Partez, leur dis-je, dès
à preſent, allez paſſer deux ou trois
jours chez vous, cependant nous avan-
cerons chemin à petites journées, &
enſuite vous tirerez vers le Courant,
où vous nous rateindrez bien-tôt. Ils
furent charmez de ma complaiſance,
& moi ravi de n'être pas obligé de

penſer

penfer aux moyens de nous en défaire d'une autre maniere.

CHAPITRE XII.

L'Auteur quitte ce beau Païs. Les moyens dont il fe fervit pour en fortir : il retrouve au bord de la Mer, une partie de l'E- quipage avec lequel il avoit é- choué fur les Côtes de ce Conti- nent, &c.

AUffi-tôt que ces bonnes gens nous eurent quittez, nous prîmes notre cours vers la Riviere, demeurant toûjours dans les divifions des Cantons, où il n'y avoit point de Maifons. Je ne fçai fi ce fut deux jours qne nous reftâmes en chemin, mais il n'étoit pas loin de minuit, lorfque nous nous trouvâmes un foir au bout des Canaux. Nous n'avions pas fongé, & perfonne ne nous en avoit inftruit, qu'au bout de chaque Canal il y a une Eclufe, qui fert à y tenir l'eau de la hauteur qu'on la veut. Ce maudit paffage nous allarma, nous
fûmes

fûmes près d'une heure occupez ,
avant que d'avoir découvert comment
il en falloit ouvrir les portes. Ce
fut d'autre part un bonheur pour
nous , que les Eaux d'un & d'autre
côté , ne se surpassoient pas de deux
pouces en hauteur : si la différence
avoit été grande , nous n'aurions jamais pû en sortir. Nous nous tirâmes enfin d'affaire , mais aussi nous
étions las comme des Chiens : cependant il falloit passer outre. Le coup
auroit été hazardeux à éxécuter de
jour , parce qu'il n'étoit permis à
personne d'entrer dans cette Riviere , sans la permission des Ju-
gés , tant à cause de la Pêche , que
pour observer les Loix , qui défendent aux Habitans de passer les bornes de leur Païs : au lieu que de nuit ,
il n'y avoit , sembloit-il , aucun danger d'être seulement vûs de qui que
ce fût. Nous n'avions que la profondeur de trois Cantons à passer ,
c'est-à-dire , de quatre milles & demi.
La Forêt , animé par un plus grand
zéle que moi , se trouvoit aussi plus
épuisé que je ne l'étois ; je lui dis de
prendre un peu de repos , puisqu'il
suffisoit

fuffifoit qu'il y en eût feulement un de
nous deux au Gouvernail.

Je pris juftement le milieu de l'eau,
& le tems étant doux & tranquille,
notre Bâteau décendoit fans qu'on y
fentît aucun mouvement. Cette tranquillité, jointe aux fatigues que nous
avions été obligez de faire, me jettè-
rent dans un affoupiffement fi grand,
que je ne reftai guére à m'endormir,
quelque effort que je fiffe pour tenir
les paupiéres ouvertes. Cependant,
nous ne laiffions pas d'avancer. De
vous dire fi nous fûmes affez heureux
pour refter toûjours éloignez des bords,
ou fi nous allâmes quelquefois heurter contre le Rivage, c'eft ce qui
n'eft pas en ma puiffance ; nous dor-
mions de maniere à ne nous pas éveiller fi facilement. Je n'ai jamais fçû
non plus au jufte, combien de tems
ce fommeil nous dura ; il eft vrai-
femblable qu'il auroit affez duré pour
nous remettre, mais le malheur voulut qu'il fut brufquement interrompu.
Un épouventable coup que notre pauvre petit Bâteau alla donner contre
une Roche, me força à quitter la place. Je tombai d'une fi grande roideur
fur

fur un banc qui étoit devant moi, que je me mutilai tout le vifage. Mon Camarade en fut quitte pour s'éveiller en furfaut, avec la peur de ne favoir où il étoit, & ce que ce grand fracas vouloit dire : il avoit même oublié qu'il étoit fur l'eau. O Dieu ! qu'eſt ceci, s'écria-t-il tout d'un coup, où fuis-je ? Quoi que je me fuffe fait beaucoup de mal, je ne me pûs pas empécher d'éclater de rire. Etes-vous là, me dit-il ? & où fommes-nous, je vous prie ? Il fait ici plus obfcur qu'en Enfer ? Ne me le demandez pas, repliquai-je, je n'en fai rien de pofitif : une chofe dont je fuis perfuadé, c'eſt que nous venons de heurter de notre Bâteau contre un endroît, qui m'a fait tomber de maniére à me caffer la tête, & fi je conjecture bien, nous devons être dans le creux, que nous avons à paffer. J'étois fi fort endormi, reprit-il, que je ne fongeois plus que nous étions dans une Barque. Bon Dieu, qu'il fait noir ici, je croi que vous n'avez pas tort de penfer que nous fommes fous terre. Empoignez un Aviron, repris-je, & tâtez un peux à quoi nous fommes de-

meure z

meurez accrochez : il faut néceffairement que nous foyons arrêtez en quelque part , car je ne fens point que
nous bougions , & l'eau décend pourtant fort vîte , fi je puis en croire ma
main , affurément que le paffage eft
ici fort étroit.

La Forêt étoit brave , mais ce gouffre épouventable l'étonnoit , il n'ofoit
prefque fe remuër de fa place , & il auroit déja voulu alors être refté-là où
nous étions. Quand je vis qu'il n'y a-
voit rien à tirer de lui , je m'avançai
doucement vers le devant , & foit des
mains , ou de la Rame , que je tenois ,
je reconnus que nous étions juftement
venus nous fourer entre deux pointes
de Rocher. Allons , allons,dis-je alors ,
il n'y a point de mal , nous fommes-
là où je vous ai dit , je fens la voûte
de la Montagne du bout de ma Rame. Là-deffus , il fe leva , mais quelques efforts que nous fiffions , je croi
que nous reftâmes autour de trois heures à nous tirer de ce maudit piége ,
enfuite de quoi nous donnâmes à
droite.

Tout étoit par tout plein d'Ecueils,
qui provenoient fans doute des éclats

de

de la Montagne, qui se détachoient de fois à autre & qui rendoient ces paffages comme impraticables. Nous ne faifions que heurter à tout moment, tantôt contre le fond, & un moment après contre les bords; deforte qu'il auroit été avantageux pour nous que le Bateau eût été moins vîte, mais nous ne pouvions pas l'arrêter. Cependant, le paffage s'étréciffoit de plus en plus, à mefure que nous avançions, & il s'étréciffoit tellement, qu'il n'y avoit plus moyen de paffer. Le fang me monta alors au vifage, & dans la croyance où j'étrois, que nous étions abfolument perdus, je penfai d'affommer La Forèt, pour me venger du mal qu'il m'avoit procuré fans néceffité. Mais je me reffouvins fort à propos que je l'avois autrefois jetté dans de femblables embaras, & que ceux-ci n'étoient même que des fuites de nos miféres précédentes.

Nous voici pris, mon Ami, lui dis-je, je ne fai pas comment nous nous tirerons d'ici : Si nous avions tantôt tiré à gauche, nous nous ferions fans doute mis au large, & je

ne

ne vois pas fi nous pourrons rebrouffer chemin, il y a loin, & le courant eft ici trop rapide. A ces mots,
il fonde, & trouvant que ce paffage
n'avoit que trois ou quatre pieds de
profondeur, il fe deshabille fans rien
dire, & fe jette tout d'un coup à
l'eau. O Ciel! m'écriai-je, que faites-vous ? Il me femble vous entendre tomber dans la Riviere. N'ayez
pas de peur, me répondit-il, la chûte
eft volontaire, je m'en vai un peu
examiner la profondeur & la largeur
de ce Détroit. Il ne fut pas à vingt
pas de là, qu'il conjectura être au
point où ces deux Branches fe réünif-
foient. Il me vint annoncer cette
agréable nouvelle, & y ajoûta, que
nous étions indubitablement au plus
étoit. Là-deffus, je paffe le long des
deux bords, & ayant remarqué qu'il
n'y avoit que deux endroits pointus,
où la Roche nous empêchoit de paffer, je me mis après à grands coups
de Pic & de Marteau, de forte qu'en
moins de deux heures j'avois emporté
l'une de ces pointes. Cet éxercice,
avec tout ce que nous avions déja
fait, m'avoit extrémement abattu,
nous

nous prîmes quelques alimens pour nous donner un peu de forces , & nous nous repofâmes jufques à ce que nous fuffions en état de recommencer nôtre travail. La Forêt , pour m'imiter , voulut abattre le refte de ce qui s'oppofoit à notre paffage , mais foit que la pierre fût-là plus dure , ou qu'il n'agit pas avec autant de vigueur que j'avois fait , il remarqua qu'il n'avançoit que fort peu : il fallut que je lui aidaffe , & que nous nous miffions à la befogne alternativement.

Il y avoit long-tems que nous étions occupez à cela , & il y reftoit peu de chofe à faire , lors que nous entendîmes un bruit confus comme de voix , aprocher de nous : nous nous tinmes quelques momens coi , pour écouter avec plus d'attention ; enfin , nous reconnûmes que c'étoient des gens qui venoient à nous. Affurément , dis-je à La Forêt , que notre fuite n'a pas été fi fecrette que l'on ne l'ait remarquée : peut-être le jour étoit-il bien avancé avant que nous foyons entrez dans cette Emboucheure , ou que quelqu'un nous fait épiez dans les Canaux ;

quo

quoi qu'il en foit, il y a beaucoup
d'apparence qu'on en a donné à midi
connoiffance à la Cour, & que le Roi
a commandé qu'on envoyât du monde pour nous prendre. Entendez-
vous bien comme ils avancent, continuai-je, les voila tantôt à nos trouf-
fes : que faire préfentement ? Ma foi,
dit La Forêt, pour ce qui eft de moi,
je fuis d'avis que nous nous battions
jufqu'au dernier foûpir de la vie :
nous avons ici des Inftrumens, qui
nous viendront bien à point pour cela, car auffi bien fi nous nous laiffons amener, j'apréhende qu'on ne
nous jouë quelque mauvais tour, &
que nous n'allions aux Mines. Nullement, répondis-je, il n'y a point
de danger : le Roi eft trop debonnai-
re pour en agir avec nous de cette
maniére, nos Ouvrages lui font trop
de plaifir, pour s'en vouloir priver
en nous banniffant ; outre que nous
pouvons dire avec beaucoup de vrai-
femblance, que nous étant mis fur la
Riviére, à deffein d'éxaminer la diverfité de fes Rivages, le malheur a
voulu que la nuit, les attaches de notre Bateau fe foient défaites, fans que
nous

nous nous en foyons aperçûs , & qu'ainfi nous avons été emportez par le courant , jufques dans l'endroit où ces
gens nous ont trouvez. On fe rira
de ce petit malheur , & on fera ravi
d'être venu fi à propos à notre fecours.

Comme mon Camarade ouvroit la
bouche pour me répondre , nous avifâmes de la lumiére : ils n'étoient pas
fans doute à plus de trente pas de
nous , & dans le même Bras où nous
nous étions engagez , mais qui faifoit
comme un coude en cet endroit-là ,
ce qui fut caufe que nonobftant les
Chandelles qu'ils avoient , ils ne nous
découvrirent pas. Etant venus-là ,
leur Bateau , qui étoit apparement
plus large que le nôtre , fe trouva
tout d'un coup embarraffé : ils témoignérent d'en être en peine. Que fe-
rons-nous préfentement, dit l'un d'eux ?
Ce que nous ferons , répondit un autre , nous nous tirerons d'ici du mieux
que nous pourrons , & irons tâcher
depaffer à gauche , comme nous aurions fait , fi vous vous en étiez ra-
porté à moi. Nous ferons tout ce
qu'il vous plaira , reprit le premier ,
mais,

mais pour moi , je m'imagine que
tout ce que nous faifons & rien eft
la même chofe : il y a peut-être douze ou quinze heures que ceux que
nous cherchons ont paffé par ici , il
faut qu'ils foient préfentement bien
loin , ou qu'ils foient péris en quel.
qu'endroit , comme nous avons manqué de faire plufieurs fois : fi vous
étiez tous de mon fentiment , nous
nous en retournerions , & dirions,
comme il eft vrai , que nous avons
trouvé des obftacles , qui nous ont
empêché de paffer outre. Le Roi
qui voudroit bien ravoir ces gens-là,
ne prétend pourtant pas de leur faire
violence : vous favez que l'on nous a
chargez de les prier honnêtement de
revenir , & de les laiffer aller en paix,
au cas qu'ils n'en vouluffent rien faire. Nous pourrions dire encore , fi
vous voulez, que nous les avons at-
teints , mais que malgré toutes nos
inftances, il n'a pas été en notre puiffance de les faire revenir , à caufe
qu'ils ne fe plaifent point parmi nous,
que leurs Maximes différent trop des
nôtres, & qu'ils veulent voir s'il n'y
aura pas moyen de repaffer dans leur
Païs,

Païs, où ils peuvent exercer leur Culte en toute liberté : au lieu qu'ici ils n'osent pas même le défendre , comme ils l'ont témoigné en diverses occasions. Allons , allons , dirent - ils tous là-dessus , nous conviendrons en chemin de ce que nous aurons à dire.

Nous fûmes du tems sans oser bouger , quoi-que nous ne les entendions plus , parce que nous apréhendions qu'ils ne changeassent de résolution ; & qu'entendant nos coups de Marteau , ils ne revinssent à la charge. De la tranquillité où nous étions , nous passâmes aisément à l'assoupissement , & enfin nous nous endormîmes. A notre réveil , nous recommençâmes à tarabuster avec d'autant plus d'empressement que nous n'avions nullement chaud , & que nous étions aussi frais & gaillards que si nous avions reposé dans un bon lit. Ainsi nous achevâmes de briser les angles qui nous arrêtoient , & nous ouvrîmes le passage à force de bras. Nous trouvâmes ensuite les choses, comme mon Camarade les avoit cruës, car nous nous sentîmes tôt après au large :

large : mais dans un endroit où mille Echos répondoient, & se renvoyoient mille autres fois les paroles que nous proférions, avec une force inexprimable. Ce prodige, qui nous auroit sans doute charmez dans une autre occasion, nous épouventoit alors ; on eut dit de bonne foi, que c'étoient autant de Démons, qui fendoient l'air de leurs voix monstrueuses : la frayeur que nous en prîmes nous retint long-tems sans parler.

Nous allions alors fort lentement; & dans cet intervalle, nous commençâmes à entendre un autre bruit confus, qui ne ressembloit pas mal aux roulemens d'un Tonnerre un peu éloigné. Notre peur, qui étoit déja très-grande, ne laissa pas d'augmenter encore : il ne faut rien pour troubler entiérement un homme qui croit être dans le danger : chacun se donnoît la gêne pour deviner ce que c'étoit. Nous n'en étions pas fort éloignez, lors que nous jugeâmes qu'il falloit nécessairement qu'il y eût-là quelque endroit où il y avoit beaucoup de pente, & où l'eau tombant comme un torrent, causoit ce tintamare

mare que nous entendions. Ce fut-là
où notre perte nous parut inévitable.
Je ne songeois point alors à ce que
l'on nous avoit conté du Portugais,
qui y avoit passé autrefois : si j'avois
fait réfléxion à cela, je ne me serois
pas mis si fort en peine. Comme
nous avions des cordes, je crus qu'il
étoit tems de s'en servir : nous prîmes au plus vîte dix ou douze Pailes
& Hoyaux, que nous liâmes en un
faisseau le plus étroitement que nous
pûmes, & jettâmes cet Ancre à l'eau.
Le reméde fut efficace, le fond étant
raboteux, notre Machine s'acrocha
en un bon endroit, de maniére que
nous n'avançions plus qu'à proportion de la corde que nous lâchions.
Au bout environ de vingt-cinq braffes, mon Camarade, qui étoit le plus
souvent devant pour sonder de sa Rame, & sentir des deux côtez s'il ne
se présentoit point d'obstacles à notre passage, me cria tout d'un coup
que je tinsse ferme, qu'il tomboit
de l'eau d'enhaut, & qu'il étoit déja tout mouillé. Là-dessus je l'a-
pelle, & après être convenus que
cette eau que nous avions entenduë,

P   &

& qui étoit fans doute la même qu'il venoit de fentir, ne pouvoit venir d'ailleurs que du haut de la Montagne, d'où elle se précipitoit par quelque crévaffe dans la Riviére où nous étions, nous réfolûmes d'aller reprendre notre Ancre. A peine étions - nous à moitié chemin que notre Cable rompit, quoi que nous ne fiffions pourtant pas de grands efforts pour remonter : il falut se confoler de cette perte, il n'y avoit pas moyen de la réparer, & elle n'étoit pas confidérable dans cette conjonéture. Je fongeai feulement à me ranger de côté, afin d'éviter la chûte impétueufe du torrent que nous craignions. La Forêt, à force de ramer, aida à mon Gouvernail à nous porter contre la Roche : ainfi nous paffâmes le plus heureufement du monde, fans être aucunement mouillez, mais pas pourtant fans quelque danger d'être engloutis par les roulemens & bouillonnemens épouventables, que cette grande quantité d'eau caufoit en fe précipitant de fi haut : & il eft vrai-femblable que nous aurions été abîmez fi nous euffions paffé de l'autre côté.

Le

Le reste du chemin que nous avions encore à faire, ne fut pas à beaucoup près si dangereux que le précédent : Dieu nous fit la grace d'en voir l'issuë. Aussi le remerciâmes - nous de bon cœur, lors que nos yeux commencérent à recouvrer la lumiére : nous en eûmes une joyè que les termes les plus forts de notre Langue ne sauroient assez bien exprimer. Nous ne pûmes pourtant pas immédiatement après mettre pié à terre , les bords au commencément de cette lugubre Embouchure , sont trop escarpez pour cela , nous fûmes obligez de décendre encore au moins trois milles , après-quoi nous abordámes à gauche , dans un endroit herbeux , que la Nature sembloit avoir fait exprès pour nous réjoüir, après être échapez de tant de visibles dangers.

Les provisions que nous avions commencérent à nous venir merveilleusement bien à point ; nous fimes assurément un bon répas, & n'épargnâmes point notre Cidre. Il devoit être au moins alors deux heures après-midi, à ce que nous en pouvions juger par la hauteur du Soleil : d'où il

P 2   paroît

paroît que nous devions avoir reſté autour de trente heures ſous cette Voûte ténébreuſe. De là nous pourſuivîmes notre route du mieux que nous pûmes.

Ce Fleuve a de prodigieux détours ; il eſt rempli de Rochers à fleur d'eau, & de toutes ſortes de hauteurs, d'Iſles, qui forment en des endroits juſqu'à dix ou douze paſſages étroits & difficiles. On y trouve même des chûtes extrêmement dangereuſes ; cependant comme nous les paſſâmes ſans malheur, & ſans qu'il nous y arrivât rien de ſi extraordinaire qu'on ne ſe puiſſe aiſément repréſenter dans une Navigation de cette nature, je ne m'amuſerai point à en décrire les circonſtances, de peur de fatiguer le Lecteur.

Je dirai ſeulement qu'environ à trente-cinq lieuës de la Mer, cette Riviére ſe diviſe en deux Branches, dont nous choiſîmes la plus petite, parce que nous voulions reſter à gauche, & qu'il nous ſembloit que l'autre s'écartoit trop de notre route. Ce fut juſtement dans cette diviſion qu'un gros Saumon s'étant élevé hors de

l'eau,

l'eau, jufqu'à la hauteur de fept ou huit pieds, retomba dans notre Bateau, où nous le reçûmes avec bien de la joye, dans l'efpérance de nous en régaler, comme nous fîmes effectivement pendant plufieurs jours. Quelque diligence que nous fiffions, nous mîmes pourtant un mois à notre Voyage.

La joye que nous reffentions de tirer vers notre Patrie, fans favoir pourtant fi jamais nous y rentrerions, nous rendoit infatigables; à peine prenions-nous du repos : on eut dit, qu'un Vaiffeau nous attendoit pour nous porter en Europe. Mais helas ! lors que nous arrivâmes à l'embouchure de la Riviére, nous nous vîmes tout à coup au bout de nos efpérances. Un trajet épouventable fe préfentoit-là à nos yeux, dont le paffage nous fembloit interdit pour jamais. Tant qu'on eft fur la Terre, on cherche, on invente des moyens pour furmonter les obftacles qui fe préfentent ; il n'en eft guére de fi fâcheux dont on ne vienne à bout avec un peu de patience & de travail : mais l'Ocean impitoya-

ble,

ble, ôte même à ceux qu'il arrête
fur fes bords, l'envie de rien tenter
pour le franchir.

Il y avoit cinq ans paffez que nous
avions quité ces Côtes pour aller chercher fortune. Nous avions, à la vérité, bien effuyé des dangers & des
fatigues extraordinaires, mais nous
nous étions auffi bien divertis ; & je
ne voudrois pas encore à l'heure qu'il
eft, n'avoir pas vû un fi beau Royaume ; au contraire, je me fuis ré-
penti mille fois de l'avoir quitté.
Mon Camarade, qui en étoit caufe,
ne favoit ici que dire, le pauvre Diable étoit tout déconcerté, il fallut pourtant fe réfoudre à quelque
chofe.

La Saifon étoit encore belle, &
nous étions par bonheur fournis de
quantité de bonnes chofes ; il n'y
avoit que des clous, que nous n'a-
vions pas en fort grande quantité. Je
fus d'avis que la première chofe que
nous devions faire, étoit de nous loger le mieux que nous pourrions :
les Haches & les Hoyaux, que nous
avions, nous fervirent fort bien à
cela. Nous bâtîmes donc, fous une
espece

efpéce de Tillet d'une merveilleufe
grandeur, qui étoit à cinquante pas
de la Riviére, & par conféquent de
notre Chaloupe, une belle grande
Barraque triangulaire, où nous retirâmes notre Bagage. Les Arcs que
nous avions aportez, nous furent auffi
d'un grand ufage pour la Chaffe, fans
cela nous courions rifque de mourir
de faim. Les Oifeaux n'étoient plus
fi privez que nous les avions trouvez
auparavant, il falloit être bien adroit
pour les furprendre.

Ce qui nous donna un peu de peine, fut de faire du feu pour la premiére fois, parce que nous avions
perdu notre Fufil, & que le feu que
nous avions confervé s'étoit éteint le
jour avant notre arrivée. L'endroit
où nous étions n'étoit rempli que de
Sable & de Coquilles, nous fûmes
plufieurs jours à chercher bien avant
dans les Terres avant que nous trou-
vaffions des cailloux propres à nous
tirer d'affaire. Lors que nous en eûmes une fois, il ne nous fut plus
difficile de nous accommoder; nous
avions du linge, que nous fimes bien
fécher aux rayons du Soleil, & nous

P 4   ne

ne manquions point de féraille : ayant
du bois à difcrétion , nous n'eûmes
garde de laiffer éteindre le premier
feu que nous fimes ; de forte qu'il n'y
avoit plus de danger de nous en voir
de long-tems deftituez, car il y avoit
toûjours des Arbres entiers qui brû-
loient.

Nous reftâmes autour de huit mois
dans ce Canton, où nous vivions de
notre Chaffe : quelquefois , pour tuër
le tems , qui nous fembloit d'une longueur mortifiante , nous nous mettions dans notre Bateau , & nous nous
en fervions à faire quelque petite
courfe , ou fur la Riviére , ou en
Mer , fuivant que le tems & la Ma-
rée le permettoient : ou bien nous
grimpions fur les côteaux les plus
élevez pour voir de loin fi nous ne
découvririons point quelque malheureux Vaiffeau , qui nous pût tirer de
notre fâcheufe Solitude.

Laffez enfin de refter toûjours en
un même endroit , nous réfolumes
d'aller faire une Promenade de quelques lieuës du côté de l'Oüeft , dans
le deffein de voir , non-feulement fi
nous ne pourrions pas reconnoître le
lieu

lieu où notre Navire avoit échoüé ,
car nous n'en devions pas être fort
éloignez , mais auffi fi nous ne découvririons rien de nouveau. Nous
prîmes des Vivres pour quelques jours ,
& nous étant levez de grand matin ,
nous avançâmes vers la Gréve , afin
que bordant toûjours la Mer , nous
ne nous écartaffions pas. Nous marchâmes avec affez de force , & je me
trompe fi le lendemain vers le foir
nous n'avions fait plus de quinze
lieuës. La Rive étoit par tout uni-
forme , il n'y avoit aucune diverfité
d'objets capables de réjoüir les yeux.
Nous montâmes fur les Dunes , qui
étoient-là d'une hauteur fort confidérable , & nous vîmes que c'étoit toûjours la même chofe , auffi loin que
la vûë pouvoit porter. Un petit vent
frais qui venoit du Nord-Eft , nous
obligea de camper la nuit à l'abri
d'une Coline , où le Sable avoit confervé beaucoup de la chaleur qu'il
avoit prife du Soleil pendant le jour.
L'Aurore ne parut pas plûtôt que
nous entrâmes dans les Terres ; il y
avoit-là plus de diverfité , mais en
récompenfe les chemins en étoient

P 5   bien

bien plus mauvais. Si nous avions voulu nous charger de Gibier, il ne tenoit qu'à nous d'en tirer à tout bout de champ, parce que nous nous étions fournis chacun d'un bon Arc, & qu'il y avoit-là de toutes sortes d'Animaux en abondance.

Enfin, je crois que le cinquiéme jour après notre départ, il pouvoit être entre deux & trois heures après midi, lors que nous arrivâmes à notre Riviére. Comme nous nous étions un peu écartez de la Mer, nous nous en trouvâmes de même au moins à une lieuë & demie de distance, ce que nous reconnumes d'abord à divers indices qui nous étoient assez familiers. Nous en eumes de la joye, car nous avions apréhendé de nous écarter trop. Ce peu de chemin que nous avions à faire, ne laissa pas de nous paroître extrêmement long, nous le comptions comme un détour que nous aurions pû éviter, quoi qu'en effet il eut été volontaire, & nous fûmes ravis lors que nous aperçûmes notre Barraque de loin, parce que nous nous flations de nous y bien reposer à notre aise.

Mais

Mais nous fûmes bien-tôt après faifis d'un friffon qui faillit à nous glacer le fang , quand nous reconnumes
que notre Chaloupe étoit partie.
Nous crûmes d'abord que nous ne
l'avions pas bien attachée , ou que
l'agitation de l'eau avoit rompu la
corde qui la tenoit. La curiofité de
favoir ce qu'elle étoit devenuë, nous
fit auffi-tôt lever le pas ; nous mau-
diffions le jour que nous avions entrepris le fatal Voyage, qui nous pri-
voit des commoditez que nous rece-
vions de cette petite Machine; nous
commençions même à nous accufer
réciproquement d'en avoir fait le premier la propofition , lors que La Forêt qui marchoit à ma gauche , ayant
cafuellement tourné la tête vers notre
Hute , que nous avions paffée de
quelques pas, s'écria tout d'un coup
en treffailliffant de peur: ô Seigneur,
qu'eft ceci ! quel Monftre effroyable
s'eft caché -là dans notre Barraque !
Je me retourne à l'inftant , & je vois
avec le plus grand étonnement du
monde, un gros Animal couché fur
le côté , dont nous ne pouvions découvrir que le dos , & que nous ju-

geâmes

geâmes au poil devoir infailliblement
être un Ours.

Il ne faut pas mentir, la vûë d'un
Animal auffi féroce , que celui-là
nous le paroiffoit , nous donna de la
frayeur. De fimples Arcs comme nous
avions, n'étoient pas des armes fuf-
fifantes pour entreprendre de l'attaquer, nous fûmes pourtant vingt fois
d'avis d'en aprocher tout doucement,
le plus qu'il nous feroit poffible , de
lui décocher chacun une Fléche en
même tems , & de rebander incontinent notre Arc , afin d'être en état
de l'arrêter d'un autre, au cas qu'il
lui reftât affez de force pour venir à
nous : mais la crainte que nous avions
de le manquer , & d'en être déchirez
dans la fuite , nous fit fans bruit continuer notre route , perfuadez que s'il
venoit à fe réveiller , il fe retireroit
plûtôt du côté des Bois, que vers le
Rivage de la Mer.

On eut dit à nous voir marcher ,
que nous ne nous étions fervis de nos
jambes de huit jours , tant nous avions
oublié les fatigues que nous avions
faites ; la peur nous emportoit auffi
vîte que le vent , & cela fans regarder ,

der , ni à droite , ni à gauche ; de
forte que côtoyant toûjours la Riviére, nous nous trouvâmes à trois
pas de notre Barque, fans que nous
l'euffions vûë auparavant , & que nous
y fongeaffions davantage. Cette vûë
inopinée nous rendit la vie dans le
moment , nous nous en aprochâmes
mais l'ayant trouvée attachée, & même d'une autre maniére que nous
n'avions accoûtumé , nous crûmes
avoir trouvé un autre fujet de furprife. Notre Bateau étoit fale , les
Rames & les bâtons n'étoient point
dans l'ordre où nous les mettions.
Outre cela , nous remarquâmes une
efpéce de Fafcine, longue de trois
braffes au moins, en forme d'Arc ,
avec des cordes attachées aux deux
bouts , qui étoient un peu plus bas au
bord de l'eau , & dont on s'étoit fervi
pour pêcher : ce qui fe confirmoit par
plufieurs petits Poiffons morts, dont
cette Machine étoit environnée , &
que ceux qui s'en étoient fervis avoient
négligé de jetter à l'eau.

Ces divers effets de l'induftrie des
hommes , nous firent conclure que
nous n'étions pas-là feuls ; il ne s'a-
giffoit

giffoit que de favoir quelles gens ce
pouvoient être : il étoit impoffible
que nous pûffions nous les repréfenter fociables & civilifez , les aparences étoient vrai-femblables que ce devoient être des Antropofages. Cependant nous enragions de faim ,
nous n'avions rien confervé des Vivres que nous avions pris , & les
deux ou trois Poules que nous apor-
tions étoient cruës , il falloit les cuire
fi nous voulions les manger. Il y
avoit encore du feu près de notre
Cabane , nous en voyïons la fumée
aifément, mais l'Ours nous en défen-
doit l'aproche. Le jour étoit fur fon
déclin , il falloit fe déterminer à quelque chofe , fi nous voulions coucher
chez nous. Nous réfolumes de paffer au plus vîte la Riviére dans notre Efquif , puis nous étant rendus
vis-à-vis de notre Barraque , faire
des huées & des cris épouventables ,
afin d'épouventer par-là la Bête, &
lui donner occafion de s'enfuïr.

Nous fîmes en effet tout ce que
nous avions projetté , mais au lieu de
faire fuïr un Ours, nous fûmes fort
furpris de voir accourir deux hommes

mes habillez de peaux jufques au genou. Quoi que le Fleuve qui étoit
affez profond, nous féparât, nous ne
laiffâmes pas d'avoir peur, & de nous
tenir fur nos gardes : ils aprochérent,
& nous voyant en Robe l'un & l'autre, l'un d'eux fe mit à crier qui
nous étions. O Ciel, dis - je alors,
c'eft Normand, je le reconnois à fon
langage. Nous fommes vos Amis,
répondis - je, & peut - être plus que
vous ne penfez. Repaffez donc au
nom de Dieu, nous dirent - ils, & que
notre habillement ne vous faffe point
de peur. Nous fommes de pauvres
malheureux, abandonnez de Dieu &
des hommes, mais Chrétiens & civilifez. Il n'en fallut pas davantage pour
nous obliger à les aller joindre. Les
larmes me tombent des yeux toutes
les fois que je m'en reffouviens : leur
grand changement ne nous empêcha
pas de les reconnoître : nous nous
embraffâmes réciproquement avec des
marques d'une tendreffe inexprimable, & pleurâmes de joye comme des
Enfans. Nous allâmes enfemble à
nôtre Tente, où ils nous préfenté-
rent quelques petits Poiffons rôtis :
mais

mais nous avions le cœur si serré que nous ne pouvions manger de rien. On eut dit à nous voir, que nous étions des Statuës de pierre, nos yeux seuls étoient restez mobiles, tout ce que nous faisions étoit de nous regarder d'une maniére qui faisoit assez remarquer notre étonnement.

Enfin, nous étant un peu reconnus, ils nous engagérent à prendre des alimens, & après avoir fait mille reproches de ce que nous les avions abandonnez, sans les en avertir, & nous avoir protesté que pas un d'eux n'avoit douté que nous avions été déchirez des Bêtes féroces, ils nous demandérent où nous avions donc pû rester si long-tems, & ce que Du Puis étoit devenu. Il falut pour les contenter, leur faire en gros le recit de notre Voyage. Ils souhaitérent mille fois d'avoir été en notre place : à les entendre nous avions bien tort d'être sortis d'un si bon endroit. Ne parlons plus de cela, leur dis-je, vous n'en savez pas encore la dixiéme partie de ce que je vous en dirai dans la suite : La Forêt est cause de

ce

ce que vous nous voyez ici, je n'aurois point penſé ſeul à y revenir de
ma vie. Demain vous nous direz comment vous êtes venus ici à notre Barraque, & de quelle maniére vous
avez ſubſiſté ſi long - tems dans ce
lieu, éloignez de tout commerce ;
préſentement, il faut que je prenne
du repos, je ne puis en vérité plus
me tenir. En effet, je dormis comme un Loir ; & il y avoit quatre heures que nos Sauvages étoient levez
avant que nous nous éveillaſſions La
Forêt & moi.

À peine nous fûmes - nous ſaluez
du bon jour, que nous rentrâmes en
matiére : Normand en vouloit plus
ſavoir que je ne lui en avois raconté,
& nous languiſſions d'aprendre leurs
Avantures. Il faiſoit aſſez chaud alors,
car outre que nous étions au milieu
de l'Automne, ou ſi vous voulez,
au mois de Mai, le Ciel étoit ſerain
depuis bien des jours, & le tems doux
& agréable, ainſi nous allâmes nous
aſſeoir à l'ombre de notre Barraque.
Il y a quatre jours, dit auſſi-tôt Normand, qu'ayant envie de me bai-
gner, je demandai à mes Camarades,

rades, si quelqu'un d'eux vouloit aller avec moi à la Riviére; Alexandre fut le seul qui résolut de m'accompagner. Quoi que nous eussions pris chacun un Arc, notre dessein n'étoit pourtant pas de nous amuser à chasser : cependant une Poule à peindre, d'une beauté & d'une grosseur extraordinaire, s'étant levée devant nous, environ à moitié chemin, nous donna l'envie de la tuër : nous nous écartâmes de notre route pour la suivre; On eut dit, que cet Oiseau de bon augure nous vouloit amener ici, car d'abord qu'il étoit à peu près à portée, il prenoit de nouveau les devans en droite ligne, sans jamais s'écarter, ni à droite, ni à gauche. Cela dura jusques à ce que nous vinssions donner, pour ainsi dire, de la tête dans votre Barraque, & que nous découvrissions le petit Bateau. Alors la Poule disparut, & nous ne pensâmes plus à ce qu'elle étoit devenuë. Des objets si rares, dans une Contrée comme celle-ci, nous donnérent de l'étonnement. Il nous vint d'abord dans l'esprit que quelque malheureux Vaisseau devoit avoir fait naufrage par-là

autour,

autour , & que peu de gens s'en
étoient fauvez , ainſi nous ne fimes
aucune difficulté de nous préſenter à
l'entrée de cette Hute , & voyant
que nonobſtant le bruit que nous faiſions en parlant, perſonne ne paroiſſoit , nous entrâmes tous deux dedans , & trouvâmes quantité de choſes qui nous confirmérent dans notre
penſée. Mon Camarade vouloit néanmoins que nous nous en retournaſ-
ſions , & vinſſions plus forts le lendemain : mais je l'obligeai à reſter,
par un principe de curioſité que j'a-
vois de connoître le Propriétaire d'u-
ne Demeure ſi artiſtement faite. Pour
paſſer le tems, nous fimes une grande Faſcine, en forme de demi-cercle,
& dont, à l'aide de votre Bateau,
nous nous ſervîmes avec ſuccès, à
amener du Poiſſon à bord , aux endroits où il y avoit beaucoup de Talut, & où la Riviére avoit anticipé
ſur les Terres. Le troiſiéme jour
vous êtes arrivez, & nous avez, Dieu
merci , trouvez , dans un tems où
nous ne penſions guére les uns aux
autres.

CHA-

CHAPITRE XIII.

Contenant ce qui étoit arrivé au reste de l'Equipage pendant l'absence de l'Auteur ; & la suite de leurs avantures jusques à leur départ de ce Païs.

VOus savez, au reste, continuat-il, que quand vous vous en allâtes, nous étions occupez à construire une Barque pour notre transport. Dans les commencemens chacun travailloit à ce Vaisseau avec beaucoup d'empressement, mais à mesure que nous voyions avancer l'Ouvrage, le zéle de nos gens se ralentissoit. La petitesse de ce Bâtiment faisoit peur à la plus grande partie ; outre cela, on s'accoûtumoit insensiblement sur ces Côtes Australes, où il se passoit peu de jours qu'on ne découvrît quelque chose de nouveau & d'utile pour le soûtien de la vie. Cinq mois s'é coulérent avant que le petit Bâtimen fut agréé. Comment agréé, inter rompis-je, & où prites-vous de quoi

je vous prie ? Le Capitaine, reprit-
il, avoit conservé fort précieusement
la plûpart de ses Provisions : il avoit
encore du Lard enfumé, du Beure,
de l'Huile, du Sel, du Biscuit, de
la Chandelle : le reste consistoit en
tout ce que nous pûmes rassembler
ici de propre à substanter le Corps
humain. Quand tout fut prêt, il fit
assembler l'Equipage, & ordonna à
tous ceux qui voudroient passer avec
lui de se tenir prêts. Je ne veux,
nous dit-il, forcer personne, pour
moi, je m'en vai hazarder de passer :
le Voyage est dangereux, mais il faut
espérer que celui qui nous a gardez
jusqu'à présent, aura soin de nous à
l'avenir. Plusieurs se déterminérent
sur le champ, d'autres ne savoient à
quoi se résoudre : enfin, nous réso-
lûmes au nombre de seize que nous
étions, de rester ensemble en ce Païs,
après pourtant que les autres nous
eurent promis avec Serment, d'employer leur crédit & leurs priéres,
pour porter le Roi de Portugal à
avoir pitié de nous, & à donner ordre au premier Vaisseau qui iroit, ou
aux grandes, ou aux petites Indes,

de

de nous venir tirer d'ici. Nous ne
nous quittâmes qu'avec beaucoup de
regret , & après avoir bien verſé des
larmes. Ils leverent l'Ancre un matin
à la pointe du jour , avec un médiocre Vent de Zud-quart-au-Zud-Oüeſt,
qui les emporta avec tant de véhémence , à quoi le Reflux contribuoit auſſi
beaucoup , qu'en moins de deux heures , nous les avions entierement perdus de vûë. Ce départ favorable nous
faiſoit envier leur bonheur, nous aurions ſouhaité d'être avec eux , puiſque nous ne pouvions pas douter , ſi
cela continuoit, qu'ils n'arrivaſſent en
peu de tems au Cap de Bonne-Eſpé-
rance. Le Vent reſta ainſi plus de deux
jours, au troiſiéme ſur le midi il tourna, nous eûmes le cinq & ſixiéme fort
mauvais tems : ainſi nous ne ſaurions
dire ce que les bonnes gens ſont devenus.

N'étant plus attachez au rivage de
la Mer , nous allâmes nous établir
dans un Valon , ſitué à quatre petites
lieuës d'ici. Cet endroit , qui eſt ar-
roſé d'un petit Ruiſſeau poiſſonneux ,
eſt aſſurément fort agréable : il y croit
une grande quantité de Racines , groſſes

fes comme des Béteraves , qui font excellentes lórfqu'elles font bien cuites. Du côté du Zud-Zud Eſt , il y a un Bois d'une confidérable étenduë , où nous avons en abondance des Pommes , des Poires , des Noix , & autres Fruits fort agréables. L'autre côté nous fournit des Pois & des Féves autant que nous en avons befoin. Notre Capitaine nous avoit laiffé tous les Inſtrumens dont il pouvoit fe paſſer , nous avions des Armes à feu , du Plomb , de la Poudre , des Cordes , des Haches , des Pailes , Marteaux , Scies , Cloux , Fil , Aiguilles , Alumettes , Pots , Marmites , Chauderons & autres Uſtenciles. Nous nous chargeâmes de tout ce Bagage , & allâmes en cet endroit-là conſtruire deux Barraques fort logeables , qui ont aſſez l'air de Maiſons de Païſans , & que nous avons fi bien couvertes de Joncs , que nous n'y craignions ni vent , ni pluye.

Il y avoit autour d'un an que nous demeurions-là , que nous ne nous étions preſque pas écartez , fur tout nous n'avions rien vû à droite , ou du côté de l'Oueſt , qui ne nous pré-
fentoit

fentoit que des hauteurs affez ftéri-
les : Perfonne ne s'étoit encore avifé
d'y monter jufqu'au fommet. Trois
de nos Camarades réfolurent un jour
d'y aller à la Chaffe, & de voir en
même tems s'ils ne découvriroient
rien de nouveau. Il leur fallut autour de trois heures pour paffer la
Montagne, de-là ils entrérent dans
un Bois fort épais, où ils firent deux
lieuës de chemin, fans avoir aucune
aparence d'en fortir. Dans l'incertitude où ils étoient s'ils devoient s'en
retourner ou paffer outre, l'un d'eux
dit, qu'il entendoit quelques voix
confufes, qui avoient affez de reffemblance à celle d'un Homme. Cela
furprit un peu les autres, ils avan-
çoient pourtant de ce côté-là, &
ayant mis l'oreille en terre, ils re-
connurent que ce qu'il avoit dit étoit
véritable : Deux furent d'avis qu'il
falloit aller voir de près ce que c'é-
toit, l'autre au contraire s'y oppofa
fort & ferme, il foûtenoit que ce ne
pouvoient être que des Sauvages, qui
ne leur donneroient aucun quartier
s'ils tomboient entre leurs mains.
En même tems qu'il prononçoit ces
paroles,

paroles, ils découvrirent à cent pas d'eux, & au travers de quelques broussailles, un grand Coquin, couvert d'une peau de bête, qui les ayant sans doute aperçûs, courroit aparemment avertir ses Compagnons qu'il y avoit capture à faire ; du moins c'est la pensée qu'ils en avoient : ainsi ne croyant pas à propos de les attendre, ils rebroussèrent chemin, & enfilérent la venelle à toutes jambes. L'expérience leur avoit apris qu'il faut observer le Soleil ou les Etoiles, lorsque l'on s'engage dans une Forêt, où l'on n'est pas bien connu, ils y avoient si bien pris garde, qu'ils en sortirent presque par le même endroit où ils y étoient entrez. Lorsqu'ils vinrent sur les hauteurs, ils reprirent un moment haleine ; il n'y avoit plus-là tant de danger qu'on les coupât, que dans le Bois, où, peut-être par un principe de terreur panique, ils s'imaginérent avoir entendu plusieurs fois du bruit, comme de gens qui les poursuivoient.

Nous connûmes bien à leur arrivée qu'ils avoient eu l'épouvente ; ils étoient défaits & moüillez de sueur comme s'ils étoient sortis de l'eau, mais nous ne pensions nullement à ce qu'ils nous dirent. Nous fûmes extrémement alarmez d'un récit si peu attendu, nous ne savions de bonne foi si nous devions tout abandonner ou non, & aller camper de l'autre côté de la Riviére. Les plus résolus encouragerent les autres, on se reposa sur les armes à feu que nous avions. Pour moi, je fus d'avis que nous devions nous fortifier : trois ou quatre Campagnes que j'avois faites autrefois, m'avoient apris comment il faut ce précautionner contre l'Ennemi ; on s'en raporta à ce que je trouverois à propos de faire. Ce soir là on se contenta de poser des Sentinelles de peur de surprise.

Le lendemain je marquai dés la pointe du jour, un Quarré, dont les faces avoient trente-cinq pas Géométriques de longueur, qui environnoit nos deux maisons : nous nous mîmes ensuite à remuer la terre d'importance, & commençâmes par un simple Parapet de quatre pieds de hauteur, pour nous mettre à couvert des coups des Attaquans, au cas qu'ils s'avisas-
fent

fent de nous venir chercher-là. Nous
rehauffâmes & élargîmes après nos
Ouvrages, tellement que le Rempart
avoit vingt pieds de bafe, & fix de
hauteur, avec un Parapet de cinq
pieds au deffus. La terre que nous
avions employée à cela, nous avoit
donné un Foffé fuffiamment large &
profond. Je laiffai à la face opofée à
celle de la Montagne, une Echancru-
re de fix pieds feulement, que je
couvris encore d'une petite Lunette,
& où il y avoit une fortie pourvûë
d'une Traverfe. Tout cela fut achevé en fept femaines : Cependant nous
n'entendions parler de rien, & nous
ne pouvions pas nous empêcher de
railler quelquefois ceux qui nous l'a-
voient donné fi chaude.

Perfonne au commencement n'ofoit
s'éloigner pour aller aux Provifions ;
alors on n'en faifoit plus de difficulté,
mais cela ne dura pas long-tems. Deux
des nôtres étant allez au Soleil levant
à la picorée, eurent le malheur de ne
plus revenir : peut-être furent-ils affez imprudens pour s'expofer plus
que les autres n'avoient fait, du
moins ils en avoient parlé plufieurs
Q 2 fois

fois. Leur perte nous donna beaucoup d'inquiétude : cette circonſtance nous fit encore mettre des Paliſſades autour de notre Forffereſſe.

Comme nous étions occupez à cet
Ouvrage , nous aperçûmes une troupe de monde qui décendoit de la
Montagne à grands pas. Cette vûë
nous ſurprit , ſur tout dans un tems
où trois de nos Camarades étoient allez à la Chaſſe , de maniére que nous
n'étions que onze. Je commandai à
mes Gens de bien charger leurs Fu-
ſils & de ne ſe point faire voir juſques à ce que l'Ennemi fût parvenu
au Foſſé , où on le ſaluëroit d'une
décharge de cinq coups au moins.
Quand les Drôles furent à portée ,
nous reconnûmes fort bien qu'ils é-
toient Sauvages : ils pouvoient être
autour de ſoixante & dix hommes,
tous grands & bien faits , couverts de
peau juſques ſur les jambes , & chargez d'Arcs & des Fléches : une grande partie avoit des Maſſuës de cinq
à ſix pieds de long. Aparemment que
les Fripons nous avoient épiez avant
que de venir attroupez , car ils ne paroiſſoient nullement ſurpris de voir
l'Ouvrage que nous avions fait. Perſonne

fonne des nôtres ne fe montroit , une groffe branche feuilluë que j'avois mife à l'endroit , d'où je les obfervois , les empêchoit même de me voir : deforte qu'il y a aparence qu'ils fe flâtoient de nous furprendre , auffi venoient-ils le plus tranquillement qu'il leur étoit poffible.

Ils aprochérent de cette forte jufques fur le bord du Foffé ; là ils s'arrêtérent , ne fachant de quel biais s'y prendre pour parvenir jufques dans la Place. Je ne crûs pas leur devoir donner le tems d'éxaminer les chofes de plus près , je dis à cinq de mes gens de tirer adroitement deffus , & de recharger au plus vite , afin de n'être pas fans feu. Ils s'en aquitérent effectivement fi - bien , qu'ils en jetterent trois par terre.

Ce coup les épouventa , ils ne favoient à quoi attribuër la chute fi fubite de leurs Camarades : Ils avoient vû à la verité le feu & la fumée de nos Armes , mais je doute fort qu'ils euffent découvert ceux qui avoient tiré : ce devoit être la Foudre , ou quelque Démon qui les eut frapez ; les cris épouventables qu'ils fe mirent

Q 3

à faire, en regardant tous vers le Ciel, nous le fit au moins juger. Profitons de l'épouvente de ces miferables, dis-je à mes Camarades, que les cinq autres donnent feu : cette décharge, avec le coup que j'y joignis, en culbutant encore deux : cela redoubla leur étonnement. Alors nous nous montrâmes tous à la fois, en criant tous comme des perdus ; les cinq premiers donnerent en même tems encore feu, & en coucherent deux autres fur le carreau. Nous les aurions tous exterminez de cette maniere, mais ils ne furent pas fi fous de refter-là plus long-tems. Sept des plus forts fe chargerent chacun d'un homme, & fe mirent à fuïr, comme fi une armée les avoit pourfuivis.

Les trois abfens de notre bande n'étoient pas fi éloignez de l'autre côté, qu'ils ne nous entendiffent fort bien tirer : ils fe doutérent bien qu'il faloit qu'il y eut quelque chofe, puis que nous n'étions pas gens à brûler notre poudre fans une grande néceffité : ils demeurerent quelque tems cachez dans un buiffon, tout chargez de gibier qu'ils étoient ; vers le foir

ils

ils s'avancerent, & furent ravis de voir
de loin, la Sentinelle, qui se promenoit exprès sur le Parapet, afin
de montrer qu'il n'y avoit point de
danger.

La crainte où nous étions que ces
Scélérats ne revinssent plus forts &
mieux résolus, nous fit au plûtôt
achever nos Palissades : nous fraisâ-
mes aussi le Rempart au défaut du
Parapet. Outre cela il fut résolu que
quelques-uns de nos gens iroient chacun à son tour aux Dunes, prendre
les deux plus petites piéces de Canon que notre Capitaine y avoit lais-
sées. On eut bien de la peine à les
traîner jusques dans notre Fort, cela
nous prit beaucoup de tems. Nous
fîmes ensuite provision de petits cailloux, dont notre Ruisseau étoit assez
bien pourvû, afin d'en tirer à car-
touches. Cependant nous n'entendions
plus parler de la moindre chose.

Huit mois se passérent de la sorte,
nous ne pensions presque plus à ces
misérables, lors qu'un Dimanche à
midi, que nous étions occupez à prendre notre repas, la Sentinelle nous
donna l'alarme. Là-dessus je courus

Q 4　　re-

reconnoître ce que c'étoit, & Dieu
fait fi je fus étonné de voir la Montagne couverte d'une fourmillée de
nos Ennemis, qui venoient comme
une troupe de Loups affamez, tâcher
de nous devorer. Il ne faut pas mentir, le plus hardi d'entre nous trem-
bloit de peur, nous ne doutions point
que les Coquins ne vinssent résolus,
ou de mourir, ou de vaincre, &
qu'ils n'eussent pris toutes les précautions nécessaires pour bien éxécuter
leur dessein. Ils aprochoient tranqui-
lement ; j'étois d'avis, comme la premiére fois, que nous devions nous
cacher, & attendre à tirer jusques
à ce qu'ils fussent sur le Glacis, mais
le Grand crut au contraire, qu'il faloit les intimider de bonne heure, &
nous servir de notre Canon, puisque
nous en avions. En effet, d'abord
que nous les vîmes à trois ou quatre
cens pas de notre Fort, on donna
feu d'une piéce. Nous ne pûmes pas
voir si ce coup fit quelque effet ou
non, mais ils s'arrêterent tout court :
là-dessus nous déchargeâmes l'autre,
qui en emporta plusieurs, ce que
quelques-uns de nos Camarades, qui
étoient

étoient au deſſus du vent , proteſtoient
avoir fort bien vû. Quoi - qu'il en
ſoit , cela ne les épouventa pas ; au
contraire , ils recommencérent leur
marche , & avancérent à grands pas.
Ils étoient au moins quatre cens : ce
nombre de gens réſolus étoit trop ſu-
périeur au nôtre. Auſſi-tôt qu'ils furent à portée , nous fimes feu deſſus
de toute notre puiſſance. Tout cela
ne les rebuta point , & nonobſtant
la perte du monde qu'ils faiſoient ,
ils vinrent juſques à nos Paliſſades ,
devant leſquelles les uns ſe courboient,
& les autres leur montoient ſur le
dos , ſe jettoient par deſſus avec beaucoup de promptitude , & une fureur
épouventable. Nos Canons chargez
de pierre faiſoient pourtant des merveilles : & avec tout cela , s'ils ſe
fuſſent aviſez de nous attaquer de pluſieurs côtez à la fois , comme ils ne
le firent que d'un ſeul , nous étions
infailliblement perdus. Nos Fraiſes
même nous furent d'un grand ſecours ,
ils n'avoient point d'inſtrumens propres à les arracher , & ils ne pûrent en
rompre que deux. Cette ouverture
donna lieu à l'un des plus hardis de

Q 5   grim-

grimper jufques fur notre Parapet, où d'autres fe mettoient en pofture de le fuivre ; mais trois des nôtres s'étant jettez à corps perdu deffus, les pafférent au fil de l'Epée ; ce qui les fit rouler du haut en bas. Enfin, cette fougue fe paffa, à la vûë de trois ou quatre des plus grands, qui commencérent à prendre la fuite, tout fe mit à la débandade, & après trois heures de Combat, ils nous abandonnérent avec infiniment plus de rapidité qu'ils n'étoient venus à nous.

Nous fûmes ravis de cette heureufe délivrance, que nous pouvions bien compter pour une. Le lendemain nous fortîmes pour voir le carnage que nous avions fait ; nous trouvâmes feptante-deux morts, & treize malheureux qui vivoient encore, & que nous achevâmes à coups de croffes de Moufquet : & après avoir fait une grande foffe, nous les jettâmes tous dedans, de peur que leur puanteur n'infectât l'air, & nous caufât quelque maladie. Un de ceux qui étoient montez fur le Parapet, pour punir l'audace de ces téméraires, qui vouloient nous efcalader, reçut un coup

coup de Fléche à la cuiſſe, dont il guérit peu de tems après : ce fut le ſeul bleſſé que nous eûmes.

Cette Eſcarmouche redoubla de nouveau les ſoins que nous prenions de notre conſervation ; nous redoutions toûjours nos Ennemis batus , parce que nous apréhendions que le tems ne les rendît ſages. Mais nous ne les avons plus vûs depuis , ni n'en avons jamais entendu parler , non plus que de nos deux Camarades , que les Pendarts avoient aſſûrément maſſacrez & mangez.

A propos de manger , interrompis-je , il me ſemble qu'il eſt tems de penſer à ſonner la nape ; allons dîner ſi vous m'en croyez ; après nous verrons ce que nous aurons à nous dire. Tout ce qui s'eſt paſſé depuis ce tems-là , ne mérite pas votre attention , reprît Normand. Etes-vous encore tous en vie ? lui demandai-je. Non certes , me répondit-il , il en eſt mort quatre depuis deux ans , & il y en a un autre qui ſe porte fort mal : peut-être que votre vûë contribuëra à ſon rétabliſſement ; je ſuis du moins perſuadé que lui & les autres ſeront char-

Q 6   mez

mez de vous voir. Allons les joindre, je vous en prie , nous avons encore affez de tems aujourd'hui , les pauvres gens ne faurons ce que nous fommes devenus. Quoique nous ne fuffions pas encore bien délaffez des fatigues des jours précédens ; après avoir mangé un morceau à la hâte , nous nous mîmes en chemin.

Le Soleil étoit couché il y avoit long - tems , lorfque nous vinmes au gîte ; mais le Ciel étoit ferain , & la Lune prefque pleine. Je ne pûs pas m'empêcher de rire , lorfqu'étant à cent pàs du Fort , nous entendîmes crier : Qui va - là ? & que Normand répondit : Ami. Ce ne fut pourtant pas encore tout. Vous n'êtes fortis que deux, dit le Factionnaire , & je vous vois davantage : Officier , hors de la Garde. A ces mots , le Grand fort , & vient le Fufil à la main , reconnoître qui nous étions. J'étois charmé de cette bonne Garde , fur tout alors , que je venois d'un Païs où l'on ne fait ce que garder fignifie. Normand qui s'étoit avancé , alla déclarer qui nous étions. Les autres qui apréhendoient toûjours d'être

tre furpris , s'étoient aprochez , &
l'avoient oüi , de forte qu'ils vinrent
tous à la fois fondre fur nous , &
penférent nous abîmer de careffes. Ce
fut-là qu'il falut recommencer le recit de nos Fortunes , & entendre de
durs reproches de n'en avoir pas pro-
fité.

Que cherchez-vous , mes Amis, dit
Le Grand , des Tréfors & des Empires ? Qu'avons-nous befoin d'autres
chofes , que de médiocres alimens &
d'un fimple vétement ? Vous étiez
dans un lieu où vous joüiffiez de ces
deux avantages à la fois : tout le
monde y eft égal, il n'y a que quelques perfonnes pour qui les autres
ont une petite déférence volontaire ,
à caufe de leurs vertus , & des foins
qu'ils prennent d'adminiftrer la Juftice parmi eux ; vous étiez même familiers avec le Roi , qui vous nour-
riffoit de la graiffe d'un Païs abon-
dant & fertile , d'un Païs de bénédiction & de paix , d'où les Soldats , auffi-bien que les Bourreaux , font ban-
nis , & où le fang de l'homme eft facré & à l'abri de la rage & de la tyrannie des Grands : que vouliez vous
da-

davantage , je vous en prie ? Allez
où vous voudrez , vous n'en trouverez jamais tant ailleurs. Mais c'eſt
le foible de la plûpart des hommes ;
ils ſe contentent rarement de ce qu'ils
poſſedent ; en quelque état & en quelque lieu qu'ils ſe trouvent, ils croyent
toûjours qu'il faut qu'ils en changent
pour être heureux.

Toute cette Morale eſt inutile, reprit la Forêt , nous en ſommes ſor-
tis , & nous n'y retournerons point,
dûſſions-nous crever de faim autre
part. Il a raiſon , pourſuivis-je , lors
que les fautes ſont faites , il eſt inutile d'y plus penſer , à moins que ce-
ne ſoit pour nous ſervir d'exemple
dans les occaſions. Si un bonheur
ſemblable nous arrive une autre fois ,
peut-être en ſaurons-nous mieux profiter.

Le lendemain nous allâmes querir
le reſte du bagage , que nous avions
laiſſé proche de la Riviere, & dont
nous croyions pouvoir tirer quelque
utilité , & nous vinmes ranger avec
les autres , dans le deſſein de finir-là
nos jours.

Je fus fort édifié de voir le bon ordre

dre que le Grand tenoit dans ce Fort, pour ce qui concernoit les mœurs ; il étoit défendu , sous peine de correction publique , de proférer la moindre parole deshonnête. Le matin & le soir il faisoit une Priere , où tous assistoient ; car encore qu'ils fussent pour la plûpart Catholiques , ils vivoient ensemble comme s'ils avoient été d'une même Religion. Ils faisoient tous profession d'aimer Dieu & leur Prochain autant qu'eux - mêmes : Chacun savoit son tour , pour aller aux Provisions , pour faire la Cuisine , pour la Garde , & ainsi du reste : Les autres se promenoient , ou s'occupoient à ce qu'ils vouloient. Il nous fut assez aisé de nous accommoder aux maximes de cette petite République. Le malade que j'avois trouvé-là , guérit ; de sorte que notre Société étoit composée de douze personnes.

Nous fûmes vingt-sept mois ensemble , sans qu'il arrivât aucun changement considérable parmi nous ; mais alors un de nos Camarades mourut : il s'apelloit Gascagnet , & étoit Cévénois. Il y avoit des années qu'il étoit

ex-

extrémement incommodé d'un afthme , qui l'avoit rendu maigre comme du bois. Lorfqu'il fut mort , je demandai la permiffion de l'ouvrir ; on me l'accorda volontiers. Je me fervis pour cette Opération de quelques méchans Rafoirs & Cifeaux que mes Camarades avoient confervez. Je trouvai les poumons de ce cadavre prefque fans humeur , retirez & fecs comme une éponge. La trachée artére étoit dure , infléxible , & affez ouverte pour y faire paffer un œuf. Le foye étoit verd , il avoit une de fes parties graveleufe , l'autre attachée aux reins , qui paroiffoit toute ulcérée. Je trouvai quatre pierres de la groffeur d'un noyau de prune , dans la bourfe du fiel , lequel étoit jaune comme de la cire. Pour le cœur , il paroiffoit autant beau extérieurement qu'on le pouvoit fouhaiter ; mais l'ayant ouvert , je trouvai une ouverture au *feptum medium* , de la grandeur d'un fou , bordé d'une membrane , qui fans doute s'y étoit formée , pour empêcher qu'elle ne fe fermât.

J'avouë que cela me furprît , y ayant

pour-

pourtant un peu fait de réfléxion, je
conjecturai que cet homme, ayant
toûjours eu de la difficulté à respirer,
& ses poumons ne pouvant par conséquent pas être suffisamment rafraî-
chis, la nature y avoit voulu remédier, comme elle y suplée par d'autres voyes aux enfans, qui sont encore dans le ventre de leur mere, &
qui en effet ne respirent point du
tout, en ce que la circulation du sang
se fait en eux d'une toute autre maniere que dans la suite. Car au lieu
qu'ici, le sang contenu dans les veines, & porté des extrémitez du corps
vers le cœur, où il entre par la veine cave, se décharge dans la cavité
droite, d'où il passe dans la veine
artérieuse, puis dans l'artére veineu-
se, & de-là dans la cavité gauche du
cœur, d'où il est porté aux extrémi-
rez de l'animal par l'aorte, qui s'abou-
che par ses ramaux avec ceux de la
veine cave : là au contraire, le sang
qui sort de la cavité droite, passe immédiatement du tronc de la veine artérieuse dans l'aorte, tandis qu'il en
passe aussi immédiatement de la veine cave dans le tronc de l'artére vei-
neuse,

neufe, qui de-là entre & fe dilate dans la cavité gauche du cœur.

Je ne remarquai rien d'extraordinaire dans les inteſtins. Les uretéres & les reins étoient pleins de gravier : de forte qu'il n'étoit pas furprenant que ce pauvre corps fe fût toûjours plaint, & fût mort à la fleur de fon âge, n'ayant encore que trente-quatre ans. Nous l'enterrâmes dans la Contreſcarpe.

Pas fix femaines après nous eumes un horrible Tremblement de terre, qui fut fuivi d'une Tempête auffi furieufe que j'en aye vû de ma vie. La Montagne qui étoit au Couchant de notre Fort, fe fendit en deux depuis le fommet jufqu'au pied : en même tems un Torrent d'eau limonneufe en fortit avec une impétuofité extraordinaire. Par bonheur il ne defcendoit point directement vers nous, autrement nos Ouvrages auroient couru beaucoup de rifque : cette ravine dura jufqu'au lendemain ; toute notre Valée étoit fous l'eau, & nous fûmes trois jours fans pouvoir battre la Campagne. Lors que le mauvais tems fut paffé & nos prairies féchées, nous

nous montâmes fur la Montagne pour voir une partie des ravages qu'il y avoit caufez. Nous trouvâmes que l'ouverture dont je viens de parler, étoit au moins de vingt Toifes, ou cent vingt pieds en bas, & de plus de cinquante en haut. Je m'aperçûs le premier, qu'une Fontaine qui étoit proche du fommet, avoit difparu ; & comme je vis que les autres la cherchoient, je leur recitai cet Impromptu :

Vous n'êtes plus, belle Fontaine,
Un tourbillon fatal a fermé vos conduits :
Le Ciel, quand il voudra, foulagera ma
*   peine,*
Et mettra fin un jour de même à mes en-
*   nuis.*

Ce changement nous furprit tous ; mais ce qui nous étonna davantage, c'eft que la moitié de la Forêt, qui étoit au bas, de l'autre côté, étoit abîmée, & qu'au lieu d'arbres qu'il y avoit, il n'y paroiffoit plus qu'un Lac d'une fort grande étenduë. Ces prodigieux événemens nous donnérent occafion d'admirer les Ouvrages de la Providence.

Le Grand étoit trifte de la perte de
                                   cette.

cette Fontaine ; parce que souvent
nous allions nous divertir par-là autour, & que nous étions bien-aise de
nous y rafraîchir de son eau, qui étoit
merveilleusement belle & claire. Il
ne pouvoit pas comprendre quelle relation ce Jet d'eau avoit avec ce Rocher fendu : les autres en étoient encore plus étonnez que lui. Ne voyez-
vous pas, leur dis-je, que pour faire
une telle ouverture à ce grand corps,
il a falu que les petites parties, qui
en composent les deux moitiez, se
soient aprochées, & qu'ainsi les conduits par où passoit l'eau, qui formoit
ce petit Jet, se sont fermez, ni plus ni
moins que les pores d'une éponge se
ferment à proportion qu'on la serre. Je
ne sai si vous raillez, dit l'un d'eux, on le
diroit presque à votre mine : mais ce
que vous dites-là, paroît assez vrai-semblable. Sans doute que je raille, repris-je, il y a une raison naturelle &
phisique de ce que vous admirez, que
ceux qui ont la moindre teinture de
Philosophie, n'ignorent point. Nous
ne savons ce que c'est que Philosophie,
dit le Grand ; mais si vous croyez que
nous soyons capables de vous entendre,

dre, vous nous ferez plaifir de philofo-
pher avec nous fur notre Fontaine. Je le
veux bien, lui répondis-je, nous n'a-
vons rien autre chofe à faire à prefent,
mais à condition que cela ne me fera
point réputé à pédanterie.

Le Globe que nous habitons, eft compofé, leur dis-je, d'un nombre innombrable de différentes petites parties. Les principales font les terref-
tres & les aqueufes. Ce compofé tourne en vingt-quatre heures autour de
fon propre centre. Comment, interrompit Le Grand, la Terre tourne ?
Oüi, oüi, reprit La Forêt, je lui ai
entendu expliquer ce phénoméne ailleurs fi clairement, qu'il n'y a pas
lieu d'en douter. Tant clairement
qu'il vous plaira, repartit le Grand,
je ne croirai jamais rien au préjudice
de mes fens, & de l'Ecriture Sainte,
où l'on trouve une quantité de paffages formels, qui ruïnent pofitivement
ce que vous avancez. Vos fens vous
trompent fouvent, cela eft aifé à prouver, continuai-je ; & pour ce qui eft
de l'Ecriture, il eft fûr que le but du
Saint Efprit n'a jamais été de nous rendre Mathématiciens & Philofophes,
puis

puis qu'autrement il auroit eu foin d'é-
claircir des endroits de la Généfe, au
fujet de la Création, qui embaraffent
bien des gens, & qu'un Prêtre du
Païs, où nous avons été La Forêt &
moi, remarqua d'abord qu'il en entendit parler. Il n'auroit pas manqué
de même de nous aprendre au vrai la
proportion de la périférie d'un Cercle
à fon diamétre, lorfqu'il traite de la
Mer de cuivre, que Salomon avoit
fait mettre dans fon fuperbe Temple,
& qu'il prétend-là être, fuivant l'opinion du Vulgaire, comme de trente
à dix, ou de vingt & un à fept ; au
lieu qu'elle eft comme de vingt-deux
à fept, ou du moins il s'en faut peu
de chofe, comme cela fe démontre
dans les Mathématiques. Dieu bégaye
avec nous, pour fe rendre intelligible,
il s'accommode au langage des hommes : lorfqu'il parle à fa maniere, il
nous eft impoffible de l'entendre : ce
qu'il dit, font des miftéres que nous
ne faurions pénétrer. Tout cela eft aifé
à comprendre, & n'aporte ici aucune
difficulté.

Supofant donc que la Terre tourne, les parties les plus agitées doivent

vent être celles qui s'éloignent de son centre avec le plus d'impétuosité, comme il eſt facile de le prouver par pluſieurs belles expériences: cela étant, l'eau, qui outre le mouvement de tout le corps qui eſt emporté, en a un particulier, qui la rend liquide, doit par conſéquent prendre les devans. Enſuite vient l'air, qui eſt un autre liquide compoſé de parties beaucoup plus ſubtiles & plus agitées que celles de l'eau : ce qui le fait encore paſſer devant, & former autour du globe terreſtre une eſpece de du duvet, qui compoſe notre Atmoſphére, & s'étend environ juſqu'à deux lieuës de diſtance autour de la ſuperficie de la Terre: & ç'eſt, pour le dire en chemin faiſent, dans cet Atmoſphére que ſe forment la pluye, la neige, les éclairs, le tonnerre & en général tous les Météores.

Attendez, dit Le Grand, ſelon votre Philoſophie, les corps qui ſont le moins en mouvement, doivent reſter le plus près du centre de notre Globe, les parties acqueuſes ſont en plus grand mouvement que les terreſtres, donc l'eau doit néceſſairement couvrir

toute

toute la fuperficie de la Terre, & ainfi
nous devons avoir un déluge continuel:
ce qui n'eft pas.

L'objection eft bonne, lui répondis-je, & il eft affûrément vrai que fi
Dieu par fa Toute-puiffance aplaniffoit
les Montagnes, & mettoit au niveau
des Valées en général tout ce qu'il y
a de hauteurs, le fec n'aparoîtroit plus
nulle part. C'eft un argument dont on
pourroit peut-être même bien fe fervir pour favorifer la poffibilité d'un
déluge univerfel, n'étoit que le Texte
y parle devant & après de Montagnes.
Mais vous devez confidérer que la
Nature ne peut pas toûjours avoir
fon cours libre, à caufe des obftacles qui l'en empêchent. L'eau d'u-
ne Riviere doit, fuivant les Loix
qui font prefcrites, fuivre la pente de
fes lits; cependant il arrive fouvent
qu'un vent impétueux l'arrête, & la
fait même remonter vers fa fource.
Les Montagnes & les Rochers que la
Providence a formez, font des Barié-
res, que l'Ocean ne fauroit franchir,
comme la liqueur qui eft dans un Vafe ne fauroit furpaffer fes bords: mais
abaiffez ces bords, ainfi que je le difois

fois tantôt des Montagnes , & vous verrez qu'elle paffera d'abord par deffus.

Je reviens donc à mon fujet & je dis que n'y ayant point de vuide dans le monde. Point de vuide dans le monde ! interrompit Le Grand. Ah ! je me rends, repris-je. Non , j'ai tort , repartit-il , de vous interrompre fi fouvent ; pourfuivez , je vous prie , vous avez bien fait de m'arrêter , car je connois bien que j'allois dire des fottifes, je ne dirai plus mot d'aujourd'hui. Auffi-tôt, pourfuivis-je, que quelques parties d'air ou de feu , plus fubtiles & plus agitées que les autres , montent , il faut néceffairement qu'il en décende une quantité équivalente d'autres en même tems, qui viennent prendre leur place, ce qui caufe une efpéce de tention fur l'èau , laquelle lui fait remplir jufqu'aux moindres intervales, où ces petites parties peuvent pénétrer. Or il faut favoir que la plûpart des Montagnes font creufes vers le bas , comme vous le voyez en celle-ci , préfentement qu'elle s'eft ouverte : & d'autant que la Terre eft poreufe , & pleine de crevaffes & de con-

R   duits,

duits , il arrive que la Mer force ces paſſages , & vient remplir ces Montagnes creuſes juſqu'au niveau de l'O. céan.

Je vous entends , dit Le Grand , il n'en eſt pas beſoin de davantage : vous voulez dire que la Mer étant auſſi haute que les plus hautes Montagnes , comme tout le monde l'avoüé , & qu'il eſt aiſé de le voir lors que l'on eſt ſur les Côtes , l'air qui preſſe l'eau de l'Océan, la force de paſſer par les bas conduits de la Terre , & à monter juſqu'au ſommet des Rochers , d'où elle ſort par filets , qui forment les Fontaines dont il s'agit , ni plus ni moins que la Liqueur que l on verſe dans un Vaſe , où il y a une Pipe ou un Bras , monte dans ce Bras à la même hauteur qu'elle eſt dans le Vaiſſeau , & ſort par-là , s'il y a la moindre petite ouverture. C'eſt certes raiſonner en Philoſophe , lui répondis-je , votre concluſion eſt fort bonne , c'eſt dommage que vos principes ne valent rien. Car il n'eſt pas vrai que la Mer ſoit ſeulement auſſi haute que les Rivages ; ſi cela étoit nous ferions bien-tôt abîmez ; c'eſt une erreur populaire , dont la cauſe eſt aſſez
connuë

connuë par ceux qui ont feulement a-
pris les premiers élémens de l'Optique.
Mais voici ce qui en eft.

L'Eau étant parvenuë jufqu'au pied
de ces Montagnes creufes, s'échauffe
par les rayons du Soleil qui pénétrent
jufques-là, & monte en vapeurs jufqu'aux voutes, où ces parcelles d'eau
fe raffemblent, comme l'eau d'un Pot
qui bout, fait contre fon couvercle,
formant ainfi des goutes, & ces goutes
des filets, qui fortent pár la premiere
ouverture qu'ils trouvent, & font que
ce que nous apellons une Fontaine, plufieurs Fontaines un Ruiffeau, & plufieurs Ruiffeaux une Riviere, qui re-
porte à la Mer l'eau qui en étoit venuë,
& qui par conféquent ne fait que cir-
culer comme le fang dans les Veines
d'un Animal vivant.

Hé bien, dit La Forêt, que dites-
vous de cela? ce n'eft pourtant rien
encore, cette explication eft claire,
mais elle dépend d'autres connoiffances, que je lui ai entendu déduire ailleurs, & qu'il faut favoir néceffairement
pour l'entendre à fond. Autres con
noiffances ou non, repartit Le Grand,
je trouve tout cela fort beau, & je

voudrois que notre Docteur nous voulut de même entretenir de la formation
des Météores ; cela doit être extrémement divertissant. Il vaut mieux, interrompis-je, que je vous donne quelque
teinture des Mathématiques , j'en ai
apris quelque chose : cette Science vous
pourra peut-être servir , si jamais nous
sortons d'ici ; du moins cela nous aide-
ra à tuër le tems. Tous consentirent à
ma proposition avec joye. Le Grand
seul , qui étoit avide de Sciences ,
branloit la tête. Vous nous avez mis-
là une clause pour la Phisique , reprit-
il , qui ne m'agrée point du tout , j'entens volontiers traiter des Ouvrages de
la Nature ; cependant il ne faut pas
trop éxiger de ses Maîtres , ayez la
bonté seulement , avant que de finir
cette agréable conversation , de nous
dire de quel sentiment vous êtes à l'é-
gard du Déluge : de la maniere que
vous en venez de parler , je doute que
vous suiviez le Vulgaire : franchement
avoüez-nous si vous le croyez universel
ou particulier ?

Comme le Salut n'est point intéressé
dans le choix que l'on peut faire de
l'un de ces deux Partis , lui répondis-
je ,

je , je n'ai fait aucune difficulté de me
rendre aux raifonnemens d'un de mes
Régens de Collége , qui foûtenoit haute-
tement qu'il étoit impoffible que toute
l'eau qui eft au Monde pût couvrir la
Terre jufqu'à une auffi grande hauteur
que le Texte femble le vouloir infi-
nuër. Mais eft-ce que Dieu n'eft pas
Tout-puiffant ? interrompit Le Grand ;
& outre cela , n'eft-il pas dit que les
bondes des Cieux furent ouvertes ? Sans
doute , repris-je , mais les Théologiens
ne prouvent ici aucun Miracle : fi cela
étoit , je n'aurois pas le petit mot à
dire. Je ne nie point que celui qui a
créé l'Univers ne puiffe faire de nouvelles Eaux quand il veut, mais je foû-
tiens que s'il a créé alors des Eaux , il
les a enfuite anéanties. Et pour ce qui
eft des bondes des Cieux , ce font des
expreffions poëtiques & métaphori-
ques , dont l'Auteur fe fert pour relever l'excellence du fujet.

Comment , dit un autre , eft-ce que
comme il y a un Ciel de feu , il ne
pourroit pas auffi y avoir un Ciel d'eau ,
qui feroit comme un Magafin inépuifa-
ble , duquel la Providence fe pourroit
fervir dans les occafions , foit pour hu-

R 3   mecter

mecter la Terre en tems de fécherefle,
& pour inonder de certains Païs? Pour
cela, répondit Le Grand, c'eft une
pure bagatelle : le premier eft une fiction des anciens Philofophes, & le
fecond une chimere d'enfans, que j'ai
pourtant oüi alléguer à des perfonnes
raifonnables. Car enfin, où placer
un Ciel aquatique ? Si on le met au
deffus du Firmament, il n'aura aucune liaifon avec la Terre, & fi on le
place au-deffous, il eft impoffible
qu'il ne nous cache les Etoiles fixes,
puifque le moindre Brouillard nous
dérobe la vûë du Soleil. Il ne faut
point chercher le remede fi haut, feulement il faut confidérer que d'abord
qu'il pleut pendant huit ou dix jours
de fuite en un endroit, tout y nage:
or il n'y a qu'à fupofer qu'il pleut par
tout d'une égale force durant quarante
jours confécutifs, & alors il me femble que la chofe n'aura pas tant de difficulté.

Vous n'y penfez pas, lui répondis-
je, lorfqu'il y a beaucoup d'humidité
en un lieu, il y a trop de fécherefle
dans un autre : ce que le Soleil enle-
ve d'un côté, les Nuës le vont porter
ailleurs.

ailleurs. S'il devoit pleuvoir par tout avec tant de violence, il faudroit premierement que tout l'Océan, pour ainsi dire, se fut élevé en vapeurs, alors tout ce qui tomberoit ne suffiroit simplement que pour remplir les baissieres, d'où l'eau auroit été tirée pour former les nuages : il en faudroit donc bien d'autres pour couvrir tout le Globe jusqu'à la hauteur de quinze coudées au-dessus des Alpes & du Pic des Canaries, Montagnes qui ont peut-être deux lieuës de hauteur ; vous voyez bien que cela est impossible.

Cependant il y a une autre difficulté, qui est celle de la grandeur de l'Arche. Mon Maître de Mathématiques a eu la curiosité de prendre les dimensions de ce grand Bâtiment, & de suputer le contenu de sa capacité : ensuite il a examiné Pline, & a consulté tous les Traitez des Voyageurs, afin de faire le dénombrement au juste de tous les differens Animaux, dont nous avons présentement la connoissance. Enfin il a calculé combien de Vivres il faloit à toutes ces Bêtes & à huit Personnes pendant un An ; mais quand tout cela a été rassemblé, le Volume

R 4   en

en étoit si grand, que le Vaisseau ne pouvoit pas à beaucoup près le contenir. Je laisse à part les Animaux dont nous n'avons pas encore entendu parler, & qui sont sans doute en très-grand nombre.

Mais les mesures dont parle Moïse, dit Le Grand, nous sont-elles bien connuës ? Oüi, repartis-je, la Coudée de laquelle le Texte fait mention, avoit un pied & demi de longueur : & afin que vous ne pensiez pas que nous en parlons à la volée, il faut que vous sachiez que les Anciens voyant que les hommes ne sont pas également hauts & puissans, & que par conséquent leurs parties doivent être à proportion fort différentes les unes des autres, convinrent, au lieu de s'en servir pour leurs communes mesures dans le Commerce, de prendre quatre grains d'Orge rangez de plat l'un contre l'autre, pour la mesure d'un travers de doigt, quatre de ces doigts faisoit une paume, ou trois pouces, & douze pouces ou seize doigts un pied : d'un & demi de ces pieds on en fait la coudée, de cinq pieds le Pas de Roi ou Géométrique, au lieu que le commun ne comprend que deux pieds

pieds & demi. La Verge eſt de douze
pieds : la Stade étoit compoſée de cent
vingt-cinq pieds , & de huit Stades le
Mille d'Italie , d'où vous voyez que
les principes des Meſures inventez par
les premiers hommes , ont paſſé aux
Grecs , aux Romains , & à pluſieurs
autres Nations. Tout cela étant , il eſt
aiſé de conclure que le Déluge dont
parle Moïſe n'a point été univerſel par
raport à la Terre , mais ſeulement à
l'égard de l'homme. Le Monde étoit
dans ſon enfance , on n'avoit pas eu le
tems de ſe multiplier & de s'étendre
au long & au large ; Dieu a inondé le
Païs qui étoit habité , il n'étoit pas néceſſaire de ſubmerger tous les autres :
ainſi il ſuffiſoit auſſi que Noé conſer-
vât ſeulement les eſpéces du Bétail qui
étoit de ces Contrées-là ; l'Arche étoit
ſuffiſante pour en loger davantage ; &
toutes les autres difficultez ſont levées.
Car pour l'expreſſion de tout le Monde , il eſt aſſez ordinaire aux Ecrivains
ſacrez de s'en ſervir pour en marquer
une partie ; témoin l'endroit où il eſt
dit au ſujet de Joſeph & de Marie, que
tout le monde devoit être enrôlé; perſonne n'ignore que tout ce monde ſe

R 5   bor-

bornoit tout au plus aux Païs qui é-
toient fous le Gouvernement de l'Em-
pereur des Romains.

Là-deffus chacun fe retira, réfolu de
s'enfoncer dans l'étude des Mathématiques, & de profiter de mes Leçons.
En effet, nous commençâmes dès le lendemain par les Elémens d'Euclides.
Quoi - qu'il y eut des Années que cet
Auteur ne me fut point paffé par les
mains, j'avois eu tant de foin de repaffer fouvent dans mon efprit le contenu
principalement de fes fix premiers Livres, que pour peu que j'en rapellaffe
les idées, j'héfitois rarement dans les dé-
monftrations que j'en faifois. De-là
nous paffâmes à la Géométrie, où je
n'étois pas à la vérité fi expert, outre
qu'il nous auroit falu, pour la traiter
à fond, des Livres & des Inftrumens
qu'il n'y avoit guéres d'aparence de recouvrer : & enfin nous finîmes par la
Fortification. J'aurois bien voulu auffi
leur enfeigner un peu d'Algebre, mais
Le Grand feul fut celui, qui de fois à
autre, vouloit bien s'y apliquer un
moment, & encore s'en trouva-t'il rebuté, auffi-tôt que nous en vîmmes aux
Equations cubiques.

NOUS

Nous nous exerçâmes des Années
dans ces belles Sciences, de sorte qu'il
n'y avoit point d'endroits unis & sa-
blonneux qui ne fuffent remplis de figures géométriques, fur tout dans les
Dunes, & le long du rivage de la Mer,
où nous allions nous promener fort
souvent. Un jour que nous y étions,
& que l'eau qui montoit à petits flots,
nous avoit donné occafion de nous entretenir de la caufe du Flux & Reflux
de l'Océan, nous fûmes extrémement
furpris de voir du côté d'Occident,
auffi loin que la vûë pouvoit porter, un
corps que nous n'y avions point encore vû auparavant. Nos fentimens furent d'abord partagez fur ce fujet, les
uns vouloient que l'eau étant baffe, ce
fut la pointe de quelque Rocher qui
fe montroit, d'autres prétendoient que
ce fut un petit nuage, Normand affu-
roit qu'il avoit vû la même chofe autrefois, & le refte foûtenoit que c'étoit
un Vaiffeau. Pour m'en affurer, je
fichai deux Fléches en terre, qui faifoient avec ce corps une ligne droite,
& m'étant pofté derriere, je remarquai
auffi-tôt qu'il avoit changé de place,
& que par conféquent ce ne pouvoit
R 6   pas

pas être un Rocher. Nous nous apli-
quâmes enfuite à obferver fort attentivement, s'il n'arrivoit point de changement dans fa figure, comme il fait
ordinairement aux nuages, qui s'étendent, augmentent ou fe diffipent avec
le tems, & n'en ayant vu aucun dans
l'efpace d'une demi-heure, finon qu'il
groffiffoit tant foit peu, nous conclû-
mes qu'il faloit abfolument que ce fut
un Vaiffeau, que le Ciel nous envoyoit
pour nous tirer de notre eunuyeufe Solitude.

Le Vent fraîchiffoit un peu, & il
n'étoit pas midi, ainfi il y avoit quelque efpérance de le voir aprocher avant
la nuit, puifqu'il côtoyoit les terres.
La Forêt, qui avoit plus peur qu'aucun des autres, qu'une commodité fi rare & fi peu attenduë, ne nous échapât,
fut d'avis que quatre fe devoient mettre dans nôtre Chaloupe, qu'on avoit
eu foin de mettre dans la Barraque que
nous avions bâtie en arrivant, & dont
nous ne nous étions prefque pas fervis
depuis douze ans, que nous l'y avions
mife pour la premiere fois, ce qui l'a-
voit bien confervée, outre que nous
avions eu foin de l'entretenir, auffi-
bien

bien que fon couvert ; & qu'on iroit
à merci de rames à la rencontre de ce
Navire , de peur qu'il ne s'écartât des
Côtes , avant que ceux qui le menoient
fuſſent avertis que nous étions-là , &
qu'ainſi cette négligence nous privât
d'un bien , qui peut-être ne nous arriveroit plus jamais. On aprouva fon
fentiment , ainſi nous allâmes mettre
nôtre Bâteau en Mer , où La Forêt &
trois autres entrérent. Comme nous n'a-
vions que deux rames , ils travailloient
les uns après les autres , mais avec tant
de force , que nous les avions perdus
de vûë peu de tems après. Cependant
le grand Vaiſſeau aprochoit , & nous
commençions à diſtinguer les Voiles ,
lorſque nous remarquâmes que le Soleil aprochoit de l'Horifon. Nous a-
vions au moins une lieuë & demie de
chemin à faire avant que d'arriver à la
premiere loge , que nous avions entre
nôtre Fort & la Mer, & la Lune fe le-
voit tard. Ces confidérations nous firent
penſer à notre retraite : nous arrivâmes
enfin à ce premier gîte , où nous trouvâmes encore quelques reſtes de ce que
nous y avions aporté le matin , ce qui
nous vint fort à propos.

Quoi

Quoi que nous fuſſions fatiguez , il
nous fut impoſſible de fermer l'œil, il
n'y en avoit pas un qui ne fût dans de
mortelles inquiétudes. Le matin avant
le jour , nous retournâmes le plus directement que nous pumes vers le rivage de l'Océan. A notre arrivée
nous fûmes tranſportez de joye de voir
le gros Bâtiment à l'Ancre , un peu
plus bas , & environ une lieuë en Mer,
& en même tems deux Chaloupes qui
venoient à terre. Nous nous aprochâmes de l'endroit où elles devoient a-
border. Le Capitaine du Vaiſſeau ne
connoiſſant pas ceux qui étoient venus
à ſon Bord, en avoit retenu deux, leurs
Camarades devoient ſervir de guides à
huit autres, qui étoient venus dans leur
propre Eſquif pour nous reconnoître.
D'abord on nous ordonna d'aller chercher nôtre bagage , & de nous en revenir plûtôt qu'il ſeroit poſſible , parce que le fond n'étoit pas-là bien propre à ancrer, s'il étoit ſurvenu le moindre mauvais tems , il y auroit eu du
riſque. Six hommes de l'Equipage
nous accompagnérent : étant venus à
notre Fort , nous nous chargeâmes de
ce que nous crûmes le meilleur , le
reſte

reſte demeura pour les Sauvages, ſi
tant eſt qu'il leur ait jamais pris envie
d'y revenir. Quelque diligence que
nous fiſſions, il étoit nuit avant que
nous arrivaſſions au Vaiſſeau. La Forêt avoit déja inſtruit le Capitaine des
propriétez du Païs que nous quittions,
ou pour mieux dire, il avoit eu ſoin
de lui en faire un Portrait autant deſa-
vantageux qu'il avoit pû, de ſorte que
n'ayant pas grande envie de le voir, il
fit mettre auſſi-tôt à la Voile ; ce qui
nous donna occaſion de rendre graces
à Dieu de ce qu'il nous tiroit du miſé-
rable endroit où nous avions malheu-
reuſement échoué il y avoit 18 Ans.

CHAPITRE XIV.

*Comment l'Auteur paſſe des Ter-
res Auſtrales à Goa, où il fut
mis à l'Inquiſition : Hiſtoire
d'un Chinois qu'il rencontra dans
cette Priſon, & de quelle maniére ils en ſortirent.*

LE Capitaine du Navire étoit Eſ-
pagnol, qui ne ſe démentoit point
par

par aucune de fes actions, il avoit dans
toutes les formes , & la fierté & le gé-
nie de fa Nation : ainſi quelque envie
que j'euſſe de favoir par quel cas-for-
tuit ce Bâtiment avoit été conduit fur
les Côtes d'une Terre où perſonne ne
négocie , il me fut impoſſible de l'a-
prendre. Il n'y avoit pas un homme
de l'Equipage qui en ſçût rien , & je
n'oſois m'adreſſer à ce ruſtre pour m'en
inſtruire, de peur d'en être reçû comme les autres. Le Chirurgien , qui
parloit un peu Latin , me dit feulement un jour, qu'ils venoient des Iſles
de l'Amérique , où ils avoient eſcorté
quelques Vaiſſeaux Marchands , & porté des Ordres au ſujet de quatre ou cinq
Navires que Mr. le Chevalier Tyſſot ,
Gouverneur de Surinam , avoit fait
arrêter par repréſailles , & que l'on
vouloit qu'il relâchât ; fur quoi ils
avoient immédiatement après finglé
vers les Terres Auſtrales , où ils a-
voient abordé deux fois. A la premiére , continua-t'il , on n'a rien trouvé
digne de la curioſité du Capitaine : A
la feconde décente que nous avons faite, peut-être à feptante ou quatre-vingt
lieuës de l'endroit où vous étiez , de
dix

dix hommes que l'on avoit envoyez à
terre, il n'en eſt revenu que deux,
qui étoient ceux que l'on avoit laiſſez
pour la garde de la Chaloupe, les autres avoient été attaquez par les Habitans du Païs, qui les avoient pourſui-
vis juſqu'aux Dunes, où leurs Camarades les avoient vû prendre & hacher
en piéces, eux-mêmes ayant eu aſſez
de peine à échaper, parce que l'eau
avoit baiſſé, & que leur bâteau étoit
ſur le ſec. Nous avions envie de débarquer encore-là où nous vous avons
trouvez, mais le recit que vous avez
fait de ces quartiers-là, en a dégoûté
notre Capitaine : cela me fait préſu-
mer qu'il y a eu un Ordre ſecret, ou
du Roi, ou de quelque Compagnie,
de voir s'il n'y auroit pas moyen de
faire quelque heureuſe découverte de
ces côtez-là. Je ne ſai, dit-il encore,
s'il en eſt dégouté ou non, mais il me
ſemble avoit entendu que nous allons
à Goa en droite ligne. En effet, je remarquai, ſans que je ſuſſe pour quelles raiſons, que nous avions entiérement abandonné les terres d'où nous
venions, & que nous tirions vers le
Nord-Eſt. Nous ne pûmes pourtant
pas

pas achever notre Navigation tout d'u-
ne haleine ; il falut que le Capitaine
relâchât à l'Iſle Bourbon, ſituée à l'Eſt
de Madagaſcar, dont elle eſt diſtante
de cinq à ſix degrez. Nous reſtâmes-
là dix jours à nous rafraîchir, & à
prendre de nouvelles eaux.

Pendant ce petit ſéjour, nos Matelots ne ceſſoient de prendre autant de
bon tems que leur bourſe le leur permettoit. Le jour avant notre départ,
une partie de ceux qui étoient à terre
s'enivrérent ; il y en avoit un entr'autres, natif de Séville, âgé environ de
trente-cinq ans, fort bien tourné, &
qui avoit de grandes mouſtaches, qu'il
relevoit à chaque moment, & dont il
prenoit plus de ſoin que de tout le reſte
de ſon corps. Nonobſtant ſon ivreſſe,
il étoit venu juſqu'à la Chaloupe, où
il n'étoit pas plûtôt entré, qu'il s'étoit
endormi ; les autres qui le ſuivoient,
l'ayant joint, ſe mirent, l'un à le tirer
d'un côté, l'autre à le pouſſer de l'autre, & à faire cent grimaces pour s'exciter à rire réciproquement. Un jeune Portugais, qui n'en tenoit guéres
moins que lui, voulant auſſi faire des
ſiennes, tira doucement ſes ciſeaux &
en

en emporta fubtilement la mouftache gauche de l'Efpagnol. Cette action les fit fremir, chacun le blâma haute-ment de fon imprudence, & lui prédit auffi-tôt qu'il ne lui en arriveroit rien de bon. En effet, le lendemain au matin, ayant fû de quelque babillard que c'étoit lui qui avoit joué le tour, ils s'en vint au Cabeftan, où l'autre tra-vailloit à lever l'Ancre, & fans lui di-re une feule parole, lui enfonça fon coûteau jufqu'au manche dans le fein. Le Portugais fe fentant bleffé, léve le levier qu'il tenoit à la main & en dé-charge un fi prodigieux coup fur la tê-te de l'Efpagnol, qu'il le jetta roide mort par terre, & lui-même ayant en-fuite fait trois ou quatre pirouettes, alla donner du nez contre le Vibord, où il perdit prefque tout fon fang, dans l'ef-pace d'un quart d'heure, & rendit l'ef-prit entre mes bras. Ainfi nous per-dîmes deux braves hommes à la fois, au grand déplaifir du Capitaine, qui en prit occafion de faire Serment que le premier de fes gens qu'il verroit fou, il le puniroit d'une maniére à l'en fai-re reffouvenir. Cela n'empêcha pour-tant pas que l'on ne mit à la Voile, &

que

que nous n'arrivaffions heureufement à
Goa le treiziéme jour d'Avril 1663.

Cette fameufe Ville eft fituée dans
une Ifle, qui porte le même nom, de
quinze mille de circuit au moins, à
l'embouchure du Fleuve Mondoüi.
Elle eft enrichie d'un beau Port, d'un
très-célébre Arfenal, & d'un Hôpital
incomparable. N'ayant point d'en-
gagement dans notre Vaiffeau, le Capi-
ne eut la bonté de me permettre de
m'établir-là, & d'y exercer ma Profeffion, fans prétendre rien pour mon
Paffage : mes Camarades quiterent de
même pour la plûpart, & tirérent l'un
d'un côté l'autre de l'autre.

On m'indiqua une Hôtellerie, où
l'Hôte me fit bien des honnêtetez. Je
n'eûs pas été une heure chez lui, qu'il
ne m'offrit de fort bonne grace, de me
garder dans fa maifon *gratis*, jufqu'à ce
que j'euffe trouvé une maifon où demeurer à ma fantaifie. Je foupai de
grand apétit, & m'allai coucher de
bonne heure. Il faifoit chaud, ainfi
m'étant machinalement aproché du
bord du lit, mon bras gauche avoit
gliffé, & pendoit prefque jufqu'à terre.
Comme il y avoit au moins quatre
heures

heures que j'étois-là, & que j'avois fait
mon meilleur fomme, quelque chofe
de doux & tiéde, qui alloit & venoit
le long du deffus de ma main, me la fit
retirer en haut, fans que le fommeil
me permit pourtant de m'en apercevoir affez pour y faire réfléxion. Etant
un peu après retombée, la même chofe m'arriva encore ; & ainfi plufieurs
fois de fuite, jufqu'à ce qu'étant enfin
à tout fait éveillé, je fus furpris de voir
un Fantôme marcher par la chambre,
qui me paroiffoit grand comme un
Veau. Le feu me monta au vifage,
je ne pouvois m'imaginer ce que c'é-
toit ; & quoi que j'euffe pofé pour
conftant, que tout ce que l'on débitoit
des Sorciers & des Aparitions, n'é-
toit que des Contes de Vieilles, ayant
bien fermé la porte de mon Apartement, & ne fachant point qu'il y eut
d'autre lit que celui où je couchois, je
ne laiffai pas alors de douter de la vérité de mon hipotéfe. Cependant, cet
objet effroyable, après avoir fait quelques tours, s'avifa de revenir droit à
moi. Là-deffus, je me recule, je pouffe d'un côté, à mefure qu'il avance de
l'autre, & me croyant déja à la ruelle,

mon

mon étonnement qui étoit déja extrê-
me , redoubla néanmoins confidérablement , lors que je fentis remuër quelque chofe derriére moi. Il ne faut biai-
fer , j'étois dans une angoiffe mortelle
de me voir affiéger de toutes parts. Le
cœur me palpitoit d'une maniére inconcevable, je ne refpirois qu'avec difficulté, il n'y avoit pas un poil fur mon
corps où il ne pendit une goute d'eau.
Enfin , dans le même inftant que l'un
fait mine de vouloir fe jetter d'un côté
fur moi , j'entens une voix de l'autre,
qui me dit tout d'un coup : Qu'avez-
vous, vous portez - vous mal ? A ces
mots, je lâche un cri épouventable , qui
donnoit affez à connoître l'embarras
où je me trouvois. N'ayez point de
peur, reprit-on. Et qui êtes-vous donc
repartis-je , en tremblant ? Je fuis Ju-
han , répondit-il , Matelot dans le
Vaiffeau avec lequel vous venez d'arriver. Que le Diable vous emporte,
lui dis-je , vous m'avez joué-là un tour
qui me coutera fans doute la vie , je
fuis à demi mort à l'heure qu'il eft, &
fi l'on ne m'aporte du fecours il eft
impoffible que j'en réchape. Comment
Diable êtes-vous venu ici ? pourfuivis-je .

vis-je, & qui y a-t-il dans la Chambre
plus que vous ? Perſonne, me dit-il,
& ſi vous apercevez quelque choſe, ce
ne peut être que le chien de notre Capitaine, qui m'a ſuivi hier au ſoir ici.
Un Chien, repris-je, il eſt donc auſſi
grand qu'un âne ? C'eſt le gros Bar-
bet noir que vous avez vû cent fois,
me répondit-il : La peur groſſit les objets, il vous a ſans doute paru ce qu'il
n'eſt point. C'eſt donc ce pendart,
lui dis-je, qui m'eſt venu lécher la
main trois ou quatre fois avant que
j'aye été bien éveillé. Mais encore un
coup, comment vous êtes-vous venu
fourrer auprès de moi ? Le Capitaine
reprit-il, étoit allé ſouper chez un de
ſes amis, il m'a retenu-là juſqu'à dix
heures, & m'a dit enſuite de venir
loger ici cette nuit. L'Hôte, à mon
entrée, me dit qu'il n'avoit point de
place à me donner, mais que ſi j'étois
venu une heure ou deux plûtôt, j'aurois pû peut-être m'accommoder avec
un Etranger, qui ne faiſoit que d'arriver avec le Saint Jago, & s'étant ex-
pliqué plus avant, je reconnus qu'il
faloit que ce fut vous : ainſi après lui
avoir dit que nous étions venus dans le
                                    même

même Bord, il m'a permis fur la parole que je lui ai donnée que vous ne vous en formaliferiez pas , de venir prendre place auprès de vous. Tout cela auroit été le mieux du monde : mon ami, lui repliquai-je, fi vous aviez eû la précaution de me parler en entrant. Je l'ai voulu faire , me dit-il , mais vous dormiez fi tranquillement, que j'aurois crû faire un crime d'interrompre ce doux repos. Ces circonftances me raffurérent beaucoup , je me fentis reprendre petit à petit mes efprits , néanmoins l'altération avoit été trop grande pour n'y rien faire : d'abord qu'il fut jour je fis lever mon Portugais , & le chargeai de donner ordre que l'on fit venir un Chirurgien, je me fis ouvrir la vaine , & tirer feulement cinq ou fix onces de fang. Ainfi , Dieu merci, j'en fus quitte pour la peur que j'avois euë ; mais elle fut affurément telle, qu'elle furpaffoit toutes celles qui m'avoient faifies auparavant. Mon Hôte qui ne me reconnoiffoit prefque pas , fut touché de cet incident , enfuite pourtant nous en rîmes, & il ne venoit perfonne chez lui qu'il ne les en divertit.

Dix

Dix jours après je me logeai vis-à-vis
des Dominicains, qui ont-là un très-
beau Monaſtére. Dans fort peu de tems
que j'y avois été, j'eus le bonheur de
faire pluſieurs Cures, qui me firent connoître à bien des honnêtes gens. L'un
des Religieux dont je viens de parler,
étant tombé d'un Eſcalier, & s'étant
rompu la jambe, m'envoya querir ;
quoi que l'os fut fracaſſé, je le guéris
ſi bien, qu'au bout de deux mois il
marchoit auſſi librement qu'il avoit fait
auparavant. Cela me fit beaucoup de
bien. Ce bon Religieux ne ſavoit
quelles careſſes me faire, & tous ceux
qui étoient de ſon Ordre ſe faiſoient un
plaiſir auſſi-bien que lui, de m'avoir
en leur Compagnie à toutes mes heures
de loiſir, où il faloit que je les entre-
tinſſent du recit de mes Voyages. Outre cela, ils me recommandoient par
tout où ils alloient ; ainſi mes pratiques
augmentoient de jour à autre, ce qui
m'aportoit beaucoup d'argent : de forte que je me flâtois déja d'amaſſer avec
le tems des biens aſſez conſidérables ;
mais mon Etoile ingénieuſe à m'o-
primer, me ſuſcita une nouvelle affaire qui penſa me coûter la vie, &

S   qui

qui m'a donné beaucoup de chagrin.

Les Habitans de Goa font un mé-
lange de toutes fortes de Religions ;
il y a des Payens, des Juifs & des Ma-
hométans. La Religion Catholique
y eft la dominante , & il ne s'y fait
point d'autre Exercice public. Le
Clergé y eft fort rigide , & le Peuple
extrémement fuperftitieux. Il ne faut
pourtant pas s'imaginer que cela leur
vienne par un principe de dévotion :
les premiers font d'une ignorance craf-
fe , & les autres débauchez jufqu'à l'excès ; fur tout les femmes ont la réputation d'être d'une lubricité inconcevable. Me trouvant un peu à mon aife ,
& fréquentant les Compagnies , je
m'ingérois fouvent de plaifanter fur
ces mangeurs de Crucifix & avaleurs
d'Images , qui croyent pouvoir faire
couper impunément une Bourfe d'une
main , pour ainfi dire , pourvû qu'ils
tiennent un Chapelet de l'autre. Un
homme de ma Profeffion , enragé de
me voir beaucoup d'occupation, tandis qu'il avoit affez de peine à gagner
maigrement fa vie , m'ayant plufieurs
fois entendu tenir de tels difcours, fut
affez Scélérat pour m'aller accufer
d'Hé-

d'Héréfie à l'Inquifition, qui eft bien
le plus terrible & le plus injufte Tribunal qu'il y ait au monde. Comme
j'allois quelques jours après chez le
Gouverneur, qui m'avoit envoyé querir pour faigner un de fes Domeftiques, à peine étois je à cinquante pas
de fa Maifon, qu'un Officier me vint
ordonner de le fuivre. Quatre Eftafiers qui l'accompagnoient, m'envi-
ronnérent dans le moment, & m'ayant
faifi au colet, ils me menérent en Pri-
fon le vingt-fixiéme de Juin 1669. où
comme au dernier des Criminels, on
me mit d'abord les fers aux pieds.

Nous étions plus de vingt perfonnes dans un maudit Cachot, où il n'entre aucune lumiére. Il y a un trou
profond vers le milieu, dont le bord
eft à fleur de terre, qui eft deftiné
pour les néceffitez des Prifonniers :
perfonne ne l'ofe prefque aprocher, de
peur de tomber dedans ; ce qui eft
caufe que chacun fait fes ordures où
il peut, & qu'il y a toûjours par conféquent une puanteur infuportable.

Le premier jour de ma détention
fe paffa en regrets & en gémiffemens,
de me voir privé de la liberté, & dans

S 2 l'aprèl'apréhenfion d'éprouver dans peu des effets de la tirannie des Juges du monde.les plus impitoyables. Mais vóyant dans la fuite que tout cela n'aboutiroit à rien de bon, je crûs que le meilleur moyen de diffiper une partie de mon chagrin étoit de chercher à m'entretenir avec le premier venu de matiéres indifférentes. Je m'adreffai pour cette fin à la plûpart de mes Camarades : les uns ne m'entendoient pas , parce que je ne parlois pas leur langage, & les autres étoient fi fort abatus de trifteffe , qu'ils ne daignoient pas me répondre un mot. Un feul homme , plus patient & fociable que les autres , me voyant rebuté de toutes parts , me dit en Portugais :

On vous fait ici un trifte accueil , mais vous ne devez pas en être furpris , il faut être d'un tempérament heureux , & d'une grande fermeté d'ame pour ne fe pas laiffer abattre dans un lieu auffi defagréable qu'eft celuici , lors fur tout qu'on y a été quelque tems. Pour moi , Dieu merci , je fuis dans un âge à pouvoir beaucoup fouffrir , & je fuis tellement réfigné aux fecrets de la Providence , que je me
ris

ris de tout ce que les hommes me peuvent faire. Voilà de belles qualitez, lui dis-je, bien peu de gens font capables de tant de réfolution. De quelle Religion êtes-vous, pourfuivis-je? Je fuis, me dit-il, Univerfalifte, ou de la Religion des honnêtes gens ; j'aime Dieu de tout mon cœur, je le crains, je l'adore, & je tâche de faire aux hommes, fans exception, ce que je fouhaite que l'on me faffe à moi-même. Cela eft bel & bon, repris-je, mais vous êtes fans doute de quelque Communion ; rarement parvient-on à l'âge où vous êtes que l'on ne fe foit déclaré pour un certain Parti. Non, dit-il, je ne fais aucune différence d'une Societé à l'autre, il n'y en a point qui n'ait fes beautez & fes taches, & je fuis perfuadé qu'il n'y a point de route où l'on ne fe puiffe damner ou fauver. Affûrément, repris-je, votre langage me confirme dans l'opinion que j'ai euë il y a long-tems, qu'il n'y a pas plus de diverfité dans les vifages que dans les penfées des hommes. Cela eft vrai, reprit-il, non-feulement à l'égard de chaque homme en particulier, mais par ra-

S 3
pot

port à tous les jours de la vie : ce
que nous concevions hier d'une maniére, nous l'envifageons aujourd'hui
d'une autre : l'efprit auffi bien que le
corps, eft fujet à mille changemens.

Je fuis Chinois , continua-t-il , &
fils d'un Pere affez accommodé , qui a
pris beaucoup de foin de mon éducation , de forte que fi je n'ai pas de
grandes lumiéres , il n'a pas tenu à
lui que je ne les aye aquifes. Un Je-
fuite Miffionaire, nommé du Bourg,
ayant oüi parler de lui comme d'un
homme généreux, & dont la Famille
étoit nombreufe, trouva le moyen de
s'introduire chez nous. Cet homme
étoit non - feulement civil, il paroiffoit d'une piété éxemplaire ; nous prenions tous un plaifir indicible à l'entendre raifonner. Il nous mit à chacun un Catéchifme entre les mains ,
qu'il nous pria de lire avec attention,
& qu'il expliquoit d'une maniére fort
facile. Après cela, il y eut chez nous ,
deux ou trois fois la femaine, des Con-
férences, où il faut avoüer que le Pere
ne négligeoit rien pour notre inftruction. Comme les matiéres qu'il trai-
ta d'abord étoient peu ou point emba-
raffées ,

baraffées , qu'il ne nous parloit en
général que de la Chute de l'homme,
de fa Rédemption par le Fils de Dieu,
& de la Béatitude éternelle , on prenoit beaucoup de goût à fes Leçons :
mais enfin deux ou trois mois s'étant
écoulez , & cet Eccléfiaftique , qui
alloit par degrez, & qui n'avoit pas
voulu nous effaroucher , commençant
à expliquer les Prophéties, & à étaler
les Miftéres de la Trinité & de l'Incarnation , l'efprit de mon Pere ne tarda guéres auffi à fe révolter. Il ne
pouvoit pas comprendre comment des
hommes raifonnables, qui fe vantent
d'être éclairez des lumiéres de la Révélation , ne voyent pas que leur Culte eft envelopé des ténébres les plus
épaiffes du Paganifme. N'eft-il pas furprenant, dit-il, que des gens prennent
plaifir à s'aveugler eux-mêmes, jufqu'à
avoir de l'horreur pour ceux qui leur
font voir à l'œil, que leurs principales Maximes , & les Dogmes les plus
effentiels de leur Religion , font des
pauvretez , des puérilitez & des im-
pertinences, qui felon eux-mêmes , ont
été fcandale aux Juifs , & folie aux
Grecs. Sur tout, difoit-il, je fremis

S 4   lors

lorfque l'on me veut perfuader qu'un
Etre fouverainement parfait & imma-
tériel , engendre un autre Dieu corpo-
rel , égal à lui , de toute éternité : &
qu'il y a encore un autre Dieu, Efprit
indépendant , qui procéde du Fils &
du Pere ; chacun des trois faifant une
Perfonne diftincte , & étant Dieu parfait , & cependant tous les trois ne faifant qu'un feul Dieu parfait. Affurément c'eft faire une étrange chimére de
l'Etre du monde le plus fimple & le
moins divifible.

Le Jéfuite auroit bien voulu ne s'ê-
tre pas embarqué fi avant , il tâcha de
lever cet obftacle par les voyes ordinaires des Théologiens , mais n'en
pouvant pas venir à bout , il fe fervit
de cette comparaifon. Imaginez-vous ,
lui dit-il , Monfieur , un Arbre qui
porte des fruits fans interruption. Dans
cet Arbre, je trouve trois chofes , qui
ont beaucoup de reffemblance avec la
Sainte Trinité. J'y remarque du raport entre le tronc & le Pere , entre
le Fils & les branches, & entre le Saint
Efprit & les fruits. Le tronc eft comme le Pere , parce que les branches
& le fruit en font produits : les branches font comme le Fils , en ce qu'el-

les font produites par le tronc, comme autant de bras ou de moyens pour diftribuër aux hommes tout ce qui procéde du tronc. Et les fruits font comme le Saint Efprit, attendu qu'ils nous viennent & du tronc & des branches, comme autant d'affurances ou de témoignages de leur bonté. J'avouë que lorfqu'il s'agit de l'éternité, il n'y a plus de reffemblance qui paroiffe, parce qu'il n'eft pas bien poffible de trouver de la proportion entre le fini & l'infini, pour quelque ancien & étendu que celui-là puiffe être. Cependant, il eft encore vrai, que lorfque l'on examine les pepins ou la femence du fruit de cet Arbre, avec un bon Microfcope, on y remarque, non feulement un Arbre déja formé avec fes branches, mais même fes fruits; quoi qu'avec un peu de confufion : véritable emblême de la Divinité, confidérée pendant & avant la Création du Monde; puifque là il ne paroît qu'un Arbre en fon entier, fans diftinction & de branches & de fruits. Or pour en venir de-là à mon but, il eft évident que quelque différence que l'on mette entre le tronc, les branches &

S 5   les

les fruits d'un Arbre, essentiellement
il n'y en a point : ce sont bien à la
verité des parties différentes, mais toutes ces parties ensemble ne constituent
qu'un même tout. On a beau dire que
le tronc n'est point les branches , &
que les branches ne sont point le fruit;
je soûtiens que cette distinction n'est
point réelle, c'est-à-dire que ces trois
choses ne sauroient subsister indépendamment l'une de l'autre, comme lors
qu'elles sont rassemblées. Pour faire
un Arbre complet, tel que nous l'a-
vons imaginé, il faut nécessairement
l'assemblage d'un tronc , de branches
& de fruits ; cependant chacun a ses
usages en particulier; le premier, pour
le dire encore une fois , crée ou produit ; le second, porte, se déploye &
donne; & le troisiéme confirme , par
sa présence & par ses opérations, dans
la croyance où l'on est à l'égard du
second & du premier. C'est une même substance représentée de divers côtez, un Agent qui opére en diverses
maniéres, mais qui dans le fond n'est
qu'un seul , & qui ne peut être consideré comme plusieurs sans une contradiction évidente. Dieu n'est qu'un
en

en Effence ; dans l'économie du Salut on le confidére , tantôt comme
l'Auteur & le Pere du genre humain ;
dans la Rédemption on le regarde
comme un Fils obéïffant , foûmis &
humble , qui fatisfait à la Juftice de
fon Pere : & lors qu'il s'agit d'apliquer & de diftribuër fes graces , on
le traite de Saint Efprit.

De cette maniére & d'aucune autre, interrompît mon Pere , je conçois
ce que fignifie le terme de Trinité :
mais il y a quelque autre chofe de caché là-dedans, vous n'auriez pas fait
tant de détours fans cela ; toutes ces
maniéres d'agir ne me plaifent pas :
autrefois vous m'avez paru honnête
homme , maintenant je vous confidére comme un fourbe : & le prenant
par le bras , il le chaffa une fois pour
toutes de fa maifon : puis fe retournant vers nous : ne remarquez-vous
pas , nous dit-il , les abfuditez qu'il
y a dans les raifonnemens de ce So-
phifte ? A fon propre dire, ce Jefus
qu'il nous prêche tant , & qu'il fait
égal à Dieu , n'a pas feulement eu affez de crédit, pour payer par fa mort
ignominieufe, la dette que le premier

S 6 homme

homme avoit contractée , en mangeant du fruit , dont l'ufage lui avoit
été défendu ; puis qu'Adam , qui felon lui , étoit créé pour vivre éternellement , a mérité par-là , la mort éternelle & temporelle ; & que Chrift ne
garantit fa Poftérité que de la premiére de ces morts , de laquelle nous n'a-
vons même aucune certitude , & que
la plûpart des Nations ignorent ; au
lieu qu'il n'a pas pû nous racheter de
celle que nous connoiffons par l'expérience , & qui felon lui , nous a pourtant été impofée comme un châtiment.
Et ce qu'il y a encore de plus à remarquer en cela , c'eft que cette Rédemption ne fe fait qu'à des conditions onéreufes , & beaucoup plus difficiles à éxécuter que n'étoient celles
aufquelles les Juifs étoient fujets fous
l'ancienne Difpenfation. Les Ifraéli-
tes , felon les Chrétiens mêmes , étoient
bornez à faire de bonnes œuvres ; la
Loi n'exigeoit d'eux que des afper-
fions & autres Cérémonies femblables :
mais fous la nouvelle Alliance , on a-
joûte aux bonnes œuvres la foi , &
une foi qui foit affez ferme pour ne
révoquer en doute aucun des Myftéres
de

de la Religion, nonobſtant qu'ils choquent la Raiſon & le bon ſens. Pour moi, mes Enfans, ajoûta-t-il , je renonce à des ſentimens ſi bizarres ; je n'en veux abſolument plus entendre parler.

J'avois alors vingt-deux ans , & étois par conſéquent en âge de diſcrétion. Infatué que j'étois de la ſainteté de mon Directeur, je crûs en conſcience , malgré ce que j'en entendois dire, devoir profiter de toutes les occaſions favorables à en tirer de ſalutaires inſtructions. Il y avoit pluſieurs endroits où il avoit fait des Proſélites , & où il fréquentoit aſſidûment. Je prenois mon tems pour aſſiſter à ſes Aſſemblées : il en paroiſſoit charmé , & il me ſembloit que je profitois conſidérablement de ſes enſeignemens. Quoique mes démarches ſe fiſſent avec beaucoup de précaution , je ne pûs pas éviter que mon Pére ne s'en aperçût ; il m'en fit de fort ſenſibles reproches , & me défendit , ſous peine de ſon indignation , de plus hanter chez un homme, qui ſelon lui , n'avoit en vûë que ſes plaiſirs , une vaine gloire , & la ruïne de notre Famille avec le tems.

Mon

Mon Pere étoit d'un naturel à ne souffrir aucune replique de ses enfans, il faloit obéïr ou courir risque d'être châtié.

Six mois se passérent sans que je visse
le Moine plus de trois ou quatre fois :
ce m'étoit une mortification insupor-
table, de maniére que m'ayant fait un
jour ouverture d'un Voyage, qu'il é-
toit sur le point de faire à Goa, je
m'informai de la route qu'il devoit
prendre, & sans en rien dire à personne, je partis deux jours avant lui,
& l'allai attendre à quinze lieuës de
chez nous. Le bon homme fut ravi
de me voir, mais lorsque je lui eus
dit ce qui m'avoit porté à le joindre,
peu s'en falut qu'il ne refusât de me
recevoir en sa compagnie, à cause des
conséquences. Je fus obligé de l'assurer par serment que je soûtiendrois par
tout, comme cela étoit véritable, qu'il
n'avoit eu aucune part à cette escapa-
de, & qu'au péril de ma vie, je tâ-
cherois toûjours de l'en disculper.

Quand nous fûmes arrivez ici, je le
priai de me trouver quelqu'un chez
qui je pusse demeurer en qualité de
Domestique. Il ne falut pas beaucoup
de tems au Pere du Bourg à me pro-
curer

curer la condition que je demandois : il me plaça chez un certain Mr. Pelciano, Médecin Portugais, qu'il connoiffoit particuliérement. Cet honnête homme qui avoit beaucoup de confidération pour moi, prit tant de foin de m'apprendre fa Langue, que nonobftant mes occupations ordinaires, je ne laiffai pas de la parler en fort peu de tems. Il fe faifoit auffi un plaifir fingulier de m'inftruire dans fa Croyance ; mais comme il biaifoit moins que le Jéfuite, je fus rebuté de bien des chofes, ou parce qu'elles me paroiffoient ridicules, ou à caufe qu'elles me fembloient renfermer une manifefte contradiction. J'avois de même de la peine à concilier votre Chronologie, qui borne la naiffance du Monde à un terme d'environ fix mille ans, avec la nôtre & celle des Indiens, qui l'étendent avec beaucoup de vrai-femblance, jufqu'à une diftance prefque infinie. Outre cela, je me trouvai extrêmement embaraffé à me déterminer fur le choix que je devois faire de l'une ou de l'autre Secte, lorfque j'apris que les Chrétiens, auffibien que les autres, font divifez en un

nombre

bre de Sociétez , qui différent affez dans leurs Sentimens pour caufer en- tr'eux une haine irréconciliable , & pour fe damner réciproquement. Et que même dans chacune de ces Com- pagnies , il fe trouve je ne fai com- bien de fortes d'Opinions différentes. Mon Maître , auquel je propofois mes doutes , & qui employoit toute fa ré- thorique pour me les éclaircir , préten- doit que je préféraffe la Religion Ro- maine à toutes les autres , parce qu'a- paremment c'étoit celle qu'il profef- foit. Mais étant choqué des Superfti- tions ridicules qui me paroiffoient ob- féder ceux qui font de cette Commu- nion, je le priai inftamment de me di- re en confcience ce qu'il me confeil- loit de faire.

Hé bien , mon enfant , me dit-il , reftez ce que vous êtes ; finon , jettez- vous du côté où vous trouverez le plus d'avantage. Je ne veux point me fer- vir de l'autorité de Polibe , très-fa- meux Hiftorien , environ deux cens ans avant Chrift , qui prétendoit, com- me il s'en explique dans fon fixiéme Livre , *que les Dieux auffi-bien que les châtimens & les récompenfes après cette vie ,*

vie, ne font que des productions chiméri-
ques des Anciens, lesquelles feroient fort
inutiles, fi l'on pouvoit former une Ré-
publique qui ne fut compofée que d'hom-
mes fages : mais puifqu'il n'y a point
d'Etat dont le Peuple ne foit déréglé &
méchant, il faut fe fervir pour le ré-
primer, des terreurs paniques de l'autre
monde, les admettre, les croire, & s'y
conformer entiérement, fous peine de paf-
fer pour téméraire, & privé de l'ufage
de la raifon. Ce grand Homme étoit
Payen, il n'eft pas jufte de le citer
parmi nous fur un fait de cette conféquence : Ainfi il fuffira de vous dire
que c'eft la Maxime des Grands auffi-
bien que des Savans, de s'accommoder
aux tems & aux conjonctures. Il eft
indifférent dans quelle Eglife & avec
quels Peuples on adore Dieu, moyennant qu'on le ferve avec refpect & vénération. Lui feul eft le Pere commun de tous les hommes, il veut leur
accorder à tous le Salut. Ce n'eft ni
le nom de Catholique, de Calvinifte,
de Luthérien, ou d'Anabaptifte, qui
fauve les gens, c'eft la foi & les bonnes œuvres. Celui qui vit bien, eft
agréable à Dieu, en quelque endroit
qu'il

qu'il fe trouve : la Providence qui fonde les cœurs & les reins , fait fort bien diftinguer un fidéle de cent mille impies & fcélérats. La plûpart des différens qui divifent les hommes au fujet de la Religion , ne font pas auffi effentiels que le prétendent les Eccléfiaftiques ; il eft fouvent indifférent de les admettre ou de les rejetter ; & s'il y en a quelques-uns de conféquence, il eft toûjours fûr que perfonne ne voit notre intérieur : il eft aifé de marcher avec des Sots , & d'imiter même leurs grimaces extérieures , fans participer à leurs fentimens ridicules. Le Culte n'eft plus attaché à un endroit particulier, ce n'eft plus fur une Montagne ou dans Jerufalem que l'on adore : Dieu ne fe paye plus de fang de Geniffe , ou de contorfions de corps ; mon fils , nous crie-t-il , donne-moi ton cœur. Cela me paroît fort raifonnable , lui répondis-je , je vous remercie très-humblement de votre confeil ; & fuivant ces Principes , je me contenterai de conferver le tître de Chrétien , fans m'attacher pofitivement à aucune Secte. Depuis ce tems-là , continua le Chinois , j'affiftai dans

les

les Voyages que je fis avec Monſieur Pelciano , à tous les Services Divins , ſans aucun ſcrupule , & ſans donner aucun ſcandale à qui que ce ſoit.

Mais pourquoi avez-vous donc été mis ici, repris-je ? Je n'en ſai de bonne foi rien , me répondit-il , à moins que ce ne ſoit pour avoir peut-être parlé un peu trop librement du Miſtére de l'Incarnation : car il me ſouvient fort bien que je m'étois entretenu de cette matiére publiquement trois ou quatre jours avant mon empriſonnement. Cependant c'eſt un article dont je ne me tairai jamais ; car encore que je me diſe Chrétien, & que je le ſois en effet , je ne prétens pas que ce ſoit au préjudice de l'Auteur de toutes choſes : Jeſus-Chriſt lui-même , s'il étoit ici , me le défendroit. Quelque grand Homme qu'ait été ce Divin Prophête , il ſuffit de le croire Fils de Dieu par excellence , & c'eſt lui faire une injure de l'imaginer capable de s'attribuër ce titre par nature. On peut dire de même qu'il eſt véritablement notre Médiateur , parce qu'il nous a indiqué la voye du Salut , & les moyens d'en tenir la route. Sa

Morale

Moral eſt inconteſtablement pure , ſa
Vie ſainte , & ſes Enſeignemens divins ; il en a confirmé la vérité par
ſa Mort. Mais qu'il ſoit Dieu tout-
puiſſant & éternel, la même eſſence
que le Pere , & cependant perſonnel-
lement diſtincte de lui , & engendré
de toute éternité , conçû immédiatement du Saint-Eſprit , ou de Dieu lui-
même , & né d'une Vierge immacu-
lée , c'eſt ce qu'il n'a pas prétendu ,
& que d'autres lui font dire avec la
plus grande injuſtice du monde. Il eſt
bien vrai , à ce que m'a dit cent fois
mon Maître , que l'Ecriture introduit
Dieu , diſant en parlant à lui : Tu es
mon Fils; mais il y ajoûte incontinent
après : je t'ai aujourd'hui engendré.
Et pour le terme de Vierge , il eſt ſûr
qu'il ſignifie auſſi jeune femme , dans
la Langue originale. Outre qu'il y a
bien des gens qui prétendent que
c'eſt tirer le Texte par les cheveux que
de vouloir aproprier ces Paſſages à
Jeſus-Chriſt.

Enfin , il faut que je vous diſe que
les Miracles mêmes, que l'on attribuë
à ce grand Perſonnage , ne ſe doivent
point entendre à la lettre, mais dans
un

un fens impropre & figuré , comme
on entend auffi toutes les Paraboles
de l'Evangile. C'eft ainfi , par exemple , que la Tentation, qui paroît ridicule & impoffible fi on la veut prendre
au pied de la lettre , ne veut rien dire , finon , que les Rois & les Princes
des Peuples , qui font élevez comme
des montagnes au-deffus des autres
mortels , les Eccléfiaftiques , ces Di-
recteurs des confciences, qui prêchent
dans les Temples , & facrifient fur les
Autels , auffi-bien que les pauvres
Idiots que renferment les Deferts , ne
font non plus exempts des épreuves
& des tentations les uns que les autres ;
mais qu'il n'y a rien qui doive être capable de les détourner de leur devoir, &
de les empêcher de rendre leurs hommages au Monarque du Ciel & de la
Terre. Le Démoniaque eft un pé-
cheur repentant ; & les Pourceaux,
dans lefquels on envoye les Démons
qui les poffédent , font des miférables
abandonnez à toutes fortes de foüillu-
res , & abîmez dans les vices. La foi
d'un fidéle paroît par l'exemple de
Pierre, quand il marche fur les eaux ;
fon incrédulité , lorfqu'il y enfonce :
fa

fa vertu, à vouloir fuivre fon Maître
dans les dangers les plus évidens, &
fon infirmité à le renier au moment
qu'une fimple femmelette l'accufe d'ê-
tre de fa troupe, lorfqu'il eft entre les
mains de fes ennemis. En un mot,
tous les événemens extraordinaires, les
guérifons de boiteux, de manchots, d'a-
veugles, de paralitiques & autres incommoditez femblables, auffi-bien que
la réfurrection des morts, dont l'hiftoire de la vie de Chrift fait mention,
fe doivent entendre fpirituellement;
car alors il n'y a aucune difficulté à
expliquer l'Ecriture, & ceux aufquels
elle paroît ridicule ou miftérieufe, la
trouveront intelligible & aifée : comme l'eft auffi le Vieux Teftament dès
qu'on fe met fur le pied de ne le confidérer que comme un compofé d'Em-
blêmes, d'Allégories, de Métaphores,
d'Hiperboles, de faits tipiques & de
Comparaifons, inventées pour la confolation & l'inftruction des enfans de
Dieu.

Ce que vous m'avez dit-là, interrompis-je, feroit capable de nous fournir de matiére pendant bien du tems,
mais je croi que cela feroit fort inutile.

Tout

Tout ce que je puis vous y répondre, c'est que le Jesuite Du Bourg eſt un fin Politique, votre Maître un Portugais Juif ; & pour vous, je vous confidére comme un Volontaire, ou une perſonne libre, & non pas comme un Soldat enrôlé. Tant qu'un homme ne s'eſt point engagé à un Capitaine, il lui eſt permis d'aller ſervir où il veut, ſans que perſonne y trouve à redire ; mais du moment qu'il eſt enrôlé, il ne ſauroit quitter ſa Compagnie ſans la permiſſion de ſon Chef ; s'il deſerte, il eſt coupable, & on le punit ſelon les Loix. Vous vous dites Chrétien, quoiqu'il s'en faille beaucoup que vous ne le ſoyez, tant que vous n'aurez point fait abjuration du Paganiſme, & embraſſé le Parti que vous voudrez choiſir parmi les Chrétiens ; vous n'êtes à proprement parler ſujet à aucune cenſure, & je me perſuade que ſi ceux qui vous détiennent ici vous connoiſſoient, vous n'y reſteriez pas longtems. Dans le fond vous n'êtes point de leur Juriſdiction, & il y a en cette Ville liberté toute entiére pour toutes ſortes de Nations. Remontrez cela à vôtre Juge lorſque vous comparoîtrez

devant

devant lui, en y ajoûtant pourtant que
vous êtes Chinois, & fans faire mention du Chriftianifme, je ne doute pas
que vous ne vous en trouviez bien , &
que vous n'en foyez quitte pour une
correction , que vous avez affez bien
méritée.

Si jamais je fors d'entre leurs pattes,
reprit-il , je vous affure que je n'y re-
tomberai jamais : j'ai, Dieu merci, de
quoi vivre chez moi , & je puis fort
bien y demeurer , de la maniére que
je me le propofe : & quand même nos
affaires domeftiques ne m'y donneroient point d'occupation , tant que
mon Pere fera en vie , j'ai dequoi paffer mon tems à faire des Lunettes d'A-
proche & des Microfcopes.

Comment Microfcopes , lui dis-je,
où avez-vous pris cette Science ? Chez
Monfieur Pelciano , reprit-il, qui eft
un des habiles hommes dans cet Art,
qu'il y ait dans toutes les Indes. Le
Pere Du Bourg s'en mêle auffi , & il
prétend même y exceller , mais au fond
il ne fait rien qui vaille. Les Microfcopes que je fais groffiffent d'une maniére inconcevable , ils font paroître
un grain de Sable de la groffeur d'un
œuf

œuf d'Autruche , une mouche femble
de la grandeur d'un Eléphant , & les
corps les plus imperceptibles à la vûë ,
fe découvrent par-là diftinctement
à nos yeux. Ce que j'ai admiré cent
fois , c'eft de voir à l'aide de ce petit
inftrument , que nos corps font couverts
d'écailles , arrangées les unes fur les
autres , comme fur le dos d'une carpe.
Auffi mon Maître tient pour maxime,
que l'air que nous refpirons eft une
eau fubtile qui ne diſére que du plus
au moins de celle des poiffons : & je
crois même que nôtre air groffier eft
compofé de parties beaucoup plus groffes à proportion de la matiére fubtile , que ne fauroient être celles de
l'eau à leur égard. Cette penſée eft
apuyée fur les expériences que je lui
en ai vû faire plufieurs fois , & que
vous ne ferez peut-être pas fâché de
favoir.

Il prend deux bouteilles , l'une pleine d'eau , où il y a mis quelque petits
poiffons : l'autre d'air groffier , où il y
a des Oifeaux , des Souris & des Rats,
des Ecureuils , ou autres femblables
Animaux , puis il pompe l'eau de l'u-
ne , & l'air de l'autre. En obfervant

T   alors

alors avec de certaines lunettes de figure à peu près hiperbolique , on
voit qu'il y a moins de diférence entre
les parties d'eau qui fortent de l'une,
& les parties d'air qui y reftent, qu'il
n'y en a dans l'autre , entre les particules de l'air & les parcelles de la
matiére fubtile : à quoi l'on peut
ajoûter que les poiffons vivent plus
long-tems dans l'un , que ces petits
Animaux dans l'autre. Mais ces fortes de lunettes font dificiles à conftruire ; du moins je n'ai pû encore jufqu'à préfent y réüffir comme il faut.
A cela j'ai ouï objecter , qu'ayant mis
dans trois vafes diférens , fermez her-
métiquement, & remplis , le premier
d'eau, le fecond d'air, & le troifiéme
de matiere fubtile ; par exemple un
moineau en vie , on a toûjours remarqué que la chair de cet animal a été
corrompuë au bout de quelques jours
dans le premier, au lieu que dans les
autres il n'y eft pas arrivé la moindre
altération au bout de plufieurs années.
D'où il femble fuivre que les parties
d'eau doivent être plus groffieres &
plus éficaces que celles de l'air , puis
qu'autrement cela dévroit aller par
                           dégrez ;

dégrez ; c'eſt à dire que ſi l'eau cor-
rompt les viandes dans huit jours ,
l'air le dévroit faire dans ſeize ; &
la matiére ſubtile dans vingt-quatre,
en ſupoſant leurs diférences égales;
au lieu que l'on trouve que l'eau ſeule eſt capable de cette opération. Mais
il y a aparence que la groſſeur des
parties a moins de part à cette diſſo-
lution , que la figure & l'agitation
dans l'agent d'un côté, & l'arrenge-
ment de ces mêmes parties dans le
patient de l'autre ; puiſqu'il ſe trouve des corps , comme le bois de chê-
ne, qui ſe conſervent bien plus long-
tems dans l'eau , qu'à l'air ; & que le
feu au contraire , diſſout un Frêne
en un jour : où l'eau ne le ſauroit faire en un ſiécle.

Cela eſt curieux , repris-je , mais
ſavez-vous de quel ſentiment eſt vôtre Docteur , par raport à la production des Animaux? Il croit, me répondit-il , qu'il n'y en a point d'autre
que celle qui ſe fait par la génération,
quelque raiſon qu'on puiſſe inventer
en faveur de l'opinion contraire. Car
pour ce que l'on alégue des fruits au
dedans deſquels on trouve des vers,

T 2   ſans

fans qu'il paroiffeepar aucun indice qu'ils y foient entrz par dehors, cela n'aporte aucune dificulté. Pour s'en éclaircir , il faut remarquer que les mouches & femblables infectes fe fourrent ordinairement dans les ouvertures qu'ils trouvent aux arbres & aux plantes, tant pour fe mettre à l'abri des injures de l'air , que pour y trouver de quoi fe nourrir lorfqu'ils font en féve : de forte que s'il arrive que les œufs de cette vermine fe trouvent à l'endroit où il fe doit former un fruit, celui qui en eft le plus près étant environné de la premiere goute de l'humeur qui en fort pour fa formation, y refte renfermé , & y vit, jufques à ce que le fruit foit meur, ou tant qu'il y trouve de quoi fe fubftenter ; & lors que la provifion a fini , il perce l'obftacle qui l'arrête & s'en va. Pour apuyer ce fentiment d'une preuve inconteftable , on n'a qu'à jetter les yeux fur une noix-gale, & examiner avec foin fa production , on verra quelque chofe de furprenant.

La Noix-gale eft un excrement, ou fi vous voulez, pourfuivit-il , une efpéce de petites pommes , qui croiffent

fent aux feuilles des chênes , de cette
maniére. Il y a de certaines Mouches
noires , qui dans la faifon pofent leurs
œufs délicats fur le côté inférieur des
feuilles de ces grands arbres , de peur
qu'ils ne foient brûlez par l'ardeur du
Soleil : auffi-tôt que ces petits Animaux font éclos, ils s'apliquent à brou-
ter la couverture qui leur fait ombre ,
& à en perfer les veines, afin de fe
nourrir du fuc qui en fort en affez
grande quantité. S'il arrive alors à
une de ces beftioles de fe trouver
environnée d'une goute qui ait affez de
confiftance , elle y refte pendant que
cette goute fe fige, croît & devient enfin un fruit de la groffeur d'un œuf
de pigeon plus ou moins; & elle n'en
fort que lorfqu'elle eft devenuë Mouche , ou que le fruit , qu'elle a pour
ainfi dire produit , foit devenu fi fec
qu'il ne fauroit plus lui fervir de nour-
riture. Il confirma cette opinion par
d'autres argumens dont je ne me fou-
viens pas ; & conclut que quand il ne
feroit rien du tout cela , il feroit ne-
ceffaire de le croire , à caufe des fâcheufes confequences , qui pourroient
aifément porter à donner lieu au plus ,

lorſque l'on a admis le moins, & faite avec Lucréce, le Soleil & la Terre,
le, ſeuls auteurs de tous les Animaux
ſans exception, ce qui ſeroit injurieux
à Dieu.

Trois ſemaines après mon empriſonnement je fus mené au Saint Office.
Mon Juge s'étant informé du lieu de
ma naiſſance, de mon âge, & de ma
Religion, à quoi je répondis ſur le
champ, me conjura de déclarer moi-
même le ſujet de ma détention, puis
qu'il n'y avoit point de meilleur moyen pour me tirer promptement d'affaire : prétendant ſans doute, qu'il
en faut agir à l'égard de ce Tribunal,
comme l'on fait envers Dieu, c'eſt-
à-dire de confeſſer ſoi-même ſes fautes, afin d'obtenir miſéricorde. Je
lui proteſtai de n'avoir rien fait,
ni rien dit, que je me dûſſe reprocher, & à quoi perſonne pût légitimement trouver à redire : que Dieu
étoit témoin de mon innocence, &
que ce ne pouvoit être qu'un mal-in-
tentionné, & peut être jaloux de ce
que je faiſois bien mes affaires, qui
m'avoit joué le mauvais tour de m'a-
cuſer de quelque crime que je ne n'avois
jamais

jamais commis. Enfin , je lui fis comprendre que j'efperois beaucoup de fa bonté , & que s'il fe faifoit informer de ma vie , il feroit bien-tôt convaincu de la vérité de ce que je lui difois.

Quinze jours après la même chofe m'arriva , & ainfi jufques à fept fois , après-quoi l'Inquifiteur me dit que puifque je n'avois pas voulu confeffer moi-même la vérité des crimes que j'avois commis , par où j'aurois recouvré ma liberté , on alloit m'en faire la déclaration. A même tems le Sécrétaire lût les dépofitions , qui confiftoient en ce que j'avois parlé avec mépris des Images des Saints , du Crucifix , du Purgatoire , & de l'infaillibilité du Saint Office. Que dites-vous de cela , dit le Juge ? J'avoüe , répondis-je , que voyant le déréglement de la plûpart des Habitans de cette Ville , je n'ai pas pû m'empêcher de dire en plufieurs endroits , que j'étois furpris de voir que des gens , qui auroient fait confcience de paffer devant un Crucifix , fait fouvent d'une maniére abjecte , fans faire une profonde révérence , ou négliger un

feul jour de fe profterner vingt fois
devant des images de papier , ne fiffent
aucun fcrupule de fe veautrer dans
l'ordure des plus infâmes vices qui
fe peuvent commettre dans une Société d'Hommes raifonnables. Il eft vrai
encore que j'ai parlé du Purgatoire
comme d'un lieu que je ne croiois pas
fort néceffaire , puifqu'il fufit à un
Chrétien d'être perfuadé que le Sang
du Sauveur le nétoye de tous fes pé-
chez. Et pour ce qui eft de l'Infaillibilité, pourfuivis-je , je ne penfe pas
qu'elle fe puiffe légitimement atribuer
qu'à Dieu feul , tous les hommes étant
pécheurs , fuivant plufieurs paffages
formels de la Sainte Ecriture. J'avoue,
dis-je, avoir tenu un pareil langage ;
mais Dieu fait que ce n'a été que dans
la vûë de rendre gloire à fon nom ,
& par des mouvemens d'horreur que
j'avois de voir tant de libertinage , là où l'on prétend que la piété
& la fainteté régnent dans un degré
fort éminent, fans pourtant que j'aye
eu deffein de choquer la Religion,
ni le Saint Office. Vous vous éman-
cipez trop , mon ami , repartit l'Inquifiteur : Si vous aviez pourtant con-
feffé

feſſé tout cela dès d'abord , il ne vous
en auroit pas été pire , quoique vous
n'euſſiez pas laiſſé d'être coupable. Cependant le Sécrétaire , qui avoit écrit
mon aveu comme une dépoſition dans
les formes , me commanda de la ſigner.
Là-deſſus on me fit mon procès : je
fus condamné aux Galéres pour ma
vie , & tous mes biens confiſquez.

Nous étions autour de cent cinquante malheureux , qui ſortîmes le huitié-
me de Janvier 1670. de ce redouta-
ble lieu , les uns pour être exilez , comme le fut nôtre Chinois : quelques-uns
devoient être foüettez : il y en eut
auſſi trois de brulez tous vifs , parce qu'ils avoient été accuſez de Magie ,
& entre autres un pauvre vieillard de
quatre-vingt-trois ans , que deux differens Ordres de Moines avoient privé
d'un héritage fort conſidérable , en ex-
torquant du Frére de ce malheureux
qui avoit de grands biens , un Teſta-
ment par lequel ils entroient en poſſeſ-
ſion de tout ce qu'il laiſſeroit après ſa
mort , ſous prétexte de tirer ſon ame au
plûtôt du Purgatoire. Ce procédé in-
juſte avoit ſi fort aigri le vieillard , qu'il
n'avoit pas pû s'empêcher d'en témoi-

T 5   gner

gner son chagrin, & de jetter feu &
flâmes contre des gens qu'il croyoit les
Auteurs de cette injuſtice : ſur quoi
ils lui avoient impoſé des faits dignes
du feu, & n'avoient point ceſſé de le
pourſuivre qu'ils ne l'euſſent vu en
cendres.

CHAPITRE XV.

Du départ de l'Auteur pour Liſ-
bonne, comment il fut pris &
mené en Eſclavage : & de ce qui
lui arriva pendant qu'il fut
Eſclave.

JE fus mené dans un Navire où le
Capitaine eut ordre de me remettre entre les mains de l'Inquiſiteur de
Lisbonne : ainſi nous partîmes le même mois pour le Portugal. On m'a-
prit en chemin que les Galéres où
j'étois condamné, étoit une diſcipli-
ne, où les priſonniers étoient employez à de rudes Ouvrages, parce que
les Portugais n'ont point de Galéres
ſur la mer. Cela me conſola un peu
dans mon malheur, il me ſembloit que
ce n'étoit pas peu de me voir par-là
délivré

délivré de la rame & des cruautez
qu'exercent les tirans de Commites
fur les Forçats enchaînez dans leurs
Vaiffeaux. Nôtre navigation fut paf-
fable : nous eumes pendant la route le
plus beau tems que nous pouvions
raifonnablement efpérer. Ce qui nous
arriva de plus remarquable, fut que
le vingt-troifiéme de Mars, un Puchot
faifit nôtre Vaiffeau par le grand mât
de hune, avec tant de violence,
qu'il penfa le renverfer ; l'Equipage fe croyoit perdu, & je vis alors
dans un inftant changer l'impiété
en des paroles de dévotion, qui durérent jufques à ce que ce tourbillon
nous eut quité. Enfin il y avoit
long-tems que nous avions paffé les
Canaries ; il me femble que nous
étions parvenus à la hauteur Boréale
de trente-quatre dégrez, lors qu'un
matin à la pointe du jour, il parut
tout-d'un-coup deux Pirates, qui fe
mirent à nous Cannoner de la bonne
maniére. Quoi que notre voyage eut
été heureux, il ne laiffoit pas d'y avoir
bien des Malades dans notre bord :
nous nous battîmes pourtant près de
deux heures, pendant lefquelles nous

T 6   eûmes

eumes douze hommes de tuez & dix-
fept de bleffez. J'en demande pardon à Dieu, mais il faut que je l'a-
vouë, j'étois ravi de nous voir tom-
bez entre les mains des écumeurs de
mer, puifque j'efperois par-là recouvrer plûtôt ma liberté : il n'en alla
pourtant pas comme je penfois. Le
Capitaine racheta fon Navire pour une
fomme d'argent, & fes vainqueurs fe
contentérent de prendre avec moi trente hommes des plus robuftes & des
mieux difpofez, qu'ils menérent à
Serfelli, petite Ville fur la Méditer-
ranée, à vingt lieuës d'Alger, & à
quatre du fleuve Miromus. Nous
débarquâmes-là le dix-huitiéme de Juil-
les, & fûmes vendus au plus offrant.

Mon Patron étoit Maître Charpen-
tier de Navire, homme de moyens,
qui avoit au moins trente garçons à
fon Service. Au commencement on
ne fe fervoit de moi que pour le gros
ouvrage, porter, & fervir les Ouvriers en tout ce qu'ils avoient befoin,
étoit proprement mon occupation.
Enfuite j'aidois à caréner les Vaiffeaux, à les radouber, calfutrer &
brayer. Il y avoit bien de la diffe-
rence

rence de l'état où j'étois, à celui où j'avois été pendant le féjour que j'avois fait à Goa avant ma détention. Cependant, quand je me fouvenois de ce que j'avois fouffert dans l'Inquifition, & de ce que l'on me préparoit à Lisbonne, je m'eftimai extrémement heureux. En effet, j'avois un parfaitement bon Maître : comme je faifois ce que je pouvois, il ne m'épargnoit auffi rien de ce qui m'étoit néceffaire. Le logement étoit bon, les vivres encore meilleurs ; & il ne me difoit jamais une mauvaife parole. Cela m'a cent fois fait faire réfléxion fur l'idée que l'on donne aux Enfans chez nous des Barbares & des Turcs : il femble, comme on en parle, que ce foient des Diables ; cependant je peux dire à leur loüange, que j'ai trouvé parmi eux autant de charité, d'humanité & de bonne foi, que parmi les Européens, & même, fi je l'ofe dire, davantage ; de forte que je n'aurois eu aucun regret de finir mes jours parmi eux. La Providence en avoit difpofé autrement ; & les moyens dont Elle fe fervit pour m'en tirer, ontquelque chofe de fort remarquable.

Com-

Comme il n'y a rien de parfait au monde, autant que mon Patron m'aimoit, le Maître-Valet, qui étoit Rénégat, natif de Vienne en Autriche, & nommé Schilt, me haïſſoit mortellement. Il n'y avoit piéce que ce traître ne me fît, lorſqu'il y avoit lieu de ſauver les aparences ; ainſi mon Maître, qui voyoit aſſez à qui il tenoit, mais qui avoit beſoin de cet homme, fut forcé, en dépit qu'il en eût, de ſe défaire de moi. Je fus vendu à un Seigneur riche & opulent, qui demeuroit à la Campagne, environ à trois lieuës de l'endroit où j'étois.

Ce Seigneur avoit un Fils, âgé de vingt-ſept à vingt-huit ans, qui étoit fou, & ſouvent même enragé. Il avoit des intervales où il raiſonnoit, dans d'autres il déchiroit ſes habits, rompoit quelque-fois ſa chaîne, & auroit été capable de démembrer ceux qui ſe préſentoient devant lui, ou de ſe priver lui-même de la vie, ſi on ne l'en avoit empêché. Une amourette avoit été cauſe de ce ravage, il avoit aimé une fille qui ne l'avoit point voulu écouter, il en devint au commencement

ment rêveur , & enfin la tête lui en
tourna. Il faloit jour & nuit quelqu'un
auprés de ce malheureux ; & on vouloit que ce quelqu'un eût de l'âge ,
de la prudence & de la force , afin
qu'il fût capable de veiller fur fes actions. J'avois fufifamment de l'un &
je n'étois pas entiérement deftitué des
autres : Auffi je puis dire que je m'y
prenois d'un biais qui plaifoit fort à
mes Supériéurs. Je ne l'avois pas eu
fix femaines fous ma conduite , que
je n'en fiffe ce que je voulois ; hormis pourtant quand il entroit en fureur , il ne refpeƈoit alors perfonne :
tout ce que l'on pouvoit faire , étoit
de le tenir bien attaché , & de ne lui
laiffer rien à portée, à quoi il pût aporter quelque dommage.

Cette maifon, ou pour mieux dire,
ce fuperbe Palais, étoit l'abord de tout
ce qu'il y avoit d'honnêtes gens aux
environs de-là : il y avoit éternellement des Etrangers. Un jour il y arriva un Bacha , que l'on reçut avec
des témoignages tout particuliers d'eftime & de confidération. On le lo-
gea dans une Sale fort magnifique ,
qui répondoit fur la baffe-cour. Vers

le

le milieu de la nuit, ce Monfieur fut éveillé par un prodigieux tintamare, dont toute la chambre retentiffoit. Tout Bacha qu'il étoit, cela ne laiffa pas de l'épouventer ; il léve la tête, regarde de côté & d'autre, & avife enfin à l'une des extrémitez du Salon un Animal couché fur un tapis de Turquie, dont il ne pouvoit pas bien difcerner la figure. Il fut fur le point ou de fe lever pour l'examiner de plus près, ou de crier que l'on vint voir ce que c'étoit. Pendant qu'il héfitoit cet objet fe léve tout d'un coup, avance vers fon Pavillon, traînant une groffe chaîne après lui, & ayant des habits tous déchirez, une barbe qui lui couvroit la moitié du vifage, la tête nuë, & reffemblant plûtôt à un Démon qu'à un Homme. Ce fpectacle le glace, il refte fans mouvement. Ce n'eft pourtant pas encore tout : le Fantôme ne fe contenta pas de faire vingt tours de chambre, il vint fe jetter à côté du Bacha, refta-là une demi-heure couché, fans rien faire ni rien dire ; & s'étant enfuite levé, fort & tire la porte rudement fur lui. Le matin étant venu, mon Patron fut

éton-

étonné de ne point voir paroître son Hôte, il y avoit long-tems que le déjûner étoit prêt, & ils s'étoient donné parole d'aller à la promenade pour prendre de l'apétit. Enfin vers les onze heures il envoye un domeſtique, pour voir doucement s'il dormoit ou non. Cet homme ayant ouvert la porte, & s'étant gliſſé dans la Chambre, avance à pas lents vers le lit, & aviſe le pauvre Bacha les yeux ouverts, pâle comme un mort, & avec tous les ſignes d'un homme preſque ſans vie. Il retourne ſur ſes pas, ne fait qu'un ſaut juſqu'à ſon Maître, & lui raporte ce qu'il avoit vû. Là-deſſus toute la Maiſon fut en alarme, on court au malade de toutes parts, on luï parle, on l'examine; mot: Perſonne ne doute qu'il n'agoniſe. Cependant quelqu'un s'étant aviſé de lui mettre une goute d'eſprit de vin dans la paume des mains, aux Temples & ſous les narines, on commença à remarquer qu'il revenoit. Un peu après on l'obligea à prendre un doigt d'eau-de-vie par la bouche, cela lui fit encore plus de bien; il reprit un peu ſes eſprits; & ayant pouſſé un grand
ſoû-

foûpir. O Ciel , dit-il , que j'ai paffé
une rude nuit ! je ne vous ai guére
d'obligation , Monfieur , ajoûta-t-il ,
s'adreffant à mon Maître , de m'avoir
mis dans un lieu où les Sorciers viennent faire leur Sabat. Que veut dire cela , repartit mon Maître ? Avez-
vous eu quelques fonges incommodes ?
Nous avions un peu bû hier au foir ;
vous n'êtes peut-être point accoutumé
aux excès ; cela aura ébranlé votre cerveau , & produit des objets defagréables dans la fantaifie : allons , allons ,
cela ne fera rien ; il faut feulement
prendre un peu de courage , un bon
dîné remédiera à tout. Il ne faut , reprit-il , accufer ici ni le vin , ni le cerveau ; ce n'eft point non plus une imagination ou un Songe , j'étois affurément dans mon bon-fens ; lorfque le
Diable m'eft aparu : il a refté autour
de deux heures dans ma chambre , &
s'eft même venu coucher quelque tems
fur mon lit. Mais , Monfieur , lui
dit mon Maître , qui commençoit à fe
douter de quelque chofe , quelle forme ce Diable avoit-il donc prife ? Il
avoit la figure d'un homme , reprit
le Bacha , & nonobftant le peu de clarté

té qui entroit par les fenêtres , j'ai bien remarqué qu'il n'avoit que des haillons fur le corps , fa mine étoit lugubre , fes jouës enfoncées &.....
N'en dites pas davantage, interrompit mon Patron , je fuis marri de cet accident ; il faut que je le dife à mon grand regret , l'homme que vous avez vû eft mon Fils : & ayant donné ordre qu'on l'amenât , le Bacha tomba des nuës au moment qu'il vit le Perfonnage. Je ne puis, dit-il , nier que ce ne foit-là le même Homme que j'ai vû la nuit paffée , & qui a fi fort donné la gêne à mon efprit. Il proféra ces paroles d'une maniere qui fit éclater le fou de rire , & qui lui donna occafion de raconter lui-même tout ce qu'il avoit fait à ce fujet. Cela aigrit le Bacha; il demanda s'il n'y avoit perfonne de commis à fa garde , & quelqu'un lui ayant répondu qu'oüi , il defira de le voir. Auffi-tôt on me vint querir ; m'étant prefenté devant lui : Eft-ce vous , chien , me dit-il , qui veillez fur les actions du Fils de Monfieur ? Oüi , Seigneur , lui répondis-je. Et pour quelle raifon l'avez-vous donc lâché cette nuit , reprit.

Prit-il ? Il n'étoit point attaché , repliquai-je , depuis quelques jours il
se portoit assez bien , cela m'a empêché d'être aussi exact à son égard que
je le suis d'ordinaire , je n'ai pas même fait dificulté de prendre du repos
auprès de lui : dans ces entrefaites il
est sorti , & vous est venu alarmer ,
comme je l'aprens ; j'en suis assurément
au desespoir , je vous en demande pardon , une autre fois cela n'arrivera
plus. Cela n'arrivera plus , maudit
chien , reprit-il , je le crois bien , du
moins à mon égard , car je n'en relé-
verai pas. J'ai beaucoup de respect
pour ceux ausquels vous apartenez ,
cependant vous êtes heureux de ce
que je ne suis pas en état de me lever ;
peut-être aurois-je de la peine à me pos-
séder , & vous courriez risque d'avoir
la tête cassée. Retirez-vous de devant
mes yeux , misérable que vous êtes ,
& priez Dieu que je ne vous rencontre jamais nulle part. Puis s'adres-
sant à mon Maître , si vous voulez me
faire plaisir , Monsieur , lui dit-il ,
vous vous déferez sur le champ de
ce malheureux , afin que je n'en enten-
de plus parler. Il n'y avoit que quelque

ques mois que je demeurois dans ce
Château , les autres domestiques ne
m'y haïssoient pas , & mon Maître
avoit beaucoup de considération pour
moi , à cause des soins que je prenois
de son Fils , qui me donnoit éfectivement
bien de la peine. Il falut néanmoins
par complaisance que le bon
homme se défit de moi.

On me mena en Ville pour être vendu
au premier qui me voudroit : j'apris-là
que le Maître valet , dont j'ai
parlé tantôt , étoit décedé , ainsi je fis
demander à mon ancien Patron , si mes
services ne lui seroient point agréables.
Il fut charmé de me recouvrer , &
moi ravi de rentrer chez une Personne
qui avoit eu pour moi tous les égards
imaginables pendant que j'avois
demeuré chez lui. Environ trois semaines
après , Monsieur le Bacha ,
accompagné d'une troupe de beau monde
, vint voir nôtre Charpenterie. Je
le reconnus de cent pas ; ses menaces
avoient fait tant d'impression sur mon
esprit, que je me mis à fuïr de toute
ma force : il se douta que c'étoit moi,
parce que s'étant trouvé mieux le lendemain
de sa vision , & sa colére ayant
entié

entiérement paſſé , il s'informa de ce
que j'étois devenu , & l'ayant ſû , il
témoigna du chagrin de mon départ.
En éfet, il aprit qu'il ne s'étoit point
trompé , ainſi il ordonna que l'on
courut après , & qu'on me dit qu'il
deſiroit de me parler , ajoutant qu'il
ne me ſeroit fait aucun tort ſur ſa parole. Nonobſtant ces aſſurances , je
n'aprochai de lui qu'en tremblant ; il
le remarqua , & ſe prit à rire , ſans
doute pour me raſſurer. Il me fit pluſieurs queſtions indiférentes , auſquel-
les je répondis avec toute la ſoumiſſion
dont j'étois capable. Enfin il me demanda , en cas que mon Maître ſe
voulut bien défaire de moi , ſi je ne
ſerois pas bien aiſe de retourner chez
le Seigneur que je venois de quiter
par ſa faute ? Lui ayant fait comprendre que cela ne dépendoit pas de mon
choix , je n'avois rien à y répondre ,
ſinon que je me trouvois parfaitement
bien-là où j'étois. Tenez-vous y donc,
me dit il , il eſt bien auſſi agréable
d'être en la compagnie de gens ſenſez
que de garder éternellement un Démoniaque ; & m'ayant donné pour boire à
ſa ſanté , il me renvoya à mon travail.
Cette

Cette petite Avanture ne fut pas la feule qui m'arriva pendant mon Efclavage ; mais puifque les autres n'ont rien d'extraordinaire, je les paffe fous filence. Pour les difputes aufquelles j'étois fouvent fujet , jufqu'à être obligé d'en venir quelque-fois aux coups , le recit en feroit d'une fi vafte étenduë , que cela pourroit ennuyer le Lecteur. Les Turcs font pour la plûpart ignorans , je n'avois à entendre d'eux que des railleries froides fur nôtre Dieu Crucifié , ce que je portois avec patience ; parce d'un côté , qu'ils ne croyent point en Chrift , & de l'autre , à caufe qu'étant fur leur fumier , je n'avois aucune pro- tection à efpérer de perfonne. Mais j'avois bien de la peine à me poffeder lors que j'étois affailli par des Chré- tiens Rénégats.

Il y eut entr'autres un Propofant Gafcon , qui étoit bien le plus hardi Athée, ou Déïfte, que j'aye vû de mes yeux. Il étoit d'une douceur angélique, cependant quand il fe mettoit à railler il tournoit tout en ridicule , & confondoit nos plus grands Miftéres avec les rêveries du Talmud des Juifs ,

&

& les Legendes de l'Eglife Romaine.
Mon Pére, me dit-il un jour, a été
affaffiné en allant en Pellerinage à
nôtre Dame de Lorette ; belle récompenfe pour un bon Catholique comme il étoit ! Ma Mére qui faifoit profeffion de la Réligion Réformée, a
été Dragonnée & Maffacrée pour s'ê-
tre opiniâtrée à ne vouloir pas obeïr
aux ordres de la Cour. Et moi, j'ai
été pris des Pirates en voulant paffer
de France en Hollande : ainfi pour
éviter la perfécution, je fuis malheureufement tombé dans l'Efclavage.

Comme je trouvai non - feulement
beaucoup d'efprit & de favoir à ce
jeune homme, mais auffi beaucoup de
douceur & de bonté (car tous ceux de
fa connoiffance en cet endroit, fe
louoient extrémement de fon naturel
bien-faifant & ferviable) j'eus grande compaffion de lui, & tâchai à plufieurs reprifes, de le ramener des fentimens dangereux où il étoit, par
rapport à la Religion. Nous eûmes
de frequentes converfations là-deffus ;
& j'avois bonne efperance de le pouvoir faire rentrer avec le tems dans le
bon chemin de la vérité ; mais un
malheu-

malheureux accident lui ôta la vie, a-
vant que le Ciel me permit de mettre fin à cette œuvre charitable. Il
feroit trop long de raporter ici toutes les difputes que nous eûmes enfemble ; ainfi je ne ferai que toucher
légérement quelques-uns des principaux Points.

Lors que je lui rep ochai fon changement de Religion, & la profeffion
qu'il faifoit de la Foi Mahométane,
qu'il ne croyoit pas ; il me répondit,
qu'après avoir bien examiné toutes les
différentes Religions qui étoient venuës à fa connoiffance, il n'avoit rien
trouvé dans aucune qui pût fatisfaire
une perfonne raifonnable ; & qu'ainfi
il ne voyoit rien qui dût empêcher
un homme fage, de fe conformer,
pour le moins extérieurement, à la
Religion dominante du Païs où il demeure ; tout de même comme on s'a-
commode aux habits, aux coûtumes
& aux maniéres d'un Païs, pour ne
pas paroître ridicule par fa fingulari-
té. Et puifque j'ai le moyen de m'a-
tirer plus de confiance & de confidération parmi les gens de ce Païs-ci,
en me conformant à leur mode de

Religion, je ferois bien fou, me dit-
il, si je me privois de cet avantage
par un fot attachement à un autre
qui est cent fois plus absurde & impertinente que celle-ci. Je lui répondis que j'étois extrémement surpris
d'entendre parler de la forte un homme élevé dans la Religion Chrétienne, & qui par sa profession la dévroit
mieux connoître, pour l'avoir étu-
diée à fond. C'est justement pour
cela, mon Ami, me repliqua-t-il,
parce que je l'ai bien examinée, &
que j'en ai découvert tout le foible &
le ridicule, que j'en parle ainsi. Mais
il y a aparence que tout âgé que vous
êtes, vous n'avez pas encore se-
coüé le joug des préjugez de l'éducation, & que vous vous tenez bonne-
ment à ce que vous avez apris de votre Nourrice, ou de votre Curé, sans
l'aprofondir. Je lui dis, que j'avois
plus voyagé & vû le Monde qu'il ne
croyoit, & que j'avois bien entendu
raisonner des gens de differens sentimens en matiére de Religion ; & cependant que je n'en avois jamais trouvé
aucune qui fut si digne de Dieu, si
convenable à l'homme, & qui eût
tant

tant de marques de verité que la Religion Chrétienne. Que ma profeſſion ne m'avoit pas permis d'étudier à fond pendant ma jeuneſſe les Controverſes de Religion comme lui, mais que cependant je me faiſois fort de défendre contre toutes ſes attaques les principales véritez de la Religion Chrétienne ; Comme l'Exiſtence d'un Dieu ; la Création du Monde ; l'immortalité de l'Ame ; la chûte de l'Homme ; la Redemption du Genre humain par Jeſus-Chriſt ; la vérité & la Divinité de l'Ecriture Sainte, qui ſert de fondement à tout le reſte ; & la néceſſité....

En voilà aſſez, m'interrompit-il ; & ſi vous pouvez défendre ces Articles-là, je vous accorderai enſuite tout ce qu'il vous plaira d'y ajoûter. Nous commencerons par le dernier ſi vous voulez, & remonterons par les autres juſqu'au premier. Vous ſavez-bien, dit-il, que les Chrétiens ne ſont pas tous d'un même ſentiment par raport à l'Inſpiration de l'Ecriture ſainte : les uns la tiennent toute inſpirée juſqu'au moindre mot ; les autres rejettent ce ſentiment, & ſoutiennent ſeu-

lement en gros que par rapport à la
matiére, le Saint Efprit a tellement
guidé les Ecrivains de ces Livres Sacrez, qu'ils n'ont pu commettre aucune erreur dans les faits qu'ils racon-
tent, ni dans la Doctrine qu'ils enfei-
gnent. Dites-moi je vous prie laquelle de ces deux opinions vous prétendez foûtenir ?

Je ne fuis pas pour la premiere de
ces deux opinions, lui dis-je, & il me
femble qu'il faut être bien dépourvû
de Raifon pour la foûtenir, pour peu
qu'on ait lû avec attention les Saints
Livres. Mais pour la derniére elle eft
appuiée de raifons convaincantes. Je
n'infifterai pas fur la grande antiquité des prémiers livres de la Sainte Ecriture, que vous m'avoüerez pourtant
être les plus anciens Monumens qui
foient au monde, & qu'ils furent écrits
avant que l'Art d'écrire fut connu aux
autres Nations ; Mais les chofes merveilleufes qui font contenuës dans ces
Ecritures ; les Miracles que Dieu a fait
pour confirmer la Révélation ; & les
Prédictions des Saints Prophétes,
dont on a vû l'accompliffement d'une
grande partie, & dont on attend celui
du

du reste, font des chofes qui furpaffent l'efprit humain & dont il n'y a
que Dieu qui puiffe être l'Auteur.

Vous faites fort bien, me dit-il,
de ne pas infifter fur l'antiquité de
vos Livres Sacrez, parce que vous
n'en tireriez point d'avantage : Car un
Roman ou une Impofture peut être
auffi ancienne & plus qu'une Hiftoire véritable, cela ne conclut rien.
Cependant, je fuis bien loin de vous
accorder cette grande Antiquité que
vous prétendez pour ces Livres : &
je vous défie, ou qui que ce foit, de
pouvoir jamais prouver qu'aucun de
ces Livres ait éxifté avant le tems d'Ef-
dras, c'eft-à-dire plus de 1000. ans
après Moïfe, qui felon vous doit avoir
écrit les premiers Livres. Auffi en
lifant avec attention les Livres atri-
buez à Moïfe, on trouve un très-grand
nombre de paffages, qui font voir
qu'ils ont été écrits long-tems après
lui. Il en cita quantité, que je paffe
ici fous filence pour éviter la longueur.
Mais pour votre Argument, dit-il,
fondé fur les chofes merveilleufes,
contenuës dans l'Ecriture ; j'en tire une Conclufion toute contraire à

V 3   la

la vôtre : Car plus un Livre contient de choses merveilleuses & extraordinaires , plus il est sujet à caution. C'est ainsi que vous jugeriez vous-même de tout autre Livre ; & si vous n'en jugez pas de même de celui-ci, ce n'est qu'un pur effet de votre prévention , qui est bien visible, puisqu'elle va jusqu'à tourner en preuves de la vérité d'un Livre , ce qui serviroit à lui ôter toute croyance si on en jugeoit sans préjugé. Quant aux Miracles dont vous faites mention , ils ne sont raportez que dans le Livre même dont vous voulez qu'ils soient des preuves ; ainsi ils doivent plûtôt servir, comme j'ai déja dit , à le faire rejetter. Tout homme indifférent & sans préjugé ne reçoit une Relation ou une Histoire de choses passées, que selon les degrez de vraisemblance qu'il y trouve , & la tient pour fausse , ou Romanesque à mesure qu'il y voit des faits merveilleux & extraordinaires : car la Nature a toûjours été la même en tout tems , & la verité a toûjours été simple & naturelle. Pour ce qui est des Prédictions dont vous avez
parlé,

parle, tous les accomplissemens qui
font raportez dans le même livre avec
les Prédictions, ne prouvent rien,
sinon qu'ils sont partis du même Roman, & qu'ils ont été fabriquez en
même-tems; & pour ceux qu'on prétend être arrivez depuis, les événemens ont si peu de raport aux Prédictions dont on veut les faire passer
pour l'accomplissement, qu'il n'y a
que la force des préjugez qui y puisse faire trouver de la conformité. Il
me cita grand nombre d'éxemples
pour apuïer ce qu'il avoit dit, mais
je les passe ici sous silence.

Au reste, ajoûta-t-il, si vous saviez
bien l'Histoire du Canon de cette E-
criture Sainte, tant de l'ancien Tes-
tament, que vous tenez des Juifs (nation ignorante & superstitieuse, s'il
en fût jamais) & sur la verité & l'au-
tenticité duquel & de toutes ses parties, ils ne convenoient pas entr'eux,
que du Nouveau tel qu'il est admis
présentement parmi la plûpart des
Chrétiens, vous y verriez tant d'ignorance, de superstition, d'incertitude & d'embarras, que vous en auriez
honte vous-même. Là-dessus il en-

V 4   tra

tra dans l'Hiftoire du Canon & de la
maniére qu'on l'avoit formé , & du
tems quand cela fe fit ; me parla des
factions & difputes parmi les Membres du Concile de Loadicée & de quelques autres par raport aux differens
Évangiles , Actes , Epîtres , &c. que
les differentes Eglifes ou Sociétez des
Chrétiens avoient reçûs pour véritables
à l'exclufion des autres ; des difficultez & des embaras qu'il y avoit là-
deffus, & comment les uns rejettoient
ce que les autres recevoient, avec les
raifons de part & d'autre, tellement
que je demeurai étonné de voir que
cet homme favoit tant de chofes cu-
rieufes comme fur le bout des doigts.

Je lui alléguai un autre Argument,
que j'avois oüi emploïer par des gens
de la Religion Réformée, pour prouver que la Sainte Ecriture étoit infpirée
de Dieu , à favoir que ceux à qui Dieu
partageoit de fa Grace, en lifant l'Ecriture s'en trouvoient fi pénétrez qu'ils
ne pouvoient pas douter qu'elle ne vint
du St. Efprit. Mais comme je voulus
agir franchement avec lui , je lui a-
voüai que je ne trouvois pas grande
force dans cet Argument, parce qu'il
ne

ne fert de rien à ceux qui ne fentent point cet effet de la Lecture de l'Ecriture Sainte. Vous avez raifon, me repliqua t-il, de rejetter cette preuve tirée d'une prétenduë conviction intérieure ; car elle n'eft qu'une fuite des préjugez dont on eft imbu auparavant à cet égard, & ne prouve que l'enthoufiafme de ceux qui la prétendent fentir. Et de plus fi cet Argument étoit bon, il prouveroit la divine infpiration de l'Alcoran ; car je puis vous affeurer par ce que je vois tous les jours parmi les bons & zélez Mahometans, & vous pouvez l'avoir obfervé vousmême, qu'il y a tout autant, & peutêtre bien plus, de cette conviction intérieure parmi eux, que parmi les plus dévots & les plus zélez Chrétiens. Et l'expérience journaliére nous fait affez voir, que la perfuafion intérieure eft capable de mener les gens, qui fe laiffent entraîner par leur imagination aux plus grandes extravagances.

Mais, continua t-il, quelle idée pouvez-vous avoir de Dieu, qui felon vous eft Maître fouverain de tout l'Univers, & qui en peut difpofer toutes les parties comme il veut, fi vous croyez

que pour faire connoître fa volonté au
genre humain , il lui faille employer
des gens obfcurs , ignorans , ou fanati-
ques , pour écrire des Livres , ou pour
profétifer , ou prêcher , dans un coin
reculé de la Terre, & parmi une troupe de gens ignorans , fans que les Nations favantes & polies en ayent aucune
connoiffance? Trouvez-vous que ce foit-
là le vrai moyen de faire fentir à tous
les hommes une chofe fi nécessaire,
que la volonté de Dieu ? Celui qui a
tout créé & tout arangé felon fon bon
plaifir , & fans que rien pût l'empêcher , n'a t-il pas mis toutes chofes
dans l'état où il vouloit qu'elles fuffent?
Et n'eft-ce pas fa volonté, que ce que
nous appellons l'ordre , le cours ou
la voix de la Nature ? De fuppofer
quelqu'autre volonté particuliére dans
cet Etre infiniment parfait , c'eft fuppofer du changement & de l'imper-
fection , qui eft contraire à fa nature.
Et fuppofer qu'il communique à certaines perfonnes , & qu'il cache de beaucoup d'autres certaines régles aufquelles il veut que tous les hommes fe con-
forment , c'eft fuppofer une partialité
injufte & indigne de lui. Ainfi on peut
con-

conclure fûrement, que tout ce qu'on
appelle Révélation divine dans l'un
ou l'autre Païs , n'eft veritablement ,
qu'une Impofture , fondée fur la foibleffe des hommes en général , & inventée par ceux qui vouloient leur
impofer dans de certaines vûës & pour
certains deffeins.

Je lui répondis que fi l'homme avoit
demeuré dans cet état de perfection où
le Créateur le mit d'abord , il n'auroit peut-être pas eu befoin d'une Révélation pour fervir de régle à fes
actions ; mais depuis qu'il a perdu ce
bonheur par fa propre faute , il eft
tellement gâté & enclin à mal faire ,
qu'il a befoin non-feulement de Ré-
vélations , mais auffi des graces particu-
liéres du Créateur pour....

Alte-là , me dit-il , je vois que vous
m'allez conter la Chûte de l'Homme ,
& toutes fes fuites , comme la corruption de fa nature , le péché Originel ,
la Rédemption du Genre humain , &c.
Ce fera , fi vous voulez , le fujet de nôtre converfation pour le refte de ce
foir. Vos Théologiens , dit-il , ont
bien raifon de dire que ces Mifteres
font l'écueil de la Raifon humaine ;

V 6   car

car affurément les lumiéres de la Raifon & du bon fens n'y comprennent
rien. Mais avant d'entrer dans l'éxamen particulier de ces Articles , fouf-
frez que je vous raconte une Fable
que je tiens d'un Philofophe Arabe
qui a beaucoup voyagé. Il difoit l'a-
voir faite pour donner à fes amis une
Idée de la Mythologie d'une certaine
nation qu'il avoit vûë.

La Fable des Abeilles.

Il y avoit autrefois, difoit-il, dans une
Ifle de l'Océan un grand & Puiffant
Roi , Souverain de toute cette Ifle.
Son pouvoir étoit fi grand, que nul
autre Roi ne l'égaloit en Puiffance ;
& tous fes Sujets lui étoient fi foûmis ,
qu'il n'avoit qu'à vouloir une chofe
pour qu'elle fe fit : fa volonté étoit même tellement la régle de toutes leurs
actions, qu'ils ne pouvoient faire que
ce qu'il vouloit qu'ils fiffent. Sa Bonté étoit auffi grande que fa Puiffance,
& fa Sageffe auffi grande que l'une
ou l'autre : En un mot , il poffédoit
au fouverain degré toutes les perfec-
tions. Ce Roi avoit planté cette Ifle,
qu'il

qu'il avoit trouvée deferte, l'avoit remplie d'Habitans & d'Animaux de toutes
fortes, & l'avoit fait cultiver ; en forte qu'elle produifoit tout ce qui étoit
néceffaire, foit pour l'entretien, foit
pour l'agrément & le plaifir de tous
les Habitans.

Le Palais du Roi étoit le plus grand
& le plus magnifique qu'on puiffe s'i-
maginer, & fitué au milieu des plus
beaux jardins qu'on ait jamais vûs.
Ce Monarque qui s'entendoit parfaitement en tout, s'étoit formé un plan
de ce que la Nature pouvoit produire de plus beau, & puis donna ordre
que cela s'éxécutât ; ce qui fut fait fur
le champ : car telle étoit l'étenduë de
fa Puiffance que toutes chofes tant
animées qu'inanimées fe conformoient
exactement à fa volonté, & fe ra-
geoient d'abord à fon ordre. Il y avoit
encore des Parcs, des Prairies & des bois,
tous d'une beauté admirable, & remplis
de toutes fortes d'Animaux, d'Oifeaux
& d'Infectes qu'on pourroit fouhaiter, foit pour l'Ufage, foit pour l'A-
grément. J'aurois beaucoup de chofes merveilleufes à dire fi je voulois
entrer dans le détail de ce qui regarde

de tous ces Animaux , &c. C'est pour
cette raison que je me contenterai de
vous conter ce que j'ai apris de plus
remarquable touchant une seule espece des Insectes ; c'est des Abeilles.

Il y avoit dans cette Isle grande
quantité d'Abeilles ; & comme le soin
du Roi s'étendoit à tout , il fit en
sorte qu'il y eût abondance de fleurs
par tout pour nourrir ces Abeilles.
Mais il y avoit dans un coin d'un des
Parterres du Jardin du Roi, une certaine espéce de fleurs , ausquelles il
défendit aux Abeilles de toucher :
Non pas que ces fleurs fussent nuisi-
bles aux Abeilles , ou que le Monarque s'en souciât plus que d'aucunes
autres fleurs ; mais parce qu'il vouloit ,
à ce qu'on m'a dit , éprouver leur obéïs-
sance. Il arriva peu de tems après ,
que quelques-unes des Abeilles , ou-
bliant l'ordre , ou s'en mettant peu
en peine , s'en furent sucer de ces
fleurs. Le Roi s'en aperçût d'abord ,
& en fut tellement irrité , qu'il résolut d'exterminer toutes les Abeilles
qu'il y avoit dans l'Isle , jurant même ,
tant sa colere fut grande , qu'il n'en
épargneroit pas une seule. Mais quelque

que-tems après , quand le fort de sa
colere fut passé , il eût regret d'avoir
passé une sentence si rigoureuse ; & quelque reste de pitié pour ces pauvres
Abeilles , engagea le Monarque , tout
bon & miséricordieux , à chercher quelque expédient pour les tirer d'affaire.

Le Roi avoit un Fils unique qu'il
aimoit infiniment plus que toutes les
choses du monde ; & il voulut que celui-ci fût le Médiateur pour faire la
Paix entre lui & les Abeilles. Mais
afin que cette Paix se pût faire d'une
maniére convenable à la dignité du
Roi , & sans blesser son honneur &
sa justice, qui étoient intéressées à maintenir le serment qu'il avoit fait , il
fallut que ce Fils bien-aimé portât
toutes les peines dûes aux Abeilles , &
pour cette fin qu'il devint Abeille lui-
même. Cette métamorphose s'étant
donc faite , le Fils s'alla rendre en forme d'Abeille dans une des plus méchantes ruches de toute l'Isle ; où il
eût beau conseiller aux autres Abeilles d'être plus circonspectes & de
mieux observer les ordres du Roi ; elles se mocquérent de lui, le maltraitè-
rent

rent & le piquérent tant qu'à la fin il
en mourut. Et ce qu'il y eût de bien
pis , il eût en même-tems à essuïer
toute l'indignation & la colere du Roi
son Pere , qui voulut venger sur lui
la faute des Abeilles. Dès que ce Fils
fut mort, il revint auprès de son Pere ,
& se mit à intercéder pour les pau‑
vres Abeilles dont il avoit payé la det‑
te & porté les peines. Ce qu'il con‑
tinuë toûjours de faire , avec tant de
succès , que le Roi a pitié de plusieurs
de ces Abeilles , & leur pardonne leurs
fautes, pourvû qu'elles s'attachent en‑
tiérement à son Fils , comme beaucoup
de Ruches entiéres ont déja fait. On
ne voit pas que ces Abeilles favorisées
fassent plus de miel , ou soient plus
à leur aise que les autres , mais la
raison en est (à ce que leur enseignent
certains Frêlons qui se sont introduits
en grand nombre dans toutes ces Ru‑
ches) qu'elles sentiront mieux le bien
qui leur en revient , après qu'elles se‑
ront mortes.

Ce sont ces Frêlons qui enseignent
aux Abeilles qui les veulent écouter ,
toute cette Histoire , avec une infi‑
nité de circonstances qu'on n'a pas tou‑
chées

chées ici. Dans les différentes Ruches
même , & l'Histoire & les circonstances sont tellement variées , que les u-
nes la reçoivent d'une maniére , les
autres d'une autre , & quelques-unes
n'en croyent rien du tout. Ces der-
niéres sont menacées par les Frêlons
de punitions fort rigoureuses après
leur mort : au lieu que les Abeilles
qui suivent leurs avis doivent recevoir
alors de grandes récompenses. Quand
on leur dit qu'il est visible que toutes
les Abeilles quand elles sont mortes
tombent à terre & se consument , é-
tant réduites en poudre , ou en bouë ;
ils répondent gravement , que c'est-là
leurs corps seulement qui se consument ; mais que leur Bourdonnement ,
qui est quelque chose de différent de
ces corps , va jouïr des récompenses ,
ou souffrir les peines dont ils les ont
menacez. Car ils leur font accroire , que
quand une Abeille qui a suivi les avis
des Frêlons , & qui leur a donné la
plus grande partie de son Miel , vient
à mourir , son Bourdonnement va droit
au Palais du Roi , & contribuë à remplir sa grande Sale d'Audience d'une
Musique dont ce Monarque est fort
charmé

à ce qu'ils difent : Au lieu que le bourdonnement d'une Abeille qui fe conduit d'une autre maniére, va après fa
mort à une grande Voute fous terre,
où il eft tout tranfi de froid, & fait
un bruit fort defagréable à caufe des
peines infinies qu'il y foufre. Il y a
une infinité d'autres femblables chiméres que ces Frêlons ne ceffent point
d'infpirer aux pauvres Abeilles ; car
s'étant difpenfez de travailler, & vivant
fur le travail des Abeilles, toute leur
occupation confifte à inventer dequoi
faire peur aux Abeilles & les tenir dans
la dépendance;ce qui leur réuffit fi bien,
qu'on voit une infinité de ces pauvres
Infectes fi occupées de l'apréhenfion
de ce qui pourra arriver à leur bourdonnement après leur mort, qu'elles
ne fauroient manger avec plaifir le
Miel qu'elles ont fait, ni rien faire comme il faut pour le foûtien de leur vie.
Et quand il fe trouve des Abeilles, qui
méprifant ces chiméres s'apliquent à
leur travail, & ne prêtent point l'oreille aux Frêlons, ils excitent les autres
Abeilles contre celles-là, & les font
fouvent tuër, ou pour le moins chaffer
hors de leur Ruche comme dangéreu-
fes

fes & féditieufes. Il arrive fouvent
quand les Frêlons font divifez entr'eux,
que toutes les Abeilles d'une Ruche
prennent parti de l'un ou de l'autre
côté, & étant animées par les Frêlons,
elles fe jettent les unes fur les autres,
avec tant de violence, que fouvent on
voit tuër la moitié des Abeilles d'une
Ruche, à caufe qu'elles n'avoient pas
conçû les chiméres des Frêlons de la
même maniére que les autres. Quelquefois même ces Frêlons engagent
des Ruches entiéres à faire la guerre
à d'autres Ruches, de maniére qu'on en
voit quelquefois plufieurs milliers de
tuées de part & d'autre, uniquement
pour foûtenir de chaque côté les Chiméres de leurs Frêlons contre celles
des autres. Les Abeilles s'expofent
même pour la plûpart affez volontiers à
cette tuërie, fur l'affurance que les Frêlons, tant de l'un parti que de l'autre,
leur donnent, qu'elles rendent par-là
un très-grand fervice au Roi, qui leur
en fçaura gré, & admettra leur bourdonnement dans fa grande Sale, préféra-
blement à celui de beaucoup d'autres.
Car ils prétendent favoir les Ordres &
la volonté du Roi beaucoup mieux que
les

les autres Abeilles, à caufe que certains Frêlons, difent-ils, qui ont vécu plufieurs Siécles avant eux, les ont apris de la propre bouche du Roi, & les leur ont tranfmis, en partie gravez fur des morceaux de cire, & en partie par les raports de leurs prédéceffeurs. C'eft fur ce fondement que les Frêlons ufurpent tant d'autorité fur les Abeilles par toute l'Ifle (car il y a des Frêlons qui fe font fourez dans prefque toutes les Ruches) & qu'ils étendent leur tyrannie jufqu'à rendre ces pauvres Infectes tout-à-fait miférables. Ils leur défendent de fucer fur de certains jours des fleurs dont ils leur permettent l'ufage en d'autres jours ; & leur défendent de travailler à faire leur Cire & Miel fur certains autres jours ; à caufe, difent-ils, que le Roi le veut ainfi.

Après qu'il eût fini fa Fable impertinente & ridicule, qui étoit beaucoup plus longue que je ne l'ai raportée, je lui dis que j'en voyois fort bien le but, mais que je lui en parlerois une autrefois ; car il étoit alors trop tard & il falut nous féparer, pour nous aller coucher. Je fongeai beaucoup

coup cette nuit fur les moyens dont je
me fervirois pour ramener cet homme
de fes égaremens ; & je fis dans ma
tête un plan dont j'efpérois du fuccès.
C'étoit de commencer à la premiére
converfation que nous aurions enfemble , en établiffant l'exiftence d'un
Dieu , Auteur & Créateur de toutes
chofes , & puis de cette grande vérité
déduire les autres véritez principales
de la Religion. Mais comme j'ai déja dit , Dieu dans fa fage Providence
ne voulut point que mon projet s'éxécutât ; car quelque-tems après , ce pauvre homme portant avec un autre une
groffe poutre , il tomba & en eût la tête
écrafée ; de maniére qu'il fut mort
fans avoir le tems de fe reconnoître.
Ce que je regardai comme une jufte
punition du Ciel , à caufe qu'il avoit
fait un fi mauvais ufage de fon efprit
& de fon favoir. J'eus foin même de
faire remarquer cela à d'autres Libertins comme lui ; mais ils ne firent que
fe moquer de moi.

Il y avoit au refte , quatorze ou
quinze ans que j'étois à Sercelli , lorfqu'un jour , étant ocupé à radouber
un Navire , je découvris un endroit
vers

vers le milieu , & à deux piez de la
quille , qui étoit fort ébranlé ; la piéce qu'il faloit-là devoit être confidérable. Je fus obligé , pour faire l'ouvrage bon & de durée , d'entrer dans
le Vaiſſeau , où il étoit reſté une quantité de gros cailloux , dont on ſe ſert ,
auſſi-bien que de gravier , pour leſter
les Navires. En remuant ces peſants
fardeaux qui m'embaraſſoient , j'allai
découvrir un paquet plus gros que les
deux poings , roulé en long , & lié à
l'entour d'une ficelle. La peur que
j'eus qu'on n'aperçût que j'avois trouvé quelque choſe , me le fit cacher
au plûtôt dans mes chauſſes : à midi
après avoir mangé , je m'écartai pour
examiner ce que c'étoit. La premiére
envelope conſiſtoit en un mouchoir de
toile peinte ; là-dedans il y avoit un
canon de bas de ſoye , & dans ce canon un chauſſon bleu , où il y avoit
une bourſe qui contenoit trois cens
quatre-vingt-cinq belles & bonnes Gui-
nées. Mon premier ſoin fut de bien
cacher mon tréſor dans un lieu ſûr où
perſonne ne s'aviſeroit de l'aller chercher : & nonobſtant la grande joïe que
j'en eûs , je me gardai bien de faire
paroître

paroître dans aucune occafion que je
fuffe plus riche d'un fol qu'auparavant.

Environ fix mois après, le Conful
Anglois, qui fe tenoit à Alger, ayant
des affaires dans nôtre Ville, vint avec
deux autres jeunes Meffieurs pour
voir fi on bâtiffoit quelques Vaiffeaux.
Un de mes Camarades ayant juftement
dans ces entrefaites, befoin d'aide pour
remuër un mât auquel il travailloit,
il m'apella pour lui prêter la main :
Monfieur Elliot qui m'entendit nom-
mer Maffé, s'aprocha de moi, & me
demanda d'où j'étois. Je répondis à
fa demande. J'ai un de mes bons A-
mis, Marchand de foye à Londres,
reprit il, qui eft auffi du même endroit
& qui s'apelle Jean Maffé. Je fçai
bien, lui repartis-je, que j'ai laiffé un
Frere qui fe nommoit auffi Jean, qui
étoit de fix ans plus jeune que moi,
mais comme il y a autour de cinquante
ans de cela, & que je n'ai point reçû
de nouvelles du depuis de chez nous,
comme ils n'en ont vrai-femblablement
point eu des miennes, il eft impoffible que je puiffe rien dire de cela avec
certitude. Ce que vous me dites, in-
terrom-

terrompit le Conful, me fait croire
que vous êtes Fréres, car celui dont
je parle doit avoir environ foixante ans,
& il m'a fouvent entretenu d'un Frere
qu'il regrétoit beaucoup, & qu'il
croyoit être péri il y a long-tems. Là-
deſſus il falut que je lui diſſe en peu
de mots par quelle fatalité j'étois devenu Efclave en Afrique ; après-quoi
il s'offrit d'en écrire à mon Frere, afin
qu'il cherchât un expédient pour me
faire fortir de-là fur mes vieux jours.
Je lui déclarai alors en confidence que
j'avois de l'argent. Si cela eſt, me
dit-il, je trouverai bien les moyens
de vous relâcher ; mais il n'en faut faire aucun femblant, laiſſez-moi gouverner tout cela, & ne vous mêlez de
rien : Adieu. Je lui baifai les mains,
& me recommandai à fes bonnes graces.

Un mois après, je fus tout étonné
lorſque mon Maître me fit apeller,
& m'ayant pris par la main, me dit:
Je fuis ravi, mon Ami, de ce que
vous allez retourner dans votre Patrie.
Monfieur Elliot a traité pour votre
rançon avec moi ; allez le joindre à Alger : Je vous fouhaite un heureux
voyage.

voyage. A ces mots je l'embraffai, & le remerciai de fes bontez, & des é-gards qu'il avoit eu pour moi, depuis le jour de mon arrivée, jufqu'au mo-ment de ma fortie. Nous pleurâmes l'un & l'autre comme fi nous avions été proches Parens. De-là j'allai prendre congé de mes Camarades, & me tranf-portai enfuite à Alger. Le Conful me reçût de la maniére du monde la plus honnête. Je lui contai trente-cinq Gui-nées, qu'il me dit que ma liberté lui devoit couter : ce qui n'étoit à la vé-rité rien, mais on avoit eu égard à fon crédit & à mon âge.

CHAPITRE XVI.

Contenant la fuite des Avantures de Pierre Heudde, dont il eft par-lé dans le II. Chap. & l'arrivée de l'Auteur à Londres, &c.

JE reftai plus d'un mois à Alger, avant que de m'embarquer pour Londres. Pendant cet intervale de tems il arriva qu'un Pirate Turc amena à Alger une Galére Françoife. Monfieur Elliot fe fit d'abord donner la lifte de fon équipage, afin de voir fi dans le

X   nom-

nombre de ſes Forçats , il n'y en auroit point , dont le nom lui fût connu , & qui fût de ſa Patrie. Il en
fit la Lecture en ma préſence , & parut étonné d'y trouver le nom d'un
homme , qu'il avoit connu à Londres
aſſez particuliérement. Celui de Pierre Heudde , ne me donna pas moins
de ſurpriſe : il le remarqua , & m'en
demanda la raiſon. Sa curioſité m'engagea à lui en faire l'Hiſtoire ; en ſuite de quoi nous nous tranſportâmes enſemble au lieu où l'on avoit renfermé
ces Galériens. Auſſi-tôt que nous y
fûmes arrivez il s'informa de ſon homme , & moi je m'apliquai à chercher
le mien. Celui qu'il deſiroit de voir
avoit été bleſſé dans le Combat , &
étoit expiré il n'y avoit qu'un quart
d'heure : l'autre ſe trouva dans l'in-
ſtant. Vous apellez-vous Pierre Heudde? lui demandai-je. Oüi , me répondit-il. Ne vous ai-je jamais vû à Liſ-
bonne , continuai-je ? Cela pourroit ê-
tre , repartit-il , mais il faudroit qu'il
y eut bien du tems. Cela eſt vrai , repris-
je , puiſque c'étoit , ſi je ne trompe ,
en 1643. ou 44. Il y avoit alors - là un
certain Facteur nommé van Dyk , l'avez-
vous

vous connu ? Vous pâliffez, il n'y a
point de danger ici pour vous. Affurément, il faut avoüer que vous lui
joüâtes un vilain tour. Je ne fçaurois
le nier, dit le Forçat, c'étoit moi-même, qui lui enlevai une fomme de trois
cens Ducats. Je demande pardon à
Dieu de cet énorme péché, & des autres que j'ai faits; J'en ai été fuffifamment châtié en ce monde-ci, j'efpére
qu'il me fera miféricorde dans l'autre.
C'eft parler en Chrétien, lui dis-je,
& vous êtes heureux de ce que la Providence vous fait la grace d'être re-
pendant de vos fautes. Mais, dites-
moi, je vous prie, pourfuivis-je, pourquoi, & quand vous avez été condamné aux Galéres ? Le Souvenir
m'en fait frémir, Monfieur, me répondit il, & je voudrois que vous m'e-
xemptaffiez d'un récit fi peu édifiant, &
qui ne peut que renouveller mon chagrin Nous le loüâmes des bons fentimens où il étoit ; enfuite j'infiftai
fur ma demande, où je fus foûtenu
par Monfieur le Conful; de forte que
l'ayant perfuadé : Hé bien, Meffieurs,
je vous contenterai, reprit-il, tant
pour vous donner des marques de mon
X 2   obéïf-

obéiſſance , que pour ſouſcrire à la
juſte punition de mes crimes.

Après le vol que j'eus fait à Mr.
van Dyk , je m'embarquai pour Nan-
tes , ou ſous le Nom de Vander Stel ,
& Neveu d'un fameux Marchand de
Vin de Rotterdam , je fis d'abord connoiſſance avec tout ce qu'il y avoit-là
de Négocians Hollandois. Je ne ſaurois dire les careſſes que ces bonnes
gens me firent ; à peine ſe paſſoit-il
un jour que je ne fuſſe invité , chez
l'un ou chez l'autre , à des repas magnifiques. Dans ces entrefaites il arriva-là un Intendant de Languedoc,
qui avoit des habitudes avec pluſieurs
de ces Meſſieurs chez qui je fréquen-
tois ; cela me donna occaſion de faire
connoiſſance avec lui : il me voyoit
volontiers ; & comme il étoit amateur
du jeu , il fut ravi de m'y trouver de
la diſpoſition. Quelquefois nous jouïons
une partie aux Echets , ſouvent nous
paſſions des après - dînées entieres
au Piquet ; mais toûjours ſans nous
faire grand mal , de part ni d'autre.
Enfin , l'étant un jour allé voir , j'eus
le bonheur de le trouver ſeul dans ſa
chambre , où il s'impatientoit de n'a-
voir

voir Perſonne avec qui il pût paſſer le
tems. Il fit aporter des Cartes , &
nous nous mîmes à jouër une partie
d'Ombre. Il étoit fort à ce jeu-là ,
mais je le ſurpaſſois en fineſſe. Quelque deſſein qu'il eût , il eſt ſûr qu'il
m'excitoit plus à boire que de coutu-
me ; j'étois ravi de cela , parce que je
me doutois bien qu'une grande quantité de Vin l'empêcheroit de découvrir ſi-tôt ma tromperie. En effet , je
lui emportai cinquante piſtoles en
moins de quatre heures de tems. Il
en parut étonné , & me demanda ſa
revanche au Lanſquenet : c'étoit juſte-
ment-là où je l'attendois. Je fis pourtant ſemblant de n'être pas fort verſé
à ce jeu-là , & lui dis qu'à moins que
la fortune ne m'en voulût comme au
précedent , il étoit impoſſible que je ne
perdiſſe juſqu'à mes chauſſes. Ici ma
partie commença à s'échaufer plus que
jamais. Nous jouïons gros ; & quoique je me laiſſaſſe gagner de fois à
autre , afin de ne le pas rebuter , environ le minuit que nous nous quittâmes , je lui avois gagné plus de trois
mille écus , qu'il me compta deux jours
après en belles & bonnes eſpéces. Ce

coup

coup-là me mit merveilleufement bien dans mes affaires. Je coufai cinq cens Ducats fur une bande de chamois, dont je me fis une ceinture, que je portois fous ma chemife, & l'Intendant étant parti d'un côté, je pris la route d'Avignon de l'autre. En chemin faifant je m'accommodai d'un Valet, & repris mon ancien nom de Heudde.

La dépenfe que je faifois dans ce nouveau féjour, ne faifoit douter à perfonne que je n'apartinffe à des gens de la premiere volée. Je ne faifois aucun fcrupule de m'introduire dans les meilleures Compagnies, & on fe faifoit un plaifir de m'y recevoir. Au bout de quinze jours ou trois femaines il m'arriva cafuellement de rencontrer dans la ruë une Fille d'autour de vingt ans, qui étoit bien la plus excellente beauté que j'euffe vû de ma vie. Je la laiffai paffer, & lorfqu'elle fut à un cinquantaine de pas de moi, je me rétournai, & la fuivis de loin, jufques à ce qu'elle entra dans une Maifon. Là-deffus je donnai ordre à mon Valet de s'informer fous main fi c'étoit-là le lieu de fa demeure,

&

& ce que faifoient fes parens. Il me
vint rendre compte de tout, & m'a-
prit que fon Pere étoit Juif, & Marchand Joüaillier, qui faifoit de groffes
affaires. Dès le lendemain je m'en
allai le trouver, fous prétexte que je
voulois acheter un petit Diamant de
vingt-cinq ou trente piftoles ; & pour
lier un plus étroit commerce avec lui,
je lui dis mon nom, & le lieu de ma
naiffance. J'ajoûtai à cela que je con-
noiffois plufieurs Juifs à Amfterdam :
je lui en nommai même quelques-uns,
qui ne lui étoient pas inconnus ; enfin je n'oubliai rien de tout ce que
je crus capable de le porter à me donner entrée dans fa maifon, fans lui
parler, ni de femme, ni de fille.
Cette premiere vifite me réüffit fi
bien, que je hafardai d'en tenter une
feconde. J'achetai éfectivement une
Bague, fur laquelle cet Ufurier devoit
au moins gagner un tiers, mais ce n'é-
toit pas une affaire. L'efpérance d'un
gain plus confidérable le porta à m'inviter de l'aller voir fouvent ; je profitai
de fa Civilité, je me mis auffi fur le
pié de le traiter de tems en tems dans
mon hôtellerie.

X 4   Tout

Tout alloit le mieux du monde ; mais je ne voyois pas que cela avançât mon deſſein, ainſi je conclus qu'il m'y falloit prendre d'un autre biais. Comme je méditois là-deſſus, il arriva heureuſement qu'à nôtre premiére entrevûë, il ſe trouva accompagné d'un autre Juif. Je les jettai inſenſiblement ſur la différence des Religions ; ce qui nous engagea dans une diſpute. Je fis ſemblant d'avoir ignoré juſqu'alors la force de leurs argumens, & la foibleſſe des nôtres, à l'égard du Meſſie. L'eſpérance de faire un Proſélite les fit aiſément conſentir à nous voir le plus ſouvent qu'il ſe pourroit, afin d'avoir occaſion de traiter cette matiére à fond. Là-deſſus je leur demandai d'aſſiſter à leur Culte public ; ils m'ouvrirent leur Sinagogue avec joye ; je me fis inſtruire dans leur Religion, & enfin, convaincu de mes erreurs, par la Vérité de leurs principes, on me circoncit, & je devins Juif. Auſſi-tôt que cela fut terminé, je fus ſolennellement initié dans tous leurs Miſtéres ; j'avois entrée par tout, & le Sexe, qui me regardoit comme un Saint, me

faiſoit

faifoit part, à l'exemple des hommes,
de fes careffes & de fes honnêtetez.
De mon côté, il n'y avoit complaifance, dont je n'ufaffe à leur égard ;
fur tout, j'avois des déférences réfpec-
tueufes pour la belle Juive, qui ne
lui étoient pas defagréables. Je me
mis, outre cela, fur le pied de lui faire fouvent de petits prefens, qu'elle
recevoit avec plaifir, & que fa Mere
ne dédaignoit pas. Il n'y avoit que le
Pere, qui ayant de grands biens à donner à cette Fille unique, & qui ne laiffoit pas d'être avare pour cela, ne regardoit pas ce petit commerce de trop
bon œil.

Cependant je faifois le gros Monfieur, fans pourtant donner dans l'ex-
travagance. Cette maniere de vivre
le furprenoit ; il enrageoit de favoir
d'où je tirois de quoi fournir à mon
entretien ; il s'en informoit à droit
& à gauche, fans en pouvoir aprendre la moindre nouvelle. Quand je
vis cela, j'envoyai mon Valet chez un
Orfévre Juif, pour le prier de lui
vendre un couple de fes creufets, &
de n'en dire pourtant rien à perfon-

X 5 ne.

ne. Le Jouaillier fréquentoit dans cette Maison-là ; de maniere que trois jours après mon Valet fut tout étonné, qu'étant allé chez mon Ami, pour savoir s'il étoit de loisir à me recevoir, il le tira à part dans une chambre, le régala d'un verre de son meilleur Vin ; & l'ayant mis sur le chapitre des Creusets, il lui demanda adroitement ce que je voulois faire de cela. Mon garçon, que j'avois instruit d'avance, faisoit au commencement l'ignorant, afin de lui donner occasion de croire qu'il y avoit du Mistére : enfin, après bien des interrogations d'une part, & des sermens de l'autre, que son Maître lui romproit le cou s'il le disoit jamais à personne, il lui dit comme un secret, qui devoit rester entr'eux deux, que je m'en servois pour augmenter l'Or, & que j'étois un des premiers Chimistes de l'Europe. Cette confession, qui lui paroissoit ingénue, & vraisemblable, n'eut garde de tomber à terre. Mascado, c'étoit le nom du Jouaillier, étoit ravi d'avoir découvert ce secret ; mais il ne savoit de quels moyens se servir pour me porter

à

à lui en faire auffi confidence. Il
commença par me fonder fur la qualité de mes éfets, s'ils confiftoient en
argent , en maifon , ou en fonds
de terre : comment je faifois pour tirer de l'argent de chez moi ; il s'offrit
enfuite de m'en faire venir à peu de
frais. Il me demanda fi mon deffein
étoit de courir toûjours ? s'il ne me
feroit pas plus avantageux de former
un établiffement fixe ? & autres chofes femblables. Je répondis à tout
cela d'une maniére affez vague , &
qui ne devoit pas fort le contenter.
Voyant qu'il ne pouvoit rien gagner
du Maître il s'adreffa pour la feconde fois au Domeftique , & à force
de promeffes , & d'un petit préfent
qu'il lui fit , il s'affura de lui que la
premiére fois que je travaillerois au
grand œuvre , il ne manqueroit pas de
l'en venir avertir.

Dix jours après je mis mes creufets au feu , & quoi que je fuffe prefque en chemife , je m'étois fi fort
échauffé , à force de foufler & d'agir,
que le vermillon n'étoit pas plus rouge
que mon vifage. Cependant , mon
homme étoit couru chez Mafcado ,

X 6   pour

pour l'avertir de ce qui se passoit, sous prétexte que je l'avois envoyé achéter quelques dragmes d'eau régale ; de maniére qu'à peine l'un étoit-il de retour, que l'autre s'en vint me demander. La servante, qui avoit été à la porte, vint heurter à la mienne, & dit à mon Garçon qu'il y avoit quelqu'un qui desiroit de me parler, & qu'elle avoit déja dit que j'étois dans ma chambre. Je fis le fâché là-dessus, & envoyai le Valet dire que je ne pouvois recevoir personne. Le Juif se moqua de cela, & entrant éfrontement là où j'étois. Je vous demande pardon, Monsieur, me dit-il ; étant fort retiré depuis votre conversion, je vous croyois occupé à quelque acte religieux ; & de peur qu'un excès de dévotion ne vous rende mélancolique & rêveur, comme il semble que vous le devinez depuis peu, j'ai pris la liberté d'entrer sans être introduit, dans le dessein de causer une heure avec vous, & de vous inviter à venir passer la soirée chez moi en famille. Mais que faites-vous ici, continua-t-il ? Etes-vous devenu Chimiste ? Qu'avez-vous-là dans ces Creusets ?

fets? je croi, ma foi, que vous cher-
chez la pierre Philofophale. Parlons
d'autre chofe, lui dis-je, en paroiffant
fort embaraffé, il faut avoir quelque
occupation dans ce Monde, & le
refte; car il n'eft pas néceffaire de vous
entretenir ici du Dialogue que nous
compofâmes lui & moi à cette occafion. La conclufion fut, après bien
des détours, & à condition qu'il n'en
diroit rien, que je favois multiplier
l'or. Il ne faut pas vous le cacher,
reprit-il, j'étois furpris de la dépenfe que vous faites, fans qu'il ait encore paru que vous tiriez des deniers
d'ailleurs, & que vous ayez encore
parlé à perfonne pour vous en faire
venir. Mais vôtre fcience eft-elle af-
furée, & cela ne manque-t-il jamais?
La premiére fois que je travaillerai,
lui répondis-je, je vous en ferai voir
l'expérience.

Quelques jours après je lui marquai
éfectivement une heure, & lui dis
d'aporter en même tems dix Ducats.
Il jetta en ma préfence ces dix piéces
d'or dans l'un de mes Creufets, je mis
ma poudre de multiplication dans
l'autre. Enfuite je mêlai tout cela,
&

& le remuai bien d'une verge de fer,
qui étoit creuse, & dans laquelle j'a-
vois mis la valeur de cinquante francs
de poudre d'or, qui étant arrêtée par
un peu de cire, dont j'en avois fermé
l'ouverture, & qui se fondit incontinent, augmenta de cette somme là
la Masse de Métail, que lui-même y
avoit mise. Le tems fixé pour l'opération étant écoulé, je lui remis entre
les mains le petit lingot, qui étoit ré-
sulté de cette fusion. Il l'alla d'abord
porter à son Ami l'Orfévre, qui lui
dit que l'or étoit du meilleur qui se
pût voir. Il fut charmé de ce secret, &
commença par me vouloir porter à
travailler tous les jours. Je lui répondis que j'avois assez d'argent fait : qu'il
me sufisoit de m'ocuper lorsque cela
étoit nécessaire, & que tant que je
n'aurois ni feu, ni lieu, je ne m'a-
muserois jamais à amasser de grands
trésors. Outre qu'il y avoit beaucoup
de peine à aprêter la poudre dont j'a-
vois besoin, & qu'on couroit risque,
en la faisant, d'altérer sa santé, à
moins que d'avoir un grand Laboratoire, & tous les instrumens propres
à un ouvrage de cette importance.
Vous

Vous baillez, Meſſieurs, ſans doute, à l'ouïe de toutes ces particularitez, j'en omets pourtant, de peur de vous ennuyer, beaucoup d'autres qui ne ſeroient peut être pas deſagréables dans une autre conjonĉture. Pour couper court, on n'atendit pas que je parlaſſe de Mariage, il ſe trouva des entreméteuſes, qui m'en firent elles-mêmes la propoſition. Je voulus pourtant que tout cela ſe fit dans les formes ; étant aſſuré de mon fait, je demandai la belle Juive à ſes parens, qui me l'accorderent avec des marques d'une entiére ſatisfaĉtion, & me prirent incontinent chez eux.

Nous n'avions été guére mariez que mon Beau-Pére commença à me parler d'affaire. Vous avez un talent, mon Fils, me dit-il, qu'il ne faut point enfouïr : agiſſons pendant que nous en avons la commodité, & amaſſons des biens pour nous & pour nos décendans. Je donnai incontinent dans ſon ſens, & nous réſolûmes de faire notre Laboratoire dans une maiſon de campagne, qu'il avoit à ſix milles de la Ville, afin que nous puiſſions y travailler en repos, & ſans
être

être aperçus de perfonne. Mais je n'avois plus de poudre de multiplication, il en faloit aprêter d'autre ; & parce que cela demandoit du tems, & ne s'éxécutoit pas fans de grands frais , & beaucoup de peine , nous réfolûmes d'en faire pour un Million au moins à la fois. Là-deffus je lui donnai la lifte des drogues , qui entroient dans cette compofition , dont la plus grande quantité étoit du Mercure. Je lui fis donc acroire qu'il me faloit du Sel marin , & mineral, de l'Antimoine , de la femence de Perles , du Corail , de la Cendre de geniffe , de la Corne de cerf , & de Licorne , des yeux d'Ecreviffes de mer, de la dent d'Eléphant , du Sang de Dragon, des grifes d'Aigles, des Oifeaux de Paradis, des Becs de perroquet de l'Amérique, des Têtes de Vipéres, des Os de Chameau, la Queuë d'un Crocodille , la hûre d'un Marfouin, de la Côte de Baleine ; de tous les Métaux , & de la plûpart des Minéraux. Il étoit néceffaire qu'une certaine quantité déterminée de tout cela infufât pendant trois jours , dans de l'urine de brebis , mêlée avec la

troifiéme

troisiéme partie de sa pesanteur de bou-
se de vache grise, qui eut été détrem-
pée dans de l'eau du Rhin, l'espace
de neuf jours, qui est le quarré de trois :
& le nombre cubique de cette même
quantité, savoir vingt-sept jours, où
un mois périodique, étoit le tems que
l'on devoit employer pour calciner toute cette masse, & la réduire par un feu
lent, en cette prétenduë poudre de
projection.

Tout cela n'épouventa point le bon-
homme, l'espérance d'un grand gain
lui faisoit envisager comme aisé, ce
qu'un autre n'auroit pas trouvé faisa-
ble. Il fut donc question de chercher
ce que je lui demandois. Une partie
se trouva à Avignon, & aux environs de-là, l'autre se devoit tirer de
Hollande, où l'on trouve en effet de
tout ce qu'il y a au Monde. Je lui
fis ensuite comprendre, que l'Or qui
avoit une fois passé par mes mains,
ne pouvoit plus être multiplié, &
qu'ainsi il devoit tâcher de ramasser
de grosses sommes, soit qu'il en payât
l'intérêt, ou qu'il les prit de ses A-
mis, qui seroient bien aises de participer au profit. L'Orfévre fut le
pré-

premier auquel il fit part du fecret,
& qui le pria de prendre de lui cinq
cens loüis, à telles conditions qu'il
voudroit. Plufieurs autres l'imité-
rent, mais toûjours en cachette, &
chacun fous ferment de ne le révéler
à qui que ce fut, non pas même à
leur propre Femme; de forte que l'un
ignoroit abfolument ce qui fe faifoit
avec l'autre. A mefure que l'on recevoit de l'or, on le portoit à la maifon de campagne, où j'étois le plus fouvent ocupé à mettre ordre aux chofes.

Enfin, quand je vis que tout étoit
fur le point d'être prêt, je dis à mon
Beau-Pére, & à ma Femme, que j'allois mettre la derniére main à l'Ouvrage; mais que comme cela demandoit beaucoup d'aplication, & que
j'avois au moins befoin de trois jours,
je les priois de ne me venir point interrompre avant ce tems-là. Je fortis à la porte fermante, après m'être
faifi d'un Baguier, où il y avoit au moins
pour foixante mille livres de Joyaux.
Dès que je fus arrivé à la Métairie,
j'allai prendre un peu de repos; puis
m'étant levé de grand matin, je me
chargeai de tout ce qu'il y avoit-là de
deniers,

deniers, & dis au Fermier qu'une afaire de la derniére importance, & à laquelle je n'avois pas penfé plûtôt, m'apellant à Arles, s'il arrivoit que ma Femme vint-là au bout de trois ou quatre jours, comme elle me l'avoit promis, il ne manquât pas de l'affûrer de ma part, que j'abrégerois mon Voyage autant qu'il me feroit poffible; & étant monté à cheval, je lui dis adieu. D'abord que je fus hors de la portée des yeux de ce Païfan, je tournai de l'autre côté, & pris la route de Lion.

Etant arrivé dans cette fameufe Ville, il fe rencontra que le Marquis de Villeneuve vint fouper dans l'hôtellerie où j'étois logé : il eut la curiofité de me connoître. Je lui dis que j'étois Hollandois, de la Famille de Waffenaar, & que j'étois Cornette au fervice de Leurs Hautes - Puiffances ; Mais qu'ayant eu le malheur de tuër en duel un Enfeigne du Régiment des Gardes du Prince d'Orange, qui apartenoit à des Perfonnes de très grand crédit, j'avois été obligé d'abandonner mon Païs, de peur des conféquences ; mais que ce qu'il y avoit de confolant pour moi,

moi, c'eſt que je n'étois pas ſorti les
mains vuides , outre qui je m'étois
fourni de bonnes Lettres de crédit.
Là-deſſus ce Cavalier me fit mille honnêtetez. Je connois vôtre Famille ,
Monſieur , me dit-il , elle eſt conſidérable dans les Païs-Bas ; & pour
vous montrer que je l'eſtime , ſi vous
voulez faire une Compagnie à vos dépens dans le Régiment de Cavalerie ,
que je ſuis ſur le point de lever , il
ne tiendra qu'à vous d'être Capitaine. Je pars pour la Cour , nous pourrons faire le Voyage enſemble , & je
me fais fort de vous faire agréer au Roi.
Je vous prens au mot , Monſieur le
Marquis , lui répondis-je ; & tirant
de mon petit doigt un Diamant de
cinq cens écus , que m'avoit fourni
le baguier que j'avois pris , & qui
avoit déja pluſieurs fois ébloui les yeux
de ce Colonel , voilà dequoi je vous
fais préſent ſur le Marché. Le lendemain je me fis faire un habit galon-
né d'autour de cent piſtoles ; je vendis
mon Cheval , m'accommodai d'un Valet de chambre , & m'étant fourni de
tout ce qui m'étoit néceſſaire , nous
prîmes le Coche, qui nous mena à Paris.
Nous

Nous n'y eumes pas été long-tems que mon Patron me fit expédier ma Commiſſion, & me recommanda fortement de ſonger au plus vîte à lever du Monde. Monſieur de Saint Jean, qui étoit mon Lieutenant, me conſeilla d'aller avec lui du côté de Joinville en Champagne, où il avoit de grandes habitudes, & où, ſelon lui, nous devions trouver des hommes & des chevaux à raiſonnable prix. Efectivement, à peine y avions-nous été ſix ſemaines, que nous étions à peu près complets. Mais outre les dépenſes exceſſives, que je faiſois de toutes les manieres, j'eus le malheur que mon pendart de Valet d'Avignon, que j'avois fort mal payé de ſes peines, & qui étoit de ces endroits-là, m'ayant caſuellement vû, il me reconnut. Le fripon, tant par un principe de vengeance, que dans la vûë d'être libéralement récompenſé de ma Femme, en donna d'abord la nouvelle à Maſcado. Ce ruſé Juif fit de telles diligences, & employa des gens ſi puiſſans, que non-ſeulement je fus arrêté, & mis en priſon peu de tems après; mais ayant été accuſé & convaincu

cu

cu de la derniere friponnerie, on me dépouilla de mes reftes, & on me condamna aux Galéres pour jamais.

Voilà, Meffieurs, continua Pierre Heudde, comment on arrêta le cours de mes infâmes débauches. Vous voyez par-là que mon Efclavage doit avoir été long. Les plaifirs que j'ai eus, n'ont pas égalé les peines que l'on m'a fait endurer. Celui qui gouverne tout, l'a voulu ainfi : je fouffre fes châtimens avec patience, jufques à ce qu'il ait la bonté d'y mettre fin. Nous le plaignîmes de fon malheureux fort ; & Monfieur Elliot lui ayant donné la valeur d'un écu, l'affûra dans les difpofitions où il le voyoit, qu'il tâcheroit de lui rendre fervice. Nous aurions bien voulu favoir de cet infortuné, & le lieu de fa naiffance, & de quelles gens il étoit iffu ; mais il ne voulut jamais nous le dire : deforte que nous nous retirâmes, en admirant la fage conduite du Tout-Puiffant, à l'égard de fes créatures, bonnes & méchantes.

Je m'etois fi peu foucié d'Alger, pendant le féjour que j'y avois fait,

&

& j'avois été fi peu curieux d'en parcourir tous les quartiers, que je fus
émerveillé, d'abord que nôus fûmes
en mer, d'y découvrir des beautez qui
ne m'étoient point venuës dans la penfée. Cette charmante Ville eft fituée
en forme d'Amphitéatre, fur le penchant d'une haute Montagne, de forte
qu'on la peut voir toute entiére d'un
coup d'œil, quôi qu'elle foit grande,
& contienne plus de cent mille Habitans. Il n'étoit pourtant plus tems d'y
retourner pour l'éxaminer, & j'en a-
vois même fort peu d'envie. La faifon étoit agréable, & nous eûmes un
Voyage fi heureux, que je n'en reffen-
tis pas la moindre incommodité. Enfin, j'arrivai à Londres, cette fameufe & magnifique Ville, qui éface par
fon luftre tout ce que j'avois vû auparavant, le quatriéme jour du mois de
Mai 1694. âgé de foixante & treize
ans, mais fort & vigoureux pour mon
âge.

La premiére chofe à laquelle je
penfai, fut de me faire habiller, parce que je ne voulois point me montrer à mes Amis dans l'équipage où
j'étois.

j'étois. Mon hôte parloit François, je le priai de m'envoyer querir un Tailleur, qui entendit auſſi ma Langue. Cet homme étant venu, & m'ayant mené chez un Marchand Réfugié : pendant que nous étions occupez à voir des étoffes, il entra un homme, qui dès qu'il eut jetté les yeux ſur moi, & entendu que j'étois un Eſclave de Barbarie, fut pris d'une hémoragie, qui lui fit perdre plus de vingt onces de ſang : il n'y avoit pas moyen de l'étancher. Chacun mettoit en uſage les remédes qu'il avoit apris, mais voyant que tout cela étoit inutile, & que l'on parloit même de faire venir un Chirurgien pour lui ouvrir la veine, je lui pris le petoit doigt, du côté de la narine qui ſaignoit, & le liai bien fort d'une éguillée de Fil, entre l'ongle & la premiére jointure. Ce remede, qui ne me manqua jamais, mais dont peu de Perſonnes ſont capables de bien uſer, fit ſon éfet, & fut admiré de la Compagnie. Le Marchand, qui connoiſſoit le Perſonnage, fit venir un verre d'eau de vie, & l'ayant pris des mains de ſa Servante : A vous,
dit-il,

dit-il, Monfieur Maffé, il faut réparer par un peu de ces efprits, une partie de la perte que vous venez de faire.

Quoiqu'il fût jeune lorfque je fortis de chez nous, il avoit pourtant confervé quelques traits, qui me le firent auffi-tôt reconnoître, outre qu'il eft extrême-ment marqué de la petite vérole. Vous vous appellez donc Monfieur Maffé, lui dis-je? Oüi, me répondit-il, à votre fer-vice. Connoiffez-vous, repris-je, Mon-fieur Elliot, Conful à Alger? Très-parti-culiérement, me répondit-il. Hé bien, repris-je, voilà une Lettre qu'il m'a char-gé de vous rendre. Il prend la Lettre, l'ouvre & fe met à la lire: mais venant à l'endroit où il étoit fait mention de moi, il la pofe avec précipitation fur le Comptoir, contre lequel il étoit apuyé, & fe jette à corps perdu fur mon cou, fans prononcer une feule parole.

Quelque effort que j'euffe fait pour me poffeder, il me fut impoffible de pro-férer un mot de long-tems; nous nous tenions collez comme deux Statuës de pierre, & je croi que nous ferions morts de joye l'un fur l'autre, fi on n'eût pris foin de nous féparer. Vous fortez d'ef-clavage, mon très-cher Frere, me dit-il la larme à l'œil, & vous êtes fans doute destitué des biens du monde. Le Ciel m'a beni pour nous deux ; venez chez moi joüir le reste de vos jours , & de mon abondance , & de vôtre liberté. Il est juste que vous gouverniez à votre tour : moi , ma femme & mes enfans , ferons maintenant vos Esclaves : je veux que vous commandiez chez moi , & je prétens être le premier à vous obéir. Je voulus répondre à ses civilitez, & lui faire comprendre qu'un homme de mon âge seroit un objet peu agréable à de jeunes gens ; qu'il valoit mieux que je me misse chez quelque Ettanger , qui seroit obligé en le payant de souffrir de mes infirmitez. Mais il m'interrompit d'abord ; & ayant donné ordre au Tailleur d'achever au plus vîte mon habit, il me mena à sa maison.

Tout ce que j'ai dit de mon Frere n'est absolument rien au prix de ce que fit sa Famille : ma Sœur, son épouse, & mes neveux & niéces ses enfans, pensérent me manger tout vif de jöye. On me donna un très-bel apartement pour me loger , & un Domestique pour me servir dans toutes mes nécessitez.

Le Grand, un de mes compagnons de voyage , ayant apris mon arrivée , me fit la grace de me venir voir. Il me raconta comment après avoir quité Goa, il étoit passé dans l'Isle de Java, où il avoit eu le bonheur de s'introduire chez Mr de St Martin, qui l'avoit introduit chez Mr. Van Reden, Gouverneur de Batavia, & par le moyen duquel il avoit eu occasion de profiter des leçons de Mathématique, que je lui avois données, en exerçant la Charge d'Ingénieur en plusieurs favorables rencontres : ce qui l'avoit mis en état de vivre honnêtement le reste de ses jours. Il m'apprît aussi que la Forêt étoit mort en ces quartiers-là fort à son aise ; mais il ignoroit ce que les autres étoient devenus.

S'il faut rendre justice à ce galant homme, j'avouë franchement que ses fréquentes conversations n'ont pas peu contribué à me remettre en mémoire quantité de circonstances, dont je n'avois presque plus la moindre idée ; & que quoiqu'il s'en faille beaucoup que cette relation soit telle, qu'elle auroit paru au jour, si j'avois pû conserver mes Journaux, ou que j'eusse eû par tout la commodité de dresser de justes Mémoires ; sans lui, elle auroit été encore bien moins complete.

Si j'ai oublié bien des choses, je n'ai en récompense rien avancé dont je n'aye

été

été le témoin, ou qui ne me soit venu de la premiere main. Et j'aurois donné cette relation de mes Voyages au Public il y a dix années, si des raisons fortes, & entr'autres deux, ne m'en euffent empêché. La premiere de ces raisons, est que mon frere ayant eu part aux grandes Fermes en France, y avoit si mal réüffi, qu'il s'étoit vû obligé de tout abandonner, & de venir s'établir en Angleterre, où il fait le moins d'éclat qu'il lui est possible ; de peur qu'on n'aprenne de ses nouvelles à la Cour, & qu'on ne lui fasse des affaires. L'autre n'est pas de moindre poids; elle me touche en particulier. J'aprehendois que mon Livre ne donnât l'envie à quelque Monarque insatiable de vouloir conquérir le Roïaume dont je fais la description, & qu'on me forçât de servir de guide à ceux qui seroient employez pour une expédition si dificile. Je suis las de voyager, & mon âge ne me permet plus de suporter les fatigues, que j'ai endurées autrefois. Mes Neveux se sont chargez du soin de ce Manuscrit après notre mort ; de sorte que, lorsqu'on le verra, on peut être persuadé que mon Frere & moi ne sommes plus au monde.

F I N.

www.ingramcontent.com/pod-product-compliance
Lightning Source LLC
Chambersburg PA
CBHW061025030726
47504CB00002B/261